阮章竞文存

戏剧卷

阮章竞 著

北 京 出 版 集 团
北京十月文艺出版社

作者像

1945年摄于焦作

作者简介

阮章竞（1914年1月—2000年2月），出生在广东省香山县（现中山市）沙溪区象角乡一户贫苦渔民家里，只上过四年乡村小学。13岁辍学做油漆店学徒，刻苦自学。20岁到上海以画工手艺谋生。后投身抗日救亡歌咏活动，成为人民音乐家冼星海的入室弟子。

1937年12月北上太行山，参加八路军。任八路军总部太行山剧团艺术指导员、团长，太行区文联戏剧部部长，晋冀鲁豫党委文委委员等。以文艺为武器，动员组织民众参加抗日战争。其间他大量收集民歌民谣，加以提炼创新，创作出一系列民歌体的戏剧、叙事诗，确立了在中国现代文学史上的地位。代表作有大型歌剧《赤叶河》、长篇叙事诗《圈套》等；1949年创作的长篇叙事诗《漳河水》，被文学史家称为中国新诗民族化的典范之作。

阮章竞还是一位优秀的儿童文学作家，他的童话诗《金色的海螺》获得第二届中国儿童文学创作一等奖，被译成多国文字。

阮章竞的后半生专注于以小说形式反映中国人民伟大的抗日战争，著有长篇小说《山魂》三部曲：《霜天》《晴岚》《尾声 青春祭》。

阮章竞一生酷爱绘画，在中国水墨画、油画棒画和金石篆刻方面有深厚造诣。出版有《阮章竞绘画篆刻选》。

建国后，先后在中共中央华北局宣传部、中国作家协会党组、包头钢铁公司党委宣传部、河北省省委、北京市人大常委会任职；担任过全国政协委员、北京市文联副主席、北京市作家协会主席、名誉主席。

本戏剧卷录自各剧单行本及作者手稿。

目录

代　序

在“纪念阮章竞百年诞辰座谈会”上的主旨发言

中国文联、中国作家协会主席　铁　凝

新年伊始之际，我们在中国现代文学馆隆重举行阮章竞百年诞辰纪念座谈会，以此深切怀念这位卓有成就的诗人，向他致以崇高的敬意。

1914年1月31日，阮章竞出生于广东省中山县象角乡，2000年2月11日在北京病逝，享年87岁。“回首当年事，墨砚火熊熊”，追忆阮章竞先生激情澎湃、百折不回的一生，人们都会油然生出感佩和敬仰之情。在中国现当代文学史上，阮章竞是一个熠熠生辉的名字，他的作品长久地留在中国人的记忆之中。和他那个时代的许多作家一样，阮章竞的写作与国家兴亡和民族安危紧密相连，他曾说过：“解放区的诗人，是通过战火的熔炼自我完成为诗人的。”的确，从青年时代起，阮章竞就首先是一位英勇忠诚的革命战士，在炮火硝烟中经受着生死考验。1936年，阮章竞参加了上海职业界革命活动和抗日救亡歌咏运动。1937年全面抗战爆发，中华民族到了最危险的时刻。阮章竞一手执笔，一手持枪，义无反顾地走向抗日救亡的前线。先是在太湖一带进行抗日宣传，1937年底北上太行山抗日根据地。“欲济无舟楫，报国向太行”，从此他在太行山战斗和工作了整整十二个春秋。1938年4月，阮章竞任八路军太行山剧团政治指导员、艺术指导员和团长，并兼任民族革命战争艺术学校和前方鲁迅艺术学校教员，1939年1月1日加入中国共产党。他率领剧团随军转战各地，机警果断，身先士卒。在百团大战著名的黄岩洞战斗中，由于他的准确判断剧团才得以突出重围，化险为夷。他的老部下们至今提起那些往事，仍旧敬佩不已。

在风云激荡、戎马倥偬的战斗中，阮章竞从未失其热烈、执着的诗人本色。对他来说，创作就是战斗，一支永不放下的笔就是一支永不熄灭的火炬，它燃烧着，在暗夜中激励着人们奋勇前行。八年全面抗战，可能是阮章竞的写作生涯中最为勤奋和多产的时期，他创作了大量的叙事诗、话剧、歌剧、活报剧和小说。但是，这些作品大多在战火中散失了，保存下来的只有《未熟的庄稼》《比赛》《糠菜夫妻》三个剧本。这是中国文学令人痛惜的损失。然而，在太行山上，在我们民族最为艰危困苦的时刻，一个诗人和作家曾经用他倚马而就的作品激励着我们民族坚毅无畏的战士们。我想，我们大家都会深切地感觉到，那些已经散佚的作品，它们依然是在的，它们就融汇于争取民族独立与自由的伟大斗争之中。

1940年代后期，阮章竞在毛泽东同志《在延安文艺座谈会上的讲话》精神引领下迎来了创作的高峰期和收获期。结合自身的革命斗争经验和文艺工作领导经验，阮章竞进一步明确了文艺大众化、民族化的方向，为此进行了自觉的探索。1947年2月，他创作了“俚歌故事”的长诗《圈套》，获得晋冀鲁豫边区文学特等奖。1947年秋，他结合在“土改”运动中的切身体验创作了大型歌剧《赤叶河》，采用民间曲调，说唱结合，通过随军文工团的演出被各地群众广为传唱，成为解放区新歌剧运动的重要收获，与《白毛女》并称“一白一红”。1949年3月，阮章竞开始写作长篇叙事诗《漳河水》，以真挚的情感、比兴的手法、通俗晓畅的语言成功地塑造了荷荷、苓苓和紫金英三个从封建礼教下挣脱出来追求解放的个性鲜明的农村女性形象。他将漳河地区的《开花》《割青菜》《漳河小曲》《牧羊小曲》和《四大恨》等民歌小调创造性地融入作品，曲调灵动多变。

漳河水，九十九道湾，
层层树，重重山，
层层绿树重重雾，
重重高山云断路。

清晨天，云霞红红艳，
艳艳红天掉在河里面，
漳水染成桃花片，
唱一道小曲过漳河沿。

时至今日，当我们重读《漳河水》时，这些诗句依然那么亲切优美，它们是“国风”的回响，又是时代的新声，如清洌的河水一般，由口头到心头，滋润着人们的心灵。

一曲《漳河水》，传遍大江南北、备受好评。这是解放区文学史上继

《王贵与李香香》之后又一部影响巨大的叙事诗，也是中国现当代诗歌史上叙事诗写作的一座高峰。阮章竞以具有鲜明的中国作风和中国气派的诗歌，以对中国故事的深情讲述，奠定了他在文学史上的地位。

从1934年冬天在南京《大道日报》发表第一篇小说《割稻的故事》起，阮章竞始终是时代进步的歌者。新中国成立后，他历任中国作协党总支书记、党组成员、《诗刊》副主编，工作十分繁忙。但是，祖国的新生和火热的社会主义建设使诗人激情满怀，他的创作迎来了又一个高峰期。1955年，他写出了优美、纯净的童话诗《金色的海螺》，1956年11月至1959年12月，阮章竞任中共包头钢铁公司党委委员和宣传部长，深入工厂和矿山，先后写出了组诗《新塞外行》、长诗《白云鄂博交响诗》和《勘探者之歌》等一批优秀作品，展现了社会主义工业建设的宏伟图景和建设者们豪迈、高昂的精神风貌。尤其是《白云鄂博交响诗》，将几代人的奋斗串联成一幅多姿多彩、气势磅礴的历史画卷。茅盾先生高度评价这些作品："造句浑脱，想象瑰丽""用字练句，兀突不群""气势刚健""奇特""俊逸"。阮章竞的工业抒情诗吸收了中国古代边塞诗以及五七言歌行的传统，融汇了新诗的句法、技巧和新时代的思想情感、想象方式，为新诗表现崭新的现代工业经验做出了开拓性的贡献。

上世纪60年代初期，阮章竞动笔创作构思已久的长篇小说《山魂》，他把这部小说视为自己必须完成的历史重任，无论在农村参加"四清"，还是在"文革"中历经磨难，总是把厚厚的书稿带在身边。《山魂》的写作如同推石上山，一次次被迫中断，一次次重新开始。写出《山魂》，以告慰牺牲的战友，这成为阮章竞的执着信念。党的十一届三中全会之后，阮章竞担任北京文联副主席、北京作协主席，他以时不我待的急迫感，积极推动首都文学事业的发展，同时投入《山魂》的创作。他在日记中写道："留给我的时间已经不多了，让我把工作做完！"这位病弱的老人，每天凌晨3时就已端坐在书桌前，一字一步地与时间和生命赛跑。如此超负荷的写作状态一直持续到1984年心脏病突发才被迫停止。在生命的最后一年，阮章竞将新时期创作的300余首诗歌初步编成《晚号集》，烈士暮年，壮心不已，时代前进的号音依然在诗人的心中嘹亮回荡。

"土厚根深叶繁茂，纵横老干发新蕾"，这是阮章竞一生的真实写照。他深深地扎根在人民生活的丰厚土壤中，人民在他心中始终占有最高位置。他曾说过："人民大众是爱我们的，但要求我们说真话。""说真话"，说出人民的心声，这是一个人民的诗人毕生践行的艺术信念，体现着一个革命者的高贵情操。在六十多年的创作生涯中，阮章竞取得了多方面的艺术成就，他在音乐、书法、绘画、篆刻上都有很高的造诣，转益多师，博采众长，创造性地吸收古典传统和民间文化的营养，写下了大量为人民大众喜闻乐见的优秀作品，成为我国革命文学传统的重要代表，为后人留下了宝贵的精神遗产。

同志们，朋友们，中国各族人民正在党的十八大和十八届三中全会精神指引下为实现中华民族伟大复兴的中国梦而团结奋进。中国梦是近代以来无数志士仁人为之前仆后继、不懈奋斗的理想，一代又一代中国诗人和作家，把他们的创作深刻地融入中华民族争取独立解放的伟大事业，深刻地融入中国人民对幸福美好生活的执着追求，由此，他们的作品获得了长久的生命。今天，我们在这里纪念和缅怀阮章竞先生，就是为了从先生的业绩和风范中汲取力量，在中国人民创造历史的实践中书写“中国梦”的最新篇章，推动中国文学的创造与发展，回报我们的祖国和人民。

让我们以此共勉！

2014年1月20日

编者说明

作者在《阮章竞诗选序》中写道，“抗日战争是我写作最勤、作品最多的时期”。但文本大多在战争中佚失。

作者本人在回忆录和《专业技术职务评审材料》（1990年4月）中提到的作品有：

《关家垴战斗》（通信）1940年

《关大爷的路子》（独幕剧）1940年

《大地》（小说）发表在《华北文艺》1941年第1期（5月出刊）。

《红军过草地》（独幕剧）1941年7月

《柳亭郊》（歌剧）1942年

《公粮》（独幕剧）1942年

《参军》（独幕剧）1942年

《太行山剧团团史》（发表在《新文化史料》2001年第1期）中提到剧团演出过的阮章竞创作剧目有：

《周年》（独幕剧）1938年7月

《太阳出来了》（二幕剧）1938年9月

《巩固抗日根据地》（三幕剧）1938年10月[1]

《红巾》（三幕剧）1939年

《红星旗下》（歌舞剧）1939年

《反对慕尼黑协定》（活报剧）1939年

《和尚岭》（多幕剧）1940年

《登记》1940年发表在《华北文艺》1941年第1期（5月出刊）

《反摩擦》（活报剧）1940年

《皖南（茂林）事变》（大型活报剧）1941年

《民族的光荣》（歌舞剧）1941年

《交公粮》（独幕剧）1941年

《人间地狱》（多幕话剧）1942年

1985年阮援朝整理的《阮章竞作品系年》中有：

《最后一个》（独幕剧）1939年夏

《转变》（独幕剧）1941年 太行韬奋书店出版

《保卫华北》（活报剧）1941年

---

① 《太行山剧团团史》中记为《保卫抗日根据地》。作者在回忆录中，对《周年》《太阳出来了》《巩固抗日根据地》这最初三个剧本的创作过程，有详细回顾。

未熟的庄稼①

〔二幕剧〕

① 版本：新华书店 1943 年 8 月出版 300 册，署名：洪荒。

1942 年 1—6 月，日寇对太行山抗日根据地连续进行年关大扫荡和五月大扫荡。此剧就创作于这段时间，详情见作者回忆录《太行山》。

写在幕前

《未熟的庄稼》一剧，是在“面向敌占区”这一政治方向之下写出来的。敌占区人民充满着魔鬼和地狱的恐怖生活，与敌人“以华制华”阴谋的更加险狡毒辣的“通俗化”，都从这剧里摄影出来。这剧，打破了某些作者囿于狭隘经验领域的传统，开始步入大众现实生活的反映，以客观的深入研究，代替了主观主义的想象，这是他的成功的地方。但缺点也还有。特别在语言技巧上，就未能做到雅俗共赏。同一时期，作者的其他剧作里也显然表现了这个缺点。这是需要努力抢前一步的。正如敌人还善于把政治阴谋和一切伪宣传品都“通俗化”了，我们在这方面落后，是很可汗颜的。敌人能够做到的，应该是我们百倍的能够做到的。因为我们有着真理这资本在手里。这在《未熟的庄稼》的题材的本身上，不是已经明白表现了吗？敌人的魔鬼花样，显得怎样玄秘，怎样技巧，然而中国人民不是终竟在血泊里觉悟起来了吗？这就是我们的胜利。这种胜利，在政治上可以取得，自然在技巧上也可以取得的。

这剧，给人民大众指出：团结就是最后战胜的力量。指出：敌占区同胞们斗争的方向。这在今天，是更加有其一般的、无限的意义了。正当胜利来临的前夕，破坏团结挑拨内战的法西斯分子，却无耻地蠢动起来了。他们竟敢置民族存亡于不顾，抛弃团结，想来分裂了。他们做着将来“老子天下第一”的美梦，恰恰就忘了自己不过还是一个褚天根！这就告诉我们，敌占区人民斗争的方向，同样也正是我们全中国人民斗争的方向。在对敌的意味上说，全国人民的遭遇，还不是和敌占区人民一样吗？“燃烧着奴隶的心，是永恒不息的！”少数法西斯分子不干，不甘做奴隶的大众是要干的！我们希望今天现实舞台上蒙在鼓里的褚天根们，更早地有一天褚天根式地回头！

汪精卫的傀儡班，不久以前也在唱出“内政自主”的新节目来了。他们的技巧，大抵不下于特务队长王理的吧。这是很可注目的！然而换汤，当然不曾换药。“割庄稼”的实质，终竟还是“割庄稼”。今天不是鬼子正在亲自动手了吗？事情的发展，真相便毕露了。我们殷切希望敌占区同胞和全国同胞，都再来看看这出剧的第三幕——新的事实的一幕。同时看看还有些终竟不觉悟起来的褚天根们，和死心塌地的王理们，该怎么办？

高沐鸿[①]

1943年7月13日

---

① 高沐鸿（1900—1980），山西武乡人。1935年加入中国共产党。1937年起任晋东南文艺界救国会领导人、黄河日报社社长、太行区文联主任。新中国成立后历任山西省文联主席、山西省宣传部副部长、山西省政协副主席。

怒焰

燃烧着奴隶的心，

是永恒不息的。

——献给被奴役的兄弟

故事发生于一九四一年的夏天，在山西中东部。

人物

马元山——三十余岁，农民

马之妻——三十岁

马之子——黑小，十二三岁

马妻之母——五十岁

马大安——青年农民

董其昌——小学教员

敌人统治区的村长——四十岁（说话滔滔不绝的）

王　理——特务队长，三十多岁

褚天根——青年农民（马妻之弟）

褚北海——老年人，褚家庄的代表

村　民——三小

村　民——土娃

村民一人

特务队员两人

除村长、老人、小孩、女人外，其他上场人物的臂膀缠伪“自卫团”臂章

第一幕

山西乡村的土房子里。中央稍偏左，有通出入的门。左边摆下一张桌子。两旁放着一把椅子，一张凳子。桌上有碗壶等什物。门右边是土炕。壁上有一窗，可以望见院外的树木。

开幕时，马元山之妻愁眉不展地坐在板凳上。

马　妻　（起来，走至门前，忧郁地仰望天空）唉！……总是看不见太阳！

（黑小从院外走至门前）

黑　小　妈，我肚子饿！

马　妻　（没有理会他）——黑小，去找你爸爸回来！

黑　小　（努着嘴）我不，我肚子饿！

马　妻　（抚摩黑小的头）肚子饿！……家里什么东西都没有了。

黑　小　（要哭似的）我不，我肚子饿呢！

马　妻　去，去找你爸爸回来。我做饭去。

黑　小　有米啦？（怀疑，稍顿，离开一两步，顿了一下脚）我两条腿拖不动！

马　妻　（呢喃地）昨天后晌喝了一点稀饭，到这会还说没有吃的，唉！

黑　小　我饿哩！你听见没有？

马　妻　饿？家里剩下来的一点点粮食，都给日本人搜去了，在日本人脚下过活的老百姓，真是连西北风也喝不上了！

黑　小　你把那个树皮面馍馍头给我吃吧！

马　妻　你昨天吃了树皮馍头，不是拉屎拉不出来吗？给你吃了，又会跟昨天一样，害死我了！

黑　小　（坐在桌旁的凳上）肚子饿，肚子饿得咕噜咕噜地响……

马　妻　（迟疑半晌）唉！就给你吃吧，反正就是这样活着的。（揭开碗覆在桌上的馍头给黑小）那，吃吧！

黑　小　（接过馍头，稍停半晌）……还去找爸爸吗？

马　妻　（沉思不语）……

黑　小　（见她不睬，停了一下）妈，你不是要到姥姥家去吗？

马　妻　想是想去一去，可是……妈不放心你的爸爸！（向外仰望天空）你看，天又没有太阳，恐怕会下雨回不来。

黑　小　妈，爸爸为什么昨天夜里骂我舅舅呢？

马　妻　你爸爸不高兴。

黑　小　姥姥家的那个村来割咱们这里的庄稼，还打咱们呢！

马　妻　（不愿言语似的）黑小，你别说长问短了……

（黑小呆立半晌，就把馍头吃起来）

（马大安上场）

马大安　（在门外）元山！（进室，看见黑小）黑小，你爸爸呢？

黑　小　不知道。

马　妻　哦，他五叔来了，坐坐吧！

马大安　大嫂子，元山呢？

马　妻　还没有回来哩，他五叔，褚家庄的不来割咱们村的庄稼了吧？

马大安　割是一定要割的，不过这时候还没有动手就是了。

马　妻　（叹了一口气）唉！庄稼还没有长成熟的，白白的又要割了去！

马大安　割庄稼，还把咱们村的抗日分子，当抗日军的，全告诉日本人了！

黑　小　昨天我听我爸爸骂我舅舅，说他把我二叔也告给日本了！

马　妻　（立刻制止黑小）黑小，谁叫你说话？

黑　小　谁叫我说哩？爸爸告诉我，说我二叔是当抗日军的！

马　妻　（恐慌地）黑小，你再说吧，等会让黑狗听见可不得了！

（黑小瞪着畏惧的眼睛，走向外去，回来伸了一伸舌头，往门外退场）

马大安　唉！他妈妈的！日本人来欺负咱们，已经欺负到上天无路，入地无门。现在姓褚的也来插一手！

马　妻　褚家庄的也是不愿意的。这样对他们也没有什么好处。就是人家逼着不能不来是了。

马大安 唉，大嫂子，你别替他们说好话了。褚家的从来就跟咱们作对；你就说从前为了水沟的事情吧，跟咱们打了十几年官司，后来他们打败了；这肚子怨气闷了好几年。这回有日本来出头，当然顺手牵羊地来插上一手了！

马　妻 那是从前的事情，还会留到今天吗？不会的，不会的。

马大安 不会？那才见鬼呢！人家的心眼，记事可记得牢！

马　妻 （自语自叹地）唉，日本来了，就没有一天平安过，不是要就是抢，不是打就是杀！

马大安 都是受日本欺负的中国人，姓褚的就不应该借日本人的鼻子来出他的怨气！

（黑小跑上场）

黑　小 妈，村长带着黑狗王理到我家来了！

马　妻 （惊慌地）王理来了？

马大安 到这里来？

（村长与王理上场。王理穿着特务队的服装，后面跟着两个特务队员）

村　长 （进室时）元山！

（王理盯视马大安）

马　妻 （恐慌地）哦，老爷，村长，他不在家。

王　理 （神气地）哪里去了？

马　妻 不知道。

王　理　（向马大安）你在这里商量什么？你叫什么名字？

马大安　我叫马大安，没有什么，没有事情跟黑小玩玩。

王　理　玩玩，你是自卫团吗？

马大安　是的。

王　理　（生硬地）那为什么不去站岗，闲着没事做，跟小孩子玩啦？

马大安　（不敢回答，低头）……

王　理　（盯了大安半天，突然迸出一句话）滚你妈的蛋！

（马大安走至门前，王理喝住他）

王　理　回来！

马大安　唔……（站住在门前）

王　理　（冷冷地）两个人在一起讲话，知道不知道是犯法的？

马大安　不知道。

王　理　为什么不知道？

马大安　没有听说过。

王　理　（大声）混蛋！你们村长没有告诉你们吗？

村　长　（担心地抢着说）哎哟，我的好大安呀，我怎么没有告诉你们呢？说过了，是你自家忘了，自家忘了！

王　理　（向特务队员）把他捆起来！

两特务队员　是！（走过来抓住大安）过来！

（马妻惊慌失措）

黑　小　（惊哭起来）妈……

王　理　（严厉地叱呵黑小）你哭什么?

马　妻　（抱着黑小）黑小，不要哭，不要哭……

王　理　（指大安向村长）他是不是个好人?

村　长　（惊慌地闪动了几下眼睛）哎……队长，他是个好人。就是记性太坏，他是个好人，就是记性太坏，容易把事情忘了——就说那天叫他去……去……哦，对了，去找自卫团长来。我找自卫团长商量事情，他都忘了。（连说带劝地）去了半天都没有找来。那天我是想跟自卫团长谈谈工作的……

王　理　（打断村长的话）算了，没完没了的。

（手放在胸前，停了一下，叱大安）滚你妈的蛋!

村　长　（喜）大安，快滚吧，队长叫你滚蛋了!（要把大安推出去）

两特务队员　快滚你妈的蛋!（推打了大安一下）

（大安颠簸地趋出）

王　理　（胜利地）世界上就不应该生这样的傻家伙!

村　长　对了，队长，他就是这样的一个傻家伙，可傻得厉害呢，有一次……他……

王　理　（截断他的话）算了，别啰唆了!（向马妻）你的男人哪里去了?

马　妻　他出去的时候，没有告诉我到什么地方去。

王　理　不知道哪里去了。好，本来告诉你们婆娘们没有用处的，不过告诉你也不要紧，听着：大日本皇军得到褚家庄褚天根的报告，说你男人的兄弟马小山是参加匪军的，当初你们瞒了皇军不报，那是应该杀头的！现在皇军特别开恩，限你的男人在半个月里面把他找回来，如果找不回来，那就要怪自己了，就要你的男人去担当——（斜视了一下眼，噘了一下嘴）听清楚没有，要不要再说一遍？

马　妻　队长老爷，黑小他二叔，出去做生意六七年，从来没写过信回来。

王　理　（阴险地笑）哈哈！哈哈！哎哟，哎哟哎哟！你这个婆娘把我当小孩子看哩？哈哈！

马　妻　（惊惶地）我说的都是真话，你不信问问村长好了。

村　长　这是你自家的事情，与我无关。不过我也可以说一说：黑小的二叔，就是马元山的兄弟小山。从前在家的时候，是个顶好的青年小伙子，一句闲话都不多说，就是连旱烟也不吸，酒当然是不喝的。队长，哪一个人不称赞他，都说小山是个好孩子……

王　理　（打断他的话）你他祖宗的，啰唆这样多干吗？我是要你来说书的吗？（敲了一下桌子）干脆点，他的兄弟就是当抗日军的（马上纠正“抗日”二字）不，当匪军的！

村　长　（害怕地）是是……是他们自己的事，我不说了，我不说了……

王　理　（怒叱村长）你他祖宗的，你这个村长是糊里糊涂的，你是干什么的？

村　长　（害怕而装出笑脸）我的嘴又厚又软，不会说话，也说不好，更说不过人家。队长，你老人家别生这么大的气，你自己跟她说好了，你自己跟她说好了。

王　理　（怒怒地盯了他一眼）你他祖宗的，真是个死人！（朝向马妻）我告诉你：（瞟了她一眼）我看你这个婆娘也是顶能说话的，可是你骗不了我。你的男人的兄弟是当匪军的，是你的兄弟褚天根告诉皇军的。事情就这样简单，十五天，要把他找回来，把这事情告诉你的汉子！

马　妻　不，队长老爷，黑小他二叔真是好几年没有写……

王　理　（严厉地打断她的话）还说什么呢？你以为这样对我多说几句话，我会觉得你的声音好听吗？漂亮吗？动人吗？标致吗？快活吗？舒服吗？妙吗？美吗？好吗？香吗？甜吗？

马　妻　（屈辱而难堪地低着头）——

王　理　（呆望马妻半晌，恶笑）哼哼！哎哟！（“哎哟”要提尖些）这一下倒算不错。（拉歪了嘴，用淫恶的眼盯视半晌后，对村长说）走吧，跟娘儿们说话，算是能找开心，别的用处是没有的！

（村长、两特务队员随王理退场）

马　妻　（当工理走后，委屈地低头哭泣）……

黑　小　妈，你怎么啦？（马妻抱着黑小）妈！（哭）

马　妻　（含悲忍泪，压抑自己的感情）黑……黑小，不……不要哭……（无声地抽咽）

（舞台沉静着。马元山上场）

黑　小　（先看见他）爸爸！

马元山　（见状奇异地问）怎么的，为什么哭？

马　妻　（拉衣角拭泪）刚才村长领王理来过……

马元山　来干什么？

马　妻　就是要你把二弟找回来。还说要……

马元山　（像触着他的创伤似的暴怒起来）行了，行了，不要说下去了，就是这一回事情。那全是你兄弟干的好事！亲戚，就做到今天吧。

马　妻　我想这样事情不会是天根干的。

马元山　（紧接着问）你怎么知道不是他干的，谁告诉你，谁告诉你的？

马　妻　因为我们是亲戚，他是我的弟弟。

马元山　是我们的亲戚，是你的弟弟？哼，这样的亲戚真难得呢。

马　妻　无凭无据的，事情要问清楚才好。

马元山　问清楚？只有王八才有这样的脾气！我马元山从来不欺负人，可是有人来欺负我，就不行！给我眼睛还眼睛，给我牙齿还牙齿！

马　妻　黑小他爸！你不要这样！

马元山　（紧接说）怎么？白白地受人家来欺负是吗？

马　妻　（凄切地）不，事情是真是假的，还不清楚。这样的年头，就是“打掉门牙都要往肚里咽，打断胳膊也得往袖里藏”，你看不见这里是谁的天下吗？

马元山　还有假吗？王理昨天对村长说，一口咬定是他说的。日本人就限我在十五天里面把小山找回来，十五天半都不行。不然就要我去担当，这还不够实在。

马　妻　等我去问问我妈好吗？

马元山　（愤恨地）行啵，你去了就不要回来，干脆就回你姓褚的去吧！（坐在凳子上）……黑小，来！

黑　小　（闪着恐慌的眼光，慢慢走近）……

马元山　黑小，你记着：以后你没有舅舅，也没有姥姥了！

黑　小　（要哭似的）我……我不……

马元山　（瞪眼）不？爸爸要不要？

黑　小　（恐慌地）我……（望望父母）

（妻感伤地站立着）

（妻之母上场）

黑　小　妈，姥姥来了。

马　妻　妈！（招呼母）你来了。

妻　母　你们都在家，黑小的爸爸也在，我来得正好。

（马元山并未招呼褚母，起来要往外走）

妻　母　（呼唤住元山）黑小的爸爸，你待一会儿，我有话跟你说。

马元山　（踌躇地，欲言又止地）……说吧。

妻　母　（挨着凳子坐着）唉！老天爷啊！……黑小的爸爸，你坐下来！

马元山　（站立不动）——我站着你不能说话？

妻　母　唉！不知道是哪个天杀的，把黑小二叔告给日本，把这没良心的事情，说是我家天根干的。这真是黑天黑地的冤枉啊！

马元山　（回以鼻音）哼，别假惺惺的了，自己做了的事，自己知道。

妻　母　（恳切而忧郁地）不，真没有，就是来割这里的庄稼，也是出于无可奈何的。大鬼子二鬼子拿枪杆逼着做的，要脑袋，谁敢说个不字呢？

马元山　这回姓褚的脑袋丢不了，不用操心，马家替你们丢了，回去把枕头垫得高高的睡好觉吧！

妻　母　不，黑小的爸爸，褚家跟马家没有冤也没有仇，怎么会做出这样没有良心的事情呢？

马元山　（苦笑）哼！良心给狗吃了。来割这里的庄稼，还不心足，还要把我们马家当抗日军的，全向日本人透了气。干这样不要脸的事情，简直就是汉奸！

马　妻　（怕把事情闹坏，劝她丈夫）他姥姥的话，都是良心话，祸从天上来，又有什么法子呢？

马元山　（紧跟妻语）对，这个是你娘，那个是你兄弟，兄弟比丈夫亲。好，回你的褚家去吧！

马　妻　（委屈地低着头）……

妻　母　（压不住悲哀，声音抖动着）黑小的爸爸，我是几十岁的人了，活在这样的世界也受罪，你要跟天根作对，你就先杀了我吧！

（大家无言无语地沉默了半晌，马元山退场）

马　妻　（慢慢走至门前看了一看）黑小，你去看看你爸爸到哪里去。

黑　小　哎，到街上去看？

妻　母　黑小，你去看看吧！

黑　小　哎。（退场）

妻　母　（长叹一声）唉！（呆坐在凳子上，稍沉寂一会儿，望望门外天空）天老是阴着。总看不见太阳！

马　妻　妈！……（很像要说话，却未说出）

妻　母　怎么啦，孩子？

马　妻　（忧哀地）这几天，不知道为了什么，我一天到晚直怕。头上好像压着一座大山似的。

妻　母　（凄楚地）唉！自从日本人逼着两个村把庄稼割掉，我的心天天都在跳。一年所望着来养活的粮食，还未有长出穗子，就逼着我割你的，你割我的。闹成自己人打自己人，唉！这样不打死也得饿死了！

马　妻　（近乎埋怨地）说起来，褚家庄的人也应该好好地想一想。褚家的来割马家的，今年这里的人都不饿死吗？现在已没有吃的了。天天吃的是糠、树皮，马家的命都缠在这些庄稼上面。你想想看，怎么不打起来呢？

妻　母　褚家的也不是没有想到。日本人逼着，限三天，不割掉，全村都要砍头，谁敢不做呢？

马　妻　割庄稼已经不行了，接着又把从前参加队伍的，做抗日工作的，都报告给日本人知道。大家都是中国人，怎么这个样呢？

妻　母　咱村的人说，是马家坪先向日本人透气的。

马　妻　这里的人说，是褚家庄先向日本人透气的。

妻　母　不是的，说是马家坪把褚家庄的告诉日本，后来褚家庄有的人才供出马家坪的。

马　妻　这里的说，是褚家庄先供出马家坪的，后来马家坪有几个人才供出褚家庄的。

妻　母　天根说，他当天对地都敢说，他没有把小黑二叔供出来。不知道是哪个杀千刀的供出来的。

马　妻　（凄怆地）这件事，他爸爸气得磨刀弄棒，要跟天根拼命！

妻　母　昨天，天根听说黑小他爸爸骂他是汉奸，要打死他。天根这个性子你知道，也火了。急得跳来跳去，也要跟黑小爸爸拼个死活。你叫做娘的怎么办？又见不到你。叫人送个口信，两个村都成了冤家，成了对头。好容易今天天根睡了，我把他锁在家里，就跑来想跟黑小的爸爸说开。刚才这个样子，唉，我不是白跑了吗？

马　妻　我今天也想到你那里去看看，可是他爸爸成天磨刀弄棒，我怎么能放心去呢？

妻　母　（恨恨地）哪个做了这件不要良心的事的，该他断子绝孙啊！

马　妻　（忧伤地）妈！你替我想想看，这个是我的男人，孩子又这样小，那个是我的兄弟，妈你的年纪又这样大。万一弄个三长两短，你叫我怎么办呢？（凄然下泪）

妻　母　（悲哀地）祖宗三代香火，全靠着你这个兄弟。妈活着，可是心已经死了。粮食还没有长成熟，就逼着割去。穿没有的穿，吃没有的吃，人弄得不像人，亲戚朋友都成了冤家。

马　妻　从前总想生活过得好一点。现在我看，日本人不走，就不要再想活了！

妻　母　唉！粮食要去了，抢去了，又不让你养种。中国人都是奴才吗？总得想个法子啊！

（董其昌在门外）

董其昌　元山！

马　妻　（急擦眼泪）谁呀？

（董其昌匆匆地上场）

董其昌　马大嫂，元山不在家吗？

马　妻　不在，董先生，有什么事吗？

董其昌　日本人又逼褚家庄的人，来割这里的庄稼，今天村里面闹得很厉害。好多人主张跟褚家庄拼命。刚才有几个老人，到书房找我去，说元山也是主张打的一个，我想跟他谈一下。

妻　母　（惊问）这回怎么办呢？

董其昌　全上人家的当啦。人家在后头拉线，我们却自己人打自己人！

马　妻　要真的打起来怎么办，董先生？

董其昌　没有办法，因为有人把这两个村子在外边的抗日分子，都向日本人供了出来，闹成势不两立。

妻　母　千万别打吧！哎哟，我真担心死了！

董其昌　不应该打。可是，日本人逼着姓褚的来割，不割就不行。姓马的说，如果来就打。你不肯让，我也不肯让。

马　妻　董先生，你不能劝劝他们不打吗？

董其昌　口都说破了，也顶不了用。

马　妻　你为我劝劝黑小他爸爸，叫他不要去吧。

董其昌　我就是要找他，可是元山的脾气，真没法。他只看人家欺负他，只看见白的，看不见黑的。

马　妻　（焦灼地）他过去很听你的话，董先生，你替我劝劝他吧！

董其昌　不知道他上哪里去——好，我找找他去。（董其昌退场）

妻　母　（长叹一声）唉！——日本人到哪里，哪里就不是人间！不是挨饿嘛！就是等死！

马　妻　中国人的肉，中国人的血，都给他们吃完喝完了，现在还要啃我们剩下来的一把骨头！

（黑小跑上场）

黑　小　妈，爸爸回来了。

妻　母　在哪里？

黑　小　在外边。

（外面有人声）

村　长　（在外边）元山，队长老爷找你了。

马　妻　（惊讶）嗬，王理来了！

（他们面朝向外面）

王　理　（在外边）到屋子里面去！

（马元山、村长、王理上场，两个特务队员站立门前）

王　理　（向屋内溜望了一望，见母）哎，怎么又多了一个人呢？

妻　母　是的，老爷，我是她娘，今天来看看他们。

王　理　（阴险地，一只手托着下巴）哦！你是褚家庄的吗？

妻　母　是的，老爷。

王　理　（并不看她）谁叫你到此地来的？

妻　母　我自己来的。来看看我的外孙。

王　理　你不知道这两天土匪闹得很厉害，两个村子的人来往是不许可的吗？

妻　母　（惶惑地）不知道，老爷。

王　理　你在这里说些什么话来？

马　妻　老爷，她没有说什么话。

王　理　（怒视马妻）怎么的，我叫你插嘴啦？

马　妻　（恐慌地）——不，我说……说错了……

王　理　你们都是猪，真不懂规矩。幸亏是我，要是太君老爷看见，要你们脑袋搬家！

（众不敢说话）

王　理　（指妻母对特务队员说）把她送到村公所去，叫自卫团派人把她送到村外边去！

两特务队员　是！

村　长　队长，我去吗？

王　理　没有叫你去。（向特务队员）快去！

两特务队员　（拉妻母）走吧！

妻　母　（惊慌万分）我……

王　理　快滚！

两特务队员　（推妻母）快走！

（妻吓得拉着黑小不敢动，母被推出）

王　理　（当妻母推出后向马妻和黑小）没有你两位的事情，请出去吧！

（马妻带着恐慌不安牵着黑小慢慢地退场）

王　理　（坐在桌旁）马元山！

马元山　有什么话就请说吧，队长。

王　理　（看见马元山臂上没有“自卫团”的臂章）哎！你不是自卫团吗？

马元山　是自卫团。

王　理　你的臂章呢，哪里去了？

马元山　（看看自己臂上没有臂章，吃惊）哦……忘了戴了。

王　理　为什么忘了？

马元山　今天我换衣服了，忘了戴上去。

王　理　（奸刁地）不是换衣服吧？我昨天来，还见你穿着这件袖子哩！（奸笑）哈哈！我看你不是换衣服，你是想换脑袋！

马元山　（不敢说话）——

村　长　（替马元山找个机会，叱他）元山，快快戴起来吧！

（马元山从口袋掏出“自卫团”臂章戴上）

王　理　马元山，我不用多说，你也知道我今天为什么事情来的，你老婆对你说了吗？

马元山　说了。

王　理　你打算怎么办呢？可不能马马虎虎。不要跟脑袋开玩笑。如果过了十五天，还没有把你兄弟马小山找回来，皇军是不会跟你客气的。就是限十五天，这是我在皇军面前，跟你讨的这个情。你还应该感谢我哩！

马元山　应该感谢你老人家。可是我的兄弟好几年没有来过信，实在不知道哪里去了。

王　理　哎哟，你还要我去叫你的小舅子来对个证不成？

马元山　不，队长老爷，褚天根这个王八蛋跟我有仇，故意来害我。

王　理　那是你们亲戚的事情，这个我管不着，与咱无关。（奸笑）哼哼……

马元山　（愤恨地）队长老爷，他不是我的亲戚，他是我的仇人！

王　理　那我当队长的还管这个吗？皇军叫我来要的是你的兄弟。你要明白，我是替皇军做事的。

马元山　我说的全是实话，我的兄弟出去六七年，从来就没有来过一封信，你不信，可以问问村长。

村　长　算了，算了，别跟我说，我的话不中用的。

马元山　村长，你凭良心说一句吧。我的兄弟从来不来信，是不是真的？

村　长　说起来，我也不是不知道。知道了，当然要说说，小山在家里的时候，是个顶规矩的人。可是出去了，就从来不写信回来。怪就怪在这个地方。人家说他参加抗日军……

王　理　（突然厉声打断他的话）胡说，什么抗日军！匪军！

村　长　（唬得惊跳起来，看看王理改正他的话）对对，“匪军”。我的嘴就是笨，又厚又软，不会说话，也说不好，我刚才说到——（想）哦，对了。他从来不写信回来，怪就怪在这个地方。人家说他参加了……（看看王理）我说是“匪军”……说他参加了“匪军”。也就说在这个地方。一句话，不清楚，不清楚……

王　理　你祖宗的，别插嘴，死啰唆！

村　长　（畏缩地）……对，对，我死啰唆，我死啰唆。我说了，我不会说话，嘴又笨，又厚又软，说不好。不说了，不说了，说起来就死啰唆……

王　理　（怒斥之）你还故意地唠叨吗？我就把你送到城里去！

村　长　（惊慌）不，不不，不！队长，我以后不说了。不要生气！你老人家是宰相的肚子。常言说：“宰相肚子能撑船”……

王　理　闭住你的臭屁股！

村　长　（眼巴巴地望了王理一眼，不敢说话）……

王　理　（向马元山）怎么的，马元山？

马元山　（站在一边低头不语）……

王　理　（故意地发出恶笑声）哈……（转语气）唉！也的确，按道理讲：亲戚朋友，应该举手遮太阳。有事情就照顾照顾。（笑）哈哈，你这个亲戚也怪开明的。（用眼角瞟射着马元山）但是，他是个深明大义，爱国家的人，把坏分子供出来，真是为民除害！

马元山　（气愤不语）……

王　理　（看着马元山在气愤，大笑激他）哈哈！要都是这样的亲戚，真是太好了。哈哈!

马元山 （愤恨得咬牙切齿）

王　理 （装出庄严的样子）事情就这样简单。我已经通知你了，也算尽了我对你关心的好意。十五天，多半天都不行，记得了吗，还要再说一遍吗?

马元山 （不语）……

王　理 （阴险狡猾地点点头说）哼，今天我们还可以客气一点。（向村长）走吧！（往外走）

（村长随队长退场）

（马元山当他们走后，呆立半晌，怒火在燃烧他的心头。于是走到炕头，揭开被子抽出一把利刀，准备往外走，忽听人声，缩回）

马　妻 （在外边）黑小，他们走了吗?

黑　小 （在外边）我看见他们往那边去了。

（马元山把利刀放回原处，马妻上场）

马　妻 （向马元山）他们跟你说些什么?

马元山 （很不自然地）去问你的兄弟吧!

马　妻 （冷冷地呆立半晌）……黑小他爸爸，这件事情你不能光听人家的话。

马元山 （恼愤地）照你说，冤枉了你的宝贝兄弟啦? 我马家屈辱了你小姐的身份啦? 回到你褚家去吧!

马　妻 （受刺激地带着凄凉的声调）元山，你真忍心说出这样的话，难道我看见你这样，是高兴的吗？

马元山　（不语）……

马　妻　黑小他爸爸，可怜可怜黑小这个孩子吧，他才十三岁，你忍着这口气吧！

马元山　忍着这口气，丢了脑袋都不敢哼。我已经当了四年的亡国奴了！日本人站在我的头上，现在当亲戚的也来卡住我的喉咙……我不能叫小山回来，小山没有做错。要我去我就去。……可是我不能白去！

马　妻　（凄绝地倒在炕上掩面痛哭）……

（外边人声鼎沸，马元山惊诧。黑小上场）

黑　小　（惊慌地）妈！

马、妻　（惊问）什么事，黑小？

黑　小　褚家庄的人又来了！

马元山　又来了？

（马大安匆匆地上场）

马大安　元山，姓褚的又来割庄稼了！

马　妻　又来了？

马大安　是的，人很多，有的带着家伙来的。

马元山　好，又来了！……村长打算怎么样？

马大安　村长说让他们割。

马元山　（瞪眼）什么，让他们割？

马大安　妈的，大家都不肯，都要干！就是几个老头子和村长说不好！

马元山　好，我找他去！

（村长在外边说话）

村　长　找元山去，不要乱来，不要乱来。

（村长上场，正与元山碰头）

马元山　（一把抓住村长的领口）村长，庄稼让人割去，你就不管？

村　长　（惊慌地）哎哎，怎么，元山？不是不管，日本人有命令的，你有什么办法？

马元山　割去了，我们今年吃什么？

村　长　那……那我就不知道了！

马元山　你不知道？（举手欲打村长）我要揍死你！

村　长　（唬得战战兢兢地往后退）元山，我……我有什么办法呢？

（拥上几个村民，董其昌拨开众人上场）

董其昌　（拉住马元山）元山，你干吗这样火呢？

马元山　干吗？他让人家来割我们的庄稼！

村　长　（辩护）这……这，董先生，你……你有什么办法呢？日本人要割的，我自家的也给割啦，有什么法？

董其昌　元山，不要这样，松开手。（扯开他们）

马元山　你的地多，割去个十亩八亩，不算什么。咱们穷小子，少一亩就少一条命。开汽车路轧去了一亩，现在又让人家来割，自己饿肚子！

村　长　那有什么办法，日本人要这样，还要我们去割别人的！

马元山　（挥动双手）咱可不去割别人的，可是也不能让别人来割咱们的！

村　长　那人家要来割咱们的。

马元山　那就要打！

村　长　（胆怯地）打？……（瞠目结舌半晌）那你们就打去吧！

董其昌　你们听我说，不能打！

马大安　（厉声质问）谁说不能打？

（有几个人跟着问：）谁说不能打？谁说不能打？

董其昌　我说，我说不能打！

马元山　不能打，粮食没有了，今年吃什么？

董其昌　不能打，打就闹出人命！

马元山　人命？他们把咱们的抗日分子，都告给日本人，人命多着呢！你瞧着吧！

马大安　（厉声地）打死也比饿死强！

村　长　（自语自叹地）这也不是，那也不是，当初怕日本人来烧房子，来杀人，接头了，维持了，现在又这样。反正日子难过，我就……唉！

董其昌　我们不能只看着人家来欺负我们，就看不见谁叫他们来的……我出个主意，派人跟褚家庄讲和去！

马元山　怎么？派人跟褚家庄讲和？（步越逼近他，声越高）是咱们去欺负人家吗？是咱们去割他们的庄稼吗？是咱们把他们的抗日分子告诉日本人吗？……（眼睛冒火似怒视董其昌）你是不是褚家派来的？

董其昌　（和气而严正）元山，不是我们去欺负人家，也不是姓褚的来欺负咱们。（愤激地）我们睁开眼睛看看，是谁在欺负我们！

马元山　你说是谁？

董其昌　谁？谁逼褚家庄来割庄稼，谁要咱们交出抗日分子，你说这个是谁呢？

马元山　（讥讽地笑）哼哼！先生，别说风凉话吧，你这话顶不了事的！

董其昌　话是顶不了事，可是我们得想办法来对付他们！

马元山　（冷笑）哈哈，对付？庄稼让人割掉，自己饿肚子？办不到！咱是老粗，可没有你们念书的聪明。可是谁要动我一根汗毛，就不成！

马大安　他妈的，真是，打了耳刮还要赔不是，那不是姓马的干的！

董其昌　那你们就会闹出人命。

马、大　（同时）闹出人命也得干！

（村民三小持刀上场）

三　小　他妈的，褚家庄在割庄稼了！

全场人　（异口同声）在割啦？

（门口登时站着很多人）

三　小　在割了，还带着家伙，看样子是要打的！

马元山　（咆哮起来）拿家伙去！

众人　（骚乱起来）拿家伙去！（乱纷纷地跑下场）

董其昌　（要制止他们，跑至门前）兄弟们，我们不能打！

马元山　（在炕头取出利刀）走！

马　妻　（拼命扯住）你，你不能去！……你不能去！

黑　小　（吓唬得哭起来）妈！……（抱住母亲）

马　妻　（哀求地）你不能去，啊……你不能去……

马元山　（厉声叱她）走开！（要摆脱她）

马　妻　（拼死拉住）不，不，……

（外面人声沸腾喧嚷）

马元山　（叱妻）你走开不走开？

马　妻　不，不，你不能……

董其昌　（同时在外边）兄弟们，不能打……

（人声叫喊：元山，走哇！）

马元山　（甩脱马妻在地上）走开！

董其昌　元山，不能去……（复上场，与元山相撞，被元山撞跌了一跌）

马元山　走哇！（奔下场）

董其昌　（稳定脚，边走边追）兄弟们，不能打啊！不能打……

马　妻　（爬起哀叫）黑小的爸爸……

黑　小　（哭叫）爸爸！

村　长　（呆立半天，不知所措）真糟糕，真糟糕……（踉跄地奔下场）

（场上只剩下马妻和黑小）

马　妻　（凄绝地仰面哀鸣）天……天啊……（伏在地上）

（外面人声渐远）

幕下。

第二幕

第二天天亮的时候。

同前景。

场上无人。台后妇孺惨凄悲怆的啼哭声。

马　妻　（声　尖锐地哭泣）天啊，可怜呀……可怜呀！你死得多么可怜啊！……（继续不断地）

黑　小　（夹杂在其中的哭泣）爸爸呀，爸爸呀！……

（夹杂着其他人的语声和叹息声）

——唉！真可怜，这样的世道怎个活下去？

——好好的人家，怎么就弄成这样呢！

（村长与董其昌上场）

董其昌　（带着痛苦）唉！说闹出人命就闹出人命。

村　长　（悲哀地）唉，多结实的一个汉子，这样就完了！

董其昌　元山死了，这个家怎个活下去？

（台后哀泣声）

村　长　……（半晌后，叹了口气）唉，打吧，打吧，现在人命闹出来了，人也给人家捉去了，就没有人吭气了！

董其昌　（紧皱着眉）说不能打，偏要打。你看吧，我没有说错，准闹出人命，现在可看见了？

村　长　就是，就是。一点儿都不错。一句话，这个村长真不好做。麻烦又糟糕，糟糕又麻烦！

董其昌　怎么这样造巧，偏偏是他的小舅子扎着他呢？

村　长　就是巧，冤家路窄，听说一去到就碰上了。元山骂他小舅子是汉奸，就打起来。元山站的地方不好，给石头绊倒了，就让他的小舅子一刀扎中胸口。你看看，流了这样多的血，还能活得成吗？

董其昌　马大嫂知道不知道是他扎着元山的？

村　长　谁敢对她说。她一看见元山的样子，就一把泪，一声天，哭得死去活来！

董其昌　（长叹一声）唉！听我的话，哪里有这样的结果呢？

村　长　就是，就是。（走到门前看看天色）天已经亮了，雨也下得不大了，赶快想办法吧，（回过头担心地）等会天晴了，王理就会来的。

董其昌　办法，只有一个——跟褚家庄讲和。（挥动手）可是没有人肯这样做的。

（马大安匆匆地上场）

马大安 元山怎么样啦?

村　长 大安，你一夜到什么地方去了?

马大安 （兴奋地）我把褚天根卡住了。元山怎么样呢?他妈妈的，元山有个长短，我宰了这个王八蛋!

董其昌 （惊诧地）怎么，你把褚天根卡住啦?

马大安 （傲慢而兴奋地）唔，好容易。我们爬过松树圪岭，褚家庄放哨的，像死猪一样没有看见我们，我和三小、土娃去的。那个家伙也是自己找死，半夜三更，他开门不知道要往哪里去，给我们把他按住，捂住他的嘴，他家里一个人也没有。这不是他的家伙（从怀里取出一把匕首），扎元山他就用这个家伙。——他妈妈的，雨把我的衣服都淋湿透了!（扭扭衣襟）

董其昌 （惊忧地）你们偷偷地卡了他的人，他们不会也来卡我们的吗?

马大安 他妈妈的，他敢来卡我们的人?我非把褚家庄踏平不可!

董其昌 人安，这些办法都不能了事的。

马大安 （愤愤地）哼，反正光景就是这样，不是挨饿就是死人。要了事干什么?

村　长 （劝大安）大安，可不能再闹了，听说了吧，天地都闹翻了!

马大安 （激烈地）谁起的祸，谁开的头?

村　长 （无法地）对，我们有理。可是你不看看，这里是什么天地!

（妇人的哭啜声。众回视，马之妻神志迷惘，悲哀悽切地上场）

马　妻　（哀诉）村长，你要告诉我……黑小的爸爸是谁杀死的，你……你可怜可怜我们，要替我们申冤呵！

村　长　唉，谁杀的，等会儿就知道了。唉，这事情真糟糕！

董其昌　（同情地劝慰她）马大嫂，事到如今，伤心也没有法子，等会哭坏了身子。……你也得为黑小想想……

马　妻　（悲切地）董先生，你想想看……我怎么办啊……

马大安　（吼叫起来）怎么，元山死了？……（咬牙，心一狠，从怀中拔出匕首）好，冤报冤，仇报仇！（大步要往外走）

董其昌　（拦住）大安，你干什么去？

马大安　什么，挖仇人的心肝去！

董其昌　大安慢一点！你听，外面干什么？

（褚母狂叫声）

妻　母　（在台后）天根！天根……

村　长　（惊）干什么？

（大安停下来）

（褚母声近，黑小跑上场）

黑　小　（惊叫）姥姥！

（褚母狂奔上场）

妻　母　（神志迷乱地）天根！天根没有来？天根没有来？（向四周看了一看，见自己的女儿，哀诉）孩子呀，你的弟弟天根不见了！（急速地问）他没有来吧？他没有来吧？

马　妻　（在初闻母声时，则注神倾听。及至褚母向自己诉问后，嘤嘤地恸哭起来）妈呀，黑小他爸爸给人家杀死了！……

妻　母　（突然的刺激，惊叫）他死啦？……哎呀，我的天啊！……（哀恸）女婿死了，儿子不见了！……我作了什么孽啊……（稍停，向女儿）你没有看见天根吗？

马　妻　他怎么会来这里呢，你昨天回去没有看见他吗？

妻　母　我回去，他……他不在家了，弄开窗户跑了。天黑了，他才回来。他回去已经不像个人样了，天啊！吓死我了！一身都是血！（仿做褚天根神经迷乱的状态）一句话不说，睁着眼，说，说他跟马家坪的人打了……

马　妻　（惊叫）啊！……他来打啦？（神志昏沉，倒在炕上）

妻　母　他来打啦……我就来这里看看，又不敢来，可是不来怎能挨到天明呢？后来我想，还是来一来。天黑了，又下着雨，我又不放心他在家里。我就出来，找二婶来替我看着他，好来这里一趟。我不到一会儿回去，哎哟，他不见了。到处找不到了。……他上哪儿去啦，他上哪儿去啦？我要找他，我要找他！

（马大安站立一边，厌恶地瞪了她一眼）

妻　母　他没有来？我要找他去，我要找他去！他上哪儿去了？（神志迷惘地跑退场）天根！天根！……（声自内微弱）

马　妻　（突然起来，追母）妈！……（退场）

董其昌　（叹息）唉！

黑　小　（跑至大安面前）五叔，是谁杀死我爸爸？你告诉我！（恸哭）你告诉我！

马大安　黑小，你不要哭，我已经把杀你爸爸的那个人卡住了！我要宰了他，替你爸爸报仇！

黑　小　（疑惑地）他是谁，不是我舅舅吗？

马大安　就是他！

董其昌　（欲制止大安不要说）大安……

村　长　（与董同时制止）大安……

马大安　（故意地）就是他！

黑　小　（惊问）真是我舅舅？

马大安　（故意地）就是他，就是他！

董其昌　黑小，你别把这个告诉你妈，她会气死的！

（黑小不说话，半晌，退场）

村　长　（见黑小走后）他准告诉他娘去。（稍停）……现在不说这个了，董先生，王理快来了，怎么办呢？

（村长的话未完，村民三小上场）

三　小　（急速地）村长，王理来了，你快回去吧。

村　长　（急躁地）糟糕麻烦，麻烦糟糕，说神神到，说鬼鬼来了！你看看真来了，你看看真来了！

董其昌　（急忙对村长说）村长，没有办法了，你先回去，看看是个什么再说，去去！

村　长　（目前）哎哟，糟糕，糟糕……（呢喃地退场）

董其昌　大安，褚天根现在关在哪里？

马大安　三小，褚天根那个家伙没有动吧？

三　小　刚才那个老婆子到处吼叫，土娃把他拉到后院去了。怎么呢，我说留下来不是个办法！

马大安　村长的主意又跟我们不一样。（也示意董其昌也不同意的意思）

三　小　怎么个不一样？

马大安　怕他们来卡咱们的。

三　小　他什么事都怕，一听见门响就尿炕了。你管他干什么？怕他们来卡咱们的？先干了他，他们咬我吃啦？咬我的头是硬，咬屁股是臭的！

（董其昌无法，只好不语）

（村民土娃在门外）

土　娃　（在门外）喂，三小！

三　小　（跑至门前看了一看，回头对大安）土娃把他拉来了。（向外骂土娃）你拉到这里来干什么？

土　娃　（在门前出现）不是祭元山吗？又没有地方藏，那个老婆子到处喊。

董其昌　是不是褚天根？

土　娃　就是他。

董其昌　拉他来我问问他！

（大安、三小本不愿意，但又不好不拉，于是走开一边。土娃拉用布袋蒙着头的一个人上场）

董其昌　就是他？（向土娃）你把布袋拿了！

（土娃把布袋揭下，露出憔悴、沮丧、颓废，满身血迹被绑着的蓬头垢面的褚天根）

褚天根　（用钝迟的目光，张望了一下，认得是马元山之家，惊诧地，低微地，近乎自言自语）哦，我……我怎么来到这里呢？……

马大安　土娃，你把他拉来，还不到那边看着？

三　小　走，土娃，我们到外边看着。（拉土娃退场）

（大安不高兴地坐于炕的一隅）

董其昌　（和平地）朋友，你是褚天根？

褚天根　（没有动作，声音混浊地）唔……

董其昌　你不认得这是谁的家吗？

褚天根　（痛苦地，激荡地）啊！……昨天半夜，我要去寻，寻哪个逼我干出这事情。我一出门，有人把我捉住，用布袋蒙住我……我以为是给人听到了，将我捉到日本人那里去了，原来是来这里……唉！这个家我是不能来的……

董其昌　你说什么，你难受吗？

褚天根　（沙哑地）我从前在这里说一声，笑一声……今天，唉……（低头叹息）

董其昌　不要这样，你可以坐在这儿！（指板凳）

褚天根　（坐下，嗟嘘地）嗐！……你们要把我怎么样？快点儿吧……

董其昌　不要乱想，朋友。

马大安 （讥讽地）你别着急，等一会儿就有好戏看！

（沉默半晌）

董其昌 朋友，你为什么把元山的兄弟向日本报告呢？他是你的亲戚啊！

褚天根 （激动地）我没有向日本报告呀！

董其昌 那是谁报告的呢？

褚天根 那我就不知道了，我们村的抗日分子，是马家坪向日本报告的。

马大安 （暴骂起来）你妈的，你们能供出我们的，我们就不能供出你们的？

董其昌 （制止大安）大安，你别说话！

马大安 这个狗养的，什么都是你们褚家便宜，上门来欺负人，还挺着肚子说漂亮话！

董其昌 （制止他）大安，你别说话！（向褚天根）朋友，难道你们没有想一想，你们割了这里的庄稼，今年这里的人都要饿死的？

褚天根 （愤恼地）哼，不知道想过多少。可是，日本要这样，你有什么法子？（幻灭地）反正都是死吧……

董其昌 那我们也不能把庄稼割掉。

褚天根 （愤激地）哎哟，你不知道，日本叫做的事情，你能敢不做？……你不做吧，这面是黑狗跟着，那面是机关枪瞄着！

董其昌 庄稼说不割不行，那抗日分子说不知道也不行？

褚天根 （气愤地站起来）这是马家坪开头的！

马大安 （暴跳起来）什么，是我们开的头？（趋向褚天根，咬牙切齿地进出怒语）你再说一句，我就揍你！

董其昌　（拦住他）大安，安静点，别胡来！

马大安　（瞪着董其昌说）我胡来？他胡说！（退回原处）

褚天根　（倔强地）不管谁胡说，咱村的抗日分子，日本都写上了。今儿我在你的手里，想吃就吃吧。

马大安　怎么，我不敢吃你？我嫌你臊？（怒目瞪了褚天根一眼）

董其昌　你们来割庄稼，还带着家伙，你们是存心来打的吗？要不你们不会带家伙来的。

褚天根　（急躁地）唉，你不清楚。昨天是第三天，顶末尾的一天啦。如果还没有割掉，全村都活不成了！马家坪又不让割，你看怎么办呢？

董其昌　你跟马元山……你们也巧得很，偏偏都碰上。

褚天根　（抢紧说）不，他找我的，他骂我是汉奸。

董其昌　那你们就打起来？

褚天根　当然啦，他打我嘛，大家都有把刀！……（痛苦地）可是我懊悔，我懊悔！唉！

董其昌　（同情而悲愤）唉，我们为什么要这样呢？

褚天根　（不理性地嘶叫）唉！我昨天究竟为了什么，我发昏了吗？（向马大安）谢谢你们，你们快一点吧！

（大安以同情怜悯的眼光看了他一下）

董其昌　朋友，你不要这样！

褚天根　（凄惨，懊恼地短促地叹息）嘿！……

（舞台空气沉静着）

（村民土娃上场）

土　娃　董先生，村长叫你快去！

董其昌　（惊诧地）什么事？好，你们等等吧，别让马大嫂看见！（退场）

土　娃　大安，这个家伙就待在这里？（指褚天根）

三　小　（跑上场）糟糕，马大嫂回来了，怎么办？

马大安　蒙住他！（用布袋蒙住褚天根，拉到炕后，用被子盖着）

（马妻、黑小上场）

马　妻　（悲怆地）他五叔，你知道凶手是谁，请你告诉我，我不知道地蒙在鼓里，比知道更难受！

马大安　（不耐烦地）大嫂子，你就会知道的。

（用身子掩蔽着炕后）

马　妻　他是谁，你们跟我说个明白。我的心像用锥子锥一样地难受，你们不是已经把他卡住了吗？

三　小　大嫂子，你知道了没有什么好处，不要问了。

马　妻　不，我应该知道。

马大安　等一会儿就啥都知道了。你出去歇歇吧。

马　妻　不，我求你们让我先知道吧！（发现大安身后有东西）那是什么？

马大安　（急说）没有什么，没有什么。

三　小　（跑到门前看了一下，回头对大安说）大安，算了，就让她看一看吧。

马大安　（深思一下，回头）好，看吧！（揭开被子拉出了一个人来）

马　妻　（一看见，像触电似的，惊）啊！是谁？

马大安　大嫂子，你不是要知道谁是你的仇人吗？（推褚天根）就是这个！

马　妻　（突然神情变化）啊，……黑小，他是谁？

黑　小　（害怕）妈……我不知道……

马　妻　（挽着黑小，恐惧地）开开给我看看！不，等一等，（向黑小）黑小，你看看！

黑　小　妈，不叫看！

马大安　好，给你看看吧！（揭开袋，褚天根面目露出来，神色恐怖疲惫）就是他！

马　妻　（一见褚天根，恐怖极，惊叫）啊！……（慢慢回头）黑小，你看见谁？我在做梦吗？

黑　小　（惊骇）不，妈，他是舅舅！

马　妻　（恐怖地叫）他？他是谁？

黑　小　（哭）妈，他是我舅舅！

马　妻　（声调悲怆软弱地）啊！想好的偏不来，想赖的真来了！……天啊！（向天根）弟弟，是你啊！

马大安　（拦住）大嫂子，他不是你的弟弟，元山是他杀死的！

马　妻　（受刺激地大叫）啊！……（倒地半晌）怎么，真是你干的，天根……你干得真好！（恸哭不成声）

马大安　（愤怒地与土娃二人说）拉走吧，算什么呢？

三　小　对，走走走！

土　娃　（拿起布袋）走吧！（做要蒙住褚天根的样子）

（褚天根沉重地抬抬眼，又垂低了头）

马　妻　（抬起悲苦的脸）还有话，等等！

马大安　快说，算什么？

（褚母呐喊声）

三　小　（警告）大安，那个老婆子来了！

马大安　（急催促）赶快走，赶快走！

马　妻　（急）等一等！

（马大安等要拉褚天根往外走。褚母奔上场）

妻　母　天根！（见天根，紧抱住）天根，你怎么来这里？

马大安　（叱褚母）滚开！（要挣脱她）

妻　母　（大叫）你们怎么啦？你们怎么啦？……

马大安　（怒）他妈妈的，你嚷什么？（摔脱她）滚！

妻　母　（急支起）救命哟！救命哟！……

三　小　走吧，大安！（做要推褚天根状）

马　妻　（急爬起半身）你们等等！

三　小　杀人偿命，还等什么？

马　妻　杀人是要偿命……

马大安　大嫂子，不杀他，元山是闭不上眼的。

马　妻　（惨凄痛苦地）是……可是，我要他，要他先杀了我！

马大安 （激愤地）大嫂子，你别做梦，元山是谁杀死的？

马　妻 （刺痛）啊！（倒在黑小身上）

黑　小 妈！（扶住她）

妻　母 （跪在女儿面前）孩子哟！救救你的弟弟吧，跟他讨个情吧！

马　妻 （惨绝地）妈……（弯身向母跪下）

妻　母 （支着不让她跪下）孩子啊，祖宗三代只有这一点骨肉，孩子呵，你可怜可怜你的死不去的娘吧，跟你弟弟讨个情！……

马　妻 （惨极了）啊呀！（晕倒炕上）

黑　小 （哭，推动母亲）妈……

马大安 （恨火冲冲，举起匕首）以眼还眼，以命还命！走，（向土娃二人）还等什么？

妻　母 （拼命抱住哀求）不能，不能，你们好心呢……

（黑小惊哭，董其昌奔上场）

董其昌 （大声）大安，你们要干什么？（夺下他手中的匕首，投在地上）

马大安 干什么？我们要报仇！

董其昌 仇不是这样报的。

马大安 那你说怎么样报呢？（怒视董其昌）

董其昌 一个人死了，不能找一个陪的！这样下去，什么时候得了呢？

马大安 仇报了就了哩！

董其昌 那就两个村子的人，非都死光不可！你杀他（指褚天根）他们又来杀我们的，元山的教训还不够痛吗？

马大安　有冤报冤，有仇报仇，咱管不了教训不教训！

董其昌　冤家宜解不宜结。他还是我们的兄弟哩！

马大安　兄弟，你知道他是什么人？

董其昌　什么人？（愤怒地）他跟咱们一样，都是亡国奴！

（这一句话给予大安心灵以创伤，低头走开）

妻　母　（抱着褚天根恸哭）咽……我可怜的孩子啊……

（众沉痛地面对着这悲伤哀凄的两对母子）

董其昌　（深沉地悲叹）唉……兄弟们，听我说吧，我们和褚家只有讲和一条路。

（松开了绑着褚天根的绳子）

妻　母　（跪在董其昌前）先生，你救救我们吧！

褚天根　（被松开后，万道苦棘在刺他的心灵，轻轻地哼着深沉的气息）嘿……

马　妻　（幻灭地抬起头，嘤嘤地泣）咽……

董其昌　（此时向土娃、三小）土娃，你们到外面看看动静！

土　娃　（拉三小）走。（退场）

马　妻　（哀鸣）啊……

黑　小　（怜悯地扶住她）妈……

马　妻　（迟钝的眼光向四周溜了一溜，拾起大安的匕首，牵过黑小，跪在褚天根面前）天根！……你杀了我们母子吧！

褚天根　（像受到突然的猛击，同他姐姐的目光呆望半晌）啊……姐姐……

（也蓦然跪下）

妻　母　（惊）孩子你……（泣，挽着自己的女儿）

（董其昌、马大安皆惊诧地注视她们）

董其昌　（劝她）大嫂子，别难受了，你静一静吧！

马　妻　不。（向天根）这是我的命，该这样……

褚天根　（痛苦地）啊……姐姐！

马　妻　（摇头）不，天根，我不怨你。你把我送出这个活受罪的火炕吧……四年来，我们不敢笑，也不敢哭，不敢骂，也不敢说，有人要我们死，我们就不敢活，你姐夫是不该死的……

妻　母　孩子，你别……

大、董　（同时）大嫂子，事到如今，你别这样！

董其昌　（向褚天根）朋友，你起来，不要这样！（拉起褚天根，伏在凳子上哭）

马　妻　（提起匕首，哀痛地呜咽）……这里有把刀！（看刀）啊！这上面是什么？（细看，颤抖）血，血呀……就是黑小他爸爸的血！……黑小他爸爸的……

大、董　（在她提刀时把她扶到炕上）大嫂子，你坐一会儿，不要这样！（董其昌拿了她的刀）

褚天根　（沉痛地吼叫）啊！

马　妻　眼泪永止不住我们的灾难！

褚天根　（回过头来）啊！……我是怎么的？……害了姐夫，害了姐姐，害

了黑小！（狂叫）天啊！……我是怎么的？（双手击头）呵……（忽然从董其昌手中夺过匕首）让我去死！（要自杀）

马大安　（惊叫）啊，干什么？（制止他）

董其昌　（急压着褚天根的手）朋友，别胡来！（夺下褚天根的刀）

妻　母　呵！（坐在地上发抖）天……天啊！……

（土娃、三小上场）

土、三　（惊问）什么事？

马大安　（突然呐喊起来）我实在受不了，头就要炸开了，我们究竟是为什么？

董其昌　大安，老百姓不用血洗眼睛是洗不开的！我的话没有说错，昨天大家都听我的话，哪里会有这样的结果呢？

（村长慌张地上场）

村　长　（先看了看在场的人们，急速地说）怎么的，你们还在干什么？祸事临头还在鼓里睡觉哩！

（众惊讶地望着他）

董其昌　（急问）怎么啦，王理走了？

村　长　（着急地）没有，没有没有，还在哩，还在哩。他叫我出来集合村里面的人。

大、三、土　（同声）集合干什么？

村　长　（焦急地）干什么，干什么啦，叫我们去割西河沟的庄稼！明天就要动手！

众　人　明天就去？——去割西河沟的庄稼？

村　长　还有，你们听我说完吧：三天割不完，就用机关枪点名！

马大安　（暴怒地）机关枪点名？我不去，这不是人干的！——哪能去，不打起来吗？

董其昌　（愤慨地）对，我们不能去，我们流冤枉血流得太多了！

众　人　（响应）不去，不去……

村　长　（惊慌地跑至门口探望，喘急地说）哎呀，你们别这样嚷吧，不去不成，不成！

马大安　不成？不成也不去！

三　小　董先生，现在你说该怎么办？

董其昌　（激昂地）摆在我们面前有两条路，一条是做奴隶，子孙万代跟日本人当牛马；一条是当个自由的中国人！

众　人　（异口同声）当中国人！

董其昌　（果断坚决）那就是把王理逮住！

村　长　（吓得又跑至门口探望，回头来）这……日本人知道还了得？

董其昌　如果不砍断日本这条狗腿，我们不要想翻身，日本全靠他来捣乱。你们不要怕，万事在我身上，只要大家一条心，我有办法。

马大安　反正一样，先干掉他！

董其昌　我们和褚家不能做对头，应该拉起手来对付日本，中国人不能自己人打自己人！

马大安　董先生，现在你叫咱们怎样就怎样。我听你的话。

三、土 对。董先生，你说吧！

村 长 （又跑至门前瞧，回头说）快点吧，我告诉他是集合人去的，慢了就不行了。

（一村民带褚家庄的代表褚北海上场）

村 民 村长，他是褚家庄派来的，要跟咱们讲和。

褚北海 村长，我是来和你们讲和的。

村、董 好极了，好极了。我们正要派人到你们那里去的。

董其昌 （向村民）你到外面看着，有人告诉我们！

（村民退场）

褚北海 这回咱村真对不起你们，全上日本人的当了。可是两个村闹成这个样，日本人还不满足，还要逼我们再来。咱村大家商量，都是死路，为什么要中国人打中国人呢？就叫我来当代表，来讲和啦，只要你们愿意，我们愿赔你们东西，大家想法子来收拾这件事情，对付日本。

董其昌 讲和，我们就得先砍断王理这条狗腿，不然就没有办法。

褚北海 对了。这回全是他在捣鬼。咱村就主张卡住他。

村 长 （对褚北海诉说）哎呀，你还不知道，倒运的事，又轮到咱村了，日本也是逼我们去割西河沟的庄稼哩。

褚北海 （惊）也逼你们了？

村 长 可不，可不……

董其昌 好了，事不宜迟，王理还在村公所等着。（向褚北海）褚老先生，你回去担保把捉去我们的人，放回来，我们两个村子今天晚上开会来想办法。我们现在就把王理逮住，在会上来公审他。

褚北海　对，我担保把你们的人放回来。

村　长　（催促）快点吧，迟了，王理会晓得的。

董其昌　好，开会要悄悄地，不要走漏风声，派好人看风站岗。

褚北海　对对，我走吧。

董其昌　好，我还告诉你几个事情。（一道与褚北海退场）

妻　母　（恐惧地问）村长，不是又要出事了吧？

村　长　（发愁地）我一点儿主意都没有了，全看董先生吧。

褚天根　（愤恨地对村长等人说）唉，我全错了。村长，卡王理我去！

村　长　（害怕）别嚷这样高，隔墙有耳朵。

褚天根　我不怕了，落了个骂名。是谁把我弄成这样，我看清楚了。

（董其昌上场）

村　长　（急问）董先生，他走啦？快吧，迟就出事了！

董其昌　好，大家听我说，我们今天要翻身，千万别怕。把王理逮住，我们就报告日本，说八路军把他逮住。我们派人到根据地去，跟八路军、抗日政府讲，叫他们想法子来帮助我们！……我们是中国人，不能叫人家摆布不哼气！

（正说时，村民上场）

村　民　董先生，不好了，王理带着一个兵来了！

众　人　（慌张，纷乱起来，村长更厉害）王理来了？

村　长　糟糕，这回怎么办？麻烦麻烦。

董其昌　别怕，你们都壮着胆子，看他说些什么，如不对头了，看我咳嗽，大家一齐动手！（对小三、土娃）你们捉跟他来的黑狗。我们捉王理。

褚天根　董先生，我来卡王理，我恨死他，我明白了。

村　民　（警告）来了！（回头退场）

妻　母　我们快出去吧！（牵黑小慌张地要退场）

（王理带一伪军威风地上场，把马妻、妻母挡回来，众人惊愕）

王　理　（威严地对村长）你祖宗的，你是干什么的？你要什么玩意儿？

村　长　（战战兢兢地）队长老爷，男人们都上地了，不是不集合，都上地了，都上地了。

王　理　（骂）你祖宗的，你要我来陪衬你吗？（意识到屋里有许多人，惊问）都上地了？这里这样多人是干什么的？想造反吗？

村　长　（害怕）队长，不是，哪里敢，哪里敢，这是两个村子为了割庄稼闹出事了！

王　理　（截断他的话）我不听这些，那是你们自己干不好。皇军没有叫你们这样。快去叫人回来开会，明天就要去割，三天干不完，机关枪点名，你忘了？

村　长　（恐惧）没有忘，可是人都不肯去。（声音渐像自言自语）困难可多了，四面八方都是困难，难上加难……

王　理　（厉声）你祖宗的，又啰唆了，说起话来不是拉杂就是累赘，不是累赘就是拉杂！困难不许说，替皇军做事，还能说第二句话的吗？

董其昌　（终于说话了）没有人肯去，那有什么办法？

王　理　（回头）什么，你说的，没有人肯去？

董其昌　（坦然地）你的耳朵很好，没有听错。我们不肯去！

王　理　（勃然大怒）什么，你们敢不去！

董其昌　对了，我们不高兴去！

王　理　（有些害怕了）你们想造反？这样多的人在这里开秘密会。我还没有说你们，你们就敢跟我顶嘴说不去？（恫吓地）机关枪点名，瞧着吧！（急欲退场）

董其昌　（咳嗽）咳！

（王理吃了一惊）

马大安　（大叫）动手！

（褚天根也大叫一声，跳过来掀翻王理在地上，大安按住他。三小等在门外把伪军打倒。解腰带把他们绑着，缴了他们的武器）

王　理　（骂）你们造反了，你们敢侮辱皇军的干部！

褚天根　（怒火心中烧）皇军的干部，揍！（拳击王理）

众　人　（纷纷响应）打！打！

董其昌　（喝住）天根，你们住手！

（妻、母等吓作一团。村长惊慌失措）

褚天根　（抓住王理的胸领）你说，是谁供出马小山的？

王　理　那……就……（怕打不敢不说）就说是我吧。

褚天根 （推送他一下）你狗养的，你说是我干的！

王　理 这不是我的意思，是皇军要你们打个痛快。

马大安 是谁在这里捣鬼？

王　理 什么都推在我身上就是了。把我放了，我以后改邪归正。

众　人 （咆哮）打！打！（动乱起来）

（村民上场）

村　民 （慌张地）董先生，日本兵来了，在河沟下面走！

众　人 （惊慌）那怎么办啊？

村　长 （乱蹦乱跳）糟糕了，麻烦了，没命了，大事不好了，大事不好了！

王　理 （大叫）有人造反了，有人造反了！

董其昌 （向大安）捂住他的嘴！

（大安等用头巾塞住王理的嘴）

董其昌 （向村民）你再去看！（村民退场）大安、三小，你们拿枪上山去，看见日本兵进村就打枪！（大安、三小退场，黑小悄悄地随出）村长，你跟我去迎接他们去！

村　长 （大惊）不是送羊入虎口吗？我不敢去，我怕……

董其昌 不要紧，你怕就正好。我们去截住他们，说八路军来了，把王理捉走了。我们以后不就一干二净了？走！

褚天根 我呢，董先生？

董其昌 把这个汉奸交给你，你好生看着，晚上送到会上去！（拉村长退场，村长非常害怕）

（褚天根当村长等走后，至门前瞧了一瞧）

台后人嚷声　（急速而又沉重）关门，关门！日本兵来了！日本兵来了！关门，关门……

（纷纷地）

褚天根　（听了一下，在门前捡了一木棍，走至坐在地上的王理前）好！（举木棍要击王理）你这个汉奸！

（此时，黑小急上）

黑　小　日本兵快进村了！

（黑小说话时，枪声响了，褚天根止住未打，望外边）

人　声　（操四川口音，远远地）打呀，同志们！……（枪声）

远处人声　黑齐咕噜，黑齐咕噜……

糟糕！快走！黑齐咕噜……

（王理恐惧，妻、母、黑小缩作一团）

幕在嘈杂纷乱的人声、脚步声、枪声中落下。

1942 年 1 月初稿

1942 年 9 月第 3 次稿于武乡休养中[①]

---

① "五月大扫荡"中，作者率太行山剧团于 6 月 12 日在山西省平顺县井底村与敌遭遇受伤。突围后，时任武乡县委书记的妻子赵迪之接他到武乡养伤。故有此说。

比赛[①]

〔短歌剧〕

① 版本:韬奋书店,总店涉县索堡,分店林县合涧,1945 年 4 月出版。署名:洪荒;作曲:周沛然。

1943 年年初,抗日根据地开展了大生产运动,此剧就是在这个背景下创作的,是晋冀鲁豫边区的第一个歌剧。

导演说明

一、布景，如果条件不够，舞台装置可以简单些，只布置一铺坑和一道门。

二、开幕前的前奏曲，如器乐条件不够可以删短些。前奏曲终，开幕。

三、排演的站位和动作：东子家在院子里纺花，阿毛头在门前修叉子，东子在炕上打着鼾声睡觉，大东子打哭阿毛头的第一次吵架，就在炕上。妇救会长上场，一进院子就唱，东子家从屋后出来招呼。叫阿毛头去搬椅子，阿毛头要表示有点不愿意去。东子家和妇救会长的对唱，都是在院子里的。当大东子生气，恼她们说他时，妇救会长的态度，要和平些，东子家的则尖锐些。大东子生气退场时，妇救会长表示觉得他厉害，东子家表示受委屈。当打钟后，妇救会长要走，发现她的新衣服，表情要愉快。大东子被人奚落，又给老婆关在家里，没吃没喝，应表现出他思想上的矛盾斗争，这个地方特别要抓住。阿毛头拾粪回来，要表现出这个劳动孩子的粗野可爱的天性。他嘲笑他的父亲时，细小的动作要做好，如吐舌头、装鬼脸等。阿毛头把门开了，大东子不要马上就出院子，可以在门前看看天，拿起锄头又放下，不愿立刻去。这时要以音乐来帮助过程的转变。最后出门，才发现阿毛头在地上画“王八”！当阿毛头被打时，东子家上场。阿毛头哭唱要带些哭的腔调。东子家诉说大东子的不对后，就纺花。大东子此时，垂头无语，后来在院子里踱来踱去，又想告诉女人说自已要改了，又不好意思说出来的样子。此时音乐的过程可以反复地进行着。最后大东子表示下决心去生产，这是全剧的顶点，夫妻孩子都要表现快乐，气氛要轻松活泼。大东子进屋拿锄头，要有力，大步走。东子家拉着他的锄头,羞他,给他窝窝。会心微笑的两人看了一看。阿毛头笑，东子家害臊，抱住打阿毛头。大东子微笑下场，东子家还回头目送之。此时闭幕。

四、幕终曲在东子家给大东子窝窝时开始奏，一直到幕闭后奏完终止。

关于音乐的说明

胡琴定音:C调就用里面1外面5的指法。F调就用里面5外面2的指法。只要定音一次，碰到转调变换一下指法就对了。

幕前曲前面的八小节和幕终曲全曲，能配有大小鼓声最好。至于全剧演出，应需有哪几种乐器，那只有根据自己条件了。总之，凡是过门的地方，乐器可加多几种。

在演唱中，尚需注意各个乐器的音色做适当的配备。比如说，当大东子唱的时候，如果用笛子来吹，就不如用坠子二胡来拉；同样，当阿毛头唱的时候，要是用坠子二胡来拉，那就不如用笛子来吹了；这正因为各种乐器是能代表一定的性格的。

再有，当大东子、妇救会长、东子家相争的时候，假如能配有打击乐器一定比多添几种丝弦乐器更能增强其气氛的。

人物

大东子——懒汉

东子家——大东子之妻

阿毛头——大东子之子

妇救会长

布景

舞台一半是院子，有树木。一半是内室，有门。屋内有炕，有桌、椅、凳。

幕前曲[①]**起**　（东子家在院子里纺花，阿毛头在门前修理拾粪叉子。大东子睡在炕上。）

东子家　白天不是睡觉，[②]
就是聊天，晒太阳，

① 编者注：配器有口琴、京胡、笛子；板胡；落子二胡；坠子二胡分为四组，有不同的曲谱，三弦、小铃中途加入。开幕转二胡独奏。

② 除注明道白的地方，均为唱。所有道白都有音乐作背景声。

晚上不是赌钱就是串门，论长短。

叫他不要去看戏，

他不肯听天天去。

阿毛头，阿毛头，

太阳出来一竿子高，

把懒鬼的被子，掀了下来，扯了去！

（阿毛头只顾修叉子，用小斧子敲着）

阿毛头 我怕，

他打我！

我怕！

东子家 你是小耗子吗？

这样胆小怕打你，

谁给你饭吃？

怎么不怕我打你？

多么好的天气，

正该锄地下种子，

一天到晚光知道睡。

（白）去，把被子掀去。

（阿毛头慢慢地走向炕）

阿毛头 懒鬼爹，快快起！快快起！

阿妈生了五丈高的气！（扯被）

大东子　阿毛头，你想死？

老子正在做梦捡银子！（打阿毛头）

阿毛头　阿妈呀！好痛呀！

懒鬼找着我来出懒气！

妈呀妈呀！

大东子　臭娘的，还顶嘴。

老子再赏你两个耳光！

东子家　好气魄，好神气，

为啥打我小孩子？

（大东子做讽笑状）

大东子　是你的小孩，

从你娘家带来的？

好不羞臭娘，

我多睡一会儿就犯着了你！

好不羞臭娘！

东子家　哎哎哎，好意思，

贪睡懒做光会吃，

丢尽了，男人家，

厚着脸皮说大话。

大东子　清早起，闹哄哄，

哪个使你发了疯。

迟早，三顿饭，

紧紧慢慢一天工。

东子家 再睡吧，好做梦，

吃饭有人梦里送。

天下米，下金子，

不干营生自有吃。

（东子家负气地端起瓦盆在院子里喂猪，并做噜噜声）

阿毛头 懒鬼睡，睡懒觉，

气得妈，心烦恼。

（妇救会长上即唱）

妇救会长 阿毛头唱啥歌？

东子家恼什么？

东子家 妇救会长来得巧，

阿毛头拿把椅子来！

那不是，那不是，要椅子！

小毛头，挪把椅子！

阿毛头 挪椅子，挪凳子，

还不是一样坐？（阿毛头挪过一张凳子）

妇救会长 挪椅子，挪凳子，

都一样，我不坐。（妇救会长却坐了）

东子家 有什么样的米，

碾什么样的面，
什么样的父亲有什么样的孩。
再去拿个柿子窝，
来给妇救会长吃。
许多时候不瞧我，
难道恼我什么事？

妇救会长 不用去了阿毛头，
今天肚子早塞够。
不怕烂掉这两片嘴皮，（阿毛头退场）
胡猜乱想坏心思。
春耕养种真忙极了，
哪有工夫来瞧你。
多好太阳暖洋洋，
他这会儿还睡，
装病啦，有病啦？

东子家 唉！提起叫人真生气，
人家老爷懒得起。
白天聊天晚赌钱，
扭着股牛劲就是耍性子。

妇救会长 难得抗战把天地变，
庄户穷汉翻了一个身，

减租减息定新例，

看多出把劲该多高兴。

东子家 你把心儿恼个碎，

他红嘴白牙笑嘻嘻。

地有啦，款也借到手，

就是没人出力。

我自己要都累蚀了，

小麻雀能跳破屋皮？

妇救会长 真是大金刚争嘴吃，

越吃越没有出息！（大东子爬起）

大东子 臭娘的，说我啦？

别向人，吹牛皮。

妇救会长 大东子，你也是，

为什么，不下地？

大东子 下不下，我的事，

你妇救，我农救。

你河水，我井水，

犯不着，别吭气。

妇救会长 什么话，大东子。

东子家 这臭屁，熏死人！

大东子 我放屁，你妈的！（瞪眼握拳）

妇救会长　你不对，大东子，
不生产，欺负人。
平日里，只会说，
不是个，好公民。
大东子　好不好，我的事，
一不坏，二不破。
妇救会长　要胜利，多生产，
要不饥，多流汗。
不看看，宝珠娘，
赛过个，男子汉。
大东子　她是她，我是我，
我请你，别啰唆。
妇救会长　这样的，农会员，
叫大家，评一评。
东子家　阿毛头，拿酒肉，
别惹着，人生气！
大东子　三更生下四更死，
你见过天见过地？
听见母鸡叫醒你？
见过蛤蟆放过屁？
见过骆驼耕过地？

见过死人出过气？

见过你爹娘拜天地？

呸！脏了我的嘴！（退场）

东子家 这汉子，不是人，

五世当姑子，不愿和他混！

妇救会长（白）听，打钟了！

（唱）：

打了钟，心头热烘烘。

地里活儿，半会儿不放松。

大东子，懒得气死人，

找农会，找个钉子给他碰。

东子家 对啦，你就替我跑去告了他。

告他懒，欺负我。

有工夫来呀！

（白）呵！你这个新袢子，可合适，合身材。

妇救会长 自己纺，自己织，

今年已挣四百块。

我家的汉子眼红又发呆，

他眼红又发呆。

东子家 你真模范。

有工夫来玩。

妇救会长　一定一定，

我先去告诉生产主任。（退场）

东子家　丈夫不像话，

我要整整他，

饭不给他吃，

也不跟他耍。（钟声）

（白）阿毛头，打钟了，把饭拿到地里去！（阿毛头拿锅上场，给她）

阿毛头　（白）拾粪叉闹好，我走我的吧？

东子家　（白）走吧，回来！去叫先生画个王八来。（阿毛头退场，大东子上场）

大东子　早露还未干，人都吃了饭。

生了一肚子气，找不着人来谈。

碰见农会长，他批评我一番：

说我是懒汉，说我是胡扯淡。

脸红脖子热，满面害羞惭。

东子家　（白）怎么地，你还舍得回来？（悔失言似的吐了一口唾沫）

大东子　还未造好饭，

肚子饿得慌。

东子家　（白）小妞子！咱们一道上地去！（扭身提着饭锅出门，锁上门）

大东子　（白）毛头娘，你干啥锁门？（东子家哎了一声，聆听一下）

东子家　（白）呸！呸！脏了我的嘴！（大东子打门）

大东子 臭婆娘，门锁上，

真跑了，咱睡觉。

肚子饥，没吃的。（找不到饭锅）

没有饭，没有汤，

臭婆娘，走他娘，

你回来当心点儿，

这胳膊又粗又长。（东子家退场，大东子愤怒思量了一会儿）

大东子 大东子闷在家里，

东邻西舍都叫我生气。

说我是懒骨头，懒东西。

小孩子，画王八，

娘儿们，刮脸皮，

农会批评不守纪律。

我大东子，受尽委屈，

我慢点儿养种有什么关系？

你冷言，他冷语，

笑话我，懒骨头，懒东西。

还加家里老婆啰里啰唆，

偏偏和我过不去！（狠狠地吐了一口）吐！（睡下）

（时光快中午了，阿毛头上场，持着一牌子，上画乌龟）

阿毛头 柳叶儿青青桃花儿红，

拾粪的人儿晒得脸儿红。

小羊儿叫着小狗儿跳，

拾满一筐哈哈笑。

（白）娘——！还没回来。（打门）

大东子　肚子饥，睡不着，

臭老婆她折磨我。

（白）谁打门？（起来）

（阿毛头呼猪，做噜噜声——）

阿毛头　我家有只懒猪，

吃饱睡觉呼呼，

它跑到街上去，

谁也不和它咕咕。

大东子　阿毛头，快开门快开门！

肚子饥，快饿昏。

阿毛头　我家的懒猪，成天光会噜噜，

懒猪懒猪懒猪，肚子饥就去吃土。

大东子　（白）阿毛头，想死了吧？当心点儿你的老子！喂，拿回饭，我要吃。

阿毛头　（白）肚饥了？这里有一筐粪，要？

大东子　（白）小杂种，你在说啥？到后院快去拿钥匙，开开门，我要下地。

阿毛头　（白）你下地？我就去。（阿毛头退场，复上场）

（白）门开了，还早哩！

大东子 门开了，我要下地去，[1]

不给人笑我没出息。

（出门见阿毛头在地上画王八）

大东子 （白）阿毛头，干啥哩？

阿毛头 （白）画王八，不，画懒汉！

大东子 （白）怎么？懒汉？懒汉？懒汉？（打哭了阿毛头，东子家上场）

东子家 （白）阿毛头，这是怎么地？

阿毛头 告妈妈，你听了，

雷公打豆腐，就拣软的欺，

人家不上地，找着我出气。

东子家 阿毛头，咽着吧，

人活一张脸，树活一张皮，

树没皮不活，人没脸不羞！

大东子 管家三年狗也嫌，成天啰里啰唆鬼也厌。

我晚点儿上地去，为啥就关我在家里面？

东子家 才好看，议论纷纷，

白天睡觉，晚当夜游神。

抗战年，多出把劲儿，

早太平，要过好光景，

---

① 编者注：此处即导演说明中所言，大东子看看天，拿起锄头又放下，不愿立刻上地。

没粮把不稳，没粮把不稳。

三张嘴，箩头大，

一顿三把少不下。

阿毛头　妈妈呀，我告诉你，

村里边出告示，

劳动英雄宝珠娘，

顶大懒汉大东，是俺爹。

东子家　好败兴丢尽祖宗，

从前只望减租减息退还地。

到如今，要过好光景，

减了租，退了地，

该努力养种地，

政府好，法令好，

谁不情愿多出一分力?

大东子　不过多睡会儿，就说我懒惰。

这样来欺我，当然活不做。

东子家　自家不认错，把事向我推。

这样男子汉，十个当五对。①

大东子　（白）毛头娘!

① 编者注：此处即导演说明所言，东子垂头不语，踱来踱去，以音乐衬托过程。

东子家 （白）别叫我！阿毛头，刮他的脸皮！

大东子 （白）别小看，你的汉子！

东子家 （白）呸！不要脸！

大东子 看看看，这两条粗胳膊，

比老虎还要有力。

东子家 比不上，老母羊放个屁。

比不上，女人家吹口气。

阿毛头 比不上，老鼠尾。

比不上，小拇指。

大东子 （白）别胡扯，咱们就来打个赌。

东子家 （白）打个赌，好！阿毛头，去找人来做个证。

阿毛头 （白）不用找，我就行！

大东子 不要小看大东子，东子两手可结实，

你在家里动织机，养种事儿我包起。

要比年上多三升，还要多开八亩地，

互助抗属和孤寡，绝不偷懒一分力。

东子家 这样才是好汉子！一天我织两丈四，

三顿菜饭由我送，除草翻地我帮你。

阿毛头 看爹妈呀，争出力。

小毛头，我来拾粪，

一天担保三十斤，

我还要读书认生字。

东子家　我要去，报个名，

三口子来比赛，

劳动英雄不是我，就是你。

大东子　（进屋拿锄头）拿起锄，赶下地，

天还早，就赶它一亩地。

幕终曲起（大东子欲出被拦住）

东子家　（白）真羞死，这会儿才去，羞一羞，这脸皮！（刮他脸，又顺手给他馍馍。）给你吃！（大东子接馍，摸脸，幸福地微笑）

阿毛头　（白）呵呵，不害羞！

东子家　（白）阿毛头，打死你！

（捉住阿毛头，大东子吃馍和东子家互相偷看了一眼，都微笑。大东子走出院外）

1943 年 4 月 4 日

糠菜夫妻[①]

〔短剧〕

① 版本：新华书店，1943 年 12 月，署名：洪荒。

登场人物

科子——丈夫，民兵，二十五岁

金梅——妻子，二十一岁

婴儿——科子和金梅的孩子，襁褓时期

仙花 ——女特务，二十七八岁

农会主席

一间简陋的土房，有破桌、床、板凳等东西，有门通外，壁上悬挂着一支步枪。

金梅抱着孩子沉郁地轻轻地哼着催眠曲。

催眠曲 （洪荒词、董世民曲）

屋外边的太阳烧焦了杨树，

屋里的孩孩哭呀哭不住，

孩孩呀，快睡吧，

你哪里知道，你娘没奶在哭！

屋外边的太阳烧焦了杨树，

屋里的孩孩哭呀哭不住，

孩孩呀，快睡吧，

你哪里知道，鬼子“三光”的苦！

（拍着婴孩睡了，放在床上，自己叹息了。）

（仙花上，携着一纸包。）

仙　花　（在门外）金梅，怎么这样高兴，唱歌唱得多好听。（进）吃了好的吗？

金　梅　仙花，什么时候还闹玩。饿成个鬼样了，还吃好的？

仙　花　（看金梅，惊讶地）哎呀，真是，两天不见你，怎么瘦成这个样子？

我的天呀！没有吃的吗？（摸金梅脸颊）瘦得像个猴子一样了！

金　梅　（伤心地）怎么不是呢？光吃树叶子、野菜、糠，三四个月来，连米是什么味儿的，都忘了。

仙　花　（同情地）哎呀，真难为死你了，你看净吃糠，吃野菜，还不够这个小孩子吃奶呢。（看婴儿）哎，孩孩！孩孩睡了。

金　梅　（愤懑地）哪里有奶？孩孩快把我吃了。吃着奶头光哭，真痛死人！

仙　花　啧啧……真是。（惊异地）哎呀，多好的一个胖娃娃，也喂成这个样儿？简直是个小猴头儿……怎么啦，他爹上哪里去了？——科子怎么老不想法子呢？

金　梅　（不乐地）鬼知道他游到什么地方去了！唉！

仙　花　（慈悲地）唉！饿成这个样子，谁来可怜？我刚刚在羊汤铺买了几个包子，你吃两个吧！（解开纸包取出）

金　梅　（谦逊地）不，我不吃！

仙　花　（微笑地）吃吧，你我又不是外人，从小长到大的姊妹！（放包子在桌子上的碗上）唉！科子当这个家真不容易。

金　梅　从前他不是这个样子的，今儿老不想动弹。你跟他说，他就说县政府来想法子。

仙　花　（秘密地）别说我说怪话，政府有啥法子？少要点儿公粮就得了。（又转过语气）唉！这样的年头，政府也为难。不过，它总是比咱们当老百姓好。

金　梅　我家公粮今年倒是减了不少，说实话，政府也真想了许多办法了。可是没有人去做，办法再好也不顶事。

仙　花　今儿的汉们，都不想做营生，一天到晚抗日长，抗日短，我说抗日也得有吃的呀！

金　梅　我家的那个，还不是一样？当了个民兵班长，啥也不干了。

仙　花　这会儿的年轻人，哼……（稍顷）我前一回跟你说的，一点儿也不假。科子的眉眼虽然长得俊，没吃没喝，天一样的漂亮，也舒不了心！

金　梅　（伤心地）唔，我一天比一天瘦得不像话了。可是，我总是往好的想。

仙　花　前两年你不是想得可好吗？我也一样地胡想：像科子一样的小伙们，能抗日，能工作，爱唱爱蹦，谁家的姑娘看见不喜欢？真是心都跟他们跑了。我不是大了几岁，我看也要疯了。你不是这样嫁给科子的吗？那一会儿，姑娘们都笑开了：好面疙瘩溶也好，好小伙子穷也好。可是到了荒年，穿衣吃饭，这些家伙，都是脓包子！

金　梅　（叹气）唉！真是败兴死了！怨谁？怨我自己！

仙　花　我前些日子和你说的，敢不敢？一根线拴住两个蚂蚱，他也跑不了，你也飞不了。把线“嘣”地一拧断，那不是比拴住好吗？

金　梅　我不敢想，怕得很！

仙　花　就是可怕！一天天这样下去，怎么得了？人还能活一百岁？等到头发都白了，那还有什么意思？（稍顷）金梅，我的头发白的可多了，你替我拔拔！

金　梅　（悲哀地为她拔白头发）真是，不到几年的工夫，就白了这样多！

仙　花　人真老得快。你真不像做闺女那样好了，脸蛋瘦了，又黄得多了，快就是一把骨头了！“当一天闺女当一天仙，做一天媳妇坐一天监”，就假不了。

金　梅　（停止为她拔白头发）唔，不假……

仙　花　哟！金梅，你为什么穿这样破的袄子？连肉都露出来了！

金　梅　（腼腆地低着头）唉……还不是他拿去……

仙　花　（笑）呵！你脾气真可以。自己受苦受罪，也不敢痛快一下。怪不得我刚才看见科子在羊汤铺吃呢！科子命好，寻着你这样好心肠的老婆！

金　梅　（气被激起了）他在羊汤铺吃喝？

仙　花　凭咱们的老交情，我还捉弄你？再不然，科子回来，你闻闻他的嘴！

金　梅　（气急）啐！我才不闻他的狗嘴呢！

仙　花　（笑）你别瞒着良心说话，两口子闻闻嘴，怕什么？

金　梅　你别气我！哼！我嫁给他两年，孩子也生了，他一点儿也不心疼我，光顾自己。

仙　花　真是，在外边看他花钱，手头倒不紧，跟着那些民兵，大吃大喝。（慈悲地）唉！我还是把包子留给你吃吧。（把包子放在碗里）我那当家的，也说你可怜！我虽然是犯不着愁肚子饥。可是这样的世道，家里有点儿的，只招人家眼红；再不，就是斗你。想拿点儿给你吧，有这份心儿，也没有这份力了。

金　梅　（感激地）不，仙花，留给你吃吧，你常这样照顾我，我的心真过不去……

仙　花　（捂住她的嘴）自己人，别说这样难听的话！我家还有一条细布黑裤子，等会儿我拿来给你换了。穿这样破的，科子都不嫌败兴！

金　梅　（衷心地感动）仙花，你这样体贴我……

仙　花　（佯嗔）你再说，以后我就不来了！

金　梅　不，我说的是我的心里话……

仙　花　（热情地）好妹妹，我不可怜你，谁可怜？你受罪，我能舒心吗？（顿）唉！要是搁别人早就离婚了！

金　梅　我不忍心，好歹做了一场夫妻！

仙　花　说句生气的话，这样的夫妻，也够瞧了，连裤子都偷去，光自己快活！我告诉你的那个人，倒不比科子劣。吃少不了白面，穿少不了绸缎，盖的是红被，垫的是蓝毡，再一层，年纪也不大。这样的世道，宁吃三个月好的，我就不活三年赖的！

金　梅　（沉思）可是……我舍不得，到底我还是喜欢他。再说，又有了个小孩子，怕人笑话。

仙　花　（伤情似的）就是，一日夫妻百日恩，孩子长大了，顶多是等个十几二十年。你如今二十一岁，那时候，也不过是四十来岁，算什么？

头发白得快，日子过得也快。

金　梅　仙花，别老是说话带刺儿，你不能看死我！

仙　花　（笑）嘻嘻，好妹妹！说着玩的，别当真！（抱住她）你真是瘦了，眼圈都深了。要是有吃有喝，不到两个月，保证你又是个又白又红的迷人鬼了！走了。（起来欲走）

金　梅　（浸在矛盾的思虑中）……不多待一会儿？

仙　花　（欲行又止）金梅，这是顶末尾的一回了，你打定主意吧。耽误了，别赖我。（走至门前）哟！下雨了。（回头）刚才的话，别让科子听见，我就怕当民兵的多管闲事！（亲切地）金梅，要是你有什么着难了，你找我去，姊妹们，还用得着不好意思吗？……有工夫再来。（笑笑地出）

金　梅　（沉思了一会儿，叹息了）唉……情愿吃三个月好的，不活三年赖的？……二十年以后——四十岁……

（科子上，带着点儿醉态，把箩头扔在一边，无声无息地坐在凳子上）

金　梅　（沉默半天）你不是到羊汤铺打树叶子去了，为什么空着手回来？！（科子不语）……别装聋作哑！

（科子打哈欠，懒洋洋地转身靠着桌子，闭着眼）

金　梅　（轻声怨恨）连气都不会哼了。你不去弄点儿东西回来，要我陪你挨饿不成？

科　子　（慢吞吞地）你不会去弄，不知道我是陪谁呢？

金　梅　你倒干净，拍拍手就回来。

科　子　你有本事，你就去，咱不行。

金　梅　（气了）你把我的裤子弄到哪里去了？

科　子　（支吾地）谁知道呢？……

金　梅　你不知道？不是你偷去卖了，喝了羊汤，喝了酒了？

科　子　……随便你说吧……

金　梅　好个不要脸的，还算个大丈夫？

科　子　咱就不打算当大丈夫，小丈夫，也不操这份心事。这样的年头，吃一顿算一顿。

金　梅　你这自私鬼，光顾自己！

科　子　（掏出烟袋抽烟）……

金　梅　（气极了）劣猫儿避鼠，劣男儿做主，你操的是什么心？

科　子　我操的是什么心？你不看看是什么年头？年上打三成，今年不下雨。糠你嫌粗，树叶嫌苦，成天跟我吱哇吱哇地叫，我还有什么办法？

金　梅　你来奶小孩！谁喜欢吃你这些鬼吃的东西！我是你家的小兔子？是你家的老母狗？光吃糠吃菜就能养大小孩啦？……没有本事，讨什么老婆？

科　子　早娶媳妇早生气，就是不该讨。

金　梅　不要脸，你为什么不动弹？坐着等天掉下吃的？

科　子　你为什么不动弹，为什么光靠我？

金　梅　哟！好意思？女人动弹，就不嫁汉了。

科　子　如今闹革命，男女平等自由，都得动弹，都得做活。

金　梅　嘿嘿，你找错人了！我不是母牛，替你生小孩，又替你种地，你倒舒服，连老婆的裤子也偷去了，你是个贼！

科　子　（火了）金梅，你打什么主意？老是天天和我过不去？嘿！

金　梅　我看你不像个人！

科　子　我不像个人？你像个人？

金　梅　反正你不像个人。

科　子　我不像？我看你像？

金　梅　猪也比你好！

科　子　（瞪眼）你想死了？当初谁叫你喜欢我？

金　梅　早知道这样没出息，我才不呢！

科　子　不？迟了，娘娘！当初你像长虫似的缠住我。我比猪还不好？

金　梅　我缠住你？我贪你漂亮，图你富贵？

科　子　就是贪我漂亮，倒不图我富贵。（装模作样）就是好嘛，身体多结实，眉眼又俊又俏！

金　梅　（啐）呸！我缠住你？不到井边照照自己的鬼样！

科　子　（怒）妈的，我是个鬼样？

金　梅　你不是人养的！

科　子　（更怒）你再骂！

金　梅　你不配当民兵，像你这种人当民兵，把民兵两个字都弄脏了！

科　子　（大怒）妈的，你敢骂我不配当民兵？我枪毙你！（要取壁上的枪）

金　梅　（初惊，继之胆大）哎！……好，你敢！

科　子　我不敢？（端起枪）

金　梅　你来！你来！（抱起婴儿）你来！……（扑上前，婴儿大哭）

科　子　（畏缩下来）他妈的……（收下枪）

金　梅　（得寸进尺）你来呀！怎么不敢呢？（扑上前，纠缠着科子）为什么不敢呢？……

科　子　（火起了）妈的，你干啥？（把她推在床上）

金　梅　（又趋上前）你来！你来！（乱打科子，最后打了他一耳光）

科　子　（大怒）妈的，你打我？（推她在地上）

金　梅　（叫喊）来人呀！捉人呀！科子杀人呀！科子杀人呀！……

科　子　（骇）金梅，你今天疯了？

金　梅　我找妇救会去，我要离婚，我要离婚……

科　子　（惊）你要离婚？……（退后几步）

金　梅　（拉住科子）去找妇救会去，去找妇救会去！……（婴儿哭声渐嘶）

科　子　（装强）去就去！

金　梅　（拖科子，科子不走）走吧！现在就去！

科　子　（感觉严重）我不，为什么要离婚？我不离！（挣开她的手）

金　梅　我一定要离！我一定要离！（往门外走）

科　子　（截住）我不离！你吓死孩子了！

金　梅　我要离，你虐待我！

科　子　（委屈地）你疯了？天下着雨，你想把小孩弄病？（推她回来）

金　梅　我不！我不！（坐在床上哭）我要离婚……

科　子　（不由得悲哀起来）金……金梅……

金　梅　你让我去！我要离……

（正在纠缠不开，后台锣声响）

叫　声　天下雨了，家家户户准备种菜！到合作社领菜籽去！……

（农会主席上）

农会主席　科子！天下雨了，你不去领菜籽，大惊小怪的干什么？（进）干什么？干什么？

金　梅　农会主席，他要枪崩我！

科　子　农会主席，她打我耳光！

金　梅　我要跟他离婚！

科　子　她要跟我离婚！

农会主席　为了什么事？

金　梅　（把农会主席拉过一边）他胡诌！他要用枪打死我！

科　子　（抢紧把农会主席拉过自己一边）她无缘无故逼我离婚！

农会主席　怎么，逼你离婚？

金　梅　农会主席，你别听他说，我说的是真的。

科　子　你的话是真的？农会主席，你别听她胡诌！

金　梅　我胡诌？这不是枪？农会主席，他要打死我！

科　子　农会主席，你千万别听她的话！

农会主席（站在另一边）你们一个一个来！

金　梅　（急说）我先说。

科　子　（急说）我先说。

金　梅　农会主席，你让我先说。

农会主席（焦急起来）一个一个来！一个一个来！

科　子　我先说。

农会主席　你后说！金梅，你先说！究竟是怎么一回事。

金　梅　很好说，我要跟他离婚。

科　子　（急了）农会主席，你办事要公平！

农会主席　科子，别插嘴！金梅，你要离婚也得有离婚的理由呀！

科　子　哎，对了。问她有啥理由。

金　梅　理由多了，他不养活我，有吃的自己吃，偷了我的裤子，又要用枪打我！

科　子　你不要胡诌！我打你？

金　梅　你用枪打我！

科　子　伤口在哪里？拿伤口来！

（争吵起来）

农会主席　科子，你等一下，轮不到你说！（向金梅）就是这两三点？

金　梅　不给吃，又打人，又偷东西，够不上离婚？……哼！我情愿吃三个月好的，就不和他活三年赖的！

农会主席　唉！（惊诧了一下）好，你等我来想一想。科子，你说！（科子也巴不得要说："我说，我说！"）哎，你不要啰唆，我还有事情呢！

科　子　我说：她吃树叶子野菜嫌苦，吃糠又嫌粗。这是什么年景？又不讲理，开口就骂我不要脸，闭口就骂我是猪！打我耳光！你瞧瞧，怕还红着呢，你瞧瞧！

金　梅　你别冤枉人！农会主席，你办事要公平，我没有打他耳光，他要拿枪崩我！

科　子　农会主席，这还红着呢，（凑近去）你瞧！

农会主席　我瞧见了。你为什么偷你老婆的裤子？

（科子赧颜地退后）

金　梅　对，问他！追他！

科　子　裤子的布是我给她扯的，她能穿，我不能卖？农会主席，吃饭要吃米，说话要说理！

农会主席　总之一句话：你们两口子都成问题！（他俩都争说："他／她成问题。"农会主席制止住）都别说了！当初你们相恩相爱才结婚，就该好好地过日子。遭灾年头，就更要一条心，有甜吃甜，没甜吃苦。

科　子　对。这就是道理。

农会主席　科子，你也太懒，不好好地生产！政府今年减了公粮，又借菜籽，号召大家采树叶，组织互助小组，好多办法，你不去干，你是民兵班长呀！像你这样有力气不好好地干，没有人力的又该怎么办？

金　梅　农会主席，我不能和懒汉过一辈子，我一定要离婚！

农会主席　金梅，你也不对，灾荒年景，大家都没有吃的，你不吃糠，吃野菜，想吃什么？区长县长今天也一样吃糠吃野菜呢！

科　子　她不是鬼迷了心了啦？嘴巴好像是金的，苦啦，粗啦，咽不下啦，拉不出啦！

农会主席　再说，你们有了小孩儿，能不负责，随随便便，想离就离，想合就合？

（金梅低了头）

科　子　是呀，哪有这样随便的？

农会主席　你们想想你们的当初，你们在推碾的时候，一前一后唱着歌儿。科子去打游击，你半夜起来打饼子，给他做干粮。你天黑去开会，科子在门口接你。两个人简直是黏在一起了。谁不眼气你们？这会儿为了吃穿，就闹离婚，对得过良心吗？

（金梅感动得暗哭，科子低头无语）

农会主席　把这个念头收拾起来吧！肚子饥，我们要自己救自己！你们不看看老三两口子，男的种地采树叶，女的纺花挖野菜，自己辛辛苦苦救活了一家子八口人，动弹就饿不死人！（顿）民兵同志！（抬起科子的手）凭这两条铁一样的手，老日本能扛得住，灾荒就扛不住？天也一样能扛得住！

科　子　（和农会主席对视噘着嘴）对是对，可是……人家老是骂我，咒我！

农会主席　你不看看为了好骂你咒你，还是为了坏骂你咒你。

科　子　反正……我这股牛劲儿，谁也晓得，人说我赖，我就赖给她看。

农会主席　那就不生产了？

科　子　当然……不过，不是不生……反正心里头不服气。

农会主席（故意地）不服气，离婚不就省事？

科　子　你不是说过：不能随随便便？农会主席的话能不算话？

农会主席　那是我的意见。

科　子　（说不上理）是你的意见？那我就没有意见了！

农会主席　你不正正经经地干营生，老婆孩子靠谁呢？靠谁呢？你能不顾她们吗？

科　子　（支吾地）……咱又没有说不顾她们……不过……

农会主席　不过什么？

科　子　不过她也得心疼我，也得知道我有困难。

金　梅　（低低地埋怨）谁叫你光顾自己，不动弹？……

科　子　你为什么老是咒我？咒我……我当然不动弹！

金　梅　我什么时候咒过你？

科　子　你哪一天不咒我！（二人拌起嘴来）

农会主席（制止）哎，好了，又拌嘴，又吵了！

科　子　……当然，咒我，我就不动弹！

农会主席　咒你就不动弹？不动弹就是懒汉！懒汉就该批评，斗争！

科　子　是呀！我懒了，批评也该，斗争也该，就是打一两下也该！为什么老是骂我，咒我呢？……

农会主席 批评，斗争，打，都该？那刚才打你一耳光，你为什么又恼呢？

科　子 （无言可答，惭愧地）那……

农会主席（恳切地向金梅）遭荒年头，你应该帮助科子。离了婚，到哪里去，寻个什么样的汉子才舒心？刚才你说“情愿吃三个月好的，不活三年赖的”，那是什么人说的话，（顿）那是特务汉奸说的鬼话，要打醒主意！家不和，狗也欺！别让人家插上一手！

金　梅 （惊，沉思）啊！那是鬼话……

农会主席 唔，那是鬼话。有一些鬼，专门挑三拨四地搬弄是非。再说科子和你，是打着灯笼再也找不着的一对。现在是抗日，又碰上灾荒，能吃糠吃菜的，才是好夫妻。等打走老日本，好日子都在等你们！那些光吃不干活的，不流汗的，不是人，是猪！新妇女，就应该和男人一道做事情！（掏出烟袋抽烟）

（舞台沉静了一会儿，科子低着头，金梅不断地偷看他）

农会主席（见科子在沉思）科子，想开了吗？

科　子 （迟钝地）农会主席，是我……我不好。

农会主席 不好就要改啊！就要下决心呀！

科　子 我……改！我下决心！从今天起，我赶快种上菜，打树叶，多开荒。听政府和农会的话。

农会主席（喜欢起来）哎，这才像话！

科　子 我还要叫民兵大伙起来干，干个样子，给大家看！不让咱村闲下一个人，饿死一个人。

农会主席 对了。这才是好民兵！（回头看金梅，她马上垂下头）金梅，你说对不对？

科　子 从前是我不好，让她和孩子受罪……我对不起她们……

（突然外边有人叫农会主席）

人 （在外边）农会主席，快回去，捉住一个女汉奸！

农会主席（惊）捉住一个女汉奸？（急起至门外）

科　子 女汉奸吗？

人 仙花在井里撒了一包毒药，这会儿逮住在村公所，你快回去！

农会主席 仙花撒毒药？（走下）

科　子 仙花是汉奸？（取枪走下）

金　梅 （惊慌地抱起小孩子，随到门前看，疑惑而警悟地）啊！仙花是汉奸？……（沉思）情愿吃三个月好的，不活三年赖的。这是汉奸的鬼话……（坐在床上，想起了过去的憧憬和刚才对科子的一切，忏悔的悲哀，油然而生，面俯着婴孩，凄然而泣）咽……

（室外有风雨声。半晌后，科子上）

科　子 （见她在哭，欲上前言归于好）金……（又没有这个勇气，畏缩地，终是抱枪无语默坐在凳子上）……唉！

（农会主席上）

农会主席 早知道她不是个好人，国民党的特务！（发现金梅在哭，科子在抱枪默坐）哎，你们怎么呢？还想不开？

科　子 （半天后）农……农会主席，我……我想开了。

农会主席 哦，想开了？

科　子 唔……（吞吞吐吐地）我对不起她们，我不配当她的汉子，我同意她跟我离婚……（很难受地背过脸）

（金梅闻此语，登时神色大变）

农会主席（惊）什么，你同意离婚？

金　梅 （突然地哭着叫起来）不……农会主席，我不了，我不离……

农会主席（愕然）怎么金梅？

金　梅 我不，我不离，我不离了！……

农会主席 你不离？（转为喜悦）吓！那就好了，那就好了！科子，快起来，快起来，不怕人家笑话，快起来！（拉他起来）

科　子 （起来了羞耻地背着脸抹泪）我不……我不配……

金　梅 我不，我不……

农会主席 算了，说什么配不配！（向金梅）当然不了，还了得，为了吃点儿好的，穿点儿好的，就闹离婚，不怕闹笑话？

金　梅 这全是仙花教给我的。

农会主席（惊）仙花教给你的？

科　子 （惊愕起来）仙花？

金　梅 唔，教我听她的鬼话。那不是她给我的包子！（指碗）

农会主席 你看！我可说对了，“篱笆扎得紧，野狐钻不进”，你们两口子闹不在一起，让国民党的特务钻进来了！（取包子看）说不定这也放上毒了。拿去叫人看看。

科　子　（恨）他妈的，原来是她干的！

金　梅　我以后要和他一道生产，挖野菜，捋树叶子……

农会主席（高兴地）这就对了，这才是新妇女！好了，以后不许闹了！（想了一想）来来来！（招呼他俩）两个人拉拉手，再不许闹了！（他们忸怩地不肯）怕什么呢？快吧！（强拉他们握手）拉住！（狠狠地拉了一下！他们害羞地挣开，农会主席得意地大笑）哈哈！我当起月老来了！（科子、金梅害羞地垂着头，但内心是愉悦的）你们耽搁了我半天工夫。科子，赶快去领菜籽！（提起草帽往外走）我还要办那个女特务去！

科　子　好，我马上去领。（要随出）

金　梅　（带着余悲的柔情）下雨了，戴上草帽去！（取草帽给他戴上）

（悲哀后的温情，流露在青年夫妻的脸容上，两个人以忏悔的目光交涉了一下。科子大步下，金梅抹着悲酸后的喜悦的泪珠）

落幕。

1943年9月6日于清漳河畔

婚姻有保证了①

〔短剧〕

① 此剧发表在《华北文艺》1944年1月1日革新3卷1、2期合刊第44-54页，署名：洪荒。

人物

赵大成——贫农，上升为中农，三十九岁，脸上有黑雀斑

赵的妻子　——三十六七岁

赵的儿子（土旺）——十九岁，雇工

二奶奶（邻居）——五十岁，是一个精神很健旺的人

史路娃——十八岁，土旺雇主的女儿

舞台布景是一个院子。正面的左边是一个街门。左边就是房屋，有一个门口。右边是厨房、驴间（观众只能看见出进的通口）。台上置一石凳，还有其他的农具和枯柴等东西。从街门外边望，可以看见些树木。

赵大成的妻子在用糠粒喂鸡，间作一两句呼鸡声。清朗的天气，小鸟在树上啭啭地颤鸣。

（赵土旺上场，脸上现出思虑的样子。）

赵　妻　（看了他一看）土旺，你到哪里来？

土　旺　（沉沉地）哪里也没有去。

赵　妻　你爹上地挖菜去了。（稍停了一下，起来）你怎么呢，你爹叫你去参加八路军，你去吗？

土　旺　（不耐烦地）他的话，不知道什么时才了。人家叫，他也叫；人家跳，他也跟着跳！

赵　妻　（呼鸡，撒下糠粒喂鸡）咯咯……你爹的话，也是对的。咱们要过好光景，全靠八路军。自己的军队，真是像鱼跟水一样。

土　旺　（含糊地）我也知道。

赵　妻　你爹刚才上地的时候，还吩咐我，叫等你回来，劝劝你哩。

土　旺　（同前）我……我决心下不了。

赵　妻　土旺，你是不是舍不得离开家，是吗？

土　旺　不是。

赵　妻　要不就是舍不得离开我和你爹，是吗？

土　旺　也不是。

赵　妻　那是为什么呀？

土　旺　为什么，为什么，人家不愿去就是了。

赵　妻　你不说清楚，你爹非要你去不成。

土　旺　没有什么。就是……就是……（连着含糊地说几个）

赵　妻　你不说清楚，你就要挨骂。

土　旺　（带点气愤地）第一，我怕当兵太辛苦。打仗、跑路、种地……再说吧，如今世道乱纷纷，搞得昏头昏脑地摸不清楚。俺掌柜的前几天对我说："世道不算了，国民党又要打共产党了，唉！保不住谁打赢谁打输，不过中央军有三百万，八路军不一定能打得过他。"再说吧……（不好说出来似的）

赵　妻　再说什么呢？

土　旺　（几次不好意思说出来）再说……

赵　妻　（看出他的心事来）是不是为了路娃……

土　旺　（羞怯地好像是承认似的）……

赵　妻　就为这个恼吗？

土　旺　（含糊地）老是心里闷……

赵　妻　我早就和你爹说过了。你爹说："人家是天鹅肉，怎会给癞蛤蟆。"我想也有些道理。

土　旺　（不服）他是死脑筋，就不懂得自由平等。路娃心里跟俺就好，掌柜的也亲口答应了。

赵　妻　他答应了？

（赵大成提着一筐瓜菜上场）

赵大成　（听错了，以为儿子肯去，高兴地）答应就答应了，体面的事情，怎会不答应？别说了，你擀面做饭去吧，我还去打四两酒，大家高高兴兴地喝一杯。

赵　妻　你别这样心急。

赵大成　（不同意）怎么是心急？人家明天就要开会了。嘀咕嘀咕了三四天，这会儿总算肯去了，真不容易。

赵　妻　你自己问问他肯不肯去！

赵大成　（愤然）这会儿还不回心转意？

赵　妻　（好像不同意丈夫的做法）你急什么，这回不去，等下一批。孩子的心事，就是做娘的疼？

赵大成　（失望地瞪眼）哦！你们嘀咕了半天，不去啦？疼？不是你这个糊涂的拖住他后腿了才怪呢。

赵　妻　我也没有拖他，正是你拖住他。

赵大成　（气）我拖住他？去你的！不去我去，留你们在家里吃吧，享福吧！

赵　妻　吃也不会白吃！

赵大成　没有八路军，没有自己的政府，你吃吧，我怕你吃屎也吃不上！

土　旺　（承担错误似的）娘没有叫我不去。参军靠自愿，区长那天说反对压迫人去、卡人去！

赵大成　（怒）我压迫你？我卡你？天生的放羊的脑子！八路军是什么人的？（土旺不答）说！你不会摸一摸良心？

赵　妻　（怕他闹起来，劝）别吱哇吱哇地闹了，不去在家，也多一把手。

赵大成　我自己不会动弹了？咱就不要他来帮一把手，咱就要他去打鬼子！

赵　妻　（去端起糟水喂猪——在一边的观众看不见的，只见妻的背面）咕噜——（有猪叫声）

赵大成　（转平心静气地）土旺，你叫我说吧：咱们这会儿的光景好，吃得开，八路军给咱的呀！从前，唉！（有点儿伤心的样子）穷人家，连穷也穷不起来，咱家一代一代地受人欺负，哪里敢出一口气？这理是人家讲的。你爷爷死了，借了你掌柜的三十吊钱，利变本，利累利。你替他白白地放了三年羊，受了两年苦，要不是去年执行新法令，这个笼套，还不知道要套到哪一辈子才完。从前敢这样？衙门是人家的。人家是“杀不起穷人起不了家”。前几年，日本打来了，烧、抢、杀都是咱们遭殃！人家出来维持当狗腿，大块大块地吃肉。咱们穷人挤住肚子哭。八路军不来，我还不早就完蛋了！你去吧，乖乖地去。（土旺不答，生气了）你怎么一句也不哼呢？死呀……（稍停又转和气）我年纪大了，人家不要过了三十岁的，要不我也去。军队是自家的，从前是人家替咱们来干。这会儿自己去了，就是叫自己出头露面来干！“谷要自种儿要自养。”你去给他们添个伴。保护这里，保护好政府，老百姓都沾光，去吧！（等土旺回答，他偏不回答，气得跳起来）你死了？哑了？含了银了？你来当这个家？（一会儿又和气地）去吧！前天我跟区上老张说好了，就是年上在这里开会定年限换文书的老张。我说当八路军是最光荣的。我在家里好好地种地，保证明年多打粮食，我要跟王海成、李马保比赛！多捐给军队政府石把粮食。有些不三不四的人，想去参军，人家就顶回来。当个八路军可不容易呀！

土　旺　（迟疑地）我不……

赵大成　（失望而气急了）不？（凝视半天）好好，你来当这个家，我去！

赵　妻　（过来劝）慢慢再说吧！

赵大成　慢到哪一天？

赵　妻　八路军多着哩，还怕少他一个？

赵大成　（气了）顽固婆姨！你不去，他不去，人人都说不差他一个，还有谁肯去？你没有听人家说，国民党的坏家伙要投降，打共产党八路军吗？打共产党就是打咱们。要没有共产党八路军啊，你能收回地？你能养两口猪？能赎回两间房子？能养八只大草鸡？大家如果都不去参军，特务王八蛋就会把天变，要是变了天啊，你再别想穿棉袄，再别想换单衣，再别想吃上捞饭，更不用想白面“敏挤”。①

赵　妻　你说的我都懂翻。俺就只有这一个孩儿。

赵大成　懂翻就要做呀，没有两个儿子去，就去一个呀！

---

① 敏挤，又写作“抿挤”，山西地方面食。用抿床架在锅上推制，直接入锅。个体短小均匀，类似面鱼儿。

赵　妻　（牛头不对马嘴似的）养儿不养孙，白活一场人，我想该跟他说亲了！

赵大成　（愕然）噫唏！你们还在打那个女人的主意吗？老财的闺女能嫁个受寒庄的？

赵　妻　世道变了，用不着我操心，这是年轻人自己的事！（土旺有些羞怯怯地）

赵大成　不走小路不靠背，不贪便宜不吃亏！老财的闺女会找个穷女婿？

土　旺　她父亲说保证把路娃嫁给我。……不过我也不是为这……

赵大成　保证！（从鼻子里哼了一声，赶紧转过话头）不是为这，是为哪？你还有多少道理？

土　旺　（反抗地）多少不多少，要看我高兴！我不愿意去，谁敢把我怎么样？（愤怒地退场）

赵大成　（真气极了）噫唏！去你妈，狼吃的！看你的活神气！（赌气地坐在一边）

赵　妻　（拿菜去做饭）大青白天，吵就有吃了！

赵大成　（夺下菜）别拿我的菜，不吃饭了！

赵　妻　（也气了）不吃拉倒！又不是光我一个人吃。

（两相默待半晌）

赵大成　（踱来踱去）明天把毛驴卖了，房子也卖了，大伙儿别想过了！

赵　妻　你就不懂得儿子的心事。

赵大成　他的心事就是：怕死，怕吃苦，想讨个便宜老婆！

赵　妻　你别这样戗他！他掌柜的亲口说把闺女许给他的。史五爷说："土旺是个好干家，将来会往起爬的，你别多管闲事，好好地替我干营生，再过两年，路娃嫁给你。"又说跟咱几辈子共事，如兄如弟。

赵大成　他还说些什么？

赵　妻　他说去年减租退地是应该的。说抗战年头，大家死不了也困难。

赵大成　噫！他胡说八道！抗战大家不死都困难？咱就越抗越好，就他一个不舒服！

赵　妻　他的姑娘对俺孩是好，谁不眼气他们？

赵大成　我也不反对。可是最要紧的是保住咱们老百姓的嘴断不了粮。

赵　妻　可是，当八路军也是苦了一点，不是打仗就是种地。

赵大成　（高声）噫，你是什么出身的？八路军是从穷骨头里爬出来的，好就好在这里。一口饭一口汤都替老百姓想法子。你看王团长，刚把抢粮的鬼子打退，枪还没有放下，就带着同志们扛起镬，开荒去了，（想了一想）哪里见过这样好军队？只有狼心狗肺的东西才跟他们作对！（又骂）我偏偏生了这个狼吃的！（想了一想，进屋内去）

赵　妻　别老是骂了，不怕头晕。（随进屋内去）你找镜子干什么？那不是剃刀。

赵大成　你管得着？（拿剃刀镜子出场，在厨房里取了一碗水，在石凳上刮胡须）

赵　妻　（在门前）疯来疯去的。

（他不回答，迅速在刮脸，妻子进厨房做饭去）

赵大成　（刮净了，这样照，那样照，摸了一摸，叹息）就是出了那场倒运的天花！（又照）三十岁，可真不像！（发愁了，忽然快乐起来）我的白布新褂子在哪里？

赵　妻　（在厨房中）要白褂子干吗？

赵大成　（急躁）在哪里？

赵　妻　在柜子里面！（在厨房前）你真是个怪人，要了这个又要那个。

（赵大成速跑进房内。妻复进厨房。半晌，他穿了新裤子，抱着新鞋子，披着新褂子上场，狼狈地在穿着衣褂，鞋子太小，穿不得）

赵大成　（急得如怨如骂地）做了一辈子鞋，也不知道大小！死呀！死呀！

赵　妻　（出来，惊奇地）你疯啦？这双鞋是给军队做的。为了省些布料，我就做小一点儿（要夺回鞋子）。

赵大成　（瞪眼）什么，跟军队做就要省点布料，怪不得你拖住土旺后腿了。

赵　妻　（不服）省一点儿布也不是为我一个人。

赵大成　不是为你，为谁？这是爱护军队？（鞋穿好了）好了，跟你说一声：我要参加咱军队，留土旺在家春耕。

赵　妻　（惊）你去？（欲拉住他）你去了，谁来管这个家？

赵大成　有你们娘儿两口，还不成？别拉尾巴！（挣脱她的手，大步退场）

赵　妻　（退至门口）你疯啦。（见他不回，叫土旺）土——旺！土旺——！土——旺！

（土旺上场）

土　旺　什么事情？

赵　妻　（急了）你爹当兵去了！

土　旺　（惊）啊！（迟疑地坐在石凳上）

赵　妻　怎办呀，土旺？

土　旺　谁叫你让他去？

赵　妻　是你逼他去，哪是我！

土　旺　（愁闷）那是他自已喜欢去。

赵　妻　这个家怎办呀？要不，你去吧，去叫他回来！

土　旺　去哪里找他？我不去挨骂。（矛盾地思考）

赵　妻　你去替他，叫他回来吧，这个家谁能当得过来？

（土旺双手托腮沉思。母亲在着急的情绪中）

（邻居二奶奶上场）

邻　居　干什么啦？土旺娘，你不去开会？

赵　妻　二奶奶，开什么会？

邻　居　开公民小组会。刚刚开罢，区上有人讲话。可把我这个脑瓜开导了。老婆子们都听哭了。

赵　妻　讲什么东西？

邻　居　唉！从前女人哪算话，人家说“红公鸡，跳磨盘，养大闺女不上算；四两面，四两酒，打发闺女上轿走；爹跺脚，娘拍手，再养闺女喂了狗”。到了婆家，好就是耍的，恼就是打的。受了一辈子罪！有了八路军、抗日政府，女人才有保护。如今也有参议员上政府讲话啦。（连续不断地）可是，我待八路同志，多没有良心，人家客客气气地“老太太，借把锄头来使唤一下吧”！我说“没哪”。人家说“老乡，腾间房子来住一住吧”。我说“我不住啦”？人家刚刚打鬼子回来借个碗吃饭，我说“你要吃饭就不买个碗”？这真是一些屁话……（坐在凳子上）

赵　妻　咱们老婆子们，就是小气，把人家不当人。可是八路军同志，总不会发脾气。

土　旺　（不耐烦地）以后你就该对人家好一点儿呀！

邻　居　（又滔滔不绝了）我刚才对大家发了誓：要爱护八路军，要把我陪嫁的红绿褥子送给他们，表表我的心！土旺，你去当八路军吧。（土旺走开）我这个顽固的脑，八路军求着俺，就给他个“东”！八路同志来帮咱们收秋，连王团长也来了。我真不像话：“八路同志，你们吹洋唢呐了，回去吃饭吧！捎带跟我担担水。”人家真的担了一担。我笑眯眯地想：供个老爹不格事，还得烧香磕个头。八路同志是咱不管饭的活长工。你看多没有良心，（向土旺）这会儿我知道不对了，八路军都是老百姓的子弟，为了保护咱们扛上一杆枪。我要有个孩儿，也叫他去。

赵　妻　他爹就要他去。

邻　居　（高兴）哎！好事，该去！我送给你一双鞋子，再送个……

赵　妻　可是土旺不愿意去。

邻　居　（失望地）不愿意去？

赵　妻　唔。（想到别的事上去）二奶奶，你看史家的路娃怎样？

邻　居　（心直口快）长得倒不错，唉，昨天小三家说，说他爹把她许给东庄姓郭的。

旺、妻　（惊异）许给姓郭的？

邻　居　姓郭的是东庄村干部。过了年就要娶了。

土　旺　（更着急）过年就娶了？不是吧？

邻　居　（笑）土旺多着急，你在他当头见的还不比我知道。人家不是说路娃跟你很好吗？

土　旺　（失意地辩护）不算个啥，不算个啥！（神态马上颓唐了）

邻　居　史家就不能和他共事，有人说他是个“方先勤”（用手做四方形）国民党！

土　旺　（愤怒地咬着唇）哼！（要走出外去）

赵　妻　（看出他的难受，同情地）你哪里去？

（赵大成上场，土旺退回。大成沮丧而气愤）

邻　居　（不识时务地看见他穿着的新衣就说笑话）嗬，大成哥，穿这样漂亮，真像去做新女婿来。

赵大成　（一见土旺就生气）你这个倒运鬼，狼吃的！你丢我赵家脸，今天有你没我！（扔下衣衫，要打土旺）

邻、妻　（拦住）怎么啦？（土旺走过一边）

赵大成　（咆哮地）你来！

邻　居　父子要和和气气，不怕人笑吗？

赵大成　和气，我养大他他来气死我！（恼怒地站在一边）

邻　居　（劝）到底是为了啥呀？

赵大成　二奶奶，我叫这狼吃的去当八路军，这个天生的放羊受苦的脑，这不肯去，那不肯去。拥护军队，拥护政府，光嚷就行啦？不去我去。区上说我年纪大，他们说“你孩不肯去就算了”，打发我回来。我说我不老，才三十岁，倒运的是，出过一场天花，把脸面弄麻了！他们哈哈大笑，硬要我回来。败兴了，丢人了！

邻　居　你是属蛇的，人家不要过了三十岁的。

赵大成　（暴躁地）属马，属牛，属毛驴，这又不是说亲，是打日本，怕什么？就是属猫，还不一样打？你看我比三十岁的劣到哪里去？就恨多了几颗倒运的麻子！（丧气地）

邻　居　人家挑得可严了，品性要好，要年轻，差一点儿都不行。

赵　妻　（捡起衣）糟蹋吧，你钱多，衣服多！

赵大成　你管得着？（脱下鞋子珍惜地拍拍土，进屋内去）

（土旺无精打采地站着）

赵　妻　你像木头似的站在那里干什么？还不吃饭去！二奶奶在这吃饭吧！

邻　居　我吃了，看看你们吃什么。（同妻进厨房去）

土　旺　（愤恨自语自言）妈的！让我来踩西瓜皮！

赵　妻　你还不去吃饭！（端了一碗饭进屋给丈夫去）

土　旺　（同前）我找他让他看看我的厉害！（欲外出）

赵　妻　（上场）你哪里去？（土旺止了）看你一会儿吃草吧！（同情地）你也别老想不开了，你爹的话就对，看门风说亲家，人家是饱肚子的人，别翻这个心眼了。

土　旺　（悲哀地）不，她许是——不这样，她从来就劝我好好地参加工作。难道变了？

赵　妻　人家有钱，有钱就什么都可以，变也不奇怪。

土　旺　（沉沉地）唔，可是她从前是不喜欢她爹的。

赵　妻　喜欢不喜欢，反正是她自己亲爹！……快吃饭去吧，别想了。（进厨房）

土　旺　（越想越愤）好！（急要往外出）

（路娃上场）

路　娃　（惊慌秘密地）土旺！（和土旺在街门口碰头）哟！（惊叫，看见是土旺，马上就变为柔和地）哎，土旺！

土　旺　（正好找到泄愤对象）别叫我，去！（站在一边）

路　娃　（冷水淋头似的）啊！（呆起来）

土　旺　（故意地）你干的好事，你和你老子让我来踩西瓜皮！

路　娃　（悲哀地）土旺，你知道啦？那不是我……

土　旺　不是你？好不羞，一个女人许两家亲！

路　娃　（向前）土旺……

土　旺　到东庄叫姓郭的去！

路　娃　你冤枉我，你糊里糊涂！（哭）

土　旺　（心软了三分）我是糊里糊涂……

（赵妻和邻居出来，路娃羞怯欲走）

土　旺　（截住）你哪里去？（路娃甩了他一手，站在一边）

邻　居　怎么啦？路娃，怎么眼睛红了？（拉她过来）

赵　妻　路娃小姐，他不是人，别惹他！（试探地嘲弄）听说你快请喝喜酒了？

（路娃非常不安地，又气又羞）

邻　居　（向赵妻投一眼色）说是姓郭的，是吗，路娃？

路　娃　（很气）鬼知道是哪个熬糟。

邻　居　啐！不要说不吉利的话。你不是也很喜欢他吗？

路　娃　我喜欢我自己。谁要喜欢他，谁就嫁他，别来招惹我。

（土旺和他母亲有些喜色）

邻　居　是你爹做主的，还能说吗，常言说得好：出嫁靠爹娘……

路　娃　（气）政府有法令，自己不愿意就不行，不管谁做主。

邻　居　终有一天你要嫁人的。

路　娃　我不嫁，吃斋，修行。

邻　居　（大笑）呵呵！如今年头还会有女人去当姑子？我不信，我不信。

路　娃　（冷淡地）不信你瞧吧。（离开他们）

邻　居　（笑）我知道，如果有一个心上人儿在，你就吃不成斋了！我不让你去，妇救会不让你去，土旺，你也不会让她去的？

路　娃　（低低地）管得着！

邻　居　如今没有自己一个的事情，有事就是大家来做主。土旺管不得吗？（路娃不答）管不得？

路　娃　（同前）谁知……

土　旺　（禁不住）你不知道？（路娃突然向外走，他拦住）哪里去？

路　娃　（疯狂地）我死去！

土　旺　（极痛苦地）路娃！

赵　妻　（急将路娃拦住）路娃！（流出热泪）你有话也该说了，你看！他成个啥了。

路　娃　我……（望着天）没有人知道我的心，俺爹把我不当人，想逼我……（想哭）

赵　妻　路娃，别难受，有话就说。

路　娃　我……（望了望土旺和邻居）

邻　居　（走到路娃身边，亲切地）路娃，我替你说了吧！你喜欢土旺。

路　娃　不……（低下头，搓着衣襟）

（土旺看了看路娃的脸，低下头来）

赵　妻　（对路娃）你爹可不愿意呀。

路　娃　他管不着我的事。

邻　居　对，婚姻大事，自己做主。

赵大成　（急从屋里走出，路娃往后退了两步）你们的话我全听见了，这个事好办，你们两个人愿意，上区里报上名就成了。

邻　居　对，给区长说说。

土　旺　徐二黑还不是这样订的婚，抗日政府、八路军给做主。

赵大成　土旺，这你就想起抗日政府、八路军来啦？你不是说路娃她父亲给你保证，我看还是八路军保证才是。要不是八路军来了，不要说你娶个有钱的媳妇，饭你都吃不上。叫你参军，你不去，忘恩负义的东西，你把八路军的好处忘了，禽兽都不如。

邻　居　土旺，你爹说得对，要不是八路军来，咱们翻不了身。

赵大成　路娃，你说我叫他参军对不对？

路　娃　我早就劝过他。

土　旺　（注视路娃的脸色）好，爹，我去参军。

赵大成　（喜欢地）这才是好孩子，常言说："有恩不报非君子，忘恩负义是小人。"

土　旺　爹，我明白了，我去区上报名。

赵大成　好，你和路娃的事情，也和区长说说。

邻　居　对了，到区上订婚。（对赵）先叫路娃答应一下才对（对娃）路娃要先答应才行。路娃，你说好不好？（路娃含羞不答）说一个"好"字就行了。（同上）害羞了？要不，哈哈地笑一笑吧！（路娃把身背着她笑了一下）不？哈哈，这一下就行了！（看她脸）

路　娃　（扭开邻居，微嗔带笑）嗯……

邻　居　（拍手大笑）哈哈，大成，大成家，行了！

（路娃急用双手捧遮着脸；土旺神采飞扬地瞟着她。赵的妻子拉衣襟抹着喜悦的眼泪。赵大成得意忘形地嚷："快去做饭！都在这里吃饭！我去打酒！……拿瓶子来……"忙乱地招呼着）

幕在这样的快乐的一刹那中落。

1943年11月

南王翻身谣[①]

——南王村斗争纪实

〔秧歌剧四幕〕

① 此剧本来自作者手稿（现存中国国家图书馆古籍善本部），未曾排演和发表。署名：洪荒。

作者于1944年1月到1945年4月参加太行区第三期整风后，坚决要求离开文化工作岗位。日寇投降时到焦作地区开展工作并参加土改，其间创作了此剧。

故事发生在一九四五年冬天。

人物

谷青和——村长，高大个子，宽脸，很有魄力，精细，三十多岁

郭大才——村农会主席，直爽粗率，中等个子，戴破毡帽，颈围赭色毛线围巾，三十多岁

谷青芳——破落户，性躁，不起来时，怨；起来时，猛。三十岁

郭大鹤——打铁匠，穿单袄，上身裹无表[①]的破羊皮，感情重，说起话来有点“喃喃”声。四十多岁

郭德亮——六十多岁，长短工，烂红病眼，红鼻，戴破帽，一说话先动帽擦鼻涕

谷青选——伪保长，恶霸，阴险狠毒，死心塌地的汉奸，六十多岁，留有八字胡，黄灰脸色，吸毒面，穿黑长袍，戴瓜皮帽，中小个子

郭德章——谷青选的帮手，队长，二十八岁，流氓

郭德林——曾当队长，但无甚恶迹，二十八岁

谷元田——喜巴结门势的人，常走村中封建统治集团之门，说些闲话，讨些微小的便宜，但不敢做事

老太婆

老　汉

其他男女老少群众多人

---

① 方言，没有用纺织品挂面的羊皮，为无表。

第一幕

第一场

幕启曲[①]

十二月初，谷青和、郭大才从焦作受训回来，抱着满腔热情回去带领群众翻身。郭大才扛着被子。

谷青和　（兴奋愉快地）

（《闪扁担》）

① 作者为本剧编写了20首谱曲。有民歌曲牌，也有创作。详见国图藏《南王翻身谣曲谱》。

焦作开会开呀开罢了，

心头点着恼火一把，

恼火烧心，赶呀赶回村。

发动群众斗恶霸，

穷人翻身要民主。

嗯哎哎哟……

穷人翻身坐天下嗯哎哟！

郭大才　（曲牌同上）

提起了恶霸谷呀谷青选，

欺负咱们，讹诈咱们，心毒又狠。

如今还是害呀害人精。

害得咱们不敢哼，

谁要哼了就没命。

嗯哎哎哟……

思量起来真可恨嗯哎哟！

（谷青芳上场）

谷青芳　青和，大才，你们都回来了？

郭大才　哎，青芳，这回到专署开会可痛快哩。

谷青芳　咋个痛快？拉呱拉呱。

谷青和　来了五百来人，都是咱这一号的穷种。

谷青芳　哦，你给我说说？

谷青和 好，你听啊：

(《采花》)

五百来号人，

来自各地方。

冤屈气憋满肚肠。

毛主席有出个好主张，（作者眉批：八股，应具体说）

指点俺们翻身解放。

郭大才 （高兴地说）专员和八路军的政委说：你们去闹吧，天闹翻，地闹坍了，不怕。

（唱）政府来做主，

军队撑住腰，

倒罢苦水，摩拳擦掌，

挖出穷根又哭又笑，

个个回去引路搭桥；

（说）这股劲还小？

谷青和 杜专员说：你们回去十天不干，就把肚皮怄烂！（作者眉批：歌子不如对话好）

郭大才 可不，现在就怄得难受。(用劲揉揉肚皮)

谷青芳 （高兴得跳蹦起来）噢，你们把咱村的恶霸晾出去没有？

郭大才 还能不说？那不能白吃，这样大的蒸馍！

谷青和 （感激地）不是八路军政治到了这里，咱还敢回来？

（健壮地）青芳，不要怕，“耳”吧！[1]（作者眉批：方言多“耳”）

谷青芳　我早就有心“耳”，就是没人领头做主。

郭大才　（抢着说）饭要热吃，事要紧做，先“耳”谷青选，中不中？

谷青和　中，上油上在车轴上，把他的头儿先揪下来！

才、芳　（同声响应）就没错！

齐　唱　（蹈之舞之扭起来）

（《石片》）

高兴，痛快，（大笑）

大众报仇！（作者眉批：歌子不能深入地协调，一般化了）

打倒恶霸俺爷们儿翻身！

谷青和　咱受了多少气？

郭大才　咱咽了多少冤？

齐　唱　咱今天，要来他个地覆翻天！

哪哎嗯哎哟！

谷青芳　明格就“耳”！

谷青和　（思虑地）哎，还得把他讹诈谁的事，登记一下。

郭大才　（觉得太慢）多找麻烦，明格清早一筛锣，老少爷们儿都来，你一言，我一句，啥都有了！

谷青芳　“耳”吧，青和哥，你明儿个在会上一说，谁要不哼，罚！这不更快？

---

① “耳”，焦作方言，意为“努力干”。

郭大才 （同意青芳的话）老百姓就怕这一手，不敢不来！

谷青和 不中，先要把理性说透。

谷青芳 （蹲在一边努着嘴说）老牛上山又慢又沉，（沉吟一下）他自己都不愿翻身，管他！

谷青和 不中，头一炮，打不响，不丢人？来吧，不太麻烦，大伙儿分开去问，一个晚上就中了。

才、芳 （勉强地）好好，反正今天也干不了，登记吧。

谷青芳 真是大闺女上轿，早就急死了！

第二场

鸡叫，天将明了。谷青和、郭大才上场。

郭大才　（带有睡意，但精神兴奋）

（《刚调》）

这一夜，登记了，好不痛快！

材料有，证据有，赖也没法赖。

谷青选，老娼子，你就再刁，

这一回，瞒不了，我郭大才！

（说）青和，你看，光他拆了人家的房子就一百九十来间……（打哈欠）真……不……少……

谷青和　光受他欺负，逃在外边的就有六百来人，今儿个可要叫他丢丢人！

（一老太婆悄悄地上场）

老太婆　（秘密地）村长，村长！听说你们要弄谷青选?

谷青和　你有啥事?

老太婆　（合掌）哎呀，阿弥陀佛！你们真是行好，把咱村这个祸害除了，老天爷保佑你们长寿！

郭大才 不要讲这些话，有啥冤枉没有？

老太婆 （吞吞吐吐地）咱有个啥……有点儿小意思，不知道敢不敢说？

郭大才 （率直地）人都有张嘴，你没有嘴？为啥不敢说？

谷青和 不要怕，说吧！

老太婆 （沉痛忧郁）能说？

（《西京调》）

前年格，谷青选，胡派乱捐，

三天过，交不上，硬把老犍牵，

哪知道，该多少，没打个照面，

我问他，有多少，他说短三千。

郭大才 （粗率地）就这事？叫他赔你牛！

谷青和 还有没有旁的事？

老太婆 （有点伤心的样子）唉……有也是……我一个孤寡老太婆……

谷青和 现在老百姓民权主义，啥事都能说，不怕！（作者眉批：老太婆说话不很吃劲）

老太婆 （四顾，若有所思）嗯……没啥了，青和哥，没啥了，能办就跟我办办，可不敢说是我来告过。说是你们打听来的。

郭大才 （直头直脑）哎，今儿个前晌斗争开会，你可要说话呀！

老太婆 （恐慌了）我不敢……我不能说话，农会主席，我一个孤寡老太婆，啥也不会说……

谷青和 （暗拉了大才一下）中了，你还有啥事？

老太婆　（惶惑地）没有了，我走吧。（又退回）村长，你可不敢说是我说的。

谷青和　中。

老太婆　（低声地叮咛）千万别说我来过，我是个胆小人……（退场）

郭大才　（不满意）哼，不说就不给你办！

谷青和　（思虑）大才，工作还不中，脑筋没转过来。

郭大才　（打哈欠，擂擂腿，埋怨地）啊！天亮了，还听不见筛锣！（蹲下打盹）

（台后打锣声，喊声："噢，谁都不能出门，早点儿吃饭，今儿个要开大会！谁不参加，罚油三斤！"噹！连续不断，由远而近，由近而远）

谷青和　（推大才）大才，筛锣了，不要打瞌睡了。

（谷青芳和一农民上场）

郭大才　（同时，睁眼）啥呀？

谷青和　筛锣了！

郭大才　人啥时来了，我啥时醒，我……瞌睡……（又伏膝，打鼾声）

农　民　（边上边说）……青芳，我很快，不大一会儿就回来。

谷青芳　（生硬地）不中！今儿个谁也不能出门，不听命令就犯法，犯法了，就得"嚓啦嚓"！（做拉枪栓打靶姿势）

农　民　（恳求地）老是说着玩的。一满才十里地，去一趟十里，回一趟十里，也不过是个二十里。

谷青芳　（恐吓地）你去，回来斗争你，你可招架好！

农　民　（踌躇无法）要是……中，不去就不去！（退场）

谷青芳　（回头看见大才睡）大才！（推醒他）人都来了，开会吧！

郭大才　（猛醒）都来了？“耳”那老娼子，不吃不睡都中！

谷青和　可不都来了，你，我，加个青芳！

郭大才　（看四周无人，泄气）还没来？怎么，是谁筛锣？天这会儿还叫不来人？

谷青芳　他娘个尿！很多人还要到小东赶集。我叫自卫队把住口，一个也不让去！大才，不罚，他们准不来。

郭大才　（发火了）青芳，你去催催，谁不来就斗争谁！

谷青芳　（响亮）谁不来就斗争谁？中！（跑退场）

谷青和　大才，等会儿会咋开？

郭大才　你先上去说两句，大家一说，那还不中？

谷青和　没人敢哼，咋办？

郭大才　以后不给他办！

谷青和　咱们是跟大家办事的，不办还行？

郭大才　（粗率地）那他就得来！

（台后锣声，喊声：“今儿个谁不来，开会就要斗争谁！”）

第三场

许多群众上场，男女老少都有。有的问开啥会。

谷青芳上场。

谷青芳　哎，来齐了没有？

谷青和　（向大家）哪一家没来？

群　众　都来了。

谷青和　没来的说？（没人哼）没听见？没来的快说！

郭大才　（笑）人都没来就嘴来了？柿树长葫芦，怪柿（事）！

群　众　（大笑）哈哈……

谷青和　（也笑起来，顿，摆好架子）哎，开会了！大家听我说：

（《西京调》）（过门）

咱村有个，谷青选，平素欺负人，

到如今，大众们，都要翻身。

不要怕，天塌下，政府做主。

（作者眉批：歌韵不叶）

（向后招手）

拉出来，爷们儿，报仇申冤。

（两个自卫队员推出谷青选。谷青选站在村长的一边满不在乎，以手捋胡子。群众你看我，我看你，不敢吭气）

（《刚调》）

谁有话，快快说，莫怄烂肚皮。（作者眉批：歌词不热情不爽朗）

（无人敢哼，有点儿着急了）

现在是，八路军，都讲民主。

为什么，噘着嘴，总是不哼？

（无人敢说，更急）

咱家有老皇牌，要款逮人？

（说）快说，快说！（又努嘴挤眼向人示意）

（场中的谷青选、郭德章倒趾高气扬起来）

郭大才 （沉不住气了）咱讹诈你们啦？连屁都不敢放！

（下面仍是静悄悄的）（作者眉批：对话好）

谷青芳 （先看大才，再看青和，他二人都是努嘴挤眼地叫他说话）哎……（但未敢站起来）

谷青选 （满不在乎）都不敢说，不要紧，说吧！看我谷青选讹过你们谁家的东西。怕啥？我又不会吃人！

（青和又向青芳示意）

谷青芳 （好容易才壮起胆来）我说！（拉拉裤腰，搔搔头）谷青选！

（《快板》）

我家逃荒去山东，

为什么，卖光我地和房。

谷青选　（反而理直气壮）

卖光你地拆你房，

是给你，顶捐顶款顶银粮！

谷青芳　（骂）

顶粮顶款你娘的，

这算是，火上浇油火越起！

（全场不吭气，青和、大才急得相视无法）

谷青选　（悠然自得）

我当保长挡灾难，

要不是，南王早洗得净光光！

谷青芳　（瞪眼气极了）

死不要脸的老混账，

姓谷的，怎么出你这王八蛋！

谷青选　（反而火了）嘿，啥？

八路军政策讲宽大，

不管谁，不许打也不许骂！（挺身而出）

谷青芳　（无援之下气馁了）

管它宽大不宽大，

谁讹我，想咒就咒想骂就骂！

谷青选 （更进一步）

管它宽大不宽大？

今天兴，讲民主还是打和骂？（逼近青芳，青芳退了）说！说！说！

（群众恐慌地、静悄悄地）

谷青和 （气愤了，说）谷青选，你妈的个鸡蛋！八路军宽大政策不打好人，不骂好人，像你这样的坏蛋，也该打也该骂！

谷青选 （满不在乎，翻眼不正视）哦……你想咋办吧！

谷青和 我不敢办你，怕你腥还是怕你臭？

谷青选 （大声）叫你办嘛！

（想不到的僵局，大家傻了眼了）

谷青和 （气了半天）扣起来！（指挥自卫队员）……娘个鸡蛋！

（俩自卫队员把谷青选押下场）

（青和气愤不哼，大才不语，群众看看这个，看看那个，拍拍屁股，先先后后散了）

郭大才 （垂头丧气）费这样大的劲儿，还是没扼死这老娼子！

谷青芳 （心灰意冷）唉！他娘个尿！狗咬猪尿脬，空欢喜！

（悄然退场）

郭大才 （看看是无意思了）一夜没睡觉，饭也没吃，真他娘！

（退场）

谷青和 （看此烟消云散的情景，失望地）唉……

第二幕

过了几天，在谷青选家。谷青选取保释放了。

谷青选和郭德章在场。

谷青选　（喜怒无常）

（《落子》）

真恼火，红日头，改从西边出；

幸喜它，小麻雀，跳不破瓦屋。（作者眉批：有意致而字句不亮）

真发愁，咱天下，一败如山坍；

幸喜它，靠黑枪，谁也害它怕！

郭德章　这一回，多亏是：你舌尖嘴硬；

顶住他，唬住他，没人敢哼。

南北耿，渠下村，黑枪一响，

吓得那，穷种们，赶紧放了人。

谷青选 现在是，穷种们，暂时得江山，

张专员，谢司令，到处没法办。

总有天，中央队，开过黄河滩。

（咬牙切齿）

除他门，扫他地，再来扪他蛋！

（说）德章，穷种们是一把麦秸，一烘就完了！

郭德章 （忧虑地）谷青和仗着他亲戚是八路军，这娼子拔毛才敢拔到虎嘴边！

谷青选 （阴险地）仗亲戚是八路军，十二路我也不放在心。你看，前一回我和办事员王振文商量，打发王青芝在大街上晾了一晾，说：“不要抖，谁要算账，先勒死他！”那娼子草鸡了。

郭德章 （思量）哎，这回他和郭大才相跟到焦作开会，又抖起来了，恐怕又是八路军给了他根粗棍子，给他撑住腰了。

谷青选 （一边吸金丹，一边谩骂）尿！撑住腰就唬住咱？我谷青选也不是好惹的，大小地方我走过，大小人物我见过，卖过牲口，也贩过人口，宰过马牛，就不敢宰人？我活了六十，就没见过谁的腰比我粗。八路军给他根粗棍子，哪怕把火神庙的大梁卸下给他撑住，我也不怕！

郭德章 （不乐观地）唬是唬不住，就是现在到处都是人家的天下，不好闹。

谷青选 尿！都是他们的天下？看！南北耿村、渠下这两夜放倒了两个，北

王村长给张专员派人来绑走了，咋呢？（冷笑）把我放了。

郭德章　（觉得还有希望）这样一说，咱们还是可以哩。

谷青选　不怕，我和王振文——文老、邹启俊商量好计策，现在有两个法宝，哪一个走通了，你放心回去睡好觉吧。

郭德章　（高兴）什么法宝？

谷青选　你听吧：

（《刚调》）

第一个，如意钥匙，专开后门锁，

上些货，好吃好喝，拉个俏老婆。（作者眉批：字句总欠明朗与确）

先把他，工作员，往茅坑拖。

跳黄河，洗个澡，还是臭人一个。

郭德章　这不中，前些日子也用过，那个姓孙姓李的，人家是没嘴鱼。

谷青选　咋啦？

郭德章　总不上钩！

谷青选　（眼一斜，脸一转）别愁，还有第二个法宝：

第二个，八宝嘴，能哄神骗鬼，

头是吓，二是吹，硬吓软吹。

有说没，没说有，难分皂白，

迷糊迷，分不出，东南西北。

郭德章　（欢喜地拍手）中，真妙计，怪不得人家称文老是小诸葛。（作者眉批：以下对话嫌八股）

谷青选　（高兴）那还有错。我敢干这天大的买卖，靠三个人，武的是谢司令，他是我亲戚，第二是原华峰。文的就数王振文了。

郭德章　（不知天高地厚）对，咱郭德章……还有补炉锅王青芝，打黑枪好手，都靠你老人家的……

谷青选　（悠然自得，捋胡）你跟王青芝都不“扒”，够上朋友，我看郭德林小子靠不住！

郭德章　（机密地）听说，木栾店中央队要来，老百姓都慌了。青和这几个娼子，都好像嘴含着宝了，乖了。

谷青选　（更乐）哈哈！早就该让他们怕了！来！德章咱哥俩儿，今天说得对了劲，到后面过一瘾，喝一盅！

郭德章　（欢欣）中！

同　唱　（《等待》）

过一瘾，喝一盅！咱们喜地欢天，

等待着，盼望着，晴天变黑天。

第三幕

第一场

半个月以后，专署庞秘书到南王村帮助群众翻身，村干部和积极分子说："咱成了有娘孩了！"但对过去的工作做法，未加改变，从思想启发群众的自觉无经验。庞同志为了尊重群众热情，就让他们第二天召开大会进行讲理。

远远地听到台后的锣声。谷青芳上场。

谷青芳　（愤懑、怨尤）

（《花五更》）

从前不说俺家富，

光景过得挺舒服。

砖房好地牛骡马，

人家也称咱小财主。

如今落得个穷老粗，

家破人亡没住处，

逃荒三年真可叹，

谷青选害得俺好苦！

（看见场上没人）唉，怎么连个影子也不见？

（郭大鹤上场）

郭大鹤 （朗诵）

叮叮当，当叮叮，一天不叮锅台冷，

今天饱，明天饥，一天不打饿肚皮。

（说）喃喃，青芳，今天大早就筛锣，开啥会？

谷青芳 （傲然地）不要问，等会儿你看吧。

郭大鹤 看，哪有这工夫，喃喃我一天不拉风箱，一天不抡铁锤，就饿肚子，还看个啥？喃喃……不知道开啥会……

谷青芳 （没头没脑地）开斗争恶霸会，这不比你打一年铁好？可以倒回东西。

郭大鹤 （惊讶）喃喃……斗争恶霸？……喃喃，你跟我说着玩的。我一个穷手艺人，有啥给人家讹过？你们从前有好房好地的，还有个说的，喃喃我还有货没打出来……（回头要走）

谷青芳　（生硬地）啥？不中，谁也不能不参加。

郭大鹤　（退回来）哦，不能不参加？喃喃……

谷青芳　（鄙视地）噢，谁哄你，不参加罚三斤油，你不参加，拿三斤油来！

郭大鹤　（慌了）喃喃……参加参加。（坐下）三斤油，老天爷，还敢不参加，打半个月货也打不够三斤油哩……（顿）哎，青芳，斗谁？

谷青芳　谷青选。

郭大鹤　（失望）哎哟，喃喃趁早算了吧，扳不倒。

谷青芳　（有劲地）专员公署庞秘书来帮咱们翻身，你看，这回扳倒扳不倒。

郭大鹤　哦，上头派官来了，喃喃……怪不得干部们一大早就忙来忙去，我以为又是派差了。（顿）哎，喃喃……这回你家的东西能倒回来？

谷青芳　（很有把握地）倒不回来我费这样大劲干吗？

郭大鹤　喃喃……（叹气）说起你家也真亏，不是谷青选，喃喃你也用不着逃到山东下窑……唉，想起来真是"热格吱吱"……（可怜之意）

谷青芳　（愤恨）唉，大鹤，要不是他，我弄到个这？那年把俺兄弟捉了疙瘩，揭了个八千，五月把俺爹起了票，谷青选给我说了两万四，前晌拿钱，后晌人家打场，你说我亏不亏？

郭大鹤　（同情叹息）喃喃……真亏呀！啧啧……

谷青芳　（更恨地）亏的还在后头。蚂蚱把秋吃了，只望三亩萝卜，八分油菜地。他老娼子，把我地讹了，后来没吃没喝，逃到山东枣庄下窑，两个老人家病死在外头，大孩儿死了，小的给了人家……（伤心）

你说，我真亏呀！

郭大鹤 （擦眼）哦……喃喃……

谷青芳 （愤激）这回非报仇，倒回东西不中！

（谷青和提着锣很气恼地上场）

谷青和 （气愤）

（《闪扁担》）

筛锣筛破喉呀喉喊哑，

挨家求求，挨户请请，没来一个人。

庞秘书夜儿个说话真呀真准。

咱们还说人家，

不了解咱村的情形。

嗯哎哎哟……

咱村的工作气呀死人嗯哎哟！

（把锣猛放下，郭大才上场。郭大鹤乘机溜走了）

谷青和 （沉闷地）大才，咋啦？人呢？

郭大才 （搔头）人？咱知道……

谷青和 （发愁）又是光怄不着。

郭大才 （冒火了）材料现成，（掏出本子）张三小，谷大年，一头老牛……一条人命……你看！还是没把娼子们饿死！

谷青芳 （埋怨地）都是猪不啃南瓜，老实透了！（自夸地）都像我谷青芳一样，早就翻身了！

谷青和　（愁思半天）谷青选就不怕咱们，说咱们是一把麦秸，一烘就完了。

郭大才　（气愤）我他妈的个 ×！咱要堆一大垛麦秸，让他烘烘！

谷青芳　都是拔了刀忘了疼！

谷青和　（皱眉深思）庞秘书刚才说，光急不中用，要叫大家拔了刀忘不了疼，冤不忘冤……

谷青芳　（痛定思痛地）就是，我一想起我两个老人家死在外头，就想咬他两口！

郭大才　（忽然有点儿明白）对，大家都痛，都伤，越痛越伤，越伤越气，越气越恨，（一个比一个念快）越恨越起火，越起火！“耳”！（伸拳）（作者眉批：对话仍欠利落）

和、芳　（高兴）对，这就透了！

谷青和　（忽想起）咱们忘了一件大事，在专署开会不是说：倒苦水，拔穷根，团结起来。

郭大才　（喜得蹦起来）大翻身！唉，忘了个这！

谷青芳　（高兴）我去叫人来！（拾起锣）

谷青和　（拦住）等等，筛锣不中了，咱们过去的工作不摸老百姓的心。还是这样吧：穷人找穷人，冤枉找冤枉，麻糖粘芝麻，越粘越多！

郭大才　一粘十！

谷青芳　十粘百！

谷青和　（恍然大悟）中，一粘两粘把咱村的人都粘上了。这个法子比筛锣强。

郭大才 （高兴）走，粘去！

同　唱 （一边扭一边唱）

（《剪剪花》）

麻糖麻，粘芝麻，一粘十来家，

粘得多呀，捆呀捆成把，

团结起来斗恶霸嗯哎哟！

哎呀，嗯哎哟，

团结起来斗恶霸嗯哎哟！

（扭退场）

第二场

经过大家酝酿、串通，诉苦运动在村中掀起来了。台上参差不齐地蹲着、坐着许多男女老少的村人。开幕时郭德亮已站在场中诉苦。

郭德亮　（先移动一下破帽子，擦了擦鼻涕，表情悲痛）

（《西京调》）

俺有屈，俺有冤，俺要报仇！

我提出，谷青选，是俺的死对头！

（朗诵带快板）

蚂蚱、天旱、土匪、杂牌，日本一大堆，差钱、粮款、罐饭日夜催。没钱没粮交个啥？交不出来，捆，吊打！咋能不怕？谷青选说“你闺女找个婆家吧”。领了闺女李封卖，路上给我吃俩蒸馍，要闺女做杂牌的小老婆。俺说只有独生女一个，偏房俺不做。谷青选，翻黑了脸：“你饥就吃蒸馍，偏房就不做？”吆喝杂牌爷打我，给我五十块老票子，说：“你要也这样少，不要也这样多。”杂牌把闺女转卖了，不知道送给哪一个，如今生不见人，死不见尸……（哭）

(《长城》)

几年的冤屈痛苦透，

心头扎着这一把刀!

五十元送掉独生女呀!

老两口，苦呀没个尽头!

没尽头!

（许多人同情地流泪。郭大鹤含着眼泪猛然立起）

郭大鹤 （沉漫）

（朗诵带快板）

咱也来腾腾肚，咱也来洗洗肠!咱来表表恶霸郭德章。前年秋收不打粮，俺两兄弟去逃荒。郭德章当队长，大年二十七来要款，八分岸头地，顶了他的账。正月初九又派整两千，东滩地三亩，写给他作保，五月写成他堂号。兄弟饿死在外头，我没吃没喝往回走，老婆孩子快饿死，睁着眼皮张不开口……（哭）睁着眼皮张不开口……

(《长城》)

从小爹死讨饭吃，

长大靠门穷手艺。

多辛苦才把家撑起呀!

到如今，腊月穿单衣!

穿单衣!

（掀起单袄给人看，放声大哭）

群　众　（同情）真亏呀！

（有的人要求说话了）

谷青和　（向大家）谷青选和我是本家，可是，大家知道我家是咋个样子吗？

（有的人说："知道"）（愤恨）

（《西京调》）

谷青选，勾结土匪，放火点我家，

派粮款，把俺爹，吊罢气死了！（伤心）

房和地，他卖了，也不知为个啥，

逼得我，到王封，讨吃拾煤渣！

群　众　就是亏呀！（有的说："'耳'死这老娼子"）

老　汉　（突然立起，擦泪指着一青年）

（朗诵）

我刚才诉的苦，我刚才诉的冤，咋你老是低着脸？（看青年哭）光会个哭，还会啥？你这样草鸡？（怒）这样草鸡像个啥？（要打青年，众拦住）这样大的仇，这样大的恨，跟你老子报仇解恨！

群　众　对呀，报仇！（有的）解恨！（乱成一片了）

郭大才　（大声）俺们不哭了，哭了好几年了，没用！死过的人，大家抱成一块，"耳"吧！

群　众　（天崩地裂般的怒火）"耳"！（纷纷站起来）

老　汉　（破涕为笑）哈哈！想不到有这一天，我的病好了！

群　众　共产党万岁！毛主席万岁！

（激昂地纵情歌唱）

（《谁栽的树谁收果》）

谁栽的树呀谁收果，

谁种的冤仇谁来受。

咱们是死过的人，

今天翻身靠自己动手！

天下的穷人呀是一家，

天下的穷人捆成把。

咱们不分你我他，

爬他屋顶就是动我瓦！

郭大才　（大声）哎，我们先斗郭德章，压出道来好走路，中不中？

群　众　中！（热烈地退场）

郭大才　（搂住青和，笑）噢，这个办法真格事，比罚三斤油好！

谷青和　（大笑）真是，这个工作比发脾气好！

第四幕

第一场

在村中祠堂的院子里，舞台正面设二三级石阶，石阶上方为石台，横贯舞台。石台后露出院外门楼的屋檐，左有高高的松柏树。（演员从此处上场下场）

台后歌声

（《共产党和老百姓近》）

蜜蜂儿和花朵亲，

共产党跟老百姓近，

咱们翻身全靠它指点，

咱们翻身全靠它指点！

（夹杂群众的叫好声，嚷笑声）

（谷青芳等男女群众先后上场，妇女们坐在台阶的一头）

谷青芳　（高兴地）大鹤，夜儿个斗争郭德章，痛快不痛快？

郭大鹤　咋不痛快，喃喃……好比：

（《石片》）

久旱，下雨，饿吃甜糖，（作者眉批：此等句不如用成语：久旱逢甘雨）

子孙，满堂，黄金万两，

不如斗争郭德章！

同　唱　不如斗争郭德章！

（谷青和、郭大才等一两个群众上场，大才得意忘形地唱着《共产党和老百姓近》，唱得十分不动听，引起台上人，特别是妇女们的哄笑）

郭大才　（似怒非怒地）嘻嘻嘻，嘻嘻嘻，九十九岁（向少女们）寻不到个好女婿，不是瞎眼就是瘸腿，不是麻子就是歪嘴！

（少女少妇娇羞地背转脸）

谷青芳　（劲头来了）哎，欢迎妇女唱个毛主席吧！

群　众　（拍掌）拥护！

（妇女笑嘻嘻地你推我我推你）

群　众　快来一个吧！

（一群众拉着盲人郭大保上场）

谷青芳　（高声）哎，叫瞎子大保来一个吧！

群　众　（大笑）对，大保，来一个吧！

大　保　（一边摸）我不中，我不中！（摸着坐下）

群　众　来一个吧！（哄然大笑）

谷青和　（高声）哎，咱们都来，来谈一谈！

谷青芳　（高声传达）哎，都来，山东人说的："拉呱拉呱！"

（人都来了，有的蹲坐院内，有的坐在石台上）

谷青和　（站在石阶上）夜儿个开会，好是好，可是有些人和咱不一心，鼻子上开了道缝儿，一边红一边白。

郭大鹤　可有这号人。

谷青芳　（跳起来）就是，夜儿个咱说理，他们破坏，说蛋话。

郭大鹤　这号人不知道俺穷人的苦，有的是草鸡汉，怕人打黑枪，怕人家有"二斤半"（手枪）！

谷青芳　（想）咱们年轻人换换帖吧！

老　汉　俺上年纪的也换！

郭大鹤　（猛然立起来粗声）对天盟誓，赌个咒也中！

群　众　中呀！

谷青和　不用，咱有新办法：

（《刚调》）

不换帖，不赌咒，这是"封建头脑"，

咱穷人，有机关，咱村还没有。（作者眉批：这启发且新鲜）

群　众　叫个啥机关？

郭大才　蜂有窝，鱼靠水，咱们有农会。

谁欺负，俺这伙，咱就瞧着谁。

（说）一齐上！

郭大鹤　（高兴）哎，这个好，喃喃是个“马蜂窝”！有人欺负咱大家都上！

群　众　对！

谷青和　农民会，大机关，啥事它都管，

成立了，咱穷人，有家有爹和娘！

群　众　没农会，咱好比，没娘的孩，

有农会，咱好比，有家有爹和娘！

郭大才　（登高一呼）那咱们都“自由”结个组吧！

（全场乱了，自由结组：“老五，咱一组吧？”“小三，咱一组吧”……“咱成一股吧”……地喧嚷着。好半天，吵声渐低了，大概是“自由”成了）

郭大才　结上组的都坐好！

（余下郭德林、谷元田“自由”不上组）

谷元田　（四面张望）咱到哪一组？（没人理）

郭德林　（同时）青芳，咱“自由”到你们组中不中？

谷青芳　哦，郭德林嘛，从前你是队长，和咱不一样，不过没啥，中是中（郭德林高兴），可是咱人马够了！（他扫兴了）

谷元田　（同时）大鹤，咱“自由”吧？

郭大鹤　不中！（众笑）喃喃你从前成天搂住人家粗腿，忘了本！

谷元田　（哀求地向青和）村长，你看我在哪一组？

谷青和　你想在哪就在哪。

谷元田　人家不要我。

谷青和　（沉思）不要你，那你自己一组吧！（众大笑，元田惭愧地低了头，和郭德林立在一边）（向大家）喂！喂！听我把条件说一说：咱们农会不留一个“扒”人，不屈一个好人，（指）这两块地点，够资格，到南墙根，就算农会。不够资格的，到东墙根，不能算农会。谁要参加，举手说我谁谁谁，参加农会中不中？大家说中，就到这儿（指南），不中到这儿（指东），懂吗？

群　众　（喜欢地）懂了，来吧！

（音乐过门）

郭大才　（高兴地立起）我先来：

（《刚调》）（举手念词）

我郭大才，参加农会，中也不中？

谷青和　（重复）（下句）

郭大才，参加农会，中也不中？

群　众　（响亮）中呀！

（大才欢跃地到了南边）

老　汉　（举手，眉展眼舒，慢而清楚）

我王大富，参加农会，中也不中？

谷青和　王大富，参加农会，中也不中？

群　众　中！

（老汉喜得捋胡抹嘴地到南边）

谷元田　（厚着脸起来）

我谷元田，参加农会，中也不中？

谷青和　谷元田，参加农会，中也不中？

群　众　小狗腿，不中！

（谷元田脸上无光地到东边）

郭大浩　（举手）

我郭大浩，参加农会，中也不中？

谷青和　郭大浩，参加农会，中也不中？

群　众　中！

郭大鹤　（双手举起，大声而沉）

我郭大鹤，参加“八路”，中也不中？

谷青和　（大笑向大众）郭大鹤，要参加，咱八路军？

群　众　（大笑）参加八路还是农会？（哄然大笑）都中！

郭凤祥　我郭凤祥，参加农会，中也不中？

谷青和　郭凤祥，参加农会，中也不中？

群　众　中！（还未完，有数人说）不中！

郭凤祥　（白高兴，闻说“不中”，愕然）咋啦？

郭大鹤　你光吃，不动弹，爱打老婆！

郭凤祥　（满面羞惭）

从会后，勤动弹，不打老婆！

（说）中不中？

老　汉　要动弹，不打老婆，改了，也中！

群　众　改了也中。

（郭凤祥唯唯诺诺到南边）

郭德林　（猛立起，有力地举手）

我郭德林，参加农会，中也不中？

谷青和　郭德林，参加农会，能中不能中？

群　众　（响亮）不中！

郭德林　（先紧后松，非常不好意思，举起的手变为搔头）不中……就不中。

（低头往南走）

群　众　（大声）错了，不中的人到东墙根！

郭德林　（哭笑不得，勉强地）东墙根就东墙根！

（谷青和、青芳都中过去了，轮到妇女们了，她们嘻嘻哈哈，你推我，我推你，“去”！“你先去”！）

老太太　（举手）我老婆子，参加农会，中也不中？

群　众　你是谁呀？

老太太　我是我，就是我，你们不看看！

郭大才　（故意说）你是谁，猪叫噜噜，狗叫哦哦，都有个叫的。

老太太　（笑）小妞他妈。

群　众　（大笑）中！

妇女们　（推青和女人）你去，你领头。

郭大才　（对青和媳妇）你们吃了喜鹊蛋啦？青和媳妇，就你做个模范吧！

青和妻　（害臊地，一手捂嘴笑，一手拉一妇女）我葡萄妈参加农会，中也不中？

谷青芳　不中，（唱）葡萄是他（指青和）的闺女，你没个叫的？

（妇女们哈哈大笑，推青和妻，她打她们）

谷青芳　青和哥，你媳妇，究竟唤个啥？

谷青和　（笑说）我不知道，你问她自己。

青和妻　（羞怯地）我唤个，王……（未唱出）葡萄她妈……

群　众　（大笑）中了！

（中了一二人，有的说男人名字，有的也说名，羞羞答答地过去了）

（人们都"中""不中"过去了，只剩下瞎子郭大保）

郭大保　（左摸没人，右摸没人，侧耳听没人喊中不中，急了）咋啦？咋啦？（用竹竿敲着地）青和，青和！

谷青和　谁呀？

郭大保　我郭大保，参加农会，中也不中？

群　众　（大笑）哈哈，丢下了瞎子！

谷青和　我以为，没人了，大家说中不中？

群　众　（大声）中！（哄然大笑）

（青和把他牵到南墙根）

谷元田　（到青和跟前）青和哥，你就道我这个人“扒”不“扒”？

谷青和　“扒”是“不扒”，就是树叶子落下来也怕打破头，夜儿个斗郭德章你的“工作”不好，看你以后吧。

（谷元田、郭德章觉得没趣，偷偷地溜之大吉）

谷青和　好了，咱们在农会的来，咱们要头一个倒苦水，拔穷根，团结起来，大翻身！

群　众　对呀！

谷青和　第二个，大家一心一派，都是马蜂窝，谁要动咱一个。

群　众　（大声）咱们都上！

谷青和　第三个，咱们说话算话，不许三心二意。谁要三心二意，咋弄？

群　众　（齐声）揪出农会去！

（大家高笑，拍手歌唱）

农会是个马蜂窝，

千人万伙一团团。（念“托”）（一坨坨）

马蜂窝，一团团，

闹翻身又闹生产，

要回江山大家坐。

第二场

第二天，地点同前。院里多放了一桌一凳。

谷元田上场。

谷元田　（颓唐苦闷）

（《反五更》）

谷元田，气受够，哎咳哎哟，

没有跟上农会走。

老婆生气张嘴咒，哎咳哎哟，

一夜憋气憋得恼！

（说）青和，哦，青和不在？

（谷青和、郭大鹤上场）

郭大鹤　（纵情大笑）哈哈！真想不到有这一天。

谷元田　村长！

谷青和　你有啥事？

谷元田　没啥事，就是那一件。

谷青和　哪一件？

谷元田　你知道。

谷青和　我咋会知道。

谷元田　（惭愧地）我夜儿个没参加上农会，心里就够不好受，回到家，老婆跟我吵了一夜，（仿女人声，一手叉腰，一手指青和）“你在村上为人太臭了，农会也参加不上，咱成了‘红头老婆子’了，成了野狼下山了”！气得我一夜没闭上眼……

郭大鹤　元田，你为人也不咋，为啥也不中？喃喃就是你爱跟青选说个话，吃点东西，大众不信你。

谷元田　（马上）这这……我改，中不中？我当天盟个誓。（跪下）老天爷在上，我谷元田以后，对大众不忠心，天抓我！（回头）中不中？

谷青和　对天赌咒也不中，要看你的“工作”，改了当然可以，“吃人嘴软，偷人腿软”，懂不懂？

谷元田　（点头作揖）那还不中？看我今天。

谷青和　对，看你今天吧。

（郭大才、谷青芳等男女群众上场）

郭大才　（得意扬扬）青和，大家凑了张告示，贴在哪里？

郭大鹤　出告示干啥？

郭大才　这告示上头，写着谷青选咋个讹咱们。

郭大鹤　哎！这个好，喃喃这一表，大家眼都亮了。

（谷青芳把布告贴在一边，三两群众去看，老汉念）

『斗争会对象恶霸谷青选

以前贩卖人口，后来自投三次保长，（里勾外连，四乡均分，这两句以后再添上）杀害人民，破坏财产，药丸当饭，仗势胡捐，成天讨要，连捆带打，逃门在外，你东我西，少吃没喝，饿死很多。

听说八路来到咱家，把日本皇协一通打垮，俺们才敢回家。共产党领导，毛主席命令，费心费力，领导群众，扩大农会，成立民兵，人人起火，个个发恨，团结一块儿，打倒恶霸，好人翻身。

罪状：一、贩卖人口数十名；二、拆房屋一百九十八间；三、卖地十一顷二十亩，卖树一千七百八十株；四、逃荒在外六十人，死了一百多人；五、霸占大车、磨、碾东西无数。

不要说损害俺们房屋，比如戳了老鸦窝，它也要起火！

翻身日：一九四五年十二月二十日

武陟四区南王村人民布告』

（老汉在念布告时，谷青和、大才、大鹤在另一边说话）

谷青和 （很高兴）大才，咱过去请不来，说不来，发脾气，骂也不中，这会儿脑筋一转了，啥事都好办了。

郭大才 就是慢一点儿，也不碍事，原先我光说大家不中，就俺俩中。

郭大鹤 （笑）喃喃，说真话，你们从前，都是为俺好，可是咱是死脑筋，你们一大声，瞪眼，俺就怕……喃喃，现在可不了。

谷青和 （思量）哎，大才，大家不比俺笨。

郭大鹤 喃喃，不是你们用这“工作”，再骂五年，喃喃，哎哟，反正我不敢说……

郭大才　（沉思）哦，光自己一人不中……

（正说之间，一村民持矛上场）

村　民　村长，农会，外村人来了！

郭大鹤　我去接他们！（退场）

郭大才　咱村翻身，外村来帮助俺生气，大家“工作”要做好些。

谷元田　咱去“工作”！（和郭德林从旁退场）

老　汉　（从贴布告处过来）青和，青选欺负咱村，是里勾外连，四乡均分，他靠谢龙堂、原华峰的势力，添上两句吧？（有几个群众同意）

谷青和　很对，万理，添上去！

（一群众取笔添上两句）

（同时台后：“欢迎北王村来帮助咱们翻身！天下农民是一家！”）

【（郭大鹤引外村代表在石台上——外村群众，观众看不见但要使观众意识到是有地方把他们安置好的）】

——注意，有【 】处，是同时进行表演的。

郭大鹤　（立在石台上向后作揖）对不起，大家费心，俺村翻身来帮助，真高兴！（流出热泪）

（《石片》）

今天，翻身，诸位费心，

穷人，痛苦，穷人可怜！

提起了南王村，人亡房地光，

咱的苦，三年五载诉不完。

外村群众同唱 咱的苦，三年五载诉不完！

北王村代表 （同情地）大鹤，不要难过，咱是一家，一来一往！

郭大鹤 （笑）对，你们翻身，俺一定去，请坐请坐！（向后招呼大家坐）

（谷元田、郭德林提着水、碗，去招呼外村喝水："请喝水……""元田哥，不用客气"……）

郭大才 （在台上）人马差不多了。青和，开会吧？

谷青和 对，开吧。

郭大才 （高声）噢，别说话了，开会了！（回头）青和，你说吧！

谷青和 你吧。

郭大才 我不中，我是个短捻炮，一点就炸了，你来！（推青和上去）

谷青和 （得意地）我就我。（向大家）

（朗诵）

今天，翻身，各村来帮助。

村村，联络，结成一团团。

叫谁说理呀？

群　众 （万口一心）谷青选！

（台后口号："我们不能再受了，和恶霸讲理！我们要翻身！"武装的民兵拥谷青选上场）

（谷青选在口号声中昂头阔步，满不在乎地走到桌前）

郭德亮 （立起，先动帽擦鼻涕）谷青选，十八亩地头到了，可等着你了！

(《紧符》)

真想不到有这天，

我来斗你谷青选，

记得我独生女，

快快坦白给我听！

谷青选　(死赖地)

莫向我要独生女，

你先还我的侄女，

你的独女你的事，

姑子能住我和尚寺？

郭德亮　(气极)咳！(一抓，把破帽抓下顺手猛擦鼻涕)你这老娼子！

你拐我闺女到李封，

卖给土匪队做偏房。

到了如今反咬我，

欺我老了没拳头？(气愤地向他伸拳)

(谷青选目旁视，不听不闻)(下句仍进行)

谷青芳　(跳起来)谷青选，我来！

三十三年大灾荒，

是谁逼我逃枣庄？

拆我房屋卖我地，

俺爹娘孩子为啥死？

谷青选 我不替你家出款项，

你家早就活不成！

谷青芳 我三亩菜地孙子吃，

你不放臭屁“耳”死你！

谷青选 替你出了捐和款，

还不知道你占便宜！

谷青芳 我占便宜你妈的，

说来说去是我讹你？

谷青选 上有皇天下有地，

不要仗势把人欺！

谷青芳 （气极说）咳咳，你这个害汗症的啄木鸟，浑身发软嘴更硬？说了半天，原来是我讹你？！

谷青选 （傲慢地）哼！（捋胡）

群　众 （气愤）不放臭屁，“耳”这老娼子！……

（骂，吵，一哄而上，把谷青选包围起来，青和正面向后叫大家不要乱，青选怕打，乘机蹲在青和胯下，脸向观众，喘气）

谷青选 哎哟！（装可怜）

（有一二外村人立在石台上）

外村人 不要打，让他说理！

（有的）俺就看不见，这才胡闹台呢！

谷青和 （听到了）噢！大家静静！

郭大才　噢！有人不同意了！

谷青芳　（愤）什么，谁说俺们不对？来！（卷袖）

谷青和　（拦住）咱慢来，人家不明了咱村的事，咱来晾理！

（大家静下来）

谷青和　（向外村）诸位老少爷们儿听我说：

（《死过的人》）

咱们是，死过的人，

八路军，来了重生。

瞧这里（指一边），房屋拆个光！

咱回来，都得溜房檐！

全体同唱　咱回来，都得溜房檐！

谷青和　不说这，也不说那，

不说俺，人心是肉做。

就是个，老鸦的窝，

戳了它，起火不起火？

全体同唱　戳了它，起火不起火？

外村人　（同情）起火呀！

郭德亮　（从人群中挤出，拉帽擦鼻）

（朗诵）

俺老两口六十多，

只有独生女一个。

不是他十趟八回来逼我，

谁肯卖去当小老婆？

还吊我，捆我，打我！

到如今……（放声大哭）

天呀，生不见人，死不见尸，

俺苦命老夫妻，咋个活？

外村人 （同情。问谷青选）谷青选，你把德亮的闺女弄哪里去？

谷青选 （无法）唔……卖了。

外村人 钱呢？

谷青选 （先无法说，后说）我花了。

外村人 要是你的闺女，给人家卖了，你咋办？

谷青选 （哑口无言）……

郭大鹤 （紧接着跳出来，举起粗大的双手，拼命似的）来！大家来！看看这上头咋说！（指布告）（有一二人去看）

外村人 不亏他！这娼子真作恶！

谷青和 好吧，咱们来说理：

有人说：看不见，抬上桌去！

谷青芳 中！（几个人七手八脚地把谷青选抬上桌）

老　汉 谷青选，你说这捐那款，谷家一道街给你拆得好苦，为啥你的房子是好好的，地多了？俺就该出，你就不该出？照路说！

谷青选 （沉吟）我要出了，我还能……

老　汉　还能吃好穿好？是不是？

谷青选　唔……就是。

谷青和　谷青选，你凭什么来欺负咱们？

谷青选　我办事咧。

谷青和　民主政府不也办事，为啥不讹人？

谷青选　我掂枪咧。

谷青和　八路军也掂枪，为啥不讹人？

谷青选　（无言可答）……我……

群　众　你仗着什么来讹咱？

谷青选　我……

（《落子》）

我仗着，原华峰，还有谢龙堂，

日本人，皇协军，中央老蒋。

郭大才　（讽刺）哦，你靠蒋介石就可以随便杀人？

老　婆　（站来起，涕泪交流）

（《西京调》）

生对头，死对头，你这贼骨头，

我连坐，十二胎，只活俺小狗。

靠他生，靠他活，靠他送终传老。

年轻轻，俺命根，送在你手！

我的儿呀……（泣不成声）

郭大才 小狗哪里去？

（《紧符》）

七月十二天青青，

鬼子皇协来抓丁，

小狗上地给抓住，

三拳两脚溜了人。

（说）记得记不得？

谷青选 记得。

郭大才 半夜三更谁叫门？

谷青选 我。

郭大才 砰的一枪（揩泪）一村惊！

老　婆 （大哭）俺小狗就这样死了！

群　众 （有的流泪，悲愤极了）要偿命啊！

谷青选 （吓得面无人色）

老少爷们儿老乡亲，

这都怨我不是人。

万望高抬大贵手，

留下我这条老狗命。（磕头）

群　众 不中！

谷青和 （悲愤地）我们哭够了，要咋办？

群　众 （万口一声）交咱政府替俺报仇！

谷青和　对!

（众纷纷站起，握拳挥动，谷青选见此情形，骇得双眼鱼瞪，两手伸张，在群众面前颤抖）

幕下。

幕终曲

幕在锣鼓声中开，群众狂欢地载歌载舞上场。

（《咱们永远跟着毛主席》）

太阳红啊沁河长，

黄河北岸来了共产党，

共产党人好心肠，

像是儿子又像娘！

咳哪咳哟，

像是儿子又像娘！

穷人穷呀谁过问，

几千年来不是人，

千代牛马百代奴，

不敢怨人怨俺的命！
咳哪咳哟，
不敢怨人怨俺的命！

再不怨命不信神，
八路军是拨灯人，
倒尽苦水大翻身，
咱们本是大主人！
咳哪咳哟，
咱们本是大主人！

主人都来武装起，
保卫咱们解放区，
绣花线线不离针（跟针走），
咱们永远跟着毛主席！
咳哪咳哟，
咱们永远跟着毛主席！
咳哪咳哟，
咱们永远跟着毛主席！

1946 年 9 月 15 日　脱稿于焦作

赤叶河

〔四幕剧〕

（1949年5月新华书店版）

版本说明

本剧完成于 1947 年 9 月 8 日，10 月在河北武安冶陶镇召开的晋冀鲁豫土地工作大会上首次演出[①]。1947 年 12 月 28—29 日，中共晋冀鲁豫中央局宣传部召开专题座谈会[②]。这一首演稿没有出版。

1947 年 12 月 15 日作者完成了改写稿，太行群众书店于 1948 年 2 月 10 日出版[③]。

1948 年 8 月，作者在石家庄参加华北文协成立活动。其间与周扬、柯仲平等同志交换意见后，于 9 月做了一次改写。华北人民文工团作曲家梁寒冰对音乐做了改写。中国人民文艺丛书收入此剧，由新华书店在 1949 年 5 月、9 月印发了两次。作者为这个版本写了《后记》(1949 年 1 月 2 日)。本书选入的是此版本。

---

① 本文存笔记卷有当年排演时作者写的导演意见。

② 本文存笔记卷有会议记录。

③ 《人民日报》1948 年 3 月 5 日在第一版以名剧《赤叶河》出版了！为题，发了专栏：剧本写的是贫雇群众过去怎样受封建地主的压迫，八路军来后，又受少数忘本干部的苛待，骂他们是“死落后”，所以一直没翻身；最后写的是如何发动贫雇翻了身。这个剧本与咱们目前实际情况很一致，大家看了对工作定有很大帮助。现已出版，数目不多，请大家赶快买吧！特别各个剧团应尽快购买。

1950年2月，作者又对剧本做了改动，中国人民文艺丛书编委会以修订三版的方式于1950年9月又一次出版。作者为这个版本写了《关于赤叶河的三次重改写》（1950年4月5日）。

1957年2月，为了中央实验歌剧院和天津人民艺术剧院的上演[1]，作者做了第四次改写。这一版本由人民文学出版社在1959年11月和1960年2月两次出版[2]。作者为这个版本写了第二个《后记》（1959年3月）。

---

① 1958年5月2日起中央实验歌剧院在天桥剧场演出。《人民日报》在1958年5月3日第8版舞台和银幕专栏，以重演歌剧“赤叶河”为题报道了这场演出：曾和《白毛女》齐名的歌剧《赤叶河》，已经好几年没上演了。昨天起这轮的演出，情节略有修改，比以前更显得简练紧凑。牧羊人老宋出场时唱的：“赤叶河，赤叶河，赤叶河本是个荒山坡，从东到西二十里，黑个洞洞个大山壑。”那深沉苍凉的调子，把观众带入了解放前二十来年中的境况里去：苦难深重的中国农民在恶霸地主敲骨吸髓的重重盘剥下弄得家破人亡。当年，这个歌剧对土改曾起了鼓舞农民斗志的作用。今天，看了这个歌剧，观众重忆旧恨，未必不能对当前的大跃进添一把劲！

② 人民文学出版社1959年11月版说明：本剧于1948年2月由太行山群众书店出版。1949年5月收入中国人民文艺丛书后经作者做了第三次修订，于1950年9月再版。1957年作者为了演出的需要，把剧本又做了一次较大的改动（曲谱部分也由作曲者做了修改），现据最近修改本重排印行。

场次与年代

第一部　民国十九年

第二部　民国二十年

第三部　民国二十一年

闲　话　十二月政变之后，民国三十二年

第四部　八路军解放该地两年之后

登场人物

王大富——第一部时，四十二岁

王禾子——第一部时，二十岁

燕　燕——第一部时，十九岁

老　宋——第一部时，五十八岁

吕承书——第二部时，四十岁

秋　贵——第一部时，三十五岁

小　三——第一部时，十七八岁

二　全——第一部时，十七八岁

高山大（即第四部的村长）第一部时三十来岁

吕家长工一人

赌客二人

生　卯——三十多岁

老　冯

民兵二人

群众若干人

（剧中人物随着年代的增加，化装随之逐渐变化）

第一部

民国十九年秋冬之交。

王大富的山窝铺。台右前，突露出房屋的一角，有窗有门。墙是用石头垒成的，陈旧颓败。台左设一盘石磨。屋前设一条石凳。台正面，上去是道路，从右方延展到山梁的远方去。从左边下去，就是赤叶河。台深远处，山峦重叠，残秋景色，荒凉萧索。

王大富扛镢从山坡上。

王大富　（唱第一曲）

祖祖辈辈刨荒坡，

风吹雨打受折磨。

多开一块“瞎巴地”，

儿孙们多吃个黑窝窝。

爷爷没留一块地，

爹爹没留一片瓦，

俺爹带我到此山，

镢头一把斧一把。

上坡刨地。

辛苦经务三辈子，

年年收秋年年光，

一顿饱来一顿饥，

年尽腊月打饥荒！

音乐起奏，王大富叹息，抹汗，刨地下。

王禾子在荆棘树丛里出现。

王禾子 （唱第二曲）

砍坡砍在老山坡，

汗珠往下落。

筋疲力尽不敢歇，

害怕肚皮饿。

向坡下看了看，抹汗，又砍，隐在树丛里。

燕儿从草屋里出来。

燕　燕 （拨拉拨拉水裙上的灰土，唱第三曲）

滚好米汤蒸好窝，

瞧瞧南山坡！（望）

有心要叫声俺的哥，

新媳妇脸皮薄。

（叫）嗳……（却未叫出声来就咽回去，羞怯怯地捂住嘴）

王禾子　（边砍边唱出）

我家刚娶来新媳妇，

我心很舒服。

风里头来雨里去，

莫叫她受了苦！

燕　燕　（喜悦地）

一个晌午砍半个坡，

咱沟头一个。

砍光林木好开地，

又有了好柴火。

（羞怯怯地叫）哎！饭好了，叫爹回来吧！

王禾子　（笑笑地走下坡来）

今年咱家多了个你，

多开一块地。

明年要是好收成，

有穿又有吃。

燕　燕

明年要是个好收成，

一家都欢喜。

咱们勤谨多动弹，

好好地熬日子。

心投意合地两相微笑。

燕　燕　（白）叫爹吃饭吧！

王大富早就从山的拐角处上来。

王大富　（咳嗽两声）咳！咳！

燕　燕　（一惊回头）哎，爹回来了！（羞怯怯地进屋内去了）

王大富　禾子，没见二东家秋贵进来吧？

王禾子　没见他来。镢头钱也给了，租子也交了，他又来干啥？

王大富　（忧郁地）光给了镢头钱，租子怕不行。吕家在盖祠堂，我操心又得在咱身上榨点油水呢。

王禾子　咱家刨坡种参，已经给过吕十块现洋，画十字又加了五块。前些日子刨参，就不该给他镢头钱，爹。

王大富　你不给，人家不叫刨参。今年给你娶了媳妇，塌下十块钱窟窿，指望这坡参，也没还了账，唉！

燕燕儿端饭上。

燕　燕　爹，吃饭！

王大富　咱这山土薄，打不下粮食，吕家的租又重，今年又多了口人，要多开块地才够吃呀，孩！（唱第一曲）

多一个人多一张嘴，

喝口寡汤也得多瓢水，

穷人靠的是气力，

多出把力少受罪。

王禾子　爹，咱秋已经收好了，我一定把那块坡刨出来。

王大富　　成了头家就该顾家，

不能还学小猴娃。

明年王门要有福气，（燕燕儿端饭上）

添个小孙孙旺门楣。

燕听到，羞得转过脸，摔了禾子一下，给他饭，捂住嘴脸下。

王大富　（回头看见儿媳妇在，也不好意思地）哼……（低下头吃饭）

台后声：“狼来了！狼来了！”

燕　燕　（惊跑出）爹，听！狼来了！（害怕）

王大富　哦，狼？孩子不要怕！

王禾子　打去！（拿斧）

台后声：“禾子！禾子！打狼！”

王禾子　（应）嗳，小三子！来呀！（跑下）

王大富　（一面招呼燕，一面向后喊）孩子们，操点心呀！

燕　燕　（害怕）爹！真怕死人！

王大富　不要怕，有我在这里！

台后人嚷声，追逐打狼。

“往南坳跑了！追呀！”

"小三子，往牛犊台跑了"

"禾子！卡住沟口！"

远处喧嚷纷纷。

燕　燕　（又怕，又要往沟底看）爹！瞧狼！

王大富　在哪儿？（用手遮太阳看）

燕　燕　（指）往沟里跑了！

王大富　哦！

燕　燕　这里狼真多！白天黑夜都来。

王大富　要不是道野沟，还称上咱这号逃荒户？

台后笑声嚷声又近。

"打死了！"

"禾子一斧就劈中它的脑袋。"

燕　燕　爹！他们回来了！

禾子、小三、二全上。

王禾子　（斧上有血）好大一只狼！

小　三　南坡高山大，他们在沟口一拦，狼扭头就跑，正好，叫禾子一斧！

二　全　（笑，抢着道）回老家去了！

王大富　狼在哪里？

二　全　在牛犊台放着。大叔，一会儿吃肉！

王大富　（笑）好！狼肉、山猪肉，在咱这赤叶河讲，不是稀罕的东西。

小　三　可不，哪年少也得打个十来二十条。

禾子等正谈论时，台后老宋远远唱，杂夹着咩咩的羊叫声。

老宋唱时，不用等王大富他们的对话完毕音乐就起奏。

老　宋　（唱第四曲）

赤叶河，赤叶河，

赤叶河原是个荒山坡。

从东到西二十里，

黑格洞洞个大山壑。

王禾子　哎，爹！宋大爷赶着羊，唱着来了。

王大富　（手搭凉棚）哦！……就是。

燕儿和众人也跟着看。

老宋拿破键板打着羊铲唱出来。

老　宋　（悠然自得地）

梨花开，梨花落，

梨花大鼓唱上北山坡。

王大富　（招呼）老宋哥，老宋哥，来啦！

老　宋　（没理会地唱上坡来）

自古有山没有路，

颗粮不长却有三多：

荒山多，石头多，

棘针树林野草多。

百十年来没人烟，

大好的去处却荒落落。

山猪成群乱打滚，

野狼遍地扎老窝。

谁见官家来砍一斧，

谁见吕家来刨半镢，刨半镢！

王大富 （迎接）老宋哥！都是实话。坐坐！

老　宋 （坐在石凳上）哈哈！都坐。

小、二 （同时）宋表爷（大爷），可不是野狼窝。你瞧见牛犊台的死狼吗？

老　宋 （笑）瞧见了，真不小。

王禾子 （向小三、二全）嗳，请宋大爷今天再给咱说段书听听！

小、二 （同意）好好！宋表爷（大爷），说段书听听！

老　宋 （大笑）哈哈！没啥好说。

二　全 就说你怎给吕承书他叔叔放羊那段故事吧！

老　宋 不敢再来！那一回差一点敲破饭碗！

王禾子 哎，不说这，先来一段吧！

老　宋 说啥？

二　全 刚刚大爷唱赤叶河，就唱唱咱先人怎来这里开坡吧！

禾、小 （同意）赞成！赞成！

王大富 不，先叫大爷吃饭。

二　全 对啦，叫新媳妇去做饭，试试把式好不好！

燕羞怯怯地转过头走进房去。

青年们都笑起来。

老　宋　不忙，多时不唱，喉咙就痒痒的。（打起羊铲柄）

咱们祖先住曹州府，

逃荒避乱没有去处。（禾："哦！咱祖先是曹州的。"）

开头来了三个人，

在前沟烧坡砍野树。

砍光树林刨成地，

一个做官的城里来，

说道这山是他的，

不纳钱粮不叫开。

小　三　那个做官的是谁？姓啥？

老　宋　就是前庄沟吕承书的老爷爷。

王禾子　你不是说他是城里的，怎么吕家这会住在前庄沟呢？

在他们说话时，燕儿做着针线出，在门口听。

王大富　我也听说过，吕家看着这山沟都成了地，收租什么都不方便，后来就搬来前庄沟，这还不到五十年哩。吕家原是城西凤凰村的。

王禾子　那么，咱们这后北坡、牛犊台又是啥时开的？

老　宋　牛犊台晚几十年，是你爷爷、俺爹、小三他爷爷，这十来户开的。

王禾子　哎！你唱唱咱们祖先吧！

老　宋　行！

王禾子　（对小三、二全说）听听唱咱祖先吧！

老　宋　（唱）牛犊台，后北坡，
三十两粮银写文约：
言明许丢不许夺，
两家情愿无异说。
咱的先人有能耐，
砍光树木把地开，
担土搬石垒地堰，
沟边地沿把果树栽。
起早搭黑整一辈，
到咱这辈更不劣，
辛辛苦苦七十年，
挣下如今的光景来，光景来。

王禾子　哦！原来土地是这样来的！

王大富　该不是人刨开！能说是三皇治世，开天辟地，分纸占单，占上的当地主，占不上的就活受罪？

老　宋　本来说好，只纳粮银不出租。咱先人把地刨开，头一年收秋，吕家就来括租，你不给，人家就要夺地。

二、小　（同问）不是言明“许丢不许夺”？

王禾子　说话不算话还行！

老　宋　不行，你又怎？我活了五十八，渡过河，翻过山，做过主，放过羊，没见过老财有一个好家伙！气得我闲着说两句书，唱几句莲花落！

王大富　（听罢，无限感慨）后生们听着吧，这都是实话！

青年们茫茫然。

老　宋　这山沟从前呀：

山猪成队，狼成群，

白天黑夜来吃人，

提心吊胆战兢兢，

一不小心丢性命，丢性命！

燕　燕　（骇）哎哟！真吓死人呀！啧啧！

王禾子　大家打嘛！

小　三　刚才不是打死一个？

老　宋　野狼好打，有一种狼不好打！

小　三　（急问）那是什么狼？

老　宋　那种狼，手不摇，膀不摆，吃人不见血的狼！

二　全　（好奇地）这种狼来过这里没有？

王禾子　（在沟口，突然叫起来）哎，来了！来了！

众　人　（惊慌起来）什么？狼来了？（有人拿棍，有人拿镢到沟口看）

王禾子　（指远方）看！吕大先生的账房秋贵，从南坡那里下来了！

二　全　（讽喻地）哦！我以为又是个野狼，原来是个人狼！

王大富　（在沟口看，慌张地）哎！都不敢瞎说！禾子快去烧水，快去搬个凳子来！

禾子和燕儿进家去。

老　宋　（对小三、二全）人狼来了，凶多吉少，咱们走吧。

三人从一边下去，王大富慌张地走到沟口迎接。禾子搬凳子出，很不情愿似的猛放下。

王大富　（在沟底说）二东家辛苦了，请上去！

音乐起奏。秋贵神气十足，手拄棍子大摇大摆地上，王大富跟随在后。

秋　贵　（唱第五曲）

这边种庄稼，那边栽树。

凌霄宝殿，不如山窝铺。

吃瓜有瓜豆有豆，

老哥住的是神仙府。

王大富　（啼笑不得）哪里！哪里！大先生怎么不过来？

秋　贵　（点头，神气地）

大先生走乏要歇晌，

打发我来跑一趟。

雨顺风调年景好，

老王一定是谷满仓。

王大富　全沾大先生的福气，请坐！请坐！大先生好多时候不进沟来，二东家前几天来，怎么不吩咐一声，好叫咱们准备准备……

秋　贵　老王嫌我来多啦？

王大富　（忙赔笑脸）哪里话，多来好嘛，烧香许愿都求不得！

秋　贵　（大笑）不是吧，你们都怕我进沟，给我编了个歌儿："秋贵进了沟，家家都发愁，不少七升短半斗。"还会烧香许愿盼我来？我不信！

王大富　（弄得无法对付）哪里话，哪里话……听人们瞎说的……

秋仍哈哈大笑。禾子端水上，给了大富，不乐意地修理镢头。

王大富　（得救似的）二东家请喝水！

秋　贵　老王，今年你们可是吃饱饭了，年景多好。

王大富　（慌张地）全是沾大先生的光了。

秋　贵　哦，你知道是沾吕家的光就好。（唱第五曲）

水有源头树有根，
豺狼虎豹也敬山神。
万丈高山从地起，
你该感谢吕家的恩。

王大富　（恭敬地）可不是，可不是……

秋　贵　（唱第五曲）

吕家积德出孝子，
修祠堂敬祖办好事，
不说你种吕家山，
积攒阴德也该化布施！

（白）老王，你三辈子种吕家的地，落户娶媳妇生孩子，都靠吕家洪福。吕家盖祠堂敬祖先，断你不敢丢我（指自己鼻尖）这人！

王大富 （支支吾吾地）是是，这是好事……

秋　贵 （笑）对，这是好事，来，化个多少？二十块？（取出化缘簿）

王大富 （慌张地）哎……可不敢，今年可不行，禾子娶媳妇揭大先生十块钱还没还。

秋　贵 今年还不了，明年还，不用着急。大先生是懂人情的人。来吧，二十块吧？

王大富 （赶紧说）可不敢……

秋　贵 那么化个十五块吧！（想写下去）

王大富 （忙捉住秋手）不敢不敢……我顶多出一块……

秋　贵 （瞪眼）一块？好意思张嘴！

王大富 再多我可出不起！

秋　贵 （脸一板，把簿一卷揣在怀里）瞧你这人，全不讲人情！吕家盖祠堂，办好事，你是吕家的庄户，化一块钱？

王大富 要是有了，可不是该多化些，替大先生高兴高兴……

秋　贵 今年秋又好，光是那坡党参卖了，就该你吃了稠的，让大先生喝口汤！

王大富 （忍不住，嘟嘟哝哝地）二东家，可不是说的那么容易。从前开一坡种党参，纳了粮银还不算，写好文书还得加五块画十字钱。今年刨参又得出镢头钱；现在修祠堂，又要化布施。咱穷庄户可是顶不起呀！

秋　贵 （眼一翻）瞧你这人，不化就算㞞，说这干啥？

王禾子　（忍不住了）哼，我要有十五块钱，我就搭个猪圈了！

秋　贵　（勃然大怒）好小子！（唱第六曲）

你个小子好胆大，

不识好歹没王法！

两脚牛屎是什么人？

敢把吕家胡糟蹋！

（拉禾子）走，去见大先生！

王大富　（惊骇，拉住秋贵）二东家！（唱第一曲）

狗嘴不能长出象牙，

小人不懂王家法

求求二东家多担待，

不要去气他老人家！

秋　贵　（装模作样）他娘的！（唱第六曲）

要不怕大先生来生气，

就该送你到衙门里。

人倒不大脾气不小，

小小麻雀想跳破瓦坡？

（白）饶你这一回！

王大富　（感谢不尽地）哎哟，多得二东家担待了！（要拿镢头打禾子的样子）还不快给我滚！

王禾子　（怒气不息地）哼！（进屋去）

秋　贵　（见禾子不肯低头）嘿嘿！简直是造反了？

王大富　（拦住赔笑脸）

二东家不要生他气，

就当他是放狗屁！

咱靠吕家才有今天，

该替大先生来欢喜。

（白）这是大先生家的喜事，化三块吧！

秋　贵　好意思？

王大富　可不少了。

秋　贵　（唱第五曲）

我嫌少来你嫌多，

行好不该把嘴磨。

两个巴掌十块钱，

人情不厚也不薄。

王大富　（惊，心疼）十块？吓死我！

秋　贵　（仰头打了个大哈欠）呵！好困！（扭头就走）

王大富　（急追到沟边）二东家……（看他走了）唉！

燕儿上。

燕　燕　爹，吕家来化布施？

王大富　（发愁地）可不是。

燕　燕　（不知高低）祠堂又不是咱的，不要化给他！

禾子上。

王大富　（看了他俩一眼）那都是毛孩孩的话！

小三急促地上。

小　三　二大叔！

王禾子　小三来了。

小　三　二大叔，你听说没有？吕家要修祠堂，等花钱，要卖后北坡了！

王大富　（惊）什么？要卖后北坡了？

王禾子　不要怕，他吓唬咱们的。他卖给谁也是咱们种。文书上写的是“言明许丢不许夺”！

小　三　是真的，要卖给带兵的那个张大头！

王大富　（更惊）什么，张大头，是不是从前断路打劫的土匪头子张大头？

小　三　就是他，现在带了兵，当了大官！

王大富　（惊惶万状地）哎呀！要是卖给这个杀人不眨眼的家伙，咱这十来户都进了阎王殿了！

双手搔腿，愁得没法。

王禾子　他就是阎王爷也不会给自己种地。

王大富　（生气）小孩子家懂啥？叫咱种地，一个将军一个令，不把咱撵走了！

小　三　秋贵悄悄地告俺爹说，吕大先生正为修祠堂，钱不够用心烦，所以要卖山。如果咱们给他化点布施，买下人情，也许不卖。

王大富　（得救似的）哦，大家给他化上布施。就不卖了吧？

小　三　是的。俺爹叫我来告你，还告二全他爷爷，赶快弄钱去高庄买金丹，留大先生住一宵，好好地求求他。

王大富　去就得快去，来回四十里，半夜才能回来。那禾子和小三去吧！

王禾子　（气愤地）我不去！买金丹给他吸，包些驴粪蛋给他吸吧，把人糟蹋死啦！

王大富　你不去我去，等拿上个钱。（要进屋取钱）

王禾子　（拦住）你哪里来的钱？

王大富　（苦着脸）现在不是要性子的时候，（沉吟）把你前天担炭挣的两块钱，先用了吧。（进家去）

王禾子　我磨肩膀，流臭汗挣的钱，你拿去孝顺人家吧！（气愤地蹲在一边）

王大富　（一面把钱揣在怀里，一面拿镰刀上）狼真多，拿上个家伙！

小　三　我回去拿上个灯笼。

王大富、小三下。

燕　燕　（送到沟口）爹，操些心呀！（回过头来）半夜才能回来，你不去，叫爹去！

王禾子　（扭过头来）不叫爹去，你去！（走进屋去）

二　全　（在沟底叫）禾子！

燕　燕　（答应）谁叫呀？

二　全　（上）禾子！禾子家！俺娘给吕大先生准备晚饭，没有调和。二大叔临走告我，叫来你家拿几个鸡蛋。

燕　燕　拿鸡蛋？

二　全　可不，小三他娘擀面擀不好，叫俺娘去做饭呢。找油找盐，把后北坡都窜遍了。老财真不好伺候，两个人，把咱北坡闹得鸡飞狗叫。

燕　燕　我去拿！（进家）

禾子　（出）二全，吃鸡蛋？拿几个驴粪蛋去！

燕　燕　（拿小筐出）这六个鸡蛋，我原想草鸡落窝孵小鸡的，你拿去吧！

二　全　（接过）把我腿都跑酸了，真不如刨天坡地好。（下）

王禾子　二全，叫你娘做好饭了，擤两管鼻涕进去！

燕　燕　你真是，说这样淡话有什么用？叫别人听见，说你是黑心肝。

王禾子　你好心，瞧着有一天，人家把咱坑死，看谁黑心肝！

燕　燕　（似嗔非嗔地）谁有工夫给你拌嘴！该做饭了，爹回来就半夜了。（进屋）

舞台沉静一会儿，太阳西下，天渐黄昏，远远的山坡上，传来羊群叫声，老宋在山坡赶羊过。

老　宋　（在天幕后边唱，声音沉重抑郁。唱第四曲）

太阳落山天傍晚，
山风吹透破衣衫。
羊儿上圈放下铲，
伸伸腰儿喝碗寡菜饭！
吆喝羊声，羊叫声。

王禾子　（向后山）宋大爷，羊上圈啦？

老　宋　（在天幕后）天黑啦！

二全上，后面还跟着两农民，有的提着灯笼，有的拿着用蒿草扎的火把，各人都带着木棒镰刀。

二　全　禾子，走吧，天黑啦，接你爹和小三回来！

王禾子　我去拿家伙！

二　全　（对农民）大家招呼好，遇上狼群别慌张！

农　民　不怕，生在赤叶河的人，谁还怕狼？

王禾子　走吧！（指）从这梁上绕过去！

燕　燕　（出）你们都操些心！

二　全　不怕！

众从山梁上走过，远处有看羊狗的叫声，火把光隐没在山后。（老宋在幕后问）"孩子们，天黑了，打上火把哪里去？"（说完上场。）

燕　燕　爹和小三去买金丹，他们接去了。

老　宋　哦！真是吕家一跺脚，赤叶河沟山都动！瞧！连我的看羊狗都惊动了。

燕　燕　吕家盖祠堂，要把北后坡卖啦！

老　宋　财主什么时候都会想办法。卖？听他胡说，抽足金丹，要了钱，他就不说卖了！（远处狗吠声）

燕　燕　（惊）哎哟！是不是狼又来了？

老　宋　（听）不是，不是！

燕　燕　（害怕）哎呀！真吓死人！这里什么时候都好像有狼来吃人似的。

老　宋　（看远山）哎，瞧，不是火光？他们回来了！

远山后，火光渐明。

燕　燕　他们回来了。

（听见二全在后台说：）“大叔，我们回去啦！”（王大富、禾子、小三上。）

燕　燕　爹，回来啦！（接过灯笼）

老　宋　大富，去买金丹来？

王大富　（疲惫地，坐下）去年吕大先生来，去买一回金丹，一块钱能买八十颗。这回才买七十颗。

小　三　二大叔，你先吃饭，我拿去吧。

老　宋　不，可不敢都拿去，留下些，要不明天变个卦那就没法了！

王大富　就是，还得防备明天。

他们在灯笼下正想把金丹分包，一个农民打着灯笼引秋贵上。

秋　贵　老王，辛苦了。我瞧见火光，就猜中是你们买回来了。

王等急把金丹收好。老宋看见秋贵，从旁边溜下。燕儿也进家去。

王大富　（惊）哎，二东家来啦，坐坐！（拉过凳来）

秋　贵　坐不坐吧，大先生可等急啦，快给我拿去吧。

王大富　（无法，又不能不拿出来）哎……是是。

秋　贵　（接过金丹）大先生可生气啦，平常在家早就歇啦。

王大富 （惶恐地）怨我们操心不到，不早去买！

秋　贵 老王，我替你们在大先生跟前说了半天好话，他说卖山也不是本意，只要修祠堂钱够花，就可以不卖。

王大富 修祠堂也是咱们的好事嘛。

秋　贵 我给你化了五块钱。

王大富 （惊又心疼）哦……太……

秋　贵 （推王一下）太啥？瞧你这人！

王大富 可是我没钱。

秋　贵 不用愁，我给你想办法先垫出去。（向禾子）你这个小子，不好好地管教，咱赤叶河庙小，盛不下这个大老爷了！（下）

王大富 （忙赔笑脸）是是，二东家担待了！（送秋贵走）

王禾子 （不服地）人家抱着老奶奶化布施，你去替人家当孝子吧！好大手脚，为啥不化个一万！

王大富 （愁苦着脸）你就给我去闯祸吧！不看看咱家是住在谁的矮檐下头？

小　三 二大叔说得对，禾子哥，不低头就把脑壳闯破了。

王禾子 （气愤地）就是闯破脑壳，我也不低头！

众默然无语，燕燕进屋去。

小　三 二大叔，我回去了。（下）

夜风呼呼地响。

王大富 （打了个冷战）走了路，出了身汗、冷呢。（哆嗦）

王禾子　（气平了，叹了一声）唉！爹，你也累了，进家喝口热汤吧！

王不理，呆坐着哆嗦。

禾子进家。

燕燕端热汤上。

远处有火光，轻轻的狗吠声，老宋在独唱。

老　宋　（在天幕后，声音凄凉沉郁。唱第四曲）

天是罗帐草是毡，

月亮星星是老伙伴。

烧一堆柴草烤烤暖，

心烦敲响破羊铲！

禾子拿一件破袄上。

王禾子　爹！披上个袄吧。宋大爷睡不着，又唱了！

大富、禾子、燕儿惨然静听。

歌声渐响。

赤叶河，灾难多，

不开荒山人挨饿，

开荒山就是打铁锁，

千年万代逃不脱，逃不脱！

王大富　（听罢长叹一声）唉！是的，开荒山就是打铁锁！

三人惨然相顾。

（闭幕）

第二部

第一场

民国二十年春天。吕家祠堂落成开光之日。

吕承书的家内景，布置得堂皇富丽。

吕承书，逍遥自在地上。

吕承书 （唱第七曲）

葡萄蔓子葡萄树，

吕家有福当财主。

琉璃算盘肚里响，

发家我有好主张。

海底明珠多稀罕，

不如薄地老荒山。

蝗虫水旱没收成，

吕家粮囤也满腾腾。

我家富有半边天，

修盖祠堂敬祖先。

开光喜事今天到，

试问人间有多少？

秋贵得意扬扬地上。

秋　贵　（唱第五曲）

凑一件皮袄，杀一百只狐，

成一个财主，全凭杀庄户。

要养肥猪先有糠，

荒山一座是摇钱树。

老天安定咱喜事多，

祠堂开光人人敬贺。

这般排场我经历少，

大先生还有啥吩咐我！

吕承书　山有高低水有深浅，

人情厚薄要有分辨。

贵贱不能一样看，

含糊接待失体面！

秋　贵　（一通百灵地得意）对，常言说：

有人天生，他坐轿，

有人天生，他抬轿。

富贵贫贱都由命，

一样看待就惹人笑！

吕承书　（笑，略略点头）你还很聪明！

秋　贵　（搔耳抓腮）大先生，我还像个聪明人？

不知天高地厚地傻笑。

后台八音乐声。

秋　贵　大先生，客人来了！（走下）

吕承书笑随下。

一阵八音乐声，堂皇热闹。

台后客人的贺喜声：

“恭喜！恭喜！”

“黑漆大匾做得真好。花草画得真细致！”

“给大先生贺喜！”

“费心啦，费心啦！少陪少陪了！”

“…………”

客套话喧嚷一阵。

吕承书在微笑声中上，志得意满。

吕承书　（富丽堂皇，唱第七曲）

三月里桃花遍地开，

世间人谁不敬老财？

吕家祠堂修盖好，

大家小户送礼来。

台后又是一阵八音乐声起，贺喜声。

（满面春光地。）

三月里桃花朵朵红，

吕承书满面带笑容，

有钱有势人人敬，

门里门外闹哄哄。

台后又是一阵八音乐声，贺喜声。

吕承书喜悦地从旁门进去。

秋贵在乐声、道喜声中上，手端着盛礼的托盘。

秋　贵　（万分高兴，唱第五曲）

三月里桃花朵朵红，

今日里该我抖威风！

指手画脚啥都管，

吆喝西来又指画东!

（把一份份的礼封排列好，向门外）没有个人?

吕家一个听使唤的长工上，立门口。

长　工　来了二东家，有啥吩咐?

秋　贵　（很牛皮的样子）等一等!（拿起一封礼）这是:

赵亲家老爷来贺喜，

五两银子一封礼，

门当户对头等人，

招呼在堂屋吃酒席!

（白）白银五两!（礼放在一边，向使唤人）请赵亲家老爷到堂屋，十六碟八碗，这是亲家贵客，好好地伺候，听清楚没有?

长　工　（应）十六碟八碗，好好地伺候，!（下）

秋　贵　（又拿起另一封礼）这是南坡高山大的:

南坡山大一封礼，

三块现洋来贺喜，

有来有往老交情，

应该请到东房里!

（白）三块钱的,（礼放在一边,叫使唤人）怎么下去就不来呀?

长　工　（上）来了!

秋　贵　南坡高山大，请到东房，八盘八碗，懂得没有?

长　工　请到东房，八盘八碗，是（下）

秋　贵　（又拿起另一封，觉得轻，很鄙视地）这是：

蔡家佃户来贺喜，

一块现洋顶份礼，

说厚不厚薄不薄，

实在叫人难处理。

使唤人上。

（白）一块钱？死抠掐的老庄户，唉！（向使唤人）马马虎虎把那个老蔡，请到北院，捞饭菜汤管饱！

长　工　请到北院，捞饭菜汤管饱，是。（下）

秋　贵　（又拿起一封，咧嘴蹙眉，十分不想拿起似的）他娘的！

西坡穷鬼张老头，

不识高低来出丑，

送来他娘的五毛钱，

拿起叫人心想呕！

使唤人上。

（白）五毛钱？真不像话！（生气地扔在一边向门外）把西坡那个穷鬼张老头，引到马棚院坐坐！

长　工　不招呼吃饭吧，二东家？

秋　贵　（生气地）五毛钱就招呼吃饭？吕家今天是祠堂开光，不是舍粥！舀碗白开水给他！

长　工　是。（下）

秋　贵　（拿起一封礼，立即眉眼舒展）哦，这是北坡王大富的：

北坡大富懂礼法，

五块现洋礼封大，（吕承书出）

大先生你来看一看，

全凭那会我吓唬他！

（表功地）大先生，你看，王大富五块呢！

吕承书　（装得神色不动）多者，人情厚，少了也不在乎。

秋　贵　话可以这样说，吃饭就不能那样说。

吕承书　（佯庄重地）看！你又胡说八道了！我修祠堂是表表做子孙的一番孝心，我是为爱财了？

秋　贵　（急纠正）哎，怪我多嘴！

吕承书　你这话让小人们听见，说我是假眉三道！

秋　贵　（点头弯腰地）可不，可不，我刚才说的话你就当我是放屁了吧！（向外叫使唤人）来呀！半天不来，死在哪里？

长　工　（急上）二东家，来了！

秋　贵　把王大富引到西房，四个盘，八个碗，听清没有？

长　工　引到西屋，四个盘，八个碗。（下）

吕承书　（略停）等一会儿，堂屋和东屋的客人吃了饭，留着看戏，招呼大家玩玩，准备麻将、宝盒这些玩的东西没有？

秋　贵　早准备停当了。

吕承书　那就好，叫王大富也要耍再回去。

秋　贵　是，我去招呼他们。大先生没啥吩咐吧？

吕承书　没有了。

秋　贵　那我就去。（下）

吕承书　（看看托盘上的礼，喜洋洋地，唱第七曲）

三月里桃花朵朵红，

收了一封又一封，

命运原是天安定，

俺吕家门庭该兴隆。

捧贺礼下。

台后八音乐声，吃酒划拳声。一会儿，秋贵引高山大、王大富上，王微醉地。

秋　贵　（边走边说）老王的酒量就不大，两盅就脸红。老高倒可以，脸不红。

王大富　不行不行，一点就醉了。（笑向高山大）山大会喝酒。

高山大　不行，我也不行。

王大富　（笑向秋贵）大先生呢？给大先生说说我就回啦。

吕承书上。

吕承书　（笑容满面）山大、老王，你们太费心了！

王大富　（一见吕承书，跪下磕头）给大先生道喜！

吕承书　（忙拉住）有啥喜。

高山大　（作揖）给大先生道喜，道喜！

吕承书　（拦住）费心，费心，饭吃好了吧？

高山大　谢谢大先生！

王大富　（憨笑）可吃好，可吃好啦！

吕承书　都耍耍再回去，晚上瞧瞧戏！

王大富　不啦，打扰大先生了。

吕承书　哪里，哪里。

后台打麻将、押宝等赌博声。

吕承书　哎，他们又要开钱了。山大、老王你们也去耍耍吧？

王大富　我不会。

秋　贵　老王，人无横财不富，马无夜草不肥，光老老实实地闹养种，还有出头日子？

王大富　二东家，我不会。

高山大　老王，大先生好意留咱们，咱不耍钱，就去看看戏吧。

王大富　是是。（向秋、吕）大先生，我就去看看戏吧！

吕承书　对对，看看戏才回去。

高山大、王大富、秋贵下。

吕承书微笑地进房去。

台后赌博嚷声："梅花！六六！"等等。

一阵赌博声过后，突然台后人吵声和扭打声响起来。

一会儿，王大富满头大汗，后面被两个赌客拖住，吵吵嚷嚷地上。

王大富　（喘气地）去找大先生评个理，找大先生评个理！

赌客一　（凶滔滔地）找大先生？你找皇上我也不怕！搜搜！

王大富　（双手捂住怀），我没拾你钱！

赌客二　（瞪眼）你没拾我钱？

王大富　（强硬）我没拾就没拾，你平白无故冤枉人！

赌客一　（向赌客二）说屁这个干啥？搜！

王大富　（挣脱）搜？打过我就让你搜！

赌客二　嘿，好厉害！我怕你就不干这营生！不做这买卖！（卷袖）

王、赌客一　（同时）来！

三人又吵又嚷打起来，王力大，开头把两赌客打翻，但终究是两人，在扭打时，一人抱腿，一人抱腰，把王掼在地上。

吕承书上。

吕承书　干什么，干什么？（过来拉开两赌客）

赌客一　大先生，他抢了咱的钱！

王大富　大先生，我连看也没看，怎么抢他的钱呢？

吕承书　到底是怎回事？

王大富　大先生我去看了一会儿戏，想进来告你一声就回去。刚走到那里（指外），他们赌钱打起来，就赖我拾了他的钱！有这样不讲理的事吗？

吕承书　（向赌客）到底是不是这样？

赌客二　大先生，你少管闲事！（向赌客一）咱向他要！

赌客一　对！（二人又把王扯住）

吕承书　（劝开赌客）瞧你们！今天大家高高兴兴的，这多不好？老王又是客人。好了，都别吵，我给。多少？（掏出一把钱放在桌子上）

赌客们 （见钱垂涎欲滴地）哎，不多，五块！

吕承书 （笑）五块钱就想要人命！（叮叮当当把五块钱摔在桌上）拿去吧！

赌客一 （装出副洋相，钱拿在手里）大先生，哈哈，你拿回吧！

吕承书 （半笑半推赌客）去吧，你大先生摸不透你的鬼？

赌客们 （收了钱，又掏出来，吞吞吐吐，想走，又退回来）大先生咱哥儿俩怎敢要你老人家的钱？你收回吧！

吕承书 （不耐烦似的）去吧！

赌客们 （鄙劣地笑）大先生，算咱爱财了！

泼皮赖脸地下。

吕承书 （回头对王）你怎跟这些人生气，老王？

王大富 （不服与忧心地）唉！大先生，他们欺负我，我连看也没看到钱！你不该给他们钱！

吕承书 他们两个人，不给，你要吃亏的。不说这了，钱算是我的。（抓起余在桌上的钱，塞在王手）要不去玩它一手，出口气吧！

王大富 不，我真不会。

吕承书 要不进里头去抽两口？

王大富 （忧愁地）不，我更不会。我要回了。（临走）大先生，我真没拾他的钱，你不该给他们钱！

吕承书 五块钱，鸡毛蒜皮事。钱算是我的！

王大富 （临出门回头）大先生，那可多得你了。那钱可算是你老人家出了！

吕承书 （点头微笑）算是我的。

王大富下，吕承书微笑地。台后的赌博声，又热烈起来。

第二场

秋收的时候,王大富的山窝铺。场上置收秋的景象:放着木锨、扫帚、三个装满粮食的布袋等。

王大富上。

王大富　(唱第一曲)

盼一年来等一年,

辛辛苦苦到秋天,

交了租子又要还饥荒,

我是哑巴吃黄连!

(忧愁地在场上看了看,叹了口气)唉!

大先生今天进了沟,

叫我实在心发愁。

圪垒账又是加二斗,

庄户逃不脱老财的手!

愁闷地双手托住头坐着。

秋贵边唱边上。

秋　贵　（悠悠自得，唱第五曲）

九秋十月谷上场，

秋贵两腿跑得忙。（上到沟口）

早催租子晚要账，

腾房下地又括粮。

（叫王大富）老王！

王大富　（惊起，见秋贵忙让坐）二东家请坐！（秋贵坐下）二东家，我求大东家的事能行不能？

秋　贵　（摇头摆脑）不行！（唱第五曲）

今年吕家修了祠堂，

塌下人家好多账，

运转不过来手头紧，

不能等明年还饥荒！

王大富　（紧皱眉头，唱第一曲）

今年才打九担粮，

昨天交租四担多，

一家三口过不了春，

求求他老人家再恩典我！

秋　贵　吕家当下等分花，

你别给我再麻杂。（掏出账本）

你我就来算算吧，

瞧你做事多不利洒！

（白）来吧！（拿出算盘）年时六月你孩娶媳妇，借过个十块，半年一期，期利五分。（打起算盘）一期五毛，两期零四个月，连本带利：十一块五毛七分六厘二毫，对不对，老王？

王大富　（迟钝地）大概是吧！我不会算。

秋　贵　这是头一笔。（又看账本）这又是一笔，今年三月咱家祠堂开光那天，借了个五块！

王大富　（惊叫）什么？那五块不算！

秋　贵　（瞪眼）为啥不算？

王大富　那那……那是大先生说过，算他的，不算我的……

秋　贵　（脸一板，算盘一收）好，咱去见大先生去！（拉王）有这样便宜的事？

王大富　（害怕）哎……

秋　贵　（眼一扫）真不识好歹，那回大先生救了你，没让打你个半死不活！按理说：你还该摆席谢谢他老人家哩！

王吓得不敢哼……

秋　贵　（打起算盘）这笔账按吕家老规矩：紧用钱是“出门三声炮”，一块先扣三毛，这就成了六块五。一块加三毛，五毛又加一毛五，三四加一毛二，三五加一分五，一毛加三分，三分加九厘……（呢呢喃喃地算了半天）共是七块一毛二分五厘五，毫就不要了，算高待了你！七个月连本带利是三十四块三毛九分三。

王大富 （早就吓坏了）这能算是紧用钱？

秋　贵 （理直气壮地）大先生不给你出，人家就要你狗命，这不算紧用钱算啥？

王大富 三声炮也不能成了三十多块呀！

秋　贵 怎么不是，“出门三声炮”，就是一块先扣三毛利钱，你拿了五块，不是六块六毛五，你算算！（把算盘塞给王）这是我骗你了？

王大富 （哭丧着脸）天呀，我怎能还得起呀！

秋　贵 （拿起另一单据）这是去年十月我借给你的五块钱，就是化布施替你垫出来的。月利三分五算，共十二个月，利钱二块一，本利七块一，一起清了它。

王大富 （惊）怎么，你的也要？

秋　贵 秋贵是白手起家，不能白白跟人做事！

王大富 （双手抱头）天呀！

秋　贵 （无情地）还钱还是拿粮食顶？

王大富 （大惊叫起来）拿粮食顶？（吓退两步）

秋　贵 对了！

不拿钱就拿粮顶，
不拿粮顶就拿钱！
不宽不窄两条路，
任你挑来任你拣！

王大富 （哀求地，唱第八曲）

二东家求你行行好，

无论怎样把我饶，

明年多上两个钱利，

让我把今年日子熬！

秋　贵　（唱第五曲）

你这个人真麻烦透，

好话不爱听要听丑！

你自己去见大先生，

我没工夫来磨舌头。

（白）你自己去跟大先生说吧！

王大富　行，我去求一求他老人家……

秋　贵　对啦！你自己去，他老人家也许……

王大富　也许让我明年还？

秋　贵　（不耐烦地，像连珠炮地说）也许不要，去吧去吧，哎呀真是！

王大富和秋贵下。

林木间鸟声啁啾，燕儿从山坳提着饭罐和一篮玉茭之类的东西上。

燕　燕　（唱第三曲）

羊肠小道二指宽，

南山去送饭。

捎带地里捡穗穗，

捡满一小篮。

把东西放下，拾泥块赶走在啄食的鸡群，口叫“嘘嘘！”

王禾子 （王禾子扛着一捆玉茭秆上，唱第二曲）

柿树叶红庄稼黄，

农家户户忙。

熬过春荒盼秋到，

秋到心又慌。

（放下玉茭秆）爹，没回来？

燕　燕 没有见哪。（拿起扫帚扫地上的谷粒）

王禾子 这堆谷子还没有扬呢。（取锹扬场）

燕　燕 你歇一歇吧！

刚刚回来歇歇吧！

瞧你忙成啥？

累出病来后悔晚，

把身体当玩耍！

禾子没理会，扬场。燕儿只好跟着扫场。

禾子扬了一会儿，停住。

王禾子 三辈辛苦开荒山，

辈辈半饱暖，

一年到头活受死，

饥荒常不断。（扬场）

燕　燕　（扫场）

咱们年轻多受点，

出头会有一天。

地你养种家我管，

过个平和年。

王禾子　种人家地缴人家租，

祖辈这条路。

收个好秋空欢喜，

吃穿顾不住。

燕　燕　肚里忍些嘴里省，

多做点小营生。

我除缝衣做针线，

再做点小事情。

夫妻停下商量。

王禾子　咱这是个穷山沟，男人做的事情，倒多些：担炭打忙工，年年都靠这来补补贴贴。可是女人们能闹的事，只有个上山采莲壳，卖了换些布。还有啥事情能做？

燕　燕　我想出个法子了，不知道你肯答应不？

王禾子　能做还能不答应。

燕　燕　下回你去赶集，粜斗把粮食，给我换个猪娃回来喂！

王禾子　今年咱家才打了九石多粮食，昨天吕家刮走四石多租，剩下就是个四石几，还敢粜粮食，明年春天吃啥？

燕　燕　你听我说，咱多掺些糠吃，还有几口袋干野草，亏亏兑兑。冬天你去担炭，我纺些花，春天捋树叶子，你说不行？

王禾子　行是行，怕爹不答应。

燕　燕　你先答应，再给爹商量。（唱第三曲）

一对养大换成四，

两对换个草驴。

切草喂料我的事，

不用你惦记。

王禾子　这样当然好啦。（唱第二曲）

咱家三辈开荒坡，

犁地用人拖，

要是喂上一头驴，

种地省工多。

燕　燕　（充满希望）

草驴又能下小驴，

眨眼两头驴。

两头毛驴去犁地，

谁见谁眼气。

王禾子　（也欢喜起来）要真是这样：（唱第二曲）

你走亲戚我来赶，

做个驴跟班。

（同唱）越说越叫人心舒坦，

等爹回来商量。

夫妻俩高兴起来，把场上的粮食扫成一堆，打掉身上的粃糠尘土，进屋去。

王大富垂头丧气地引秋贵上。

王大富　（四周看了看，见孩子们不在，向秋贵哀求）二东家，你行行好，让我过了年再还！

秋　贵　（板起脸容）你又变卦啦？刚才大先生怎说的？

王大富　（要哭地）我不是变卦，实在是……（秋贵爱理不理地立着）昨天交给大先生四石多租子，我一家三口，三几石粮食，熬不过春。

秋　贵　（无情地）大先生对你还不够好？还要把你当祖宗看待，是不是？

王大富　大先生给我的好处，我还能不知道？

秋　贵　知道就好，为啥回来又变卦呢？

王大富　我不是变卦，你把我的粮食都顶了账，我就没吃的了。

秋　贵　不拿粮食顶，拿钱！四十五块九毛六分九厘二，（伸手）拿来！

王大富　那五块，大先生说过不算我的，算是他的。

秋　贵　（大声）怎么，天下有这样便宜的事？

王大富　（怕叫屋里听见）二东家，小声些，别嚷（指屋内）听见！

秋　贵　（声音更大）听见就不要钱？算是他的，我封你为王，你去坐朝廷吧！

王禾子听见外边有人，从屋里出来。

王禾子 爹，回来啦？（见秋贵）哦，二东家进来玩啦？

秋　贵 （不愿搭理似的）哼。

王禾子 （不知不识，笑眯眯地向王大富）爹，下回去赶集，我粜斗把粮食，换口猪娃回来喂，你说好么？

王大富 （痛苦地垂下头）唉！

王禾子 （以为不同意）爹，你说不行？咱冬天多掺些糠吃，少吃粮食。猪娃喂大，再换成俩，都喂大了，换回头小驴。咱家几辈子都没喂过牲口呢。山上有的是青草，不用喂什么就行。

王更痛苦地走开……

秋　贵 （幸灾乐祸地奸笑）换猪娃，想得好！

王禾子 （以为是换不到）二东家，斗把粮食换不上个猪娃？

秋　贵 （不耐烦地奸笑）换了！换了！（向王）老王，你给粮食还是给钱？

王禾子 （奇怪地半会儿）给啥？

秋　贵 （不耐烦地）老王，快吧，天快黑了，我还要出去。

王不语。

秋　贵 （用脚踢踢口袋）就三布袋！还能够啦？

王大富 （惊慌地，自言自语地）不够，多少钱一斗？

秋　贵 现在不是个五毛钱一斗，你说多少？

王大富 （惊骇）才五毛钱一斗？

秋　贵 对啦，五毛钱一斗，十块钱两石。

王禾子　（惊叫）爹！租子昨天不是交了？

秋　贵　交了租就行？化布施这些饥荒不还？

王禾子　（急了）爹！我叫你不要化，现在你看！

王大富　（痛苦地）唉！（蹲在一边）

秋　贵　才三口袋,不够。哪里还有?（到处寻找,又见禾子刚才扬好的一堆）这还有一堆，妈的，秕子真多！（向屋里看）家里还有么?

王禾子　（拉住秋贵）二东家，那回饥荒不算，是你硬逼我爹化的。你不能拿我的粮食!

秋　贵　（甩脱禾子）嘿嘿！不认账了？哼！哼！（把禾子逼退，进家去，复出）家里一堆。两笔账共四十五块九毛六分九，合粮食九石一斗九升三合八角四……（想了想）零头不要了，谁有工夫算它，也高待了你。

燕燕儿出，惊惶地站着。

王大富　（哀求）二东家，我求求你！（唱第八曲）

二东家高抬贵人手，
不要饿死我人三口，
求你恩典多担待，
我给你老人家磕响头!

跪下。

王禾子　（怒火烧心地）爹，你起来!

燕　燕　（与禾子同时）爹!

秋　贵　（冷酷无情地，怒目一睁）哼！大先生说了，你就磕个窟窿也不行！

（唱第九曲）

谁要你来磕头响，

你别给我装洋相，

磕个窟窿也不顶事，

大先生要的是钱和粮。

王禾子　（与燕儿扯王起）爹，起来！

王大富　（痛苦裂胸地起来，气得怒目直视天空）

秋　贵　（看了看粮食）粮食不够，差得多呢！

王大富　（气极）不够？还有命，要吧！

秋　贵　（怒）什么，把烂命唬我，我就怕？

王大富　（愤怒跳起来，唱第十曲）

秋贵你不要胡乱来，

我短银钱我还债，

不能囫囵把人吞，

不能动我的粮口袋。

（白）我还你钱，你不能强买强卖！我不拿粮食顶！

秋　贵　你拿啥还？你想到衙门逛逛？

王大富　衙门也不能不讲理！

秋　贵　（奸笑）哈哈！你还不晓得我家大先生？（唱第十一曲）

他和县长是把兄弟，

委员老爷认老师

瞧瞧你这个山猞猁，（停）

哼！敲断你脚骨算便宜！

王大富　（压得低头）唉！

王禾子　（怒目圆睁）你不能挑撤我的粮食，把你的账拿来！

（奔去夺秋贵账本）

秋　贵　（猛推开禾子）你想死？（收好账本，唱第十一曲）

瞧瞧你这个毛孩孩，

不懂理法敢胡来。

如今你家的死和活，

先看看吕家手怎摆！

（白）哼！（扬起手棍）这家伙，能打狼，能打土匪，也能打人！

（逼向禾子）

王惊，急挡住禾子。

燕　燕　（惊，与王同时，急拉禾子）哎呀！

秋　贵　（怒视他们半会儿，踢踢粮食布袋）粜粮食换猪娃？哼，想！一颗也不能动！等一会儿就有人来扛走！

王大富骇然望着秋贵……

禾子怒忿忿地，燕燕战兢兢地，秋贵得意扬扬傲慢地微笑。

（闭幕）

第三部

第一场

民国二十一年夏天。

经过地主无情无穷的剥削敲诈一年之后，王大富的家庭，更破落不堪。

王大富的山窝铺景。

早晨，远远的鸡叫声。

王禾子一边结腰带一边上，生活的压迫，显出痛苦与抑郁。

王禾子 （唱第十二曲）

穷人命，鸡儿命，

扒一扒来吃一嘴。

一霎霎工夫不敢消停，
我家仍旧活不起！

五更鸡叫爬起身，
光景叫人脑瓜昏，
一年到头受个死，
粮食都送到吕家门。
燕燕儿端饭上。

王禾子　清晨早起糠糊茶，
晌午两个手抓抓，
从早到晚累折腰，
晚上是张飞赶他妈[①]。

燕　燕　（唱第十二曲）
咱种谷，人吃租，
为谁忙来为谁苦？
牛驴拉磨绕磨道，
咱家走的是一条死路！

王禾子　当牛当马算辛苦，

---

① 糠糊茶，是糠糊稀饭；手抓抓是糠窝头；张飞赶他妈是野菜树叶子汤。此是太行山穷苦农民，对自己生活的悲咏。

还喂草料还喂麸。

咱们啃着铁疙瘩[①]，

牛驴骡马万不如！

牢骚地面朝屋里。

租子压得喘不上气，

为什么借债去化给他布施？

人家搭猪圈是人家的事，

王门给吕家当孝子！

王大富上。

王大富 （牢骚满腹，唱第十三曲）

我是山蚕自作茧，

自作自受心情愿。

我人没死气没断，

犯不着你老爷来喊冤！

王禾子 （生气地，唱第十三曲）

旧的笼头解不下，

新的笼头往上加！

你去烧香敬驴屌，

越敬它来越拨撩！

---

① 铁疙瘩，是野菜和糠捏成的饼子。

王大富　（生气地）

我愿意，我喜欢，

愿化布施打饥荒。

你娶媳妇我借债，

是我造孽把你害！

王禾子　借钱给我娶老婆，

是鬼叫你这样做？

打一辈子光棍倒一身轻，

你何必给我加把锁！

燕　燕　（听得羞辱与痛苦交加，低头擦泪，对禾子，唱第十三曲）

我给咱家带来祸，

谁也不该怨该怨我，

没处出气找我吧，

别叫爹爹心难过！

王大富　（觉得媳妇委屈了，先向燕燕）

你别跟他把理说，

我是儿子他是爹。

多亏长成这材料，

不然还得叫他老爷！

唉！（气得把烟袋咬紧，使劲地敲火镰石）

燕　燕　（委屈地，为难地规劝他们）

过去的事情忘了吧，

快落的疮痂不要揭。（拿碗筷给禾子）

快点吃饭快上地，

天天吵闹惹人笑话！

王禾子　（听到王刚才挖苦他，迁怒于燕，睁眼）我害怕人家笑话？

你怕笑话咱不怕，

老鸦不怕人来骂。

你怕难看任由你，

寻个好户改嫁了吧！

怒冲冲地扛镢上山去。

燕扯衣捂脸，哽哽咽咽地哭起来，跑进屋去。

王大富　（见状悲伤地）唉！（唱第十四曲）

一天两吵三头闹，

好比蚂蚁落红鏊。

蝎子扎着心头肉，

有手也难往外掏！

赤叶河，吕家的天，

吕家是座阎王殿。

通天本事也不算，

孙猴难逃佛爷手片！

虎狼心肝佛爷面，

欺天哄地把穷人骗！

吕家院，阎王殿，

赤叶河里的铁锁链！

痛苦咳嗽，从左山前走下。

舞台沉静一会儿。燕燕儿从屋内挽一筐，抱一堆衣服，要下河洗去。

燕　燕　（愁苦地，唱第十五曲）

手挽筐筐下河滩，

赤叶河边去洗衣裳。（把衣服塞在筐里）

猛抬头，天上看，

看见“通鹅儿[①]”过南山。

通鹅通鹅等等我，

我把苦事说一说：

燕燕儿今年二十整，

二十年光景尽苦情！

爹娘死去没依靠，

---

① 通鹅是一种捕鱼水鸟，采用自太行山上的民歌中，大概是水鸭子，确否待证。

多亏修下个女婿好。
可心姑娘可意汉，
懂不得消停好动弹。

谁知财主下绝情，
弄得俺家两条心！（往沟口走去）
爹爱撅人，儿爱闹，
吓得燕燕儿好心焦！
背着人前流眼泪，（边唱边下，越唱越远）
吕家把人逼成鬼！
通鹅通鹅你说说，
这般的日子怎样过？

燕燕儿唱完时，王大富从左山坳里出来。

王大富 （看看台上没人，向屋内）孩子！（没见有动静）大概又是下沟洗衣服去了。唉！这孩子也够苦了！来到咱家就没好过一天！

王大富拿斧子在台劈柴，忽远处有人叫。声：大富！大富！

王大富 （抬头听，自言自语）谁叫我？（走到左边高声）哎！小三家爹吗？叫我啥事？（从山坳下）

声：你过来一下

王大富 哎，听不真。好，我过去吧。（回过来，把斧子放好）叫我啥事？（从山坳下）

音乐前奏起，吕承书在幕后唱。

吕承书　（逍遥自在，唱第十六曲：一）

白绸衫子鹅毛扇，

消停得难受游游山。

恼恨南山花不开，

寻花寻到牛犊台。

（从右边山路上，一边唱，一边用扇子扑蝴蝶）

路边草，花儿鲜，

家花没有野花艳。

路边草，逗人恼，

三妻四妾不如个野相好。

燕燕洗罢衣服，挽着筐，疲惫地上，吕远远地看见，心花怒放，手舞足蹈地。

河水清，河水绿，

河滩刮上个俏娘儿。

左端右详，燕燕儿把衣服搭在树枝上、草地上晒。

金莲窄，半匝匝，

腰儿小得一把抓。

身裁长，头发黑，

脸蛋儿像朵海棠花。

燕燕儿理头发，晒好衣服，把筐子放好，准备进屋，

（唱第十六曲：二）

好像风吹杨柳摆，

颤颤动动，动动颤颤，

又像手里端着凉粉块！

拾石子投过来。

燕　燕　（惊叫一声）呀！（回头看见吕，不敢哼）

吕走下来，燕燕害怕。

吕承书　俏娘儿呀娇娘儿，

咱来坐坐谈心事。

燕燕躲到一边，吕坐在石凳上。

这山坡，是我开，

这块天地是我安排。

谁要瞧瞧河里的水，

都得给我亲个嘴。

吕呆笑……“哈哈！”

燕　燕　（气极）狼吃的熬胶庄重点，你滚下去！

吕承书　（泼皮赖脸地）哈哈！

俏娘儿，别骂人，

我就是吕家大先生！

燕燕听见是吕承书，大惊。

上至天，下至地，

东西南北二十里。

不管是人是条狗，

要生要死都在我的手！

燕害怕得手足无措……

吕承书　（起来）

咱两人生前有缘分，

老天爷开下这方便门。

一手把燕燕拉住，燕正要挣扎时，王禾子从后山坳上。

王禾子　嘿！（惊疑地停在路上）

吕放下手来。

燕　燕　（见禾子！急趋前）你回啦？

以目示意那是吕承书，接过禾子镬头。

王禾子　（猜疑地，对吕敢怒而不敢言，对燕：）干什么来？

燕　燕　（怕生事，以目示意）进家吧！

吕承书　（满不在乎地）唔！（点点头，知道是王禾子的女人，看看大树，摇扇微笑）

树大叶稠老根深，

身高势大脚儿稳！

禾子怒视吕，秋贵在后台边唱上。

秋　贵　（唱第十七曲）

大先生近来心懒散，

不肯坐家出门玩。（上来）

天天半晌不回去，

秋贵跑得满身汗。

（看见这个场面：吕承书在微笑，禾子怒目圆睁，燕燕惊慌惶惑，已知三分了）你们三人在这里？不认得？我来拉插拉插！

王禾子 （狠狠地瞪秋贵一眼）哼！（和燕燕进屋）

吕目送他们，不动。秋拉吕耳语。

吕微笑点头。吕与秋同下。

王禾子从屋内上，走到沟口，看吕承书走去。

王禾子 （怒恨恨地）你妈的！

燕　燕 （出，羞怯与愁苦地）狼吃的走了？

王禾子 （冷冷地）不走，你还想请他吃饭？

燕　燕 （惨然向禾子）禾子！你怎啦？

王禾子 （怒目圆睁，忿然）还问我啦？（进屋去）

燕　燕 （惨然一声）唉！（一只手支着脑袋坐在石凳上，慢慢地伏下低声啜泣起来）

一阵山风吹得树木沙沙地响。舞台黑暗下来。

舞台复明，第二天。燕燕儿上。

燕　燕 （唱第十八曲）

昨天遇到个狼吃的，

男人好像疑心我。

冷眼丁丁不吭气，

爱言不语不搭理。

有心给他明心事。

他不开言我怎言语

抬头看见南山顶，

黑云遮满半天空。

早上吕家叫爹去，

男人担炭到南山底。

要是雨来他怎回，

燕燕心儿操个碎！

挽起箩头上坡拔野菜去。

吕承书　（在后台唱第十六曲）

昨夜通宵没睡觉，

心里惦着个女娇娇。

今朝起身眯眯糊，

打发秋贵去骗大富。

我在家里忙打扮（上来）

足足费了前半晌。

瓜皮缎帽绸子衫，

扮成个小生一模一样。

嘴不想汤不想饭，

火烧屁股地来上山。

一步一喘上山来，

看见窝铺我心花开。

（进院看见没人）咦！没人！

为啥这样静悄悄，

难道有人把风透了？

进家看见没人，出来周围看看。

搜肠刮肚定巧计，

拨了个空空泄了气！

（思索一会儿）

躲在他房里等一等，

吃不上天鹅肉我心不平！（躲进屋去）

远山的鸟声："我儿缺德""我儿缺德"[①]！

燕　燕　（上，唱第十八曲）

南山有个"缺德鸟"，

天天唱着"我儿缺德"！

北山有个燕燕儿，

听得心儿打哆嗦！

吕承书　（搓手，至门前，偷看一下，缩头耸肩地出）嗳！

燕　燕　哟！（一惊，箩头跌地上，缩退）你找……

吕承书　（笑，唱第十六曲）

我找我找我找找找，

想找想找想找个两相好！

燕　燕　（大胆地）我爹不是你叫去啦？他不在家，你走吧！

吕承书　（长声）咦！（四面看）你瞧！（指天）

这边太阳那边个星，

咱说今天有晴（情）没有晴？

燕　燕　有事你就留话，没有事你就走吧！

吕承书　有事也行，没事也行，

特意来瞧瞧吆哎哟你这个人。

燕知道不对头，急往外走。

---

① "我儿缺德"是鸟叫声，其声凄凉。是当地的童话故事，有人说就是杜鹃。

吕承书　（扯住燕燕）来来！（燕燕打他手，吕突然变脸色，）好！你真不识抬举！

你顶着是谁家的天？
你踏着是谁家的地？
你不识好来也应学乖，
这沟的死活由我安排！
（掏出手枪一逼）进家！

燕　燕　哟！（吓得软瘫，慢慢地退进屋去）

吕承书　（奸笑）哼！（跟进家）

此时王禾子从远山上，远远地看见吕正要进屋的背面，惊奇地躲在一边。吕进家了。

天疏疏地下起雨来。禾子怀疑地走下坡，无名火万丈高，但不敢闯进去，搬了块石头，跑进院来，往窗里猛然打进去。

屋内大响一声。禾子急跑。

吕承书追出，向禾子打了一枪，未中，禾子向山坡跑下。

王大富从右边赶上，与吕承书碰头，秋贵搀在王后边。

王大富　大先生，你干啥？

吕承书不搭理。

燕燕儿从屋里奔出，头发散乱。

燕　燕　爹！

王大富　孩儿！干啥哩？

燕　燕　（抱住王脚跪下）爹呀！……

王大富　（心里明白了）啊！

敢怒不敢言地瞪着两眼。树叶纷飞，风雨大作。

秋　贵　嗳！大先生，下雨了！

吕才仰头看天，收起手枪。

王大富　（万分忍不住）大先生，一大早就叫我去见你，你一个人来我家，到底有啥事情？

吕无言，但怒目视王。

秋　贵　甚事情？屎壳郎搬家，请你滚蛋！

吕承书　（恍然得救地）秋贵，把他扫地出门！

秋　贵　大先生进家躲躲雨！（把吕承书拉进屋）

老宋、小三和二全跑上。

老　宋　大富，哪里打枪？

小、二　有土匪吗？土匪在哪里？

吕承书怒目立门前，众不敢哼声。

屋内破羊皮、破毡被胡三乱四地抛出来。

王大富悲愤地立在风雨中，仰望天空，燕燕伏在跟前哀哭，老宋等愤怒地互相交视一下。闪电，雷鸣，狂风暴雨大作。

舞台渐渐黑暗下来。

第二场

牛犊台景。舞台左方，是一高崖坪台，顶上露出五道庙的一角。一道小路，顺着崖边蜿蜒地伸展下来。崖的下边，是赤叶河。河边的苇荻蓬草中，有一块大青石，平时人们在此洗衣淘菜。右前的路边，有一株碗口粗大的白杨树。树下路边，有几块石头，零零乱乱地放着。河的对岸山峦起伏。

开幕时，舞台全部黑暗。

闪电、雷鸣、狂风、暴雨。王禾子在高崖后边唱。

王禾子 （唱十九曲）

大风大雨，大风大雨。

王禾子，哪里去，哪里去！

风、雷突然中断，舞台转灰灰暗暗地逐渐到可以看见人的动作。轰隆隆一声，王禾子从左山岩上滑跌下来。慢慢爬起来，一身泥水。

（白）燕燕儿，你变得好快！吕承书，你干的好事！

山样重，海样深，

我的冤仇无处申？

上衙门，打官司，

从天到地是老财的理？

闪电、雷声，大雨如注。

风又大，雨又急，

哪里有我的藏身地？（左思右想）

当强盗，当土匪？

我要报仇申冤屈！（又想）

王家辈辈是老实人，

怎能轮我坏门风？

燕　燕　（在台后远声叫）禾子！

燕燕远远地一跌一滑在山路上出现。

王禾子　（在忽明忽暗的闪电中似乎看见她）啊！

燕　燕　（在闪闪的电光中叫唤一声）禾……禾子……

王禾子　（怒恨地，决裂地）唉！

当兵去，去当兵，

拼条烂命碰运气，

挣不到一官，挣半职，

回来翻他天，覆他地！

把头上手巾猛抓下一摔，跑下。

燕燕儿远远地一跌一滑在山路上出现。

燕　燕　（与禾捽手巾同时，伸手）禾子！等等我！（从路上栽下来）。

一阵狂风，一声巨雷，舞台静下来，河水滚滚声。燕燕好大一会儿才挣扎起来，头发散乱，泥水一身。

燕　燕　（极度的悲哀、羞辱、爱恋等绞结交错的情绪，声调由低沉渐高，唱第二十曲）

风不息来雨不停，

周围一片黑洞洞。

青红皂白不分辨，

禾子呀禾子，你屈死人！

（浑身哆嗦）

（白）禾子呀！你哪里去了？我有什么对不起你呀？……

（在地上摸着毛巾，在电光下一看）我早死的爹娘呀！

我向谁诉向谁申？

天不搭理地不应！

寻短见做个屈死鬼，

活着吃不下这坏名声。

怨诉、忧伤，欲哭无泪，欲哭无声地。

（白）我能死吗？（唱）

爹爹待我如亲生，

我死他靠谁照料？

守着爹爹过一辈，

任人糟蹋任人笑！

（突然抬头，怒目圆瞪，手指一边）吕承书，吕承书！

吕承书，吃人虎！

烂心烂肝的狗财主！

长虫牙，蝎子尾，

比不上你的心儿毒！

（一阵风声，双手抱头，仰视天空）

天啊！

（颠颠扑扑地移动脚步，一阵狂风把她吹倒在大青石旁，摸着大青石，浑身哆嗦，爬起）

禾子呀，禾子呀！……（泪如雨下）

赤叶河水滚滚流，

恩爱夫妻不到头！

二十年来一场梦，

风吹雨打送我终！

风雨完全停止，只听见河水滚滚声，望了望河，回头向北坡。

（白）爹呀！禾子呀！你们再看不见燕燕儿了！（放声大哭，依依不舍，摇摇动动地爬上大石头，大声）

禾子呀！（跳下河，轰的一声，水花飞溅，舞台全部音乐，声响终止一会儿，再慢慢地由弱而强地听到河水澎湃轰鸣。）

远远听见王大富叫声。

王大富 禾子！孩孩！燕燕儿！禾子家！……（一边唱一边从五道庙后出来，手拄木棍，头戴破草帽）

王大富 （焦灼、悲哀，脚步急乱，唱第二十一曲）

黑天黑地黑古洞，
哪头西，哪头东？
树根绊，石头碰，
呼孩叫子喊破喉咙！
一边唱一边下石岩来。

（叫）禾子！禾子家！燕燕儿！你们往哪里去呀！（走到河边）

抬头看天快傍明，
河水滚滚河水猛。
哪里寻，哪里找？
听不到声音见不到影！

（白）唉！你们都走了，光留下我了！（抹泪，大声叫）

禾子！孩孩！禾子家！燕燕儿……都回来吧！……（一跌一滑，脚步艰难，沿河边叫喊下去，声音越叫越远）

（闭幕）

闲话

距第二部十二年（民国三十二年）

抗日战争期间，该地在民国二十八年冬，为国民党军占据。

夏天。牛犊台景，河边的小白杨树已长成合抱大树。五道庙的墙壁剥落残破，景色荒凉。

牧羊人老宋上。须眉皆白，老态龙钟，步履艰难。

老　宋　（沉郁、悲愤。唱第四曲：三）

放开破嗓拉开喉，

说一句书来两泪流。

死的死，走的走，

不死不逃的当牲口。

千年恨，万年仇，

不得报，不歇手。

哪里申，哪里告？

衙门是老财的看家狗！

国民党，中央军，

老财的天下是他来保！

穷人苦，无尽头，

谁来给咱伸把手？

喊破喉咙唱到老，

唱到掉牙才唱到头！（无力地坐到石头上）

二全和小三在台后唱。（十二年后，已将是中年人了。二全扛着扁担，绳子上捆着斧头。小三腰结着草绳，插着镰刀。

二　全　（第一段在台后唱，唱第二十一曲）

抬头看，老黑山，

小　三　往下看，石河滩。

（同唱）

太阳像团火，

秋苗没指望，

军款兵粮纳个不完！

边唱边出，二全从正面山坳上，小三从左山坳上，饥饿、疲惫。

砍得柴来换不上粮，

放得牛来喝不饱汤，

兵灾人祸苦，

小民快死光，

大户人家却不张慌；

高山大上

高山大　（忧愤与牢骚，唱第二十二曲）

　　这样是个囚天地，

　　出罢牛圈又淘茅厕！

　　猛虎下山任狗欺，

　　实在把人活气死！

　　把草帽扔在地上。

老　宋　山大，怎么啦？

高山大　（愤恨地坐下不语）唉！

小　三　（会意、叹息）唉！还不是给农会干事长李金元受死了！

二　全　（同情地，唱第二十三曲）

　　说起你事心难过，

　　干下牺盟惹下祸，

　　家当任人挑撒光，

　　常年还给他当骆驼！

高山大　（触动痛处，发泄，唱第二十二曲）

　　不踢那屎高飞毽，

　　怎会扯破咱裤裆？

　　李金元，吕元德，

　　全仗他爷刮民党！

小、二　（同唱第二十三曲）

　　刮民党，遭殃军，

长着副人脸怀着虎心！

占着这里整四年，

害得咱们苦不尽！

老　宋　（唱第四曲：三）

荒蒿长在门槛边，

狼窝扎在炕头上。

刨地三尺瓮底干，

百姓饿死满路边！

众　（同唱第二十三曲）

吃高平，驻陵川，

日本来了辉县窜！

看见日本他是羊，

对着百姓成了狼！

老　宋　（唱第四曲：三）

原和日本一个心肝，

没伙一锅是装好看。

扭扭捏捏四五年，

轻轻一捂就投了降！

小　三　今年春天，日本人来打他们，八路军还来救过他们。不几天听说八路军又回去了。现在狗们都投降了日本。为啥八路军还不来呢？

老　宋　（幻想、低沉地）快了，八路军快来救咱们了，等着吧！

小三走到河边割草去。

二　全　（猛想起一件事，大声吆喝）小三！你别在那里割草！你瞧瞧漩涡里有什么！

小　三　（惊跳起来）什么？（看漩涡）

老　宋　（也惊奇地）什么东西？

二　全　你们都忘了？（唱二十三曲）

时光快比珠星落，

青石头上出灾祸。

大风大雨夜黑天，

燕燕在这里跳了河！

宋等　（触景伤情地）唉！（默然）

小　三　（伤情地，唱第二十三曲）

年似水流月如飞，

霎霎眼儿十二年正，

洗衣淘菜没人敢去，

禾子当兵不回程！

高山大　（唱第二十二曲）

城里住的日本兵，

还有老阎晋绥兵，

也有卖国的中央队，

就没禾子这个人!

二　全　（唱第二十三曲）

燕燕儿那年跳了河,

四山八岭无下落,

不是这里留下脚踪,（指河边）

周年也没法给她作!

小　三　（无限悲哀、惋惜地唱第二十三曲）

谁不眼气对小两口,

老奶奶故意捏配好,

刚长的苗苗遭雹打,

恨像这水流无尽头!

老　宋　（悲愤地唱第四曲：三）

心儿扎上花椒刺,

一阵麻来一阵疼,

猴子爱猢狲，穷人爱穷人,

咱与大富是指连心!

小、高、二　（同唱第二十三曲）

咱们是树倒无荫凉,

咱们死了是狗干粮!

时光比比线线儿短,

苦情比比道路儿长!

众歌罢，惨然无语，只听到夏日的蝉声。一会儿，王大富从破庙后下来，反披着破羊皮，拄着打狗棍，背着要饭的破箩头，一脸斑白胡子，神情萎靡，脚步沉重。

王大富　（边唱边出，由低而高，由远而近，忧郁沉痛，唱第二十一曲）

顶门靠扇数街道，
一张嘴吃千家灶。
改朝换代与咱无关，
多活一天比死好！

小　三　瞧，唉！

王大富　破箩头，打狗棍，
老破羊皮不离身。（下来）
春去秋来不知道，
是人是鬼管他甚！
拖拖沓沓走到众人前。

小　三　（同情、愤恨）咱沟的种地户，都快跟上王大叔这条路走了：跑的跑，死的死，老的挨门挨户讨吃，这个世道真没有个道理！

二　全　要是有个理，我大爷就不用十年九载地唱那段赤叶河。

小　三　（更愤）日本来了，已经够可以，谁料到又来了个中央军！

高山大　（紧插进话来）中央军，全给赤叶河沟像干事长李金元、吕元德，这几家好户保天下！

小　三　吕承书的账房吕秋贵，当了保长，成了个小阎锡山，真他娘！气他娘！想起来就伤心！（拉起宋）宋表爷，起来，给咱唱！

二　全　提起来就伤心，大爷，唱！

高山大　（怕惹事）哎，说说好了，不要唱吧，等会儿人家知道了！

小、二　（齐声）怕他干啥？你怕你走吧！

高山大　（退缩）我是怕你们惹祸！你们唱吧！

小　三　（向宋）不怕，表爷，唱！

二　全　唱！

老　宋　（起来，悲愤地）不怕，唱！我还有嗓，还有牙，一定要唱！

高山大看见风头不对，慢慢地退下。

老　宋　（掏出破键板。打响羊铲，悲哀沉痛，唱第四曲：一）

赤叶河，赤叶河，

赤叶河原是个荒山坡。

有山自古没有路，

颗粮不长却有四多！

二　全　（插嘴）又加了一多？

小　三　（摔二全）听么！

老　宋　荒山多，石头多，

棘针树林野草多；

穷人死了没人埋，

赤叶河沟白骨头多！

二　全　（插嘴）主人都快死完了，怎不多呀！

老　宋　　百多年前没人影，

大好的去处荒落落，

山猪成群乱打滚，

野狼遍地扎老窝。

谁见过官家来砍一斧，

谁见过吕家来刨半镬？……

秋贵上，大家都害怕地。

秋　贵　（万般威风地）谁叫你又瞎鸡巴嚷？想暴动？想造反？好生大胆！一天到晚，赤叶河长，赤叶河短！生是生非，一定是个共产党！那年我在太原看阎督军杀捣乱，穷眉贱眼一副小鬼相，和你一模一样！谁许你唱？（夺了老宋的键板）你不怕我这个保长，也不怕我家大先生？那回臭骂你一场，你就当作北风过耳旁？你骨头不痛，皮肉不痒？（把键板扔在河里）三角脑袋愣羊户，多见石头少见人！你再混账，瞎鸡巴唱，先叫我家二老爷不叫你放羊，再剜你的眼珠，割你的舌头，喂了老雕！晾你这死人，喂了野狼！（得意扬扬地瞟了老宋等两眼。）

宋等敢怒而不敢言地，都想走开。

秋　贵　（吆喝）站住！走了？都回来！（大家止步）哼！

（瞪眼半天，得意扬扬地唱戏下）过五关，斩六将，谁不知道我关二王？

……

小　三　（看秋走后）呸！（唱第二十三曲）

穷眉贱眼是共产党？

生是生非就是捣乱？

等咱都成了共产党，

看看谁来喂野狼！

二　全　（暴跳起来）他娘的！（唱第二十三曲）

你骑着猪狳扛门扇，

骑乘不大牌子不小！

等着有那一天来，

看看谁来喂老雕！

突然台后远处炮声。

老　宋　（惊讶）哎，哪里打炮？

众惊愕半会儿。

二　全　是不是八路军来了？（站高处看）

继续又响了两声，继之听到微弱的机枪声。秋贵慌张地返回来。

秋　贵　（唱第六曲）

他娘个屎鬼知道，

哪里又在打大炮？（侧耳听，且自壮胆以吓唬人）

一定是皇军出城来，

不是玩玩就是捉强盗！

二　全　（故意地问小三，唱第二十三曲）

没有土匪却有国军，

投降了日本讲和平，

老日子出来打谁呢，

莫不是来剿山猞狳？

秋　贵　（怒）有你说的？（可是神情十分惊惶）

生卯奔上。

生　卯　（高兴地，唱第二十三曲）

天上出了红云彩，

穷兵从北边打过来！

老　宋　（惊喜，唱第二十三曲第三句）

八路军从北边打过来？

众　（大喜地，唱第二十三曲第四句）

天上出了红云彩！

又响炮声。

二　全　（高兴极，唱第二十三曲）

去看看咱们八路军！

众　去看看咱们老熟人！

共产党来咱有命！

去看看收拾那汉奸兵！

二　全　走！

秋　贵　（恐吓）站住！谁都不让去！

众　（谁也没理他）走哇！看八路军去啊！（嚷着奔下）

秋　贵　（吆喝）不准去！不准去！（群众都走了）嘿嘿！门神老了不顶事，一有八路军我就管不了？（骇然，下）

（闭幕）

第四部

解放两年之后。

第一场

牛犊台景，山河复呈妩媚幽静。枝头小鸟啘啭啾啁。远山深处，传来一两声牛叫或羊叫声。天幕后山歌悠扬，忽起忽落。

山歌　（唱第二十四曲）

柳絮儿飘飘，山雀儿叫，
冬天过去春来了。
死去的草儿风吹又生，
干涸了的河水水又流。

王大富从五道庙出来，不穿破羊皮了，穿的是旧的衣服，拿着小斧和绳子去打柴。

春风儿吹吹百花儿开，

小羊羔叼着野花儿来。

锄去那荒蒿种五谷，

熬过那国民党造下的灾！

王大富 （听完歌声，走下河边来，自言自语地）就是，咱们要熬过“刮民党”造下的灾难！（唱第二十五曲）

山坡种树担水浇，

共产党把咱救活了！

堖堖上有了黄牛来，

坳坳里有了羊儿叫。（羊叫声）

赤叶河沟又闹好，

脱下倒运的破皮袄。

放牛半天赶半个嘴，

砍柴一担三天烧。

在山岩下砍柴。

二全上。

二　全 （唱第二十六曲）

熬下那“刮民党”造下的灾，

赤叶河沟又活过来。

只是吕家没扳倒，

叫我心头不自在。

（白）二大叔，打柴啦！

王大富　（回头）刚放牛回来，你刚才唱啥？

二　全　我说吕承书是假开明，年时没扳倒他，心里不受！

王大富　小心惹是非呀！孩！

二　全　八路军讲民主，谁敢不让我说话？

王大富　八路军来了，咱也就能活下去了，惹是非干啥？（唱第二十五曲）

茶淡不如白开水，

人穷说话不如鬼。

疮痂早掉肉也平，

何苦去把人又得罪？

二　全　二大叔，你思想不正确！（唱第三十六曲）

从前人叫你老石头，

如今又叫你老落后。

要是禾子哥他没跑

又该给你吵一吵！

王大富　（触动心事）可不！以前还有个人吵，现在，唉！（唱第二十一曲）

冬风吹折单根草，

临老糊涂无依靠，

禾子不回心灰灰，

多好的时光我也无心熬！

伤心下泪。

二　全　（也伤心地）二大叔，不要难受，禾子哥也许知道世道好了，会回来。

王大富　（唱第二十一曲）

提起从前好悲伤，

想起禾子挂心肠！

月儿缺了还有团圆，

今生相见没指望！

二　全　（唱第二十六曲）

二大叔，别心伤，

有了共产党有时光。

春天到来花自开，

禾子到时会回来！

不敢引他心伤，从一边下。

王大富　（伤情地，唱第二十一曲）

千道水，万重山，

俺孩哪里把身藏？

燕子飞去又飞来，

禾子你该往回返！

眼盼穿，肠绞断，

梦里头见，醒起来想，

不念亲爹念死去的娘，

你再不回我等不上！

掉泪，长叹一声，从一边砍柴下。

王禾子上，十四年后人全变样了。穿着破烂衣服，背着个小小的破包袱，缺两门牙，满脸胡子，面黄肌瘦，形容狼狈。

王禾子　（精神颓废，唱第二十七曲）

离别家山十四年，

山河没改我眉眼变。

走的那年年轻轻，

回来成了个半老人！

十四年冤仇十四年恨，

十四年的世道阴森森，

一半似人半似鬼，

七年牛马七年兵！

一官半职没挣到，

差些掉了半条命，

十四年做梦梦个甚？

报仇报成个尿脬影！

张望五道庙牛犊台。

五道庙，牛犊台，

这个山坡我打过柴，

大青石头清水涡，

燕燕洗衣我淘菜！

走到青石旁，低头看河，河水照出憔悴脸容，吃惊，伤心起来。

涡水清，涡水净，

水里照见禾子影，

破衣裳，络腮胡，

一层黄皮包骨头。

伤心泪下。

谁叫我，变成个这，

怎能上坡见我爹？

谁叫我，穿这样破，

怎能进家见我老婆？

抹泪，坐大青石上。

王大富，背着捆柴上。

王大富　（沉痛地，唱第二十八曲）

背捆柴，背座山，

老眼花，气也完。

四围不敢睁眼看，

无依无靠孤独汉！

往台上走去。

王禾子　（发现有人，擦眼泪立起）哎，老乡，借问借问！

王大富　（死板板地立在台边，根本不回看）这是道绝头路！

王禾子　（吞吞吐吐）我不是问路，我是查访一家庄户，

王大富　（听见口音很熟）你说话有点像本地人，哦，也不大像。

王禾子　（也十分猜疑地端详王）这是后北坡吧？

王大富　就是，这叫牛犊台。

王禾子　（越看越疑，但不敢认）老人家，你是……

王大富　（不耐烦）你就不是查亲访友！（扭头就走）麻里麻杂！

王禾子　（叫住）老人家，你转过脸来！

王大富　（生气）我有啥好看？（回头细看禾子，惊叫）哦，你……

王禾子　（唱第二十七曲）

老人家，别生气，

我问北坡姓王的。

王大富　（惊问）姓王？（从头到脚地打量禾子）

王禾子　老家原是曹州人，

王大富　（更惊）曹州？（急下台来）

王禾子　大富就是他的名字。

王大富　叫啥？

王禾子 叫王大富。

王大富 （愣了半天）你是……

王禾子 （伤心掉泪）

我是他的独生儿，

小名叫个王禾子。

王大富 （惊叫）你是禾子？（不知觉地斧子、棍子都掉落地上）

王禾子 十四年前大风雨，

为报仇冤当兵去！

王大富 哎哟，我的孩子呀！（猛抱禾子）我就是你爹呀！

王禾子 爹，我是你孩呀！

相抱大哭。

王、禾 （同唱第二十九曲）

骨肉分离十四年整，

对面相见认不清，

谁人造下这孽账，

孩呀（爹呀）咱们记得真！（痛哭）

王大富 （拉衣抹泪）孩！不要哭了！回来就好，想不到还有这一天，死了也眼闭了！

王禾子 爹，你们都好吧？

王大富 （看了看自己）……好，你瞧！

王禾子 我的媳妇，她好吧？

王大富　（更痛苦）你的媳妇？（注视大青石半天不语）

王禾子　爹，她怎啦？（看大青石）

王大富　都好，一会儿再说吧。孩，头几年，人都说你在老阎那里当兵，后几年，就听不见说了。你到底去干啥来？

王禾子　（伤心地）在那里当了七年兵。日本打来，把队伍打散，我开了小差，流落在文水，做了七年长工。

王大富　（痛苦地）开了小差，为什么不回来看看你爹呀？

王禾子　道路不通。后来听说日本败了，路通了，才讨吃回来的！

王大富　（仰天哀鸣）唉，天呀！（两人先后接唱第二十一曲）

看看我孩成啥般？

王禾子　（接唱）爹爹弄得多寒酸，

王大富　　这条命算捡回来，

王禾子　　难过骆驼把针眼穿！

小三上。

小　三　（看见王和一个生人说话，惊奇地）大叔，你跟谁说话？这是谁？

王大富　（痛苦地）小三，你禾子哥回来了！

小　三　（惊喜交集）禾子哥？（上前拉住禾子，看见禾子形状，万分悲酸）禾子哥……

王禾子　（痛苦地）小三兄弟！

小　三　（抹了抹眼泪，放开禾子手，跑到一边，高声叫）宋表爷！二全！快下来，禾子哥回来了！禾子回来了！

（老宋、二全在后台答）谁回来？

小　三　禾子哥回来了？

老宋、二全急上。

老　宋　禾子回来啦？真的？

二　全　（在三人中找见禾子）你是我禾子哥？

王禾子　二全兄弟！

王大富　（在二全等说话同时）老宋哥，禾子回来了！

老　宋　禾子？（到禾子前，左端右详）……

王禾子　（伤心地上前）宋大爷，你好吧？胡子都白了！

老　宋　（伤悲地）唉！老了老了！你也变了……（不觉泪下，回头对王大富）刚回来？

王大富　就是，上去说话吧！

王禾子　宋大爷，都到我家坐坐！

王大富　（更加痛苦）家？哪里有，这就是（指五道庙）！

王禾子　（凄惨地望着五道庙）五道庙？

二、小　（拉住禾子手）禾子哥！别难过，到我家去吧！

三人哭起来。

老　宋　（仰天悲哀长叹）唉！（唱第四曲：三）

十四年杨树长半天高，

苍头腰弯后生也老，

我人能死心不死，

咬牙千年仇要报！

（拉住大富、禾子，向着小三、二全）大富，侄儿们，咱擦干眼泪！等这一天吧！

第二场

景为一庙院，台右有一合抱数围的老柏树，树的周围砌以石块，高出地面尺许，作为树的基石，平时人们可以在此纳凉坐卧。台正中有三级石阶，上去则为平台，由左至右地横过去，平台高三尺许。平台后稍偏左，露出庙院大门楼的屋顶。从石阶上平台，再下去，则通往大门外，人们从此处上来下去。最后是天幕。

为了换景便利，原远山景可以不移动。

此庙现为村公所。台左前设一桌一椅。吕承书上，吕多留了两撮八字胡，脸容忧愁憔悴，衣服穿得平常，往日威风不存在了，伪装老实。

吕承书　（看了看台上无人）村长！村长！唉！（唱第三十曲）

八路军来了两三年，

蓝缸底里过阴天，

穷人咳嗽我打冷战，

路上碰头我闪一边！

颓废地坐下。

秋贵上，鬼头鬼脑，满面愁容，穿着略有补丁的衣服。

秋　贵　（忧愁地唱第三十曲）

三年来我是鼓楼鸟，

通宵心惊胆活跳！

我发愁来人喜欢，

我要哭来人想笑！

吕承书　（担心地）

昨夜把文书挪地点，

心里老愁不保险！

秋　贵　（急上石台看了一下）

去的时候我走小道，

神不知道鬼不晓。

回来虽然碰见小三，

一瞧见他我把路绕。

吕承书　我今天眼花心糊涂，

前头怕狼后怕虎。

秋　贵　高山大是个猴儿性，

多筛两锣就上杆顶。

吕承书　农会已经难抬架，

新来的老冯更可怕！

秋　贵　　农会只配抛龙头，

话不当家权不到手。

姓冯的开会还没回，

千载难碰这好机会。

向吕示意到外头看风，下。

吕承书　（狰狞地）好！

要想跳过这鬼门关，

破财买动鬼心欢。

今天低头过矮檐，

明天叫它口朝天！

村长高山大上，白褂黑裤，腰紧皮带，头裹新白毛巾。

高山大　（十分精神，唱第三十一曲）

眉豆荚开花盘上树，

八路军来了我当干部。

数头我大数人我能，

咱村没有人不佩服！

吕承书　（毕恭毕敬地）村长回来啦。

高山大　（架子十足地，微略点了下头）哦！

吕承书　（掏出纸烟，笑唱第三十曲）

好久没来问问好，

好久没来领领教。

近来心上结个疙瘩，

想求村长开开道。（谄媚地给村长烟）

高山大 （不在乎地接烟）说吧！

吕承书 （一面划洋火给村长点烟）敢说？那我就说吧：

吕家作孽作得多，

啥时想起心难过。

多亏政府与宽大，

才有我这老命活！

咱村好多人缺少地，

世道再好时光难闹。

我拥护南山地一顷，

群众困难我是知道。

高山大 （奇喜地半会儿）哎！（唱第三十一曲）

老吕实在懂大体，

自动拥护献土地。

开明进步好榜样，

又给咱村壮点光！

吕承书 （顺杆而上，唱第三十曲）

都归村长领导强，

一人撑起半块天！

我一生见能人上万千，

比上村长的不多见！

高山大　（自鸣得意地，唱第三十一曲）

我性子急人爱强，

事情要干干漂亮。

工作搞出个好名声，

心不亏情不败兴！

吕承书　（跟踪追踪）对，我就主张人不能亏良心，比如我一知道过去：（唱第三十曲）

剥削穷人有错误，

自动废债不收租。

有饭大家都来吃，

八路军的规矩我拥护！

高山大　（夸奖地，唱第三十一曲）

葡萄开花真稀奇，

咱村出了个好模范。

我要报告区上去，

给你登报发表扬！

吕承书　（伪善地，唱第三十曲）

这点小事要表扬，

可别把人糟蹋伤。

要种葫芦要靠墙，
贴心贴意靠村长！
毕恭毕敬地下。

高山大 （盲目乐观，唱第三十一曲）

赤叶河工作有一套，
地主都诚心低下头，
上级知道一定夸奖，
高山大领导有一手！
生卯上。

生　卯 （唱第三十二曲）

紧走慢跑狼心难猜，
刚才碰见个坏蛋出来。
莫非是来说自动地，
瓦公鸡打鸣真奇怪！

年时减租不拿文书，
凭嘴说话混糊涂。
要是又来自动地，
他的诡计你小心招呼！

高山大 （唱第三十一曲）

八路一来不收租债，

执行政策他最爽快。

这样开明的不很多，

生卯不要胡乱猜！

生　卯　（唱第三十二曲）

吕家年时没大斗争，

大富二全气不平。

怪咱光顾自已事，

他们意见不待听。

高山大　（不服地，唱第三十一曲）

你的意见我不接受，

他们生气没理由。

年时斗争不积极，

顽固不开死落后！

生　卯　他们都不是租地户，你叫他们积极啥，怨咱不管他们嘛。

高山大　（唱第三十一曲）

支部开会你在场，

老苏规定不算老账。

团结地主来抗日，

咱们农民才有力量！

生　卯　（唱第三十二曲）

团结应该看对象，

十个指头也不一般长，

我提意见你不讨论，

让这老狗过了关！

高山大 （急了，唱第三十一曲）

老财都是夹核桃，

不挨敲敲就不出仁。

吕家自动找庄户，

废债停租开了明。

生　卯 （唱第三十二曲）

姓吕的开明是装好看！

一心把你当猴儿玩！

人家多敲两下锣，

你就乖乖地爬高杆！

高山大 （怒）你怎么骂起我来呢？我就给老财当猴儿耍了？你反对领导！

生　卯 （也气了）我怎么是反对领导呢？

高山大 怎么不是。去年支部开会，讨论斗争吕承书问题，你举拳头赞成没有？现在来反对支部啦？

生　卯 我没赞成，你和公安员不叫大伙儿讨论我的意见。

高山大 不正确的就不叫讨论！

生　卯 这就是独裁主义！

高山大 这叫独裁主义！（傲慢地苦笑）哈哈！我不接受！（唱第三十一曲）

你别给我找差错，

用不着你来教训我！

高山大懂得做工作，

吃盐也比你吃得多！

（白）我懂得做工作那会儿，你还在你娘肚子里呢！

（下）。

生 卯 （很生气）好自高自大！（愁闷地进村公所去）

稍停，王禾子上。

王禾子 （愤恨难泄与牢骚不平地，唱第三十三曲）

踏尽人间万里路，

数我倒霉数我苦！

河里清水会冻成冰，

扫地出门的气怎平？

家破人亡东西散，

十多年的冤仇无处申！

宰了羊羔皮还在，

老婆死了没个坟台！

生卯出来。

皂角籽栽出皂角树，

穷人知道穷人苦。

特意来问问咱干部，

为啥不斗吕承书？

生　卯　（唱第三十一曲）

拔了刀子忘了疼，

咱们忘了穷弟兄。

我的话，是耳旁风，

村长的思想搞不通。

老宋、小三、二全上，站在一旁听。

王禾子　（唱第三十三曲）

哪头炕热靠哪头，

高山大向着吕家走，

这样的村长要啥用？

不如干脆换个地主！

生　卯　（焦灼地，唱第三十二曲）

一枝树，两圪杈，

一家人说了两家话。

高山大作风不改变，

群众的气头就难下。

（着急地）禾子，你先别急，我再去找高山大说说。如果他不接受，咱等老冯回来。（下）

二　全　（冷笑）哼，胳膊扭不过大腿！唉，抽袋烟吧。（坐在树下）

稍沉寂一会儿

小　三　（在石台上往外看）瞧，老冯回来了！

工作员老冯上。

老　冯　（唱第三十二曲）

工作开辟两年多，

减租减息都搞过，

群众情绪不大高，

恐怕工作有差错。

众　（都起来招呼）老冯同志从区上来的？

老　冯　没猜对，从县上开会回来。（坐下）今年庄稼长得不错吧？

二　全　不错，八路军带来福气，来了两年多都是好年景。

老　冯　八路军来了两年多，身翻了没有？

大家互相看了看，不敢说。

小　三　可翻身了，日子都过好了，该不翻身？

老　冯　你们还有什么问题没有？

二　全　（双手摇摇）可没啥问题，有早就给你提啦。

老　宋　（叹气）唉！

老　冯　老宋，长出气，你有问题么？

老　宋　唉！咱这号料，人家骂得好：三角脑袋愣羊户，多见石头少见人！一不租地，二不揭债，两个肩膀扛个脑壳，两条腿架把干骨头，你说有啥问题？

老　冯　现在共产党提出要实行耕者有其田。我来就是要和大家办这件事，大家提起劲来吧。

小　三　地里爬来，地里滚去，劲都使完了！

王大富上。

王大富　（边叫边上）禾子，禾子，（上石台）禾子，你回去，你在这里干啥？

老　宋　（招呼王，笑道）哦，你来得正好，冯同志来实行“耕者有其田”，你去领田吧！

王大富　（不愿回答似的）下雨站过道，轮（淋）不上咱头上！（对禾子）回去，等一会儿招是惹非！

老　冯　（上来招呼）老王，坐下扯扯！

王大富　（爱理不理）有啥好扯，不如回家歇歇！（向禾子）回去！

王禾子　你回吧，你管我干啥？

王大富　（生气地）好！我管不着你，看你惹是非吧！（赌气地下）

二　全　（不耐烦地）都走吧，人家冯同志忙呢？（准备要走）

老　冯　（止住）不不，你们在这里想想，我先去叫生卯找个地方住。（下）

老　宋　（见冯走后）倒是个好人！

小　三　他比前些日子的那个老苏好，对人还和气，一碰见就问有什么问题没有？叫咱想想，敢不敢说？

二　全　怕跟去年一样，跟老苏说了也是白说。开头说闹翻身，啥都能提，开会开到半夜，说什么：（唱第二十六曲）

抗战以前是古老账，

年代太久不要谈；

抗战以后到八路军来，

四五年来的也难办。

小　三　（唱第二十六曲）

老苏说那时是中央兵，

民主法令他不兴。

“十二月政变”[①]后受讹诈，

斗争特务反恶霸！

此时生卯和老冯上到台上，见他们说话，生卯拉冯坐石头上听。二全等均未注意。

老　宋　（唱第二十一曲）

八路军来兴翻身，

吕家一开明就没事情。

拔了撮羊毛熬汤喝，

肉没吃上一锅腥！

（白）八路军啥也好，打跑了顽固兵，收拾了日本人。从前老苏，也不太劣，就是耳朵软，光听几个干部的话。新来的老冯好是好，可惜来的日子不长，不摸咱沟的来龙去脉。这叫九好十不足，差一步棋没有将住他军！

① 十二月政变：是一九三九年十二月，国民党反动派军队在山西阴谋突然进攻新军（决死队），屠杀无数的革命战士，摧残抗日力量。故称那次反革命事件为“十二月政变”。

二　全　老苏在时，我就不愿意去开会。可是不去，批评咱落后，去了没啥话说，又封咱是哑巴连！

老　宋　那一回晚上，叫我去开会，路不好走，又怕碰上狼。可是穷人闹翻身能不去？嘿，结果是：这不能提，那不能提，弄得我：（唱第二十一曲）

一盆冷水顶上浇，
从头一直冷到脚，
啄木鸟和夜猫子睡，
虫没吃到眼得熬！

二　全　真是，净误瞌睡，越想越气！

老　宋　路边说话，草里有人，别叫旁人听见呀孩！（一回头，见老冯和生卯立起来，惊愕，不好意思）哎呀！冯同志，你就没走？生卯你也在？

禾等　（惊愕与惭愧）哦！冯同志没走？（面面相觑，拉拉扯扯地）

老　宋　（局促不安）刚才说着玩的。

四人狼狈万状地。

老　冯　（笑）很好，没关系！（唱第三十二曲）

刚才批评老苏的话，
给我帮助也很大。
过去工作有偏差，
不摸穷人心是啥。

（白）老宋，你们对老苏的批评很对，原来两年多的工作，都是主观主义。大家就来说吧，看看过去哪些办得不合适，以后好改！

禾、小、二　（互相看看，作伪地）没啥，没啥，都合适，都合适！

老　宋　（看大家不说，正色地）侄儿们，这就不对了！既然冯同志真心问，为啥不说呀？

老　冯　是呀，我们是为群众办事的，过去老苏工作有错误，大家提出来，帮助改过！老宋，为什么“十二月政变”以前的事不拿出来处理，就没有问题呢？

老　宋　为啥，你听！（唱第二十一曲）

几十年留下把干骨头，

全身割不出一块肉，

早就伤筋动骨节，

何必杀猪又沾两手血？

老　冯　哦，抗战以后，你们没受过讹诈？

老　宋　咱这号人，一无肥水，二又没当过干部，除了挨两句骂，挨几下打，当牛当马这些，人家讹诈个啥？

老　冯　哦！（唱第三十二曲）

油灯不亮一拨就明，

老宋一提我心儿醒，

工作困难光苦闷，

就不访访老百姓。

（白）大家这回可把问题点明了，大家说吧，怎样就能叫大家抬起头来吧？

老　宋　（高兴地，唱第三十四曲）

要想人人把头抬，

先把吕承书扣起来！

禾等　（同唱下两句）

赤叶河里的大祸根，

都是他家一手栽！

老　宋　你把没房没地的穷光蛋、放牛娃、从前要饭讨吃的弄在一块，看是不是和我一个主意。

老　冯　（兴奋地）这个意见很好，你们引我去找！

老　宋　有一个人，头一个就要找他：（唱第三十四曲）

老冯要把这好事办，

先找大富谈一谈，

赤叶河里穷人堆，

数他身世最悲惨！

（白）禾子，去叫你爹来！

禾子正要走，王大富突然奔上。

王大富　不用叫，我自己来了！（感动地拉住冯双手，唱第二十一曲）

十多年冤仇山底压，

头不能抬手不能拔。

如今见到了老青天，

你是救人的活菩萨。（感激地乱点头）

老　冯　（拉住王）老王，这是大家的事，我应该跟大家一起做的。

生　卯　（昂壮地，唱第三十二曲）

咱沟年时搞运动，

吕家钻空躲了斗争，

二　全　（接后两句）

文书纸张都没拿，

清债减租是玩舞人！

王禾子　（唱第三十三曲）

吕承书是个老妖怪，

会装洋蒜会装乖！

小　三　（接下两句）

文书纸张都没烧，

南坡槐树底下埋！

众　（惊问）什么？文书埋在南坡？

高山大此时上，站在台上听。

小　三　（唱同前曲）

昨日黄昏天正黑，

南坡底下遇秋贵。

今早牛孩碰见我，

说秋贵昨晚上南坡。

吕家近来常发慌，

夜里悄悄暗商量。

说有人反映他钻空，

文书纸张要倒地方。

二　全　（高兴得跳起来，唱第三十二曲）

野狼走路鬼心多，

准是文书不会错！

生　卯　（接唱下两句）

我也疑心他假开明，

山大你还说什么？

高山大　（走下石台来，生气地坐在椅上）他娘个蛋！那我上这老狗的当了？

王禾子　（唱第三十三曲）

自己的事情等不到天亮，

你早上栽树晚上歇凉。

金元元德讹诈过你，

你早闹他个一扫光。

老　宋　（理直气壮地，唱第三十四曲）

你给咱村办过好事，

可是你太自谋自利。

刚刚撂下打狗棍，

眼睛不向讨吃人！

王大富　（唱第三十四曲）

你常常给我个态度，

不骂落后就咒顽固！

禾、小　（同接第三十三曲后两句）

你说他文书都烧光，

你干脆去叫他亲爹娘！

高山大　（又气又委屈地，唱第三十一曲）

错误当然是错误，

不是故意把他庇护。

王禾子　（接唱第三十三曲后两句）

吕家开明你常挂嘴边，

不说庇护也是心偏！

高山大　（暴跳起来）好！（唱第三十一曲）

吕承书你这扒灰头，

不给你看看我不姓高。

牛娃五孩去把枪带，

吕承书秋贵都弄来！

牛、五　（大声响应）行！（走下）

高山大急得来回走动。

生　卯　（对高唱第三十二曲）

咱们干部都有缺点，

好好叫群众提提意见。

吃罢饭去刨文书，

物证在手不怕他巧辩。

老　宋　憋了几十年了，还用吃饭去？

众　（同声）对呀！这会儿就去！

纷纷地、哄哄地下，生卯也随下。

老　冯　（见群众走后，见高山大苦闷地呆立着）山大，大家给你提的意见你觉得怎样？

高山大　（迟疑地）唉！我真不明白！赶明搭黑想把工作做好，结果是什么也看不见，辛辛苦苦倒成了官僚主义？

老　冯　不奇怪，脱离群众，自高自大，就会成个瞎子，成个聋子的。再不回头就会栽下来。

高山大低头思索，从石台走下。

舞台转暗。

第三场

同前景，桌椅去了。舞台复明，明月升空。

吕承书、秋贵在场上。民兵牛娃带枪立在石台上，五孩带枪躺在树下。

吕承书　（心惊胆战地来回不安地走着）牛娃哥，村子叫我来有啥事？

牛　娃　（不想理会他）没有啥事，你是开明地主，还会怎啦？

吕承书　（无从捉摸）没有啥事，怎会麻烦两位来叫我呢？

五　孩　半夜三更，叫咱来给你做个伴。

吕承书　（自言自语）八路军一来，政府的法令我第一个拥护，头一个执行。（唱第三十曲）

树高招风易惹祸，

如今世道人难做。

捧着龙肝去敬城隍，

小鬼当作疥蛤蟆！

牛　娃　（气了）怎说的，你是龙肝，骂咱是小鬼？

秋　贵　（原蹲在地上，忽起来）老大，你怎么乱说话呢！

吕承书 （急变嘴，同前曲）

随便两句莫见怪，

这该怨我嘴巴快！

好花难有百日开，

几辈交情多担待！

秋　贵 （顺杆而上）吕家和牛娃哥，几辈子来往，还会怎样？谁也难保不逢个三灾六难，大家担待担待！要是牛娃哥、五孩哥有什么不顺手，老大（指吕）是懂做人的。

五　孩 （跳起来）咱什么都顺手，就是年时没斗你，不顺手，你懂吧？

吕、秋惊骇，相顾失色。

老宋上。

老　宋 （充满希望，唱第四曲：一）

扭转乾坤拔山海，

把这天地重安排，

谷要种，树要栽，

江山要咱去打出来！

（问牛）还没回来？

牛　娃 没有呢。

王大富上。

老　宋 大富，你没睡觉？

王大富 老宋哥，我总睡不着，心都快蹦出来了！

吕、秋很注意地听。

老　宋　大概是太高兴了。

王大富　是的，一辈子也没有这样高兴过！

台后远处有犬吠声。

牛　娃　（指外）瞧！有人来！

王禾子扛镢高兴跑上。

王禾子　宋大爷，都回来了。

吕、秋互相表示惊惶的神色。

宋等　（高兴）哦，都顺手吧？

王禾子　（见吕、秋故意地）手到擒拿！（唱第三十三曲）

种瓜得瓜豆得豆，

人自作孽自家受。

云要散，雨要收，

债还有主冤家有头！

禾子骄傲地目视吕、秋。

秋、吕　（恐慌地向禾子打招呼）哦，禾子哥！

禾子根本不理他，扭头而下。

火光近，禾子在头，高山大第二，生卯、二全、小三、老冯，

还有三五个群众，打着灯笼火把上。

高山大怒气冲冲，背着文书和手枪走到吕前。

吕承书　（看情形不对，恐惧慌张，忙点头招呼）村！……村长！

高山大 你叫我么？（恼怒地）吕承书！（唱第三十一曲）

去年六月闹减租，

问你为啥不拿文书？

到底打的是啥主意，

今天别再装糊涂！

吕承书 （惊慌无措）啊！……我的文……文书叫老日本烧了！

高山大 日本烧了？

吕承书 （只好硬着头皮诡辩）是——是烧了！（唱第三十曲）

日本那年来扫荡，

文书来不及往外藏。

后院一点通天火，

文书账簿一齐光。

高山大 都烧了？

吕承书 都烧了！

高山大 （唱第三十一曲）

文书账簿都烧了？

瞪着狗眼说瞎话！

这是什么你瞧瞧！（把文书摔在地上）

你把老子当猴儿耍！

吕、秋 （见文书，大惊，秋贵软瘫坐下，吕承书战战兢兢地）哦……

高山大 （向吕）拿起来看看！

吕慢慢伸手去抱起文书。

生　卯　（问吕）是不是你的?

吕承书　（一惊又把文书撂下）哦……（重新拿起来）

高山大　（怒指吕、秋大骂，唱第三十一曲）

我一向把你当人看，

你原来是只吃人狼！（把手枪放在掌上）

千方百计装开明，

我糊里糊涂上大当!

（白）看！（意指手枪）

吕承书　（看见一切了，由恐惧变为绝望的镇定）好，事到如今，我也不必藏头露尾:（唱第三十曲）

好汉做事好汉当，

今天不求谁原谅。

花椒长刺为保身，

吕家就是这样人!

秋　贵　（唱第三十曲）

天难变，地难平，

吃哪户就向哪门。

有人坐轿有人抬，

我只懂这老规程!

众　（怒）哎呀！（唱第三十五曲）

啄木鸟害伤寒症，

浑身发软倒嘴巴硬！

吕家天生享清福，

咱们天生受苦情？

王大富 （怒火冲天地）好小子，我来问问你！（唱第三十五曲）

吕承书呀吕承书，

我来问问你这狗头，

赤叶河沟二十里；

你刨开过哪块土？

众 （唱第三十五曲）

你刨开过哪块土？（指地）

你栽种过哪棵树？（指树）

你修盖过哪间房？（指房）

你开出过哪条路？（众闪开指路）

老　宋 （同上曲）

你凭啥来这儿当地主？

众 你仗啥来这儿刮高租？

老　宋 你横行霸道多少年，

众 你是咱沟一只虎！

王禾子上前，向秋贵。

王禾子 （同前曲）

狗秋贵呀狗秋贵!

庄户人家要命鬼!

赤叶河沟几十户,

多少冤枉出在你嘴!

众　（同前曲）

多少冤枉出在你的嘴?

你装罢神来又装鬼!

穷人面前你抖威风,

你一手脏了这河水!（指院外）

老　宋　你鬼头贼脑胡讹诈,

众　你闲坐清吃洋洒洒!

老　宋　仗着你吕爹的大粗腿,（指吕承书腿）

众　一沟爬在你的脚底下!（指吕承书脚）

吕承书　（绝望地挣扎，唱第三十曲）

龙生一子闹九江,

猪生一窝喂粗糠!

谁叫你生就穷嘴脸,

倒来怪我富贵相!

众　狗日的还嘴硬哩。

秋　贵　（卑鄙地求饶，唱第三十曲）

早知今日兴翻身,

死也不去得罪人！

一朝天子一朝臣，

从前做事错了个净！

众 （向秋贵）迟了！

王大富 （向吕）好！你放地主屁，我说穷人理！（唱第三十五曲）

写了纸张不画十字，

你盖祠堂咱化布施！

左抢右夺活像土匪，

刮不净瓮底不停止！

吕承书呀你吃人虎！

凶神恶煞地来收租！

随身带着加二斗，

少一颗拿盖又卷铺！

你狼心狗肺摆牢笼！

骗我出沟商量事情。

悄悄去我家干了啥？……

愤极羞极，诉不成声，气得光咳嗽，下句中断。

众 （给王捶背）怎啦？

老　宋 （向前）不要害羞！把脸皮撕下来！（猛抹一下脸）人是他丢，不

是咱丢！（同前曲）

你要作践他媳妇，

你要把人胡玩侮！

燕燕是穷人骨头生，

死也不让你欺负！

你拔出洋炮吓唬她，

禾子碰见把窗砸！

你害得人家生分离，

你造谣生事说坏话！

燕燕一时想不开，

半夜悄悄地跳了河。

王大富　（接下两句）

扫地出门把我撵，

挨门靠扇挨冷饿！（哭）

王禾子　我逃跑在外当大兵，

十四年不能回家门！

吃尽苦头受尽罪，

今天要向你出透恨。（摩拳擦掌地）

小　三　（向吕承书）你快说，还龙生一子闹九江不？

众　（同声）闹九江不？快说！

吕承书　（穷凶极恶地）哼！（唱第三十曲）

我手难挡你坐天下，

我心不让你得江山！

咱们打的是生死仗，

不是你活就我亡！

众　（指吕骂）好老狗日的！

王禾子　（怒目圆睁）谁要你让咱得江山！（从大树下搬起一块石头要砸吕承书）

老　冯　（拉住禾子）禾子，慢一点！

王禾子　为什么呢？

老　冯　吕家违反政府法令，给咱赤叶河老百姓造下这样的祸害。我提个意见：天明了，把邻近各村的群众都请来，开个诉苦大会来公审他。

王大富　这个主意好，让大家都知道狗日的罪！

众　（异口同声）这个主意好！

天傍明，天幕上呈现出淡淡的早霞。

老　宋　（兴奋地）审了以后……

二　全　（抢上说）交给政府崩了他！

众　（欢呼）对！交给政府崩了他！……（纷纷然一阵）

老　冯　（兴奋）大家都同意了，现在天快明了，（向高山大）天明，就开会吧。

高山大　行！去敲钟，叫大家早点吃了饭来开大会。

王禾子　（跑到石台上，大声）那我去敲钟！（跑下）

生　卯　（向牛娃、五孩）把他们（指吕、秋）先拉下去！

牛、五　（大声）行！走！（把吕、秋推下）

二　全　还有他的土地、房屋、内货怎办？

老　宋　土地、房屋、内货都不是他的，都是咱的！交给农会，公公道道地分了！

众　（欢呼跳跃）拥护呀！……

　　晨光熹微，这时钟声铿锵嘹亮，众回头看天幕，欢呼："天亮了！"

　　禾子复上，后面跟着许多男女老少群众。

王大富　（大笑）哈哈！老宋哥！想不到咱两个老头儿，还能见到天亮！今天该疯一番！拿出键板来！唱！

小　三　键板早给狼吃得扔下河了！

老　宋　不碍事，拿瓦片给我！

王禾子　（捡两块瓦片给宋）宋大爷，唱吧！

众　唱吧！

老　宋　（大乐，打响瓦片）兄弟们！孩子们！跟我来吧！（唱第四曲：三）

　　红火的日子我要唱！

　　唱到我老得不能唱。

　　如果我老到嗓不亮，

　　孩子们接上我来唱！

众　　咱们唱，后代唱，
千世万代辈辈唱！

老　宋　　唱唱咱们怎悲伤！

众　　唱唱咱们怎解放！

老　宋　　赤叶河，（指山河）

众　　好地方！

老　宋　　吕家独吞烂了肠！
消停自在百年多！

众　　如今叫他滚他娘！滚他娘！
（众齐指吕承书下去的一边。奔放热烈地，唱第三十七曲）
去他娘，滚他娘，
人民江山万年长！
地主阶级消灭了，
封建剥削一扫光，
人民江山万年长，
万万年长！
红霞满天，欢天喜地，锣鼓齐鸣。

（闭幕）

一九四八年九月重改写于石门

附：

《赤叶河》导演意见[①]

王禾子的砍坡，应砍进去，然后再出。

舞台黑夜灯光太黑，妨碍了对演员的表情，可以打顶光灯。

雷雨的两场同样。跳河时也如此，闪电看不真，光线不大。

第三部吕家的布置，应随时间而有变化，不要一样。特别是季节性，但总的应华丽。

喷水效果未做好。

雷声有研究之必要。下雨应按剧本的规定而研究，不能草率。

吕强奸喜燕儿时，禾子不能上得太早，或太晚，应正在进门时为宜。

王大富的寻喜燕儿，应再速快些，声响应研究。

牛孩的割草，应下去再上。

---

① 编者注：这段记录原无标题（国图藏笔记 5#022 图片）。似是歌剧《赤叶河》最初在武安冶陶排演时，作者关于舞台调度和一些细节的意见。记录时间是推测的。

村公所的布置要研究，太偏右，门口最在左边。

冯偷听的场面，宋等太成一平线，应再前些。小三的面部太朝向冯那面，结果是不真实。

不要打人，不要打破头。

“马后炮”由一人说，然后大家说。

第四部的吕与王在村公所碰见，不明确。

闭幕许多地方弄错。秋贵的对话错了不少，在调戏喜燕儿时，出场太早。

为了避免这些毛病，应加指挥者，或提示人。

1947年9月

在时代的列车上[①]

〔四幕剧〕

① 版本：作家出版社，北京 1955 年 3 月第一版，中国戏剧家协会编辑。
创作背景：1952 年 3 月 10 日作者收到江青来信，要他参加中宣部组织的“三反五反”赴沪作家团。回京后的 8 月中旬，在中宣部电影处与江青、袁水拍讨论过一次创作问题。此剧完成于 1953 年年底，发表在《剧本》1954 年第 07 期。由华北人民话剧团首演。

人物

方云洲——东方橡胶厂副经理兼总工程师，近五十岁

朱珊瑞——东方橡胶厂总经理，五十来岁

张飞龙——东方橡胶厂董事长，亨利贸易公司经理，四十五六岁

老　潘——年老残废的杂工

马士英——东方橡胶厂的会计主任，三十岁

陆家培——东方橡胶厂的工会主席，党支部书记，二十六七岁

左金保——青年工人

陈美英——女工，二十岁

谢晓梅——女工，二十九岁

金云海——国家工作人员，三十五岁

吕湘漪——张飞龙的三太太，三十岁

尤　雅——马士英的未婚妻，二十三岁

陈阿福——老年工人，陈美英的父亲

小　凤——青年女工

张飞龙的男女宾客们

夜总会的侍者

两个中年女工（一个稍年轻）

女工人们

男工人们

医　生

女护士

宋大牛——西南公路一个汽车队的大队长，三十八九岁

区委书记

金　枝——张飞龙家的年轻女佣

方　珏——方云洲的儿子，助教，二十六七岁

方　薇——方云洲的女儿，海军学校学生，十九岁

方　妻——四十七岁

序　幕

一九五〇年初夏。

在东方橡胶厂的接待室。舞台中央放着一张茶桌，桌上供瓶鲜花。桌子周围有一套沙发。左边有一张桌子和一把圈椅。电话机放在桌上。舞台的一边，有一架玻璃橱，陈设着“东方橡胶厂”的样品：各色各样的长筒的、短筒的时髦女鞋、运动鞋、游泳帽、游泳圈，等等；一个特制的架子上，托着一只轮胎。舞台后部左右各有一门，正面是一排大的玻璃门，门外是走廊，可以看见远处的建筑物。室内花几上，陈设着两盆棕榈树。

方云洲站在玻璃门前，望着明净的天色。

方云洲　（叹了口气）唉！……

（朱珊瑞上）

朱珊瑞　云洲，申请书批回来没有？

方云洲　（摇头）没有。昨天我叫马士英打听一下，他回来说是在这两天批回来。可是我又等了一个上午了。

朱珊瑞　（悲观地）没办法！唉，死了，死了！（取出药片投在口中）

方云洲　看你们都悲观出毛病来了。我前几天在协商会上跟市长谈过一次，他们对我们生产轮胎的计划非常赞成。共产党的上层是好的，不知道那些底下人，要拖到哪一天才批。

朱珊瑞　（搓手——这是他的老习惯）张飞龙一直到现在还是脚踏两只船，批回来，有利可图就干；油水小了，他要抽腿！早晨我打电话要他来，他说旧病又发了。谁知道他是真病，还是装病呢。

方云洲　（苦笑）哼，他的病好治，能赚钱就是特效药。

朱珊瑞　（牢骚起来）什么董事长？地地道道的势利鬼！他死抱着他那个什么亨利贸易公司，说露骨一点儿，“皮包公司”！商人真难做朋友！

方云洲　珊瑞，别上肝火。只要工厂有办法，不怕他不来的。

朱珊瑞　我当上市工商联委员，你当上协商委员，他一天到晚吃醋。他跟中原橡胶厂经理高昇说：“解放那会儿，朱珊瑞是条丧家狗！买了飞机票，要往香港跑，大儿子带着黄金、美钞先打发走了。要不是我张飞龙拉住他看机会，这个市工商联委员不该轮着我张飞龙呀！”他把你也骂得更厉害，说，“方云洲，儿子当了工程学校的助教，姑娘考进了共产党的海军学校，当了个小喽啰，自己当上了协商委员之后，抖起来了，现在要想当红色资本家了！”

方云洲　人家当不上委员，要吃醋就让他吃吧。现在搞不好，对工厂没有好处。（廊外皮鞋声音）别说啦，是他来了。

（张飞龙上，夹着一个特别大的皮包）

朱珊瑞　（笑）看，说飞龙来，就真来了。（亲热地）病不要紧吧，找人看了没有？我正跟老方说要看你去哪。

张飞龙　（把皮包放下）唉！反正快死啦！全是这天气，把好人也闷出病了。（掏出手帕抹着额头和肥胖的脖子，最后是用手捂鼻子，大声擤鼻涕）我简直受不了，黑夜快来吧，来了就痛快了！（看朱珊瑞吃药片）怎么你也病了？

方云洲　（取酒放在张飞龙面前）都病了！（苦笑）现在需要的是同病相怜！

朱珊瑞　飞龙，你是我们的“军师”“智囊”，（倒酒）先喝了酒，开个药方吧！

张飞龙　（接酒一饮而尽）没办法。现在是穷途末路：往前看，前途黯淡，往近看，业务清凉！

方云洲　你们都不要悲观，申请书虽然没批回来，总是很有希望的。

张飞龙　仅仅是个希望啊，不用研究！（按电铃）你们：一个到外国考察过实业，这一个是镀过金的。

（老潘上）

张飞龙　给我拿条冷水手巾来！……现在又都是在朝的，应该替我们这些在野的，我们这些一心一意搞工商业的叫喊，大声叫喊困难！

（老潘在张飞龙吩咐后即下）

朱珊瑞　向谁叫喊？

（老潘用盘子端冷水手巾上。张飞龙接过手巾。老潘下）

张飞龙 向政府叫喊！向协商会议叫喊！我已经发高烧到四十二度了，不叫不行了！（坐在沙发上以手巾捂头）唉！

朱珊瑞 （怨天尤人地）人家不爱听，你拿着哭丧棒上街，人家还不当你家里死人！

张飞龙 只好积极浪费完事！等到了社会主义……（完全失望了）那么，只好走你从前想走的路，卷起行李，溜之乎也！

朱珊瑞 （完全悲观了）最后只好如此！

方云洲 我到底是个中国人，我不愿去当“白华”！（欣赏地看着橱内的样品）只要鼓一把劲干一下，工厂不能发展，我不相信。

张飞龙 （取下手巾站起来）天气变了，老兄！如今太太小姐不穿花衣服啦，也不穿高跟鞋啦。当然啦，共产党什么都是解放：解放装、解放鞋、解放帽……

方云洲 是的，还有解放头！

张飞龙 说对啦！那一天，理发店的老板，像死了爹妈一样地跟我说：“我的张经理啊！这会儿，娘儿们从脚解放到脑瓜子，电烫头发解放成两根辫子，电烫机都生锈，连收破烂的也不敢要啦！”（从橱内拿出一只女式的前露指头、后露脚跟的夏季凉鞋样品）像这样的玩意儿，正如共产党干部说的——“空前绝后”！

方云洲 天气变了，我们就要照着气候来穿衣服，出适合老百姓穿的鞋子，（指轮胎）出轮胎！从前我们要出，美国货顶死了，国民党那个

“刮民政府”不肯支持。解放的时候，我是要看看中共把这台戏怎么唱下去的，仅仅不到一年，蒋介石二十年不能解决的物价，共产党解决了，从广州到满洲里，一张火车票就通行无阻。我赞成共产党，就在这些方面。可你也别误会，我也不是个共产主义者。

张飞龙 可是活人不能不吃饭，做生意的不能不赚钱，这是人情天理吧！

方云洲 （苦笑）天理？国民党的时代，谁有金条谁有理，没有法币就没有天！真是“有条有理，无法无天”！

张飞龙 （擤鼻涕，冷笑）哼，我张飞龙在工商界混过了三个朝代：抗战以前的老中华民国；日本人来了以后，汪精卫的中华民国；美国人来了，又是蒋介石的中华民国。除了收税以外，从来没有见过一个政府肯拿钱帮助我们的。

朱珊瑞 （忧虑地）是啊，就是自家人，也要看看是不是有便宜可占呢。

张飞龙 当然啦，我没有见过，天下有不想占便宜的人！如果政府真肯帮助闯牌子，（拍拍胸脯）我张飞龙想法弄钱。可是就怕是狗咬猪尿脬，一场空欢喜！（拿起帽子、手杖准备走）

（敲门声）

方云洲 进来！

（会计主任马士英匆匆地上）

马士英 （万分高兴）总经理，申请书批回来了！

朱珊瑞 （惊奇，有点近乎不相信地）什么，你说什么？

马士英 （加重语气）申请书批回来了！（给朱珊瑞一件公文）

朱珊瑞　（惊喜）申请书！

马士英　贷款也答应了，说马上会有人来跟我们研究。真该谢天谢地啊！

朱珊瑞　（喜露于形）太好了，太好了。（念公文）“只要出品合标准，政府愿予试用……”（笑顾张飞龙）看！不是开玩笑吧！

张飞龙　（摘下帽子，笑）意料不到啊！

朱珊瑞　（继续念）“……希望依靠工人，改善经营，办好民族企业……”这句是老和尚念经：“阿弥陀佛”。

方云洲　马士英，你去等着，申请书上批着马上要派人来跟我们研究。

马士英　好，我马上就去。（下）

方云洲　（笑向张飞龙）怎么样，飞龙，这样的政府，满意了吧？

张飞龙　老兄，我刚才也不是埋怨呀，有生意可做，我对谁都拥护！

朱珊瑞　（笑）哈哈，你真灵活。

张飞龙　绝不是灵活，是思想转变！

（朱珊瑞、方云洲大笑。电话响起来）

方云洲　（接电话）喂，你是谁呀？哦，工会主席啊……都在等着同志们呢。……好好，请来吧！

朱珊瑞　（惊奇地）陆家培，他来干什么？

方云洲　我忘了跟你们说了，今天早上，他代表工会告诉我，要派代表来见我们。

张飞龙　（警惕地）不是加工钱，要求什么工人福利吧？

方云洲　（笑）刚才已经吃了定心丸，别什么都草木皆兵！这回来帮助咱们渡过困难，谈缓期发工资的问题。

张飞龙　（高兴地笑起来）哦，真是意料不到。好啊，他们自己提出要缓发工钱，那咱就服从领导啊！

方云洲　是呀，工厂要生产新产品，就要改装一部分设备，现在咱们不依靠人家可不行啊。

张飞龙　可是他们不依靠咱们也不行啊！

方云洲　（愕然地望着张飞龙）哦……

张飞龙　（笑）不靠咱们，工业化不起来。申请批得这样快，这里是大有文章！要不，开了那样多的公路，没有轮胎，汽车就要用毛驴驮起来走路了！

（方云洲、朱珊瑞笑起来）

（敲门声）

方云洲　请进来！

（工会主席陆家培，工人代表谢晓梅、左金保和陈美英上）

方云洲　（欢迎，握手）我们正等着同志们。请坐，请坐！

陆家培　总经理，我们是代表工会来的。

朱珊瑞　（诚恳地）十分欢迎！请坐！工会主席，听说工会自动提出缓发工资，兄弟又是感激、又是不安。

陆家培　（平心静气地）总经理，我们现在自动提出缓期一个月发工钱，是为了顾全大局。老板们应该知道，这样在我们不是件小事，而是件勒紧肚皮的大事。

张飞龙　这完全是出于万不得已的事，如果不这样，工厂只好关门。

左金保　如果工友勒紧肚皮就不会关门的话，这样好了，我们白干活，不吃饭。

张飞龙　（狼狈地）左金保同志，我不是这个意思，人不吃饭怎么能行呢？

左金保　行，烧一炷香就行。

张飞龙　（退缩）你误会了，你误会了。

陆家培　董事长，如果老板们不使出劲来，就是工友们不吃饭、不拿钱，也是办不好工厂的。

朱珊瑞　（想替张飞龙解围）工友们的困难，我们都想到的，要是日子不是这样不快乐，我们……

谢晓梅　总经理，能说在蒋介石、美国人的时候是快乐的吗？

朱珊瑞　不，我不是说那个时候，我是说今天工厂不容易支持下去。

谢晓梅　完全能支持。就说我们这些有孩子的女工吧，今天晚发工钱一个月，当然是很困难的，可是我们还愿意帮助工厂，只要老板们肯下决心，搞好生产，节省开支，困难就可以渡过。

朱珊瑞　（沉吟地）怎样节省开支呢？

陆家培　我来举个小例子：我们不懂得，为什么办公用的复写纸和铅笔，非用美国货、英国货不可？难道不用就造不出中国的胶鞋和轮胎吗？如果改用中国货，不知要省多少钱。这样迷信外国的东西，实在不合我们的胃口。

方云洲　（猛醒地）这个批评非常正确，陆家培同志，你的意见很宝贵。

陆家培　副经理，你是总工程师，这些是很容易知道的。

方云洲 完全正确，工厂浪费的地方是不少的。这是个思想问题。

陈美英 副经理，浪费多着呢，比如，工厂为什么要安插那样多不做事的人呢？

朱珊瑞 （紧皱眉头）不做事的人，真有这种怪事吗？哪些人呢？

左金保 （直爽地）就是朱先生和张先生安在厂里的亲戚、好朋友。那些饭桶拿钞票很积极，做事很消极，架子摆得很高，轮到办事就非常无能。

张飞龙 （摇头）说得未免有点过分了。这种人不会有的，至少我没见过。别又误会，这些都可以考虑，可以研究的。（虚伪地笑）总之，工友们给工厂找出了许多窍门。

陈美英 董事长，这种人有的是，他们帮不了工厂什么忙，他们是从工友的半碗饭里头，再拨出一半去养活的。渡过困难，不能光在工人身上去找窍门。

（朱珊瑞和张飞龙沉吟不语）

方云洲 我看，同志们的意见是公正的，冗员太多，开销太大，成本一定要提高，对工厂也是个大负担。同志们对工厂帮助太大了。

陆家培 副经理，你们下决心搞好生产，凡是对国家有好处的，我们愿意帮助，政府也会帮助。

朱珊瑞 （惊奇地）哦，同志们也听到政府要帮助工厂吗？

陆家培 （笑）听不到也会想到的。

方云洲 谈得太高兴了。工厂决定出轮胎，因为对交通运输上非常重要，我们一定要把对国家的帮助当作头等任务来做，做到货真价实，才对得起国家。我完全同意工会的看法，工厂一定能发展。

陆家培　好吧，就谈到这里，我们自动要求缓期发工钱，是为了帮助工厂渡过困难，希望老板们，下决心搞好生产。

朱珊瑞　（搓手，诚恳地）兄弟保证做到。

陆家培　那我们明天在劳资协商会议上，把这问题做个决定。我们走了。

朱珊瑞　谢谢同志们！

（陆家培、谢晓梅、左金保、陈美英下）

张飞龙　（冷笑）哼，连用个人也得管了！

朱珊瑞　（笑）还算够朋友，我以为他们拿星星来换我们的月亮，原来只要个搞好生产！（电话机声，接电话）喂，（惊喜地）什么？政府派采购代表来了！在营业部吗？好，好，请他到接待室来！

张飞龙、方云洲　（惊喜）什么，采购代表来了？

朱珊瑞　来了，真快呀！

方云洲　共产党办事是说干就干！（顾朱珊瑞、张飞龙）今天太叫人高兴了。晚上你们都到我家喝杯酒。我的女儿考进了海军学校，今天要回来，一方面团圆团圆，一方面是工厂有办法了，庆祝发展！

朱珊瑞　（得意忘形地笑）这是大声叫喊争来的成绩。飞龙，我们现在应该欢天喜地了！

张飞龙　（笑）我心里头，早喊新民主主义万岁了！

（三人大笑）

幕落。

第一幕

距离序幕一年之后，一九五一年的夏天。

第一场

在东方橡胶厂新建成的礼堂前。台右侧面是礼堂的大门，有两三级台阶。台阶两边是花圃，植有几株夹竹桃。台左前有一水磨石的台子，周围有凳子。

下午，老潘在收拾花木，扫地。

马士英昂昂然上。

马士英　老天爷呀！赶快一点吧！老板刚才骂我不负责任，说现在有人成天慢吞吞地磨洋工，我也不管一管。（用手指抹抹椅子）干净不干净？

老　潘　（用冰冷的眼光看了马士英一下）马主任，不要老替老板们说话好不好？哪里不干净？你脱下鞋袜在这里溜达溜达，也沾不上土。难道要我这个老头儿拿舌头舔过，才算干净吗？

马士英　你要让老板听见，这碗饭可吃不成了。

老　潘　（不满地嘟嘟囔囔）工厂的饭，我是用两只手换来的，晓得吗？

马士英　（气，掏出本子来）是你说的，我全记下来，叫总经理看看！

老　潘　（也气了）钢笔写字不太小了嘛！经理看不清楚，拿这个写！（给他扫帚）唉！你老子死得太早了，没把我这只手为什么残废了告诉你。工厂还欠我的账呢！（拿扫帚上台阶）如今，有了毛主席，谁也不敢动我根汗毛！马主任，你老子在工厂当账房先生，活受了一辈子，死了，老板连"可惜"两个字都没有说，你可不应该这样呀！

（老潘的话，说得马士英低下头来。老潘进礼堂去。张飞龙上）

张飞龙　马士英，你各处都检查过了吗？

马士英　（猛然一惊）董事长，都检查过了。

张飞龙　（看表）主任采购员说，三点钟以后就来。这个人很喜欢玩照相的。

马士英　是的，这人照相什么的，很有两手。

张飞龙　怎么啦，搬房子的事，跟你的未婚妻谈了吗，她乐意吧？

马士英　谢谢董事长。还没有来得及跟她说呢。

张飞龙　好好地帮助工厂工作，不会亏待你的。

马士英　是的，是的。我一定要好好地工作。

张飞龙　马士英，你去打个电话叫三太太来，告诉她带上我的白拉克。还有，等一会儿，总经理带主任采购员来参观的时候，你……（附耳说了几句话）

马士英　（吃惊地，但不敢拒绝）董事长，这……我怕装不像……

张飞龙　（命令口吻）我要你像演戏一样，装得入情入理！

马士英　是。

（马士英下。老潘拿汽水和杯子上）

张飞龙　（笑容可掬地）老潘，你今天把这儿收拾得很干净。

老　潘　干净吗？马主任还怕人嫌我没有拿舌头舔过呢。

张飞龙　哦，马士英这样对待工友们吗？太要不得！怪不得他常说这个工友那样，那个工友这样。你别生他气，我很久没有教训教训他了！

老　潘　（哈哈地笑起来）唉！要真是人人都像董事长那样好心肠，就是死了，也舍不得闭上眼儿啊！

张飞龙　（哈哈大笑）想不到你有这样的天才！好，一会儿客人来，别叫些杂人来来往往，叫首长笑话，（向外热烈地）哦，金主任来了！

（朱珊瑞、金云海上。金云海带着只照相机，行动很有点架子。老潘在开汽水瓶子）

张飞龙　（热烈地和金云海握手）失迎了！

朱珊瑞　（礼貌地）金主任，这是今年新盖的礼堂。

金云海 （东张西望地审视了一番）去年我第二次来，看见这里还是放破烂的地方。（念礼堂门上的大字）“东方礼堂”，“东方”，不是“西方”，这两个字很有思想内容。（顺手掐下一小枝夹竹桃，撕扯着）

张飞龙 这是总经理出的主意，经过兄弟同意的。

朱珊瑞 （谦逊地）兄弟丢人了！

（老潘下）

金云海 很有民族意识。我在这里常看见很多招牌，叫个什么“霞飞”呀，“戈登”呀，“巴黎”呀，真叫人恼火！要是他们勇气再充足一点，就会出现“洋鬼子”“洋叭狗”了！

张飞龙 那就更十全十美了！（大笑）哈哈！

金云海 简直是奴才相，没有半点中国人味！

张飞龙 （心悦诚服地向朱珊瑞）珊瑞，金主任是伟大天才的批评家！

朱珊瑞 金主任的批评是一针见血！兄弟历来就这样想，我们办工厂是为中国人办的，为社会服务——这是和今天的为人民服务的精神是一样的。一年来，我们得到金主任的领导教育，又大大提高了觉悟。

张飞龙 我一年来受到金主任的爱国主义教育，够我三辈子用不完。您只管放心，国家再给我们天大的生产任务，我们也要做到大家毫无怨言！请，进礼堂看看！

金云海 好大的勇气啊，“毫无怨言”！可是我听说你们对订货就有牢骚，不愿干了！

老潘在金云海说话中上，手里拿着名贵纸烟。

朱珊瑞　（露着意想不到的狼狈，又看见老潘在场，强笑）金主任，先参观参观礼堂。

金云海　（看见老潘）哦，老工人同志，手怎么啦？

老　潘　叫机器咬了！

张飞龙　（急拿话岔开）金主任，请参观礼堂。

金云海　（临上台阶时，扔下最后剩在手上的小枝条）国家好，你也会好的，老同志，别悲观！

三人进礼堂去。

老　潘　（很不热情地看着朱珊瑞等三人进了礼堂，把烟放在台上，看见地下的花瓣、枝条）哼，叫我别悲观！我一会儿还得拿舌头当扫帚呢！就没见过这样的一个物件！（一片片地拾了花瓣、枝条下。）

（金云海等三人复出）

金云海　礼堂修得挺不错，放放电影呀，开个跳舞晚会，挺好的。

张飞龙　金主任，您刚才说我们对国家订货不愿干，可能是我们的同业，看到金主任特别信赖我们，眼红吃醋，造起谣来。

金云海　要是谣言，你们着急干吗？我的验收员报告的，你们营业部，有人不欢迎我的验收员检查成品，说那样把军鞋沿条死抠，鞋底硬折，就是好货也成废品。你以为我不懂得做买卖人的手段呀？

朱珊瑞　（万分狼狈地）金主任，这全是误会！

金云海　绝不是误会，你们营业部还说，要不是给公家做订货活，东方厂的出品，是世界王牌，抛到市场，是供不应求。

朱珊瑞 （笑）哦，您真听信我们营业部的话呀？（笑）哈哈……（在本子上写）您这个生动的批评，引起我极大注意了。请您放心，我们一定改进教育工作。

张飞龙 金主任，您要是怕我们对订货任务，抱着消极不满，这样好了，您刚从上面回来，当然啦，一定带来新的订货任务，都交给我们做。张飞龙、朱珊瑞诚心诚意地接受国家考验！

金云海 我不知道。上级也没有给我新任务。

张飞龙 （笑）哪里，国家正在大建设，我们不怕任务重，就是压死了我，不会再让您听到一句怨言。

（吕湘漪带着照相机、手皮包上）

朱珊瑞 哦，飞龙，湘漪找你来啦！（对吕湘漪）要飞龙陪你去玩吗？

吕湘漪 不，我从公园回家，路过来看看。

张飞龙 （向金云海）这是我家的成员之一。见过面吗？

吕湘漪 （热情地和金云海握手）去年见过一次。

金云海 去年见过。

吕湘漪 好像瘦了，工作忙吧？

张飞龙 国家干部，哪一个工作轻松？何况像金主任这样的大首长！（取过吕湘漪的照相机）

朱珊瑞 金主任，先拍相片，回去叫领导看，指导我们办好工厂。金主任您看，这里怎么样？

金云海 好。（取出照相机）

张飞龙　金主任,您的是什么机子?(取过来)哦,您的是老大——黑拉克,我的是老二——白拉克。请您试试我的。

金云海　白拉克,没用过,试试!(照了一张)机子挺不错。(交回给张飞龙)

朱珊瑞　(在金云海拍摄时,赞叹地)金主任真是文武双全,什么都会。

吕湘漪　(与金云海寒暄)金同志,看你照相挺内行的,运动也很喜欢吗?

金云海　(得意地)我在城市上学的时候,是个运动迷,参加了工作就五花八门起来:打仗,土改……全国胜利以后,搞起经济建设工作,又回到城市跟工商界打交道。

朱珊瑞　(赞叹)不简单!金主任是政治、军事、经济、文化,行行内行,全面天才!

金云海　(更得意地)很多人说我是"通天晓"我自己的结论是"万金油"!

(马士英慌慌张张地拿着一只胶鞋上)

马士英　总经理,请您看看,这是给国家做的活吗?

朱珊瑞、张飞龙　(惊讶地)怎么回事?

马士英　(把胶鞋交给朱珊瑞)不能提了,昨天出的军鞋,我检查出两三只沿条都没有粘严。您看看!(抹额头上的汗)

朱珊瑞　(看胶鞋)多不多?

马士英　不……不多,只有两……两三只……(抹汗)

朱珊瑞　(严肃地)半只也不行!这些货色还能交上去吗?

张飞龙　马士英,你着什么急,好好地说清楚!

马士英　他……他们硬要装箱。我说总经理说过:咱厂是为……为人民服务的，一……一只次货也不能出厂门……

张飞龙 我也常听到这样的怪话，什么“叫你们经理去为人民服务吧，我们是为人民币服务的”！

金云海 哦，工友态度是这样成问题吗？人家不是说这里工会工作很好吗？工会主席我去年见过他，是个年轻小伙子，怎么是这样的人呢？

朱珊瑞 工会主席是不错的，就是太年轻，关心工人福利是好的，就是关心成品质量，未免……我说是太粗心。成品经常不是返工，就是重做。

金云海 哦，这家伙说话倒很像人样，生产是这样没有国家观念吗？你带我找他去！

朱珊瑞 （急止住）金主任，出些次品，这是常有的事，何必要您亲自去。

金云海 不行。（向马士英）带我去，我要去问问他，什么是领导阶级？

马士英 （惊慌万分）他不……他不在……

张飞龙 （见这意想不到的僵局，急设法圆场）唉，金主任，您不了解这里的情况。马士英，这些小事，你不看看是什么时候来找经理，让金主任着急。工友们认识不到的问题，你也不能要态度呀！你去，把全部产品仔仔细细重新检查，稍微有点点毛病的都挑出来！

马士英 （如释重负地抹汗）是，我马上去。老天爷呀！（急下）

朱珊瑞 金主任，这人很负责，就是太不会办事。工厂在您的领导下，办事绝不会含糊的。

吕湘漪 金主任，朱先生和张先生做事是很负责的。

金云海　（茫然地）我今天全看出来了。

（张飞龙把自己的照相机换了金云海的机子，正瞅中他俩谈话时拍了一张）

金云海　（看见了）张先生，你要干什么呀？

张飞龙　（狡猾地笑）这个镜头很好，来，留张纪念！

朱珊瑞　（招呼金云海、吕湘漪）来，来！

张飞龙　（为他们摄影）你们不知道，我是个照相迷。

朱珊瑞　金主任，我现在愈觉得责任大，一点马虎，就给国家造成极大的损失。刚才说请您放心，这会儿又越想越不放心，还是请您亲自检查检查好。

金云海　我今天更了解你。好吧，我们一起去检查检查吧！

张飞龙　（抢着说）忙什么！金主任一年多来对我们的教育，还没有报告过，应该先看看工厂。

吕湘漪　金同志，你来过两趟，出去玩儿过没有？

金云海　城市生活，我从前很熟悉，玩腻了，看看也不过是如此而已！

张飞龙　唉，经过这十来年，可不一样了，那些古怪的、不成体统的玩意儿，多着哪。您是一个改朝换代的革命家，应该去参观参观，好对症下药，改造改造。

吕湘漪　（猛想起来）飞龙，后天咱们招待几个朋友，请金同志一起参加不好吗？

张飞龙　对了，请您去！

朱珊瑞 对了，您在领导建设工作，多认识几个工商界的人便利工作。我也陪您去，别怕对付不了。

金云海 钢铁炮弹我都对付了，何况你们的橡皮？我不是怕，是没有时间呀！

张飞龙 （大笑）工作还有做完的时候吗？去吧，参观两分钟，顶多五分钟，就溜之乎也。

金云海 （临走时）别打我的主意，我不一定去。

吕湘漪 您是个老革命，还这样封建干什么？约定好了。（把张飞龙的机子挂在金云海肩上）

张飞龙 （笑）参观一下，别怕，脏不了您的。走，到那一边看看！（眼示吕湘漪把金云海的照相机放在她的手提包里）

（朱珊瑞、张飞龙、吕湘漪礼貌地领金云海从礼堂侧下。汽笛声）

（一个杂工和老潘上，收拾瓶子椅子）

杂　工 （拿起剩余的汽水）你说老板们对刚才那位同志为什么特别优待？

老　潘 你没听说过“礼下于人，必有所求”吗？

杂　工 （笑）这还剩下半瓶，孝敬咱俩人吧！

老　潘 （夺下他手中的瓶子）别把自己看得那样下作！（泼了，笑）里头有毒！

（两人把东西拿下。太阳余晖照耀着礼堂和树梢，有几个男女工人说着话过场。陆家培同陈美英从一边上，陈美英仍穿工作服）

陈美英 家培，看夹竹桃开得多欢呀！

陆家培　夏天早来了，你还不知道呀？去年这会儿，正是老板们从怨天怨地走上欢天喜地的时候。

陈美英　（笑）可不，这一年，老板们不再叫不能活了，是叫万岁了。（坐在椅子上）家培，这里是夏天了，可是在西藏的山上，一年到头都下着雪。咱的国家真大，有的地方一年四季不上冻。你怎么老是喜欢站着？坐下来！（拍拍椅子）我想，我们的轮胎，还有军鞋，一定到了西藏，说不定也到了朝鲜了。

陆家培　（笑）你做的胶鞋，你哥哥一定穿上在爬雪山了。

陈美英　（看陆家培半会儿，天真地笑）你真会猜摸人的心，我正想说这句话哪。真的，我在做军鞋的时候，听说是进西藏部队穿的，真想写上我的名字。

（左金保从一边上，没有惊动他们）

陆家培　不写也能知道，军鞋、轮胎都有咱工厂的牌子。

陈美英　（高兴起来）我哥哥原是这里的工人，看见是咱厂出的，不知道多高兴。我要写上名字，让他看见是我做的，写个信给我，我高兴死了！

左金保　（走过来）阿弥陀佛！幸亏你哥哥没有写信回来，要不，你，这一个高兴死了，他，这一个就伤心死了！

（陆家培、陈美英一惊，回头笑）

陈美英　（微嗔）黑熊，你要伤心死了，人家还……（哧哧地笑，没说下去）

左金保　好姑娘，为什么这样狠心！不过，伤心两个字，只能找别人，碰不得左金保！（拿出烟来给陆家培一支）家培，敢不敢破破戒？

陆家培 （笑，接烟）上课快到点啦？

陈美英 （拿下陆家培的纸烟）你说过不再抽烟的。（给左金保）收回吧，你又不是纸烟公司的推销员！

左金保 （大笑）哈哈！多不自由，连抽烟也要实行“军事管制”！还是咱这些光棍汉干净利索。（自己点着吸起来）

陈美英 别装傻，我告诉小凤要你戒烟！

陆家培 （惊奇地笑）你在恋爱啦？怎么瞒了我呀！

左金保 （脸红地）造谣，造谣！我最反对恋爱，一有工夫就坐在一张椅子上拉拉扯扯。我正有话要跟你说，你们正秘密谈心。看，说恋爱不妨碍工作，就把我烧成煤渣我也不相信！

陈美英 （气得跳起来）你知道我们是在秘密谈心吗？来！（拉左金保推他坐在椅子中间）和我们一道来秘密谈心吧！

左金保 （笑）这就对了。（双手抱住前胸，闭目）秘密谈心吧，痛痛快快地谈吧，我不干涉！

陈美英 少废话！说正经事吧！这不是你的锅炉房，先把烟筒拿下来！知道吗，在女同志跟前抽烟，要先征求同意。（从左金保嘴上夺下纸烟，丢掉）说话吧！

左金保 （向陆家培）跟着你坐一块，连别人也要实行“军事管制”！（把手在嘴边一摸）又废话了。家培，我看出一个问题，去年困难的时候，老板们就欢迎政府订货。我看，咱政府把老板的疯瘫病治好了，现在想自己跑了。现在他们老是嚷着“订货没有油水”“苦差事”，你听说没有？

陆家培　早听说过。我看，是政府帮他闯开了牌子，订货现在不能随便提高价钱。现在咱厂的老板有个心事解不开，不接受订货，丢了大主顾，又怕咱工友不卖劲儿；要给公家做，又得给人管住一点，不自由。老板们走到十字路口了，现在举棋不定，三心两意。

左金保　哎，你水平真不坏啊！（看表）糟糕，表罢工了，美英，到点没有？别上课迟到了。（看陈美英手表）还早了，还可以再秘密谈心半个钟头。（对正自己的表）

（陈阿福上）

陈阿福　（走过来）孩子们，还不去上课，在这里磨牙呀，跟谁做鉴定呀？

陈美英　爸爸，我们给工厂检查思想呢，你也来参加吧。

陈阿福　哦，有意思，跟工厂检查思想。

陆家培　陈师傅，我们正在考虑一个问题，政府帮助工厂一年多了，你说老板现在是什么思想呢？

陈阿福　（笑）要考考我呀？好，我不怕考。我说吧，现在咱们老板的羽毛长好了，翅膀硬，想满天飞！对吗？（接过左金保递来的纸烟）

陆家培　（笑）全叫你说对了。我看他们头大了，我们得操点心。

陈阿福　（点头）应该操心。

左金保　我说咱这工厂是部破汽车，白费汽油！说不定在什么地方给你出事故，抛起锚来。他们今年发了财，看张飞龙那股牛皮劲儿，真叫人吃不下去。工会主席，我能不能跳到国营工厂干，不受这股窝囊气呀?

陈美英 那谁来开这部破车呢?

左金保 别操心,你不开,我不开,总会有别人……(考虑话不对,改变口气)干脆，不开算了!

陆家培 又是你那个老思想：干国营光荣，干私营不光荣。

陈阿福 要我看，干公营、私营一样光荣。反正有我们才有工厂!

陈美英 黑熊，输了吧?

左金保 (心服口不服)输，今天我输了，明天还是我赢，我总会是个国营厂的工人!

陈阿福 (笑，用指头指指左金保)心服了，就是嘴硬。不过，我相信，总有这一天,不单是你,我这个老头儿,也一定是个国营厂的工人。(把纸烟塞在左金保的嘴上)对吗，小伙子?（笑着下)

左金保 (看表)糟了，快到点了，再谈就误课了。

(青年女工小凤上)

小　凤 叫人等你半天!

左金保 (拉小凤)谈恋爱，总是妨碍工作的。

(二人跑下)

陈美英 哎哟！我还没有换衣服拿笔记本呢！家培，等等我。

(陈美英急和陆家培下。马士英和尤雅上，正看见陆家培、陈美英下)

尤　雅　士英，他们多好，我常看见他两人在一块。

马士英　（朝陆家培、陈美英的方向看了一下）工厂的工会主席……那个女的是青年团委员。

尤　雅　士英，你为什么今天的脸色这样难看？不舒服吗？

马士英　没有。

尤　雅　你好像有事似的，想什么？

马士英　（吞吞吐吐地）没想什么！……尤雅，我现在房子总算有了，三间，两间做卧室，一间还能会客，家具什么都现成。提前半年，把咱们的小家庭建立起来算了。（见尤雅低头不语）你跟你妈去租房子住，也要开销一笔钱。

尤　雅　你搞到房子了，真的？

马士英　张董事长前几天对朱总经理说，他家里还有三间多出来的房子空着，叫我去住。

尤　雅　哦，老板叫你去他那里住，你搬去吗？

马士英　现在搞房子也不容易，董事长说明天叫汽车跟我把东西搬去，所以我今天叫你来，就是要带你去看看。

尤　雅　哦，原来这样，我还是住在我妈那里，我想劝你也不要搬去住。

马士英　（茫然地）不要搬去？我已经答应人家了。

尤　雅　我现在是国营百货公司的职员，怎么好搬到你的老板家去住？你是你们工厂的职员，不怕人家笑话吗？

马士英　搞不到房子，咱们老是这样拖着……尤雅，这是人家对我特别照顾，不搬去不好。

尤　雅　（不高兴地）要去你去，我可不去，我劝你也不要搬去！（撩撩鬓发）我不去看房子，我今天买了两张电影票，你愿意就陪我去看电影。我还有话跟你说。

马士英　（无可奈何地）好吧！你在外头等等我，董事长有几句话要跟我说。

尤　雅　（怀疑地）下班了，有事为什么不明天说呢？

马士英　（犹豫地）有一批账要重……唉！你不必要知道这些……

尤　雅　看，不知道你有什么心事，老这样藏头露尾的。

马士英　（为难地）我坦白：有一批进货，怕税务局查出来，他要我晚上改一改。你可别对别人说！

尤　雅　（惊讶地）士英，你们工厂不怕犯法吗？

马士英　（急掩尤雅口）别说了，有人来了！

（后面有人招呼："马主任，董事长叫你！"）

马士英　好，我马上去。你等等我。（急下）

（老潘从另一边上）

老　潘　（慈祥地端详尤雅半天）你不是咱厂的吧？一个好姑娘。你找谁？我可以带你去。

尤　雅　谢谢你，我是找马士英的……

老　潘　（怀疑地退后两步）马士英，会计主任？唉！可惜！可惜呀！对不起，我没有工夫，你自己去找吧！（下）

尤　雅　（怀疑地）这是什么意思呢？

幕落。

第二场

几天之后的一个晚上，在某夜总会的一间房子里。正面是进室来的大门，右边窗外，是城市的夜景。室内陈设着华丽的沙发、茶几、盆景等。

宴会已经结束了，可以听到微弱的舞会的音乐声。朱珊瑞、方云洲和金云海已露醉态。

朱珊瑞　金主任，请进这里换换空气。（礼貌地先请金云海进来）大家要求您明天做个报告，算是约定了。

金云海　（醉态惺忪地）别给我出难题了。还是走吧！

朱珊瑞　稍坐一会儿。

金云海　不了，叫人看见我在这里不好意思。

朱珊瑞　稍等一下，老张来了再走。（在茶几上取两杯酒，给金云海一杯）做报告是教育我们，改造我们，是革命家的责任。（给方云洲一杯，自己再取一杯）来！我先代表大家谢谢您！

金云海　（笑）到什么地方都碰到这一关。有什么好讲呢？

方云洲　不用再找题目了，金主任，您就把这里这种糊涂生活，批判一番，依我看来就是一剂好药。

朱珊瑞 来！干了它！（碰杯）

金云海 （笑）我已经喝得晕头晕脑了，我只过了这一关就走。

（张飞龙上）

张飞龙 （取杯）不行，金主任，还有我这一关呢！哈哈！（二人喝酒）你们把金主任藏在这里，外边来参加舞会的朋友们有意见了。

金云海 （有些不安地，拿起帽子）我还有些事，真要走了。

张飞龙 （拦住）不行，金主任，（拉金云海）大家要见见您！

金云海 说什么也不行，我有事。

张飞龙 再耽误两秒钟，顶多三秒！（马上去拉开门，立在门口）起立！朋友们，我来介绍一位大英雄，伟大的金首长和诸位见面！

（里面许多男女宾客们拥挤在门前，鼓掌）

张飞龙 金主任参加革命多年，给国家立下过惊天动地、可歌可泣的汗马功劳，是一位了不起的战斗英雄，当过旅长和团的政治委员，现在领导我们搞建设。我们举杯！

（侍者托上酒来，大家举杯）

张飞龙 为金首长的健康干一杯！

（一两个男女客人挤上来和金云海碰杯，大家鼓掌。欢笑声过后，后台奏起舞曲）

金云海 你来这样的突然袭击，我实在不满意！

张飞龙 一个英雄，随时随地都要准备敌人袭击的，你的口袋里，应该经常准备一篇演说稿子。刚才他们要求您做报告，我说金主任刚来没几天，太累了，改天吧。

金云海　你是有意这样乱把我吹到天上去！我不是战斗英雄，也不是团政委，更没当过旅长。知道的人听见太不好意思了。

张飞龙　不必这样谦虚，您打过仗，这总是真的吧？

金云海　仗也打过，彩也挂过，可是……

张飞龙　可是，还能说是狗咬、猫抓、耗子啃的？这就是光荣的痕迹、证件，这就是……

金云海　（板着恼怒的脸色）可是你也不能随随便便给我封上个什么长的，什么员的呀！

张飞龙　（狼狈地笑）有没有上过英雄榜，那是运气问题，会做好文章的，不一定都考上状元。

（朱珊瑞和方云洲正感到狼狈时，吕湘漪满面春风，轻飘飘地进来）

吕湘漪　金同志，你原来是个战斗英雄，怎么我就不知道。我从小就喜欢看小说，英雄戴着金盔，骑着白马，在草地上像鸟一样，飞过去，飞过来。我叫这些书迷极了，连饭也不想吃。我想你在大山里打游击，一定是跟小说里的英雄一样。（笑）金同志，你真伟大！

朱珊瑞　（找着解围的办法了）伟大的人都是非常谦虚的，金主任连这都不想承认呢。

吕湘漪　伟大极了！要是把你的这些事告诉我，不是比小说好听得多吗！

金云海　（有些高兴起来）我有什么好讲的呢！无非是打仗，捉俘虏。

张飞龙 哪里，金主任满肚子都是枪炮子弹，金盔白马！

朱珊瑞 我看湘漪，是想当诗人、小说家了。好啊，叫金主任跟你讲，你来写成书。

吕湘漪 我可写不了，只是想听听。

朱珊瑞 我们来做个决定，金主任保证供给材料，湘漪保证写成书——我知道你会写诗，我还记得你想过要当电影明星。——哈哈！谁也不能不完成任务。

金云海 （乐得也笑起来）哈哈！你们真能胡来！

张飞龙 像这样伟大的故事，能写成剧本，上舞台演一演，不更好吗？

吕湘漪 是呀，像你这样的就不会有人写。

张飞龙 （摸摸脖子）哎，也很可能。不过，他们不敢，怕我到阎王爷那里，告他们多管闲事！（望着窗外，笑）哈哈！……你们看，黑夜多迷人！金主任会跳舞吧！

金云海 （笑）喝醉了，再说，我也跳得不好，还是走吧。

张飞龙 别客气了，跳舞没有什么秘密，拉住手，蹦蹦跳跳，转一个圈就会了。

吕湘漪 金同志，我教你！玩一会儿再走。

（金云海在人们的推崇下，忘其所以地和吕湘漪一起被他们推送出去）

张飞龙 （把门掩上）好吧，咱们最后决定一下吧！

方云洲 （忧虑地）唉！这出戏还要我陪着唱吗？

张飞龙　（烦恼地）别不吃人间烟火，老兄！

朱珊瑞　飞龙，底牌露出来没有？唉！看刚才的样子，你的锦囊妙计，不一定可靠！

方云洲　我看了你的计划，怕得不敢睡觉。轮胎要好胶、坏胶各掺一半，坏墨灰也差不多占一半，还要掺上石灰……

张飞龙　这玩意儿，一千块钱能买好几斤！这是五六架喷气式！

方云洲　（继续嘟囔着）军鞋，要用菜油顶锭子油，凡士林、松香水、洋油顶汽油，还要一匹布多裁十八双。太……

张飞龙　太妙了，这又是好几门大炮！百分之百同意吧？

方云洲　我只同意百分之五十。

张飞龙　（不满意）才同意百分之五十？好了，抗美援朝的飞机，我不答应飞出去！

方云洲　我反对。

张飞龙　老兄，我也是有爱国主义的呀，问题是要两全其美！

方云洲　你两全其美的计划，我这个总工程师不敢当了！

张飞龙　谁知道你配的是什么料？材料都是暗号，配料室的几个人都是你自己挑选过的，不是能讲话的哑巴，就是瞪着眼的瞎子！

方云洲　用这些人是为了秘密，不是为了冒险呀！

张飞龙　（嘲弄地）我的协商委员，不冒险，一架飞机就飞不出去，五六架也飞不回来……

朱珊瑞　唉！不飞一架出去，工人不跟你闹，也在干活的时候跟你泡！

张飞龙 完全说对了，我的市工商联委员，你不是还想再办个分厂吗？

朱珊瑞 （笑）我的肚皮这样大，还怕撑死啦！

张飞龙 是呀，你们又想吃冰激凌，又怕冻牙。（一本正经地）那算了。我又不是强迫你们跳海！

朱珊瑞 （沉思地）能小心点就小心点。今天马士英跟我说，政府不同意我们提出橡胶业涨价百分之十五。

张飞龙 （大笑）哈哈，不同意？好啊！叫他们到市上调查吧，我全盘棋子都摆好了。

方云洲 （胆怯地嘟囔着）你想飞象过河去吃人家的车！这里调查不出还有外埠。

张飞龙 我还得等你提醒我这一着，我早该去讨饭吃了！我的电报早就拍出去了。我是三朝元老，他们有通天本事，也跳不出我的佛手。不同意涨价，求之不得！我们自己推销，哪里缺，就往哪里钻，价钱高低由我定。我们是做买卖的，手要伸得长，拿不到的东西，也要把它拿过来！订货，是五花大绑！这顶不自由、没油水、苦差事的国家资本主义紧箍咒，早不想戴了！

朱珊瑞 是呀，老这样戴着，头疼得很！（微露喜色）云洲，就这样试着办，怎么样？

方云洲 我知道，现在的日子很不自由！可是我害怕，不一步一步来，出了问题，你我怎么见人。我不敢坐着风筝过海！

张飞龙 老兄，掉下去顶多洗个海水澡，掉不下来就拿它个月亮！

朱珊瑞　云洲，工厂能发展，总比不能发展好。

方云洲　谁不希望发展，可是怎么也逃不了社会主义这一关。

张飞龙　唔，看谁的马儿好，骑手水平高！

方云洲　（悲观地）马儿再好，骑手水平再高，跑不过人家！美国人、蒋介石都傻了眼。

张飞龙　那为什么不准备后事呢？

朱珊瑞　（烦躁地）谁甘心！

张飞龙　（顽强地）那就要干一下！

朱珊瑞　（笑）有这样的魄力，我佩服你，飞龙！云洲的小心，也要考虑。（倒了三杯酒）就这样决定了，来吧！（举杯，笑）中原橡胶厂高经理今天跟我说，说你已经把全市墨灰抓起来，要想当“橡胶大王”！

张飞龙　（笑）真会取外号，这家伙！

方云洲　（苦笑）那我等着你戴王冠的日子，高呼万岁吧！

（三人喝罢酒笑着下。一阵烦躁的音乐声。一会儿，吕湘漪和金云海上）

吕湘漪　（手里拿着一个日本勋章）金同志，这种生活你是不是觉得挺不舒服？

金云海　还能对付对付。

吕湘漪　这个日本勋章就算送给我了。

金云海　（笑）你要它有什么用处？

吕湘漪 因为是你打仗得来的，给我留个纪念吧。我也找个有意思的东西，跟你交换。

金云海 你要是喜欢，就送给你吧，不用交换。

吕湘漪 那是舍不得送给我，还给你吧！

金云海 （笑）已经送给你了，别这样小气。

吕湘漪 说好是交换的，可不许赖。

（张飞龙欢笑着进来）

张飞龙 湘漪，相片带来了吗？

吕湘漪 带来了。照得很好。（从手提包里取出相片）

金云海 （想起来，向张飞龙）想起来了，你那天把机子换错了。

张飞龙 （惊讶地）哎，我还不知道呢！真是天公做主，算了，交换做个纪念。

金云海 那不行，我的是破机子。

吕湘漪 （笑）金同志，刚才说别人小气，现在看你自己吧！

张飞龙 明天我带你去找那个大夫看病，他是全国都有名的，可是不给别人看病了。我去找他，他不好拒绝。你对身体太不注意了，可是你知道，你是人民的宝贵财产啊！

金云海 老毛病，何必麻烦你呢！

张飞龙 （不满意地）我们是朋友，我帮助你，你帮助我，都是应该的。可是金主任，这批轮胎、军鞋订货，不能交给别人了。

金云海 唉！没办法，好吧！全部交给你们吧！

张飞龙 （欢笑）这叫互相帮助。走！找老朱他们送你回去。约好明天去看病，不去不成！

金云海 （醉眼惺忪地笑）去就去吧，日本人用五个师团来捉我，还没有变成俘虏，我还怕你不成！

张飞龙 （笑）我们到底成了一家人！

（金云海踉跄走了几步，张飞龙急扶住）

幕落。

第三场

同第一场景。台上竖了块大字黑板报牌，上写着:“开展捐献飞机、坦克、大炮运动，支援中国人民志愿军”二十一个大字。

清早上班之前。

老工人陈阿福上，看了看周围，立在黑板报前看报。陈美英和谢晓梅上，两人都带着一个花布小口袋。

谢晓梅 美英，你说说捐飞机大炮的事，咱厂的老板是不是已经拿好主意?

陈美英 我说他们正在打算盘，也许昨天一夜没睡觉。你说呢，谢大姐?

谢晓梅 （笑）我说他们算盘已经打好了。（回过头来，看见陈阿福）看！你爸爸来得多早。陈师傅，你是坐飞机来的吗?

陈阿福 哦，晓梅呀。（笑）不，咱厂的飞机还没出厂呢，我要等着坐，就要误点了，所以我先坐电车来，看看飞机出厂了没有！

（陆家培和左金保上）

陆家培 金保，这样做是不行的，捐献要自愿。

左金保 你不看是什么人！咱们是自愿的;他们完全自愿，根本就不会有的。就像我烧锅炉一样，气不够了要加两铲煤！（做铲煤进炉的动作）

陆家培　不行，不行，要光是宣传支援志愿军的道理，不单对老板，对谁都应该说。可是你不能给人家规定捐多少呀！

左金保　（看见陈阿福等）陈师傅,你说全靠自愿怎能行呢？我说,就得这样：自愿加上几分强迫。要不,咱厂一定落后,最不悲观也顶多是一架！

陈阿福　（大笑）金保，一架就不坏，比半架强得多了。

陈美英　家培哥，我爸爸早急坏了，昨天晚上听罢慰问团报告，回去都半夜了，今天一早就坐上电车来看飞机出厂了没有。

陈阿福　小丫头，你也不比我能沉住气，半夜就跟我说要捐二十万块钱。不过，咱工厂的飞机，我想快出厂了，我猜得对吗，家培？

陆家培　陈师傅，你想得跟我一样。咱们工人都要捐了，老板们舍不得捐，不好见人，也不好说话，捐了，好处说不完。咱厂的老板是懂得过日子的。

谢晓梅　你说对了。看前一批订货很紧，老板那天下午坐汽车来了，跑到厨房尝了尝饭菜，说："菜做得太难吃了，工友们这样辛苦给国家干活，吃不好，当老板的多不安心！"第二天叫马士英宣布："每桌加饭菜费一万元！"看看多会过日子。

陈美英　谢大姐，你还没有说全哪。大师傅们说，在活不紧的时候，老板一看就瞪着碗口大的眼睛说："油这样多，拿油泡饭吃了！"打杂的老潘说，连厕所的手纸也要一张撕成两张呢！

左金保　说这干吗，谁不知道。我说是公家一年订货的赚头，加上咱们一年的超额生产，他们顶少也应该捐三架，咱厂也好看些。唉！可是我怕一架也捐不出来!

(几个上班和下班的男女工人们先后从两边上)

陆家培 (笑)金保,小心些,三架会烫着手。我猜一架准保险。这一架比你想的三架更好看得多。

左金保 一架怎么比三架好看?你这个工会主席是不识数的。

陆家培 我识数。张飞龙他们,要想数钱,就会在播音机上显数的,他是个聪明人。我要猜错了,咱们晚上去“杏花楼”,我请客!可是吃的时候要小心,别叉住骨头!

左金保 如果老板们能捐出一架,割下我的脑袋,给你当凳子坐!

陈美英 (笑)黑熊,你说过就算数了!

左金保 大丈夫,说话算话。

陆家培 好吧,那你先去剃光脑袋,要不,你那满头猪鬃,没人敢坐下去。

(工人正说话时,马士英拿着一张通告上)

马士英 (得意地)好消息!好消息!(把纸贴在报牌上。)

左金保 (鄙视马士英的神气)杀气腾腾的,什么事啦?

马士英 (神气地)爱国主义。咱厂捐了飞机,献了大炮!(贴好通告大声念)“东方橡胶厂为了支援我们最可爱的人——中国人民志愿军,昨天晚上在工商联大会上带头捐献喷气式战斗机一架;本厂董事长、亨利贸易公司经理张飞龙先生捐大炮一门。”

(这时上来了一些男女工人们)

陈阿福 (笑)哈哈!家培,完全猜对了。金保,你输了!

陈美英　黑熊，快拿脑袋来！（上前）

左金保　（躲开，憨笑，摸摸脖子）你们拿了我的脑袋，我用什么东西吃饭，不破坏了生产吗？不行，不行！

一个中年女工　工会主席，咱们厂也捐献了飞机吗？

陆家培　黄大姐，我也是刚知道。

小　凤　谢大姐，没想到咱厂也能捐一架，多惬意呀！

谢晓梅　小凤，是一件好事。

左金保　好是好，就是太少了！

（许多工友在交谈：有的说不简单；有的说太少了）

马士英　（赞叹、解释地）不算太少，一架十五个亿，就是十五个万万呀！叫你们扛也扛不动，数也得数好几年呀！

（朱珊瑞、方云洲和张飞龙上）

马士英　（迎接他们）朱总经理，工友都知道了。

朱珊瑞　（笑，向陆家培）工会主席，昨天晚上，我代表工厂在工商联大会上，捐了一架飞机，来不及先征求你的意见。

陆家培　朱总经理，我们很欢迎。我看用不着先征求工会意见的。

朱珊瑞　（搓手，谦逊地）怎么行呢？我们大家都是为了爱国，而且是靠大家努力生产，才能捐出一架飞机的。

马士英　（向朱珊瑞）朱总经理，借这机会跟大家报告一下不好吗？大家别说话了！

朱珊瑞　好。（站在台阶上，向着工人们）职工同志们，我告诉一件大家都开心的爱国事情:咱们东方橡胶厂，为了响应抗美援朝的号召，（响亮地）为了支援我们“最可爱的人”——中国人民志愿军，昨天晚上在工商联大会上，（更响亮地）我本人，代表我们工厂、股东和全体职工同志们，捐献了一架喷气式战斗机!

（工人们鼓掌）

朱珊瑞 （更高兴地）本人完全没想到，没想到我们捐献的飞机，（特别响亮）是头一架!

（工人们热烈地鼓掌）

张飞龙 （迫不及待地插上说）我的一门大炮，也是打了头一炮！（笑）哈哈!

（大家鼓掌）

朱珊瑞 （笑）捐一架飞机，只是想表表一点爱国的意思，做到“千里送鹅毛”，没想到（响亮）加上“带头”两个字，太惭愧，太丢人了!

左金保 总经理，这样好了，再捐一架！我们保证把生产搞得更好!

（工人们掌声雷动，欢迎左金保的话）

朱珊瑞 （震动了一下，搓手）是的，是的。我们只是限于工厂负担能力太不足，要不，我们还可以再捐一架。现在捐这一架，也不是我们少数股东的事情，这是靠全厂工友同志们的高度爱国，努力生产得来的结果。（以左手握住右拳向工人们）我希望大家相信工厂，依靠工厂，工厂能办得更好，对国家工业化作用是很大的。（响亮地）只要工厂能发展，将来前方需要，我们要做更大的捐献！不只这样，兄弟还要把你们，全体同志们，男工们都打扮成学生，女工们都打扮成小姐！（笑向陆家培）工会主席，不知道这样说妥当不妥当？

陆家培　（笑）我想我们的女工，明天不仅打扮成小姐，还要打扮成仙女一样！因为我们都有两只手，什么都能做出来！

朱珊瑞　（搓手笑）是这样，是这样。（向方云洲）工友热情很高，你把新的订货消息报告一下。

方云洲　（稳稳慢慢地）公家对我们厂的轮胎，一年多来的试验，完全信任。现在又给我们一万五千套轮胎，十万只军用胶鞋的任务。

（工人们听到这样大的新任务，高兴地交谈着）

方云洲　为了感激国家的信任和帮助，感谢工友们的努力换来的爱国荣誉，希望大家努力完成。

张飞龙　这批新订货，是在今天爱国运动里头交给我们的。工厂经理部已经下了最大的决心，一定要把这批轮胎、军鞋，做得经久耐用！让我们的运输汽车跑得更快，让我们战士的鞋子穿得更舒服。一句话：要百分之百地对得起国家！

陆家培　董事长，工厂捐了飞机、大炮，我们是高兴的，这是爱国。国家相信我们工厂，又给我们新的订货任务，我们更觉得高兴。只要老板们下决心，把新订货做得对得起国家，我们绝不含糊，一定保证完成！

工人们　对呀！

陈阿福　（笑）你看，像这样的小伙子，（指工人们）把山都能抬起来！工友们，我们听着了，老板们已经下决心要把新的轮胎、军鞋，做得对得起人民，我们也一定想办法把咱的工作，做到对得起人民！

工人们 一定做到！

（汽笛声响）

陆家培 同志们，上班了！

（工人们开始散下。朱珊瑞等又是高兴，又是忧虑，彼此相顾）

幕落。

第二幕

距离第一幕半年左右。一九五一年十一月、十二月间。

第四场

台右边是东方橡胶厂工会的办公室，约莫占舞台面的三分之二多。室内正面是一排玻璃窗，窗外是天空和厂房，室内有简单的桌椅、书报架子之类的东西。壁上有毛主席像。电话机装在门边。从左边大门出去的正后面就是走廊。

下午快下班的时候，陆家培拿着一双军鞋在室内走动着，很用心地听着谢晓梅谈话。

汽笛声。

谢晓梅 这件事情，我们支部应该进行一次讨论。今天的退货，不是头一次了。前一次已经发生过定做的救生袋，部队不肯收，老板们就根本不敢让我们知道。陆家培同志，我很疑心，是不是老板们在捣鬼。

陆家培 谢晓梅同志，应该疑心。自从工厂捐了飞机、大炮以后，老板们拿“爱国”两个字当本钱，赶着咱们死干活。我们呢，为了国家的订货，真心真意地卖力气干。按理说，活是应该做得更好。可是呢，退货今天又发生了。新来的验收员来问我，我是支部书记，又是工会主席，真脸红得见不了人。

谢晓梅 你问老板是什么原因没有？

陆家培 问了，他说是按合同办事的。

谢晓梅 你太老实了，为什么不拿合同来查一下！

陆家培 你批评错了。我叫他拿合同给我看，朱珊瑞说，合同有关国家生产机密，工会没有权力检查合同。我说，我以工会主席地位，保证守秘密，他也没有答应。

谢晓梅 （气愤）不叫看，一定有鬼！

陆家培 我这样想：党叫我们保证生产，能做得到。可是我们根本不了解生产计划，现在感到没法保证了。

谢晓梅 你没有找到金云海问一问，是怎么回事吗？

陆家培 没找到，金云海他回机关去了。

谢晓梅 你不能想出个别的主意吗？

陆家培　我想把这个问题，明天跟区委书记反映一下。

小　凤　工会主席，马士英……（委屈地哭起来）

陆家培、谢晓梅　（惊问）小凤，为什么哭？

小　凤　马士英，他骂我……

陆家培　他为什么骂你？

小　凤　军鞋的布面太小，我这几天把手拉出泡，拉破了。有两只鞋子没做好，我自己正难过。马士英来了，瞪着眼骂："怪不得几回退货，原来是你们在捣蛋！"谢大姐，能说我是故意的吗？我跟他顶了两句，他说老板说过，谁做坏谁赔，要扣我工钱！

陆家培　他现在在哪里？

小　凤　左金保正跟他吵呢，我就来找你。

陆家培　好，你不要哭，我去跟他说说。（下）

谢晓梅　（拉她坐下）小凤，你向来一天到晚笑嘻嘻的，怎么在这家伙面前哭啦？

小　凤　（瞪着眼）我才不在他面前哭呢，我还气他，我说："你不敢扣我工钱，不姓马！"我是一跑来这里，见到你们，忽然没出息起来，（努住嘴半天）哭了！谢大姐，你可别告诉人说我哭了。哧哧！（笑起来）

谢晓梅　（用手帕擦了她脸上的泪珠）我为什么要告诉人家呢？

（陆家培上，马士英和左金保跟上。后头还有陈美英和几个女工，其中有两个中年女工）

陆家培　马主任，现在不是反动统治的时候，你是应该知道的。

马士英 我知道。因为今天总经理训了我一顿，说退货的原因就是有些人不好好干活，说我不负责任；说东方橡胶厂是有名的爱国私营厂，发生退货，老板们很不好说话。

陆家培 是这样吗？老板爱国，出次品是工人不爱国吗？一年多的订货，工友加班保证不拖期，女工友们黑夜都不回家，总经理没有长眼吗？（向女工们）你们有孩子的说一说！

一中年女工 我们把孩子撂在家里哭，我们夜里十二点才回家。还是不当心干活呀！

一稍年轻的女工 我一边奶小孩，一边惦着：不管怎么苦一点，总要到时赶出活来。也是不好好干活呀！

陈美英 （愕然地）你去叫老板来看看我们的手，拉出泡，拉破了没有？

马士英 天啊！我挨训挨够了，别再这么闹，好不好！

左金保 马士英，我真可怜你，你活得不像个人了！

马士英 左金保同志，算我知道你厉害。工会主席，请别再让人侮辱我的人格好不好？

陆家培 想不侮辱自己的人格，就得自己先想一想，应该怎么样做人！

（马士英低头不语）

陆家培 以后还敢骂人吗？

马士英 （惭愧地）这次算我态度不好，请大家原谅！

陆家培 真要扣小凤工钱吗？

马士英 这是总经理吩咐的，我做不了主。

小　凤　你做不了主，刚才对我那样厉害给谁看！走吧！

陆家培　好吧，你好好反省一下，刚才那样的态度对不对！

马士英　（懊恼地）唉！我简直是个足球，两边挨踢！（下）

（工人们大笑）

陈美英　他刚才多厉害，凤丫头叫他看看拉破了的手。他说："我不是算卦先生，不会相八字，谁知道你是旺夫，还是克夫！"气得我们要撕他的嘴皮。

左金保　那你们为什么不撕呀！

陈美英　都是你这黑熊，七嘴八舌地插进来跟他吵开了！

左金保　（自己捶头两下）真后悔！我知道是给你们节约了，我就大大浪费，给他两下！

陈美英　那下一回，给他两下！

左金保　我坚决保证完成这个任务！

陆家培　别这样，事情不在他身上，你不是说他活得可怜吗？好了，早下班了，你们回去吧。该接班的，干活去。

中年女工　工会主席，这一回的布面为什么这样小？马士英说是政府提倡增产节约。是这样吗？

谢晓梅　这是老板们的话，借马士英的嘴广播的。

一稍年轻的女工　（向谢晓梅）是一只顶一只好，还是一只顶半只好。这不是节约，这是浪费呀！支部委员，你应该跟我们反映上去，如果不听，就写信给毛主席。

（女工们陆续下。陆家培和谢晓梅站在廊下低语着）

陈美英 （向小凤）要真有这样讲节约的人，该把他的脑袋“土地改革”一下！

（陈阿福上）

小　凤 （笑）不，最好把他的脑袋，放在蒸缸里头消消毒！

陈阿福 小丫头们，怎么这样大胆，敢把人的脑袋搞“土地改革”，放在蒸缸里头消毒呀！

小　凤 陈师傅，怎么不敢呀？手都拉破了，活又紧，多急死人呀！

陈阿福 老板们说，你们是小姐手，用冰激凌做成的。

左金保 那得用纸杯装着放在冰箱里头。

陈阿福 （笑）就是她们的八字不对头，天生是干活的。

小　凤 什么八字、天生的？你封建、迷信，该先改造你的思想！

陈阿福 （笑）老了，老了，思想改造不了啦。我想，干脆回炉重烧吧！

（青年人都大笑起来）

陈美英 爸爸，你哪里学来这样讨厌！

（左金保拉着小凤跑下）

陆家培 （与陈美英、小凤说话同时进行）明天我去区委会，你来召集个党小组长会议，把这些问题讨论一下。

谢晓梅 好，明天中午我就做。（下）

（陆家培进室来）

陈美英 爸爸，今天你没有夜班，怎么不回家？

陈阿福 今天卡仑达的声音不对劲儿，我叫马士英向经理部提过意见，要停修一下。这个家伙，告诉我说，经理部不答应，说很多人想磨洋工，想歇一歇。这是什么话呀！我下班的时候，关照了夜班老王，我刚走到半路，一想，心里像缠着铁丝网一样，怕老王年轻大意，所以又跑回来，刚才又去嘱咐了他一下。你要爸爸汇报的就是这些。

陈美英 已经告诉老王了，你就该回去了，爸爸。

陆家培 陈师傅，我知道了会去照顾。明天你要上班，你先回去吧。

陈阿福 （不乐意地）如果不是命令，我就待一会儿。（坐下吸烟）

（陆家培走动着，沉思着）

陈美英 （走到陈阿福前低声地）爸爸，家培哥正想着工厂今天出的事情，你还是回家歇歇吧。

陈阿福 他想的是工厂的事，我想的就不是工厂的事啦！光你们（指陆家培）支部书记、（指陈美英）青年团委员能过问，我就不能过问啦！我怎么啦，长得不好看呀？只不过是多了一堆白头发，多了几条皱纹。

陆家培 陈师傅，我没说过你不能过问，今天晚了，我们明天开会还要请教你！（笑）多了堆白发，多了几条皱纹，正是你好看的地方。

陈阿福 （欢笑）哎哟，把我捧上天啦。好吧，我能过问，现在就跟我说说吧。

陆家培 陈师傅，我有个问题请教你：如果工厂不肯把生产的问题——我说是各方面的，连计划、规格通通告诉我们，我们能不能保证任务呢？

陈阿福 （兴趣勃勃地）哎，新鲜事。依你说呢，家培？

陆家培 依我说，不能！简直是蒙住眼睛跟他们跑步。（急得东走动、西走动起来）鬼知道他们是照着白道走呢，还是绕小道走呢？如果我们光听老板说的，依冬瓜画葫芦地去干活，怎能不走样呢？谁知道他们的“爱国”，是真的还是假的呢！

陈阿福 （头一直跟着他转，忍不住了）哎呀，我的小爷爷，你可怜可怜我这个老头儿吧！你像走马灯一样，我老跟着你这样团团转，脑袋快转掉了！

陆家培 对不起！陈师傅，你说过，老板们现在羽毛长了，翅膀硬，想自由满天飞了。这句话我越想越对劲儿。

陈阿福 很对吗？我老头儿拥护你，要抓住这个东西！

陆家培 可是他们说：这是有关国家生产机密！（又走动起来）工会只能保证生产，没有权力来检查生产计划！要抓住这个东西……还很不简单！

陈阿福 （急了）丫头！搬把椅子过来！你坐下，我的小爷爷，沉住气！

陈美英 （搬过椅子，狠狠地放下）你不是电扇，坐下来说吧！

陈阿福 不简单，就放过去吗？

陆家培 （沉思一下）不，不能放过去。打个比喻：哨兵有个岗位，要守住！我们在私营工厂干活，也是一道岗，国家把我们安排在这上头，我们也得守住它！

陈阿福 不是有人还想到国营厂去吗，不想在这里守吗？

陆家培 依我说，这是错误！如果是党员、团员来说，就是开小差！我们不但要守住，还要守得好才对。

陈阿福　（兴奋地站起来抓住陆家培两肩）好，好孩子，完全对，完全对！（慈爱地看他半天）你很像你父亲——我的好朋友一样！（脸色突然阴沉起来，放下手走开）你说得对！说得对！

陆家培　我想明天到区委会去，把这些事反映一下。

陈阿福　应该，应该。（拍拍陆家培）有什么事不好办，先问问党。党呀，在你有困难的时候，总会给你力气的！顶好现在就去反映！

陈美英　爸爸，你刚说别人有事沉不住气，你今天也沉不住气了，这会儿还能去找人？快半夜了，家培哥还没有吃饭呢！

陈阿福　又没有吃饭？（向陆家培）你想把自己的身体搞出事故啦！机器不上油能生产吗？你常叫别人要对身体负责，你为什么对自己不负责呀，我的工会主席？

陆家培　你不是说，什么事都要沉住气吗？

陈阿福　……我说过不吃饭是沉住气吗？

陆家培　别生我的气。（笑）我午饭还剩下半碗。（在抽屉里取出饭来）

陈美英　（夺过来）别吃冷的！我们到外头吃点。爸爸你先回家，给我留着门。

（陈美英和陆家培下）

陈阿福　（看着他俩的背影，满足地微笑、点头）唔，一对好孩子。我天天见，看不见，……该反我的官僚主义了！（喜气洋洋地下）

（稍停一会儿，左金保哼着小曲上）

左金保 （进门看见无人，在口袋里掏出本子）今天吵了一顿，把上课也耽误了。（放回本子，从架子上取下苏联书报，伏在桌上看）苏联过得多美呀，咱也快了。（看看打起哈欠来）这两天困坏了。（一摇一摇地打盹，伏在桌子上呼呼地睡着了）

（廊外，有一两个工人推着轮胎、鞋子过场。忽然台后有人声和走动声。马士英从右边上，正和从左边匆匆地出来的一个工人相碰）

马士英 （气粗地）我不是行人道，怎么往人身上走呀！

工人甲 卡仑达出事故了，把陈师傅的手轧伤了，我去找医生。

马士英 （惊，拉住工人，大声问）怎么，出了事故了？

工人甲 （躲过一边）出事故了，轧伤了陈师傅！

马士英 （缠住）为什么出事故？

工人甲 你问一千回还是这句话：卡仑达出了事故。我要找医生去！（甩脱走下）

马士英 老天爷呀，又出事故了！我又该挨训了！（跑到门边打电话）喂！朱总经理在家吗？不在。（又拨电话）喂！大都会吗？接三百二十号。朱总经理吗？我是马士英，卡仑达出了事故，伤了人。……机器坏了没有，我还来不及去看呢。……我不知跟陈阿福说过几百次，几千次了，要注意机器，要注意机器……我知道停一个钟头少出多少货。……是，我应该负责！

（陆家培和陈美英从右边上。一两个工人从左边上）

陆家培 陈师傅受伤了？

陈美英　轧着我爸爸啦？

工人乙　把手轧坏了！

（陆家培和陈美英急下。陆续上来几个男女工人，并互相谈问着。左金保惊醒。马士英打电话）

马士英　（一面抹汗，一面应电话，与室外的工人说话同时进行）是，是，是机器重要，是机器比人重要，现在要买也买不到！（向室外大声吆喝工人们）还吵什么！看不见我跟总经理说话吗？

左金保　（跑到马士英前）什么事？（见马士英仍唯唯诺诺地应电话）我问你出了什么事？（夺他电话）

马士英　（躲一下，以手按住电话，生气地）出事故了，陈阿福受了伤！

左金保　什么？陈师傅受了伤！（急下）

马士英　（向电话）喂喂，喂喂！（看见是自己把电话压住了）混蛋！（猛把传声器挂上奔出门外）哎哟，老天爷呀，我又得倒霉了！（急下）

（工人甲领着医生，后面跟着一个女护士，匆匆地走过。两个工人各从一边上）

工人丙　怎么样？

工人丁　陈师傅早提意见要停修一下，工厂不答应！

（马士英上）

马士英　（烦躁，无可奈何地）我求求你们别这样好不好？一个人受伤，全厂跑车不干活！经理来了看见，我怎么说话呀！

工人丙　谁用你说，我们会跟经理算账。

（工人丙、丁下）

（马士英进工会办公室打电话。朱珊瑞上）

朱珊瑞 （严肃地，但声音不高）坏了没有？

马士英 我不知说过多少回，要注意机器，要注意机器！

朱珊瑞 （愕然地）到底坏了没有？

马士英 （慌张地）机器呀？没有坏。幸亏我去得早，只停了几分钟。

（陆家培和谢晓梅上）

朱珊瑞 （上前）工会主席，陈师傅怎么样？

陆家培 朱总经理，陈阿福师傅抢救了机器，自已受了伤。

朱珊瑞 都怪我自己管理不善。

（陈美英、左金保、医生、护士、工人们扶陈阿福上）

医　生 （对护士）去叫部车子来，把陈师傅送到医院去！扶陈师傅在办公室等一等！

（护士下。大家扶陈阿福进办公室）

陈美英 爸爸，疼吗？

陈阿福 （忍受着痛苦）沉住气！

朱珊瑞 （慌忙地）陈老师傅伤得很厉害呀？（自责地）兄弟十分不安，不应该有的事，偏偏叫老师傅受伤了！（向马士英）叫汽车来没有？

马士英 （慌乱地）哎……还没有呢。老天爷呀，把我脑子搞得乱七八糟了！

朱珊瑞 （严厉地打断马士英的话）我对你这个人，非常不满意，人是最宝贵的。马上用我的汽车，把陈老师傅送到医院去！

（护士上）

护　士　汽车来了，走吧！

陈阿福　总经理，用不着了。我还是谢谢你！（严厉地）美英，扶我去！

朱珊瑞　（自责地）陈老师傅，这样叫我太不安心了！

（陈阿福看了自己女儿一眼，陈美英和左金保把他扶下。医生和护士下）

陆家培　（向工人们）军队等着鞋子，运输队车等着轮胎，大家先去干活吧！

（工人们无声地散下。台上只留下陆家培、谢晓梅、朱珊瑞。寂静了一会儿）

陆家培　（打破沉寂）请都坐下。朱总经理，我们来先谈一谈。

朱珊瑞　（无可奈何地）真想不到，只怪我管理不善，用人不当。

陆家培　总经理，今天连退货，工厂出三件事，工会不能不跟朱总经理说话了。先谈陈师傅吧。

朱珊瑞　兄弟非常清楚，非常感激！不说政府有劳保条例，就是作为一个多年共事的朋友来说，也不应放弃责任。治疗的问题，一切工厂负责。

陆家培　今天退货的时候，我跟总经理说过，做什么事都要讲良心。

朱珊瑞　工会主席，工厂有的地方办得不很理想，是事实。可是做事是光明正大的。讲到“良心”这个字眼，叫我很不好回答。

谢晓梅　不难回答，国家帮助了工厂，把死铁变成活机器；工友们保证生产，白天黑夜地干活；怎么回答政府和我们工友，这都是很容易说的！

朱珊瑞 是的，是的，我一定要对得起国家，对得起全厂同志们！可是大家都知道，订货任务又紧急，困难都很多……

谢晓梅 是国家给的钱少呢，还是我们工人不卖劲呢？

朱珊瑞 工友同志们非常努力，非常负责，兄弟非常感谢！

陆家培 总经理，现在不是开贺功会，还是请说得实在一些好。难道工厂发生退货，我们倒来听你的感谢话吗？陈师傅受伤，在这个时候，也是来听你两句感谢话吗？

朱珊瑞 （喃喃地）……总之，困难太多……难说，难说……

陆家培 对了，是难说的。那我再请总经理把困难一件一件端到太阳底下来。我们不怕困难，也不怕难说，我们负责给你解决。

朱珊瑞 工会主席，上午我跟您说过，国家交给工厂的任务，兄弟要对国家保守秘密，对国家负责。兄弟不是普通的工友群众。

谢晓梅 我很高兴，因为我就是一个普通的女工，我就有权来说这样的话：谁要跟国家捣鬼，我是不答应的。

朱珊瑞 唉！难说呀……

陆家培 就是不容易，今天做人只能走明路，不许走黑路。（见朱珊瑞无语）好吧，现在就谈到这里。朱总经理，我建议明天开个劳资会议！

朱珊瑞 （无可奈何地）唉！好吧！（下）

幕落。

第五场

几天之后，在陈阿福家里。房里陈列着简单的桌椅家具。左边是通外面的门，右后边有一小门。正后壁有一窗户，一边墙上挂着毛主席的彩色相片。右边有一张小桌子，放着一些文具和几本书。壁上挂着一个军人和陈阿福、陈美英在一起的合家欢照片，还钉着几个绣花的图案。最惹人注目的是壁上吊着一只不大不小穿着红裙的小兔儿。左边是一张小桌子，上放着饭盒子、大茶壶、热水瓶、茶碗和一只闹钟。还有个小板箱子，内装着小锤子、钳子、扳手等东西。

陈阿福的右手用石膏绷带吊在腹前，坐在一把旧藤椅上，看着窗外的晚色。好像是坐不住了，起来看看这，看看那，想找些事情做，他终于发现了一把椅子腿松了。

陈阿福　（微笑）早猜中你的腿有毛病了，还想躲开我的眼睛？嘿！（用一只手拿起小板箱）你让我找点活儿干吧。（很有兴趣地左右端详研究了一番，一下手修理，就触动着受伤的手。疼极，咬住牙，忍着）咝……（咝了半天，又看看伤手）真倒霉，谁叫你动呀？歇着吧，

让左手来！（把螺丝钉按在椅子上，拿小锤敲打，钉倒下来，反复数次）

（陈美英上，提着一个女用花布手提口袋）

陈美英 爸爸，你的手还没好，又在闹什么？

陈阿福 椅子腿出事故了，快来帮我扶住螺丝，它在跟我捣蛋呢。

陈美英 看你闲了几天，就憋不住了。医生叫你好好地歇着，不要随便乱动。

陈阿福 听医生的话，要这个耳朵听，那个耳朵不听，全听了连喘气也不敢喘了。你爸爸，闲几天，骨头零件都生锈了，你怎么拆洗？闲不得，帮帮手吧！

陈美英 （把手提布袋挂在墙上，不由自主地也帮着干起活来）爸爸，这里应当加个螺丝钉，就稳了。

陈阿福 我一只手不行，你来拿改锥！哎，这个地方。

陈美英 爸爸，家培哥、晓梅姐，还有左金保，说一会儿来看你。

陈阿福 那你叫他们来家吃饭呀！

陈美英 我叫啦，他们不肯来。

陈阿福 我不信，一定是你舍不得叫人吃一顿饭。哎，这个地方再加一个螺丝钉，这样，它想松也松不了啦。

（陆家培和谢晓梅上，带着一些水果。陆家培另外还带着一只旧的长筒工鞋）

陆家培、谢晓梅 陈师傅，好一些吗？

（谢晓梅把水果放在桌上）

陈阿福　（看看水果）你们别再学这一套，这个带水果，那个带点心，你们想把我喂得肥头大耳，我还得重做帽子呢！

（逗得大家都笑了）

陈美英　你们看，我爸爸已经憋得慌了，找这把椅子出气呢！

陆家培　陈师傅，你可是不对啊，医生给你的任务是休养，没有叫你干活。医生对病人说的话就是命令。

陈阿福　就是这样一回。

陈美英　不，家培哥，他不止一回了。（从小门进去）

陈阿福　（笑）你告也不管事。家培呀，在我面前是小孩，连吃饭也得我说他才知道吃。可是，我在他面前呢，是个工友，我就怕这个工会主席的批评、教育。不过，这是他的责任，我只好服从。

（左金保上，先跟陈阿福打了招呼）

左金保　（走到右边小桌旁动了动小兔）你这小家伙，光你看家呀！

谢晓梅　美英，来看五彩电影，看黑熊跟小白兔闹着玩啦！

（陈美英出来）

陈美英　黑熊！

左金保　小兔儿，小乖乖，小乖乖！

陈美英　（拉长声音）黑熊！

左金保　（回身向陈美英）小白兔儿！

大　家　（大笑）哈哈！

陈阿福 （笑）孩子们，我的椅子、凳子都检查过的，保险挂不破你们的衣服，都坐下吧！站着说话是不卫生的。（向陆家培）家培，这几天没有出事故吧？美英这个丫头，什么都不告诉我。几天就把我这个家变成栖霞山、灵隐寺，我在这当和尚，修身养性。

陆家培 生产任务不会完不成。自从那天夜里唱了那出戏之后，老板说女工们照顾小孩有困难，要把托儿所扩大，改善改善。还说等新的订货任务完成了，要给工人盖新宿舍。

陈阿福 他们早就应该知道，这比吃三年长斋，还善心得多。

左金保 这是收买人心，好叫咱把什么都忘了。

（陈美英在桌旁弄青菜）

谢晓梅 （笑）改善托儿所，我们这些做母亲的，应该说是好事。拆穿来说，那不过是大水冲到墙根，赶快筑道堤拦住罢了。

陈美英 拦也拦不住。老板们要不听咱招呼，照样不客气地动他！他们别以为我们加劲干活，是为了他们吃得胖胖的，喂得肥肥的。哼，他们什么也不知道。

陈阿福 他们知道，知道我们在运花岗石修花园。修个像古书上说的：洞天福地！不过他们说："小伙子们，加劲呀！修好了，我一个人来玩。"我们就告诉他："我的仁兄阁下，你一个人玩不怕闹鬼吗？"

陈美英 我一想到将来，真美得不行。我就怕有人偷偷地把花岗石偷跑了。

陈阿福 傻丫头，不怕，咱们工人，睡觉也睁着眼的。

（陈美英拿青菜下）

陆家培　我那天到区委书记家里去，区委书记问我："一个共产党员，光发愁行吗？"他的小孩叫我们吃梨，区委书记拿刀子切开了一个梨，问我说："想不开的事情，不能这样切开看看吗？"他这一句话把我提醒了。（要取军鞋出来）

（左金保向小门招手，叫陈美英出来）

左金保　（摸衣袋找东西）真倒霉，掉了……

陈美英　什么东西？

左金保　有你一封信。……你哥哥寄来的。放在哪里了呀？

陈美英　（急了）怎么把人家的信也掉了！

左金保　（也急了）它又没有长腿，谁知道跑哪里去逛呀！……（最后在裤后袋里找到了）哎，好老爷，你怎么藏在我屁股后头呀！

陈美英　爸爸，是我哥哥寄来的。（正要拆信，忽然外边有人敲门）谁打门！（急出去看）

（外边有个男人的声音："这是九百二十九号，姓陈的吗？"）

陈美英　（在外）是的，你找谁？

（外面的声音：是的话，我就没有找错了。）

（宋大牛穿着短大衣，大踏步跨进来，陈美英惊奇地跟着）

陈美英　（边走边说）同志，你到底找谁？

宋大牛　我会认识的。（打量屋里的人）等我猜猜！（看了一看，向陆家培）你是东方橡胶厂的工会主席吗？

陆家培　我没有见过你……

宋大牛 别忙,一会儿就知道。(从大衣内一边取信,一边说)我先自我介绍:我是在西南公路工作的,姓宋名大牛。这是介绍信。

陆家培 (看了宋大牛手上的公用信封)是我的信。

宋大牛 不,有工会证件吗?

陆家培 (笑)有。(取出工会证件给他看)

宋大牛 (仔细看了看)对不起,可是很需要这样。(给陆家培信)这是区委给你的信。

(陆家培看信,宋大牛脱下大衣)

陆家培 (看罢信和他握手)你是宋大队长。(向工人)宋同志是西南公路的汽车大队长。(指陈阿福)这是陈阿福师傅,(指谢晓梅)谢晓梅,她是党员。(指陈美英、左金保)陈美英……

左金保 (抢着说)我叫左金保,我和她(指陈美英)是新民主主义青年团团员。

宋大牛 (一一握手)同志们都好吧!不白跑,都找见你们了。

陈美英 (向陆家培)宋同志怎么能找到这里?

宋大牛 只要是个有心人,就没有找不到的地方,也没有走不到的地方。

陆家培 宋大牛同志,你是来调查我们厂的产品吗?

宋大牛 是呀!怎么搞的?去年试用你们工厂出的轮胎,的确不坏,走一万二千公里。不要用外国货了,我们高兴得唱歌、跳舞。哎呀,今年出的货走不到六七千公里,不是炸了,就是坏了,都成了废物!闭着眼睛在生产吗?

左金保　不，我们睡觉也瞪着眼的！

宋大牛　回答得很好，可是东西很坏呀！这些废物，把仓库的地皮都压得叫喊受不了！

陈阿福　老宋，开门见山，痛痛快快地说吧！

陈美英、谢晓梅　（向着金保）让这位同志说吧，我们也憋坏了！

宋大牛　哦，你们也憋坏了，那更好谈了。你们知道，我们工人，是在做从古以来没有人敢沾过边的事情：扭转乾坤！对吗？

陆家培　宋大牛同志，你说得很对。

宋大牛　对了就好。谁知道你们工厂的老板，给国家搞什么鬼名堂？我们，工人阶级，就要瞪着眼看着！我们要的是轮胎，不是要这些一用就坏的、只好拿去拉开补鞋底用的废物！

陆家培　我很怀疑，就是缺了像你这样来做证的人。

宋大牛　看你们的轮胎样子，是很漂亮的，如果光是看，那简直是像黑绸子一样！如果是你们技术不好，劳动态度有问题，是绝不会这样好看的。

（有人轻轻地敲门）

陈美英　又谁来了？（出去）

宋大牛　可能是区委书记来了，他说要来，我看他在开会没有等他。

（陈美英引区委书记上）

区委书记（向宋大牛）我说等等我，也不等。陆家培同志，你们摆酒招待他吗？

陆家培　（笑）就是因为来不及招待，挨了宋同志一顿批评。

区委书记（笑）我猜到，急性鬼！（和陈阿福握手）你还记得我吗？

陈阿福　（拉住手端详他半天）哎，见过……等我想想……你是，哦……那是民国……呸！（马上纠正自己）这两个字多叫人恶心！我这个老脑筋！是一九二五年，那回罢工，你常跟我们联络送信，你是小……小申同志。嘿，这会儿该叫老申了，（看了他半天）后几年听说巡捕把你抓走了？

区委书记（笑）是啊，是啊。还没有把我这个小联络员忘了。

陈阿福　（眼睛都湿润了，抓住区委书记的手）老申，老申！想不到又见到你了！你什么时候回到这里？

区委书记（拍拍陈阿福的手）来了快两个月了。

陈阿福　（感触地）二十多年了……你的头发也灰了！坐下。（用力拉他）

区委书记 你还有力气。

陈阿福　（把区委书记推在藤椅上）让椅子闲着干什么！坐下。（笑）老了，老了！

区委书记 不，你我都不老，更年轻啦！就是（滑稽地瞟了青年们一眼）不能跟他们年轻人争！

陈阿福　（这时才想起房内的年轻人）哦，你不知道吗？（指陆家培）他（一阵阴影抹上脸来）……你还记得那年罢工，那个小伙子——陆阿喜吗？就是倒在马路上的那个！（喉咙已哑，咝咝地）他的儿子……没赶上瞧见他父亲！……（低头走开，背过脸去）

区委书记（惊喜而又痛苦地）哦……（抹抹灰白的头发，盯着陆家培，点点头）

我粗心大意了。唔，陆阿喜的儿子……还好，哪一方面都很像。

陈美英　（慢慢地走近父亲，低声）爸爸，怎么啦？

（年轻的人们一直惊奇地看着两个老朋友讲话）

陈阿福　（猛然回头）过去啦，谈它干吗！老申，你唱的那个歌子，有一句还在我心里长着根啦："旧世界打它个落花流水……我们是新社会的主人"，全叫你唱对了！现在应该笑了！让孩子们笑吧！

区委书记　是啊，是啊，应该笑。可是还有一些人好像不高兴我们笑……

陈阿福　（抢着说）那我们就斗，斗到他死心塌地地让我们笑嘛！

区委书记　是啊，是啊，一定要斗呀！现在先不说这个。听说你伤得很厉害，好些吗？

陈阿福　谁跟你说的，是他？（指陆家培）老申，咱们都是有了年纪的，千万不敢在这些毛猴儿跟前打个喷嚏，要不，他们就会根本不讲理，去找个医生来折腾你几天：这不能动，那不能去！阿弥陀佛，幸亏现在医生不够用。

区委书记（笑）是啊，我也发现他不够老练，一遇到事情就慌起来。自己觉也不睡，也不让别人过星期天。那天，我以为你们厂的老板已经把天拆下来吃了！（看见年轻人在面面相觑，交头接耳地笑着）哦，不愿听刺耳朵的话吗？坐下来！坐下来！小伙子，心是好的。

陆家培　申同志，我们真把肚子憋坏了，憋得像一坑死水似的。

区委书记　是啊，是啊，可是你们就不会挖一条沟，把死水引到江里去，引到海里去吗？

陆家培 （兴奋地）申同志，你那天把梨一切开，我就想起来了。你看，（把割开了的一只长筒工用鞋和军鞋给他看）好容易我去找到两只穿过的。看，军鞋的海绵底全是黏糊糊的，鬼知道他们配的是什么油啊！工鞋底子还没磨平，就开了大口子。

陈阿福 （气呼呼地）这样的鞋子还能行军打仗？这样的工鞋还能去开山修河？活见鬼呀！

（大家都围上来看）

陆家培 申同志，（取出个救生袋）不久以前，军队定做了一批救生袋，我们的部队不肯收，老板不敢告诉我们，只说尺寸做小了，我今天研究了一下，里头掺了假料。我现在才知道，老板们为什么不叫我们知道配料。什么料都有暗号，配料室不用识字的工友，原来是为了捣鬼！

区委书记 我那天说过：你们是闭着两眼在干活，闭着两眼在烧锅炉。

左金保 （恼怒地）我就是这样：只管烧锅炉，就没有想到别的车间在干什么。（捶自己的头）多错误啊！

谢晓梅 我们光嚷嚷布面太小，就没有想到里头还有废料、坏油。没有跟全厂工友们联系一下，也没有想到跟外边联系一下，看他们穿得怎么样，有什么意见。

区委书记 我说不会用脑子的人，有时候做了好事，还得挨打屁股呢。看！倒是人家找上门来告状了。（向宋大牛）看你早沉不住气了，都端出来了吧？

宋大牛　我一句话也没剩，全说了。

陈美英　（站在一边看信，突然，愤愤地叫起来）你们看，他们干的是什么好事!

（大家惊异起来）

陈阿福　什么事?

陈美英　（气愤地坐下，要哭地）你看哥哥写的是什么?

陆家培　给我!（取信，念）“我自参军以来，生活、学习和身体都很好……”

陈美英　（急了）这是叙家常，念底下的!

陈阿福　沉住气，好好念!

陆家培　（念）“我们接到进军解放西藏的命令，同志们非常高兴。我们出发的时候，留下的连队弟兄，都把刚发下的棉胶鞋送给我们。他们说:‘我们从北方打到南方，从东方打到西方，穿的是草鞋、布鞋。这些新鞋子我们舍不得穿，想留下过新年。你们今天去解放西藏人民，我们送给你们做礼物。’……”

左金保　（感动地）看我们的部队多好!

陈美英　黑熊，我求求你，别打岔!

陆家培　（念）“我们一面修路，一面进军。在看不见人烟的大雪山上，我们穿着人民给的棉鞋、棉衣，应该就不会受冷啦。可是很倒霉，棉胶鞋穿不到一礼拜就坏了，海绵底变成年糕底，粘住脚不能动。你们想想看!我们是埋在膝盖深的雪里开路，跟寒冷、大风、石头在作战啊！我们叫这些是‘礼拜鞋’……”

左金保 真气死我了，是哪家厂出的？

陆家培 （念）“我很生气，有的鞋是我们工厂的牌子。我原来是这里的工人，你叫我怎样说话呢？我们人民军队，是劳动人民的儿女，是你们的子女和兄弟，你们听到能安心吗？……”

陈阿福 （激动地）怎能安心，怎能安心！这是上千上万孩子的话啊！

谢晓梅 （气得眼都红了）不要念下去了！我们咬住牙根，把活儿赶出来，原来是做下罪过！（抹眼泪）

陈美英 （要哭地）爸爸，看他们多受罪呀！

陈阿福 （气得把手一挥）嘿！孩子们，我们没有尽到心，对不起你们了！毛主席、共产党、解放军把我们脖子上的锁链子解下来，老板，你们是……唉！我不想骂街！

区委书记（看见大家都在生气）同志们！问题是很清楚的，从哪一方面的材料都证明：你们工厂的老板，曾经举手赞成过共同纲领，可是现在，在走他们自己的路了。

陆家培 申同志，我早就疑心老板会出坏主意了。从前困难的时候，他们要求政府帮助。生意好了，就嚷加工订货是“苦差事”“没油水”。成天说大家都是爱国的好朋友……

左金保 什么朋友？这些贪心无厌的家伙，特别是那个张飞龙，命可以不要，钱不能不要！

区委书记 他应该赚的那一份，我们不反对。

左金保　可是人家现在是连偷带抢!

区委书记 那我们就要反对!

左金保　张飞龙说，要工业化没有他们就不行!

陆家培　他们别做梦，我们的工业化，将来要像苏联一样。

左金保　反正要跟苏联一样，为什么不提早一点，省得碍手碍脚的。

谢晓梅　金保，照你这样说，这样多的私营工厂怎么办?

陈阿福　他的办法很简单，头一手：国家接过来；如果不行，就第二手：不要了，让机器沤烂、臭了、长蛆了!（向左金保）别挤眉弄眼，这不是你想的!

左金保　（认真地生气）就是我这样想，有什么好笑？我的话没有什么不对，中国一定要社会主义，筑道钢筋洋灰坝也拦不住!

区委书记 筑道钢筋洋灰坝也拦不住，这点你说对了。

（左金保高兴了，表现出："看我说对了吗!"）

区委书记 可是，我还没有说全，我们国家工厂还不是太多。你想，工人都能有工做，能给老百姓多穿两只好的胶鞋，不好吗?

左金保　好是好，可是人家现在不听国家招呼!

区委书记 我们要他们听国家招呼，服从国家计划，服从国家和工人阶级领导。我们能团结他们，也能改造他们!

左金保　像张飞龙那样的家伙，他不愿意!

陆家培　像张飞龙那样的人，我们就不答应！我们现在就要在党员、团员和工友里做一番工作，使大家都知道。我们要派出代表去见老板，要他们回答我们：军鞋、轮胎到底是怎么一回事？

区委书记 对！现在区委会派宋大牛同志来帮助你们。我最后告诉大家：现在有一些和你们的老板一样的人，正暗地里跟国家捣鬼，放毒气！我们做到仁至义尽，如果他们不愿意听，那就让他们等着那一天吧！

左金保 （兴奋地）我们来它个消毒运动！

幕落。

第三幕

一九五二年初春。

第六场

晚上，在张飞龙的家里。

这是一间豪华的客厅，舞台正中是大门。台中央的桌上，摆着杯盘、食具、酒和鲜花，桌的周围放着几把椅子。右边有一张梳妆台。左边摆着一只柜式的收音机。正中的天花板上,吊着一只宫灯，各色彩绸条像轻波般地从宫灯伸向四面。

从客厅的布置上可以看出：主人是要过喜庆的日子。收音机发出靡靡的黄色音乐。年轻的女佣金枝，在整理瓶上的花枝。

吕湘漪从右边上。她今天装扮得很讲究，似乎是想尽了方法，打扮得合乎“革命”与时髦相结合的原则。

吕湘漪 金枝，给金先生打过电话了吗？

金 枝 打过了，他说身子不太舒服。我说，张先生、三太太叫您一定要来。他答应来了。

吕湘漪 那你还不快点把东西收拾好，一会儿客人都来了。（走到镜前，开灯理妆）

金 枝 三太太，都收拾好了。（看她理妆）

吕湘漪 你刚才给我把头发梳得太不好了，看，像一堆乱草一样。把收音机关了。快给我再梳一梳！

金 枝 （关了收音机，给她梳头）三太太，你今年打扮得比去年好看。

吕湘漪 你说我去年就不好看吗？

金 枝 我说解放以后，三太太跟革命女同志一样打扮，比过去好看，更漂亮，更年轻……

吕湘漪 胡说，人还会一年比一年更年轻啦？

金 枝 （讨好地）马靠鞍装，人靠衣装，打扮得合时，就显不出老来。

吕湘漪 哦，你还会相人。你看我像多大？

金 枝 （笑）我看不出来，反正不像三十的人……

吕湘漪 （微嗔，紧接金枝的话）一百！

金 枝 （急改口，笑）我说不像嘛，我看顶多是二十三四。

吕湘漪　（高兴地）好了，别再恭维我了。我去年穿的一身衣服，你拿去换一换，送给你了！

金　枝　谢谢三太太！

吕湘漪　快去！我今天生日，不要穿得这样寒碜给我丢人！

金　枝　是。（下）

吕湘漪　怎么快七点了，人还不来呢！（扭开收音机）

（广播声："新华社北京消息：北京、天津数十万广大工人、店员、职员、群众，正在开展反行贿、反偷税漏税、反盗窃国家资财、反偷工减料和反盗窃国家经济情报的伟大运动。资产阶级三年来的猖狂进攻，引起全体人民的义愤……"）

（张飞龙在广播声中上）

张飞龙　（焦灼地）关了吧！听这些干什么？

吕湘漪　（一扭变为外国音乐）你怎么啦？

张飞龙　都关了！（颓然地坐在沙发上）

吕湘漪　（关了收音机）今天是个高兴的日子，人们还不来，真奇怪！

张飞龙　（双手捂鼻擤涕）唉！谁还有心来。（闭目呢喃）资本家，唉！完了，完了！

吕湘漪　（惊）飞龙，你怎么啦，你有病了？

张飞龙　（暴跳起来）我没有病，是他们，要我破产！

吕湘漪　（慌张地）破产？

张飞龙　（又颓然地）要罚款，退款，还要叫我去坐监牢！

吕湘漪 真的？吓死我了！那我怎么办呀？你说……

张飞龙 没办法……我是泥菩萨渡河，自己保不住自己了……

吕湘漪 （想）那你把香港的折子给我！

（张飞龙抱头不语）

吕湘漪 给我，把那笔钱给我……你答应过的，说万一有了事，就给我。

张飞龙 （疯狂似的）你也来逼我！

吕湘漪 是你答应过的，怎么是我逼你！

张飞龙 好人！我还要干，我不甘心这样。

吕湘漪 不！你先把钥匙给我，我去把折子拿着。

张飞龙 （暴怒地盯住吕湘漪）我不能给，你出去！

吕湘漪 （沉下脸）好！你要翻脸不认人，我比你做得更透底，我第一个揭开你的马桶盖！

张飞龙 （稍软弱地）四五年来，我可没有错待过你，现在你来要我的命了！

吕湘漪 （进攻态度）我不要你的命，只要钱；不为钱，我有的是男朋友！

张飞龙 （完全软下来）好！我给你！（取下钥匙放在桌上）

吕湘漪 （取了钥匙，温柔地）我给你保管住，有万一的时候，我会以朋友来对待你的……说得太怕人了，不会这样坏的，你不会找朱珊瑞、方云洲先布置一下吗？

张飞龙 我已经约好他们了，这时候还不来。

吕湘漪 （无限体贴）不要紧的，心放开一点，今天又是我的生日，多快乐呀！我会帮助你的。

张飞龙　好，我换换衣服就去找他们。

吕湘漪　快去吧！一会儿客人都来了。

（张飞龙匆匆进内室去）

吕湘漪　唉！（沉思了一阵子）唉！真是像演了一场滑稽戏。（门铃响声）金枝，有客人来了！

（金枝应声跑过场出外去。吕湘漪整理一下服装。金云海上）

吕湘漪　（笑）真不容易把你请来。你忘了今天是我的生日吗？

金云海　（懊恼不安地）张先生几次约我来一下。我收到电报，要马上回机关去。

吕湘漪　（惊讶地）马上回去？

金云海　马上回去。

吕湘漪　（笑）坐下来！我就不明白是怎么回事。

金云海　怎么回事呀！大祸临头了！你没有看见报上登着北京、天津在搞“三反”吗？我毁了！

吕湘漪　（笑）小事，小事。什么事都发愁，头发很容易白的。算了，一会儿很多客人来，跳跳舞，唱唱歌，喝喝酒，闹一闹，玩一玩，什么病都能治好的。你给国家立过汗马功劳，谁也奈何不了你。

金云海　（懊恼地）唉！错了！

吕湘漪　别这样悲观，一会你就会快乐的。

（张飞龙上）

张飞龙　（见金云海，热情地招呼）金主任，我好等你啊！（坐在他身边）

怎么啦，老弟？

（吕湘漪看见他们要谈话，进内室去）

金云海 我还拿不定主意。

张飞龙 老弟，要经得起考验！（握住双拳）我们要经得起考验！（倒酒，给金云海一杯）先喝酒，咱哥俩好好谈一谈。

金云海 （接酒，一饮而尽）你好几次约我来，不来不好，你说吧！

张飞龙 （给金云海倒酒）老弟，不要发愁，只要你硬挺起来，总有办法的。我姓张的总会够得上朋友，我不是个忘恩负义的人！

金云海 我知道你不是个忘恩负义的人，所以来看看怎么办。

张飞龙 有办法。你放心，我下油锅也不会出卖朋友。（试探地）你准备回去坦白投案吗？

金云海 我干了这么多年，白吃小米饭了！我将来怎么对孩子们说话呀！怎么对得起人呀！

张飞龙 说对了，要爱惜你十年的光荣历史，就要嘴严一点，难道你就不怕丢脸吗？

金云海 不说就不丢脸吗？

张飞龙 （采取攻势）说了，谁都知道，怎么不丢脸呢？

金云海 说了丢脸，不说吧，我一辈子对不起良心呀！

张飞龙 人不为己，天诛地灭！蚂蚱也会想法过冬。过不了有我。

金云海 （烦躁地）有你？

张飞龙 老弟，“包干制”并不是人间天堂。

金云海　你几次约我来就是谈这些？

张飞龙　我完全是为了你呀！

金云海　（恼起来）你要把我完全拉下水去？

张飞龙　（慌张起来）为什么要这样看呢？

金云海　（恼怒地）我还以为你多少有点人味，原来三番五次约我来，最后是想完全毁了我！你这个骗子！

张飞龙　（翻脸了）你不是吃奶的小孩，别把自己装得那么香！要不好看大家都不好看！打开天窗说亮话：你要不够朋友，回去自首坦白。好嘛！我要比你做得更透底！（从内衣口袋掏出金云海和吕湘漪合照的相片）我第一个先来：告你破坏别人家庭！

金云海　（怒）你胡说，你偷着给我照的？

张飞龙　我胡说，是我偷着给你照的？咱明天拿出去叫人看看，谁相信：一个堂堂的老革命，要是清清白白的，肯跟别人的姨太太一起照相！

金云海　（恼恨地）你有意陷害我！

张飞龙　（拖长声音）牛不喝水，按不下牛头！

（汽车响声）

张飞龙　（阴笑）客人来了。（缓和地）老弟，我就愿这样做吗？当然不愿意的。咱们做朋友做到底，就这样，大家留情点，大家都好看；不留情大家都不好看。今天是湘漪生日，人都来了，高兴起来吧！

（朱珊瑞和方云洲上）

张飞龙 （笑）金主任早就来了，你们真对不起朋友啊！

朱珊瑞 （热情地上前）金主任，对不起，我们来晚了。（望四面）怎么客人不来，女主人也不出来，太怠慢了！

张飞龙 湘漪一会儿就来了。来，咱们几个好友先干一杯！

（朱珊瑞取杯，方云洲颓唐地跟着取杯）

张飞龙 （大声笑）哈哈！要找个喝酒的题目。哎，还是"为人民服务"吧！（取一杯给金云海）

金云海 （立起来，推开酒杯，愤怒地）算了！你们从来说得多好听：什么为了祖国呀，为了工业化呀，为人民服务呀！说得多好！原来是为了，为了钱！

（吕湘漪出来）

吕湘漪 （笑嘻嘻地）你们的嘴皮什么时候都挂着：祖国啦，工业化啦，为人民服务啦，就不怕腻味！我今天是过生日，用不着来上政治大课。我要听的是音乐，我要的是唱歌、跳舞、看电影。（对金云海）你说对吗？我们的英雄！

朱珊瑞 （想打开僵局，尴尬地笑）金主任的英雄故事，就是因为你这位女诗人没有写出来，所以不高兴。

金云海 （愤怒地冷笑了一声）哼，女诗人、爱国者、工商业家，世界上再没有比我更了解你们的人了，我受到了一生也忘不了的教训：你们用尽一切阴谋诡计，甜言蜜语，什么好话都说了！什么坏事也都做了！（向张飞龙）我看清楚了你：你这阴谋家，连最后一分钟，

还想把我完全毁掉！（转身奔下）

（张飞龙等人恐怖、失望，面面相觑）

张飞龙　唉，白费心血！

吕湘漪　哎哟！多可怕呀！（悲哀、惊慌地跑进内室去）

方云洲　唉！我说过，要一步一步地来，你们倒要飞象过河去吃人家的车，走得太猛了！看，现在这出戏怎么个收场呀！

张飞龙　（慢慢地挣扎起来）不！……不能收场！（强声叫喊）要唱到底！

朱珊瑞　（烦躁地搓手）刚才收到市工商联的通知书，说我们也要先来个思想检查。

张飞龙　那是给自已脸上抹灰！他们不说自己管教不严，倒说是资产阶级猖狂进攻！我攻倒了谁呀？

朱珊瑞　是呀，我们攻倒了谁呢？（搓手走动）一无军队、二无武器，说是进攻，真是欲加之罪，何患无辞！

张飞龙　（衰弱地）说我们是捣鬼，不捣鬼就不能做买卖，这是自古至今的老规矩！

方云洲　（感慨地）我早就说，自认不行，就再修炼。如果你们听我的话，不致落个“不法奸商”之名！（焦躁地）不管如何，我是不能负责的。

朱珊瑞　我也不负责。

张飞龙　别都那么干净。我张飞龙要跳海，大家都跳海；赚钱大家笑，出了事往我身上推，办不到！当然啦，我可不认这个委员，那个委员。

打定主意，大家都要下热水锅烫一烫！

朱珊瑞 （焦躁地）就是烫也得拿出办法呀，我的上帝！

张飞龙 没办法，现在只有争取主动：对金云海，我们说是他先向我们伸手，我们没好好学习，打不破情面犯了这些缺点。看看能不能对付过去。还有，就是那些干活的最麻烦。咱们去年买的那块地皮，说过要盖工人宿舍，我们现在立刻动工，盖得漂漂亮亮，他们就不会说什么了。钱是能做出神仙也办不到的事情的。共产党办事是一阵风，刮过去就完了。

方云洲 （喃喃地）你先看看是什么朝代吧，从前是钱可通神，如今是花钱买罪受！这阵风小不了，是狂风暴雨，还夹着冰雹！

张飞龙 （烦躁起来）你是个秀才：前怕狼，后怕虎，什么事也办不出来。主动就好办。第二招：我们现在就准备好坦白书，向工商联主动交代！我告诉你们，哪一个脸上没有点黑？你挤挤我，我挤挤你，这叫"文戏武唱"！

朱珊瑞 （有希望地）不撕下脸来就行。那就得赶快准备好，要不等到上了台，我台词还没有背熟。

张飞龙 我们马上去找马士英，好好地布置一下。

朱珊瑞 马士英？是不是肯跟咱一条心，还是问题。

张飞龙 我不能打包票！不过，我今天已经试探过他了。我答应他，大家能好看一点，对付过去，将来提升他当副厂长。

方云洲 共产党的办法多着呢，靠不住的！

张飞龙　老兄，这是没办法的办法：只好去创造条件！

方云洲　（绝望地）唉！暴风雨来了！暴风雨来了！

张飞龙　（拿起大皮包暴躁地）先别大惊小怪，咱们修一道避风港！去修一道避风港啊！

（三人慌张地出去。汽车声）

（金枝端菜上。吕湘漪上）

吕湘漪　金枝，有人来吗？张先生去接他们了吗？

金　枝　不，三太太，是张先生和朱先生、方先生又出去了。这样晚了，不会有人来了。

吕湘漪　（失望地）不是客人来？

金　枝　（惋惜地看着菜）你看，做了这么好的菜，都没有人吃！

吕湘漪　（恐怖、悲哀地叫喊起来）哎哟！可怎么得了啊！我受不了啦！我受不了啦！（顿顿脚，脸伏在沙发上）

（金枝惊奇地看着她）

幕落。

第七场

伟大的“五反”运动在全国各地展开了。

在东方橡胶厂的工会办公室内。

陆家培、宋大牛、陈阿福、谢晓梅和两个工人在研究情况以后，陆家培、宋大牛、谢晓梅低声地交换意见。全场戏进行中，不断有工人推着产品和材料在廊外过场。

陆家培 好吧。（向其他在场的人们）我们继续研究一下。

谢晓梅 从这十来天的情况看来，老板们还抱着这样的老主意：朱珊瑞是在“泡蘑菇”，方云洲是在唱高调，张飞龙口口声声说他是挂名董事长，是在“挤牙膏”。他们现在对生产是不负责任。这个月的工钱，说没有法子解决。

陈阿福 以前，他们听到政府、机关搞“三反”，就自动化起来要搞“四反”，要搞思想检查，好像很讲卫生，大叫大嚷要洗澡。“五反”真来了，就搬出这一套来。昨天我告他材料供应不上，他们回答是没办法。我要他们召开个股东会来解决工资问题，他们搬出一个死鬼的老寡妇，说她就是股东。这个老寡妇说她的男人死了十多年，工厂根本没分过什么红给她。

宋大牛　老陆，他们来这一手够辣了，你看出来没有？

陆家培　是的，现在他们使用了三套鬼办法：第一套是假坦白，假坦白不灵就用第二套；拖时间，“泡蘑菇”，想把运动拖下去，想把我们的骨头泡酥；第三套是赖，想把生产搞垮台，好赖在我们身上来。

（左金保匆匆地推门进来）

左金保　工会主席！（看见是在开会，要退出）对不起，你们在开会……

陆家培　金保，你留下来，马上就要散会。我接着刚才的话：老板在“五反”以前，从来不说生产缺材料，现在说没有法子解决。快“五反”才提出盖工人宿舍，这会儿说发不出工资。这就是他们辛辛苦苦赶修出来的“避风港”。

工人甲　现在有的群众说：宿舍要盖的，工钱也要发，“五反”也要反。我们使了劲儿，弄不来材料，生产垮就垮好了。

工人乙　也有个别工友怕生产垮了，工厂要关门。

左金保　我能讲一句话吗？（作者眉批：工人水平低了，还没认识谁是主人。）

陆家培　很欢迎！

左金保　老板正等着我们有这两种思想，正合了他们的脚步。

宋大牛　（笑）金保今天也聪明起来了。

陆家培　是的，如果我们支部，不向工友揭露他们的阴谋，让生产垮下去，让怕关厂的还在害怕，的确是合了他们的脚步。他们希望拖，我们就要在今天到明天解决问题；他们希望把生产搞垮，我们就要把生产搞得更好。

工人甲 搞好生产，不成问题，困难还是在等材料。

陆家培 左金保同志已经给你们解决了。一会儿要去听报告，支委会就开到这里。

左金保 晓梅，我还没有说，家培怎么知道材料有门了？

谢晓梅 很简单，如果你一进门就炸了，材料就没有门。可是你今天好像在路上逮住了一只小雀儿那么高兴回来，就知道准是解决了。

左金保 我今天不是逮住只小雀儿，是逮住一匹马，还把它训练了一番。我一边跟马士英去仓库弄料，我一边狠狠地打……

宋大牛 （惊）怎么，你打人啦？

左金保 打人还算有本事吗？

陈阿福 要不就是骂人啦！

左金保 做事靠骂人是自己无能。我是跟他打通思想。我说马先生——我多文雅。我说陈师傅那回受伤，老板在电话跟你说的是什么？当着大家来了，他骂你不去叫汽车。其实，在老板看来，机器比人重要。我们帮工厂把死铁变成活机器，他们倒跟国家捣起鬼来。他们用着你的时候，认你做他老子都行，用不着你的时候，你跟他当孙子，他还觉得你要求太高了。现在有些人放着国家主人不当，倒去替他遮盖脏东西！马士英这位仁兄，红着脸说："现在我可不是这样糊涂。"我说你糊涂还带我来找料吗？我这样一打，他通了，把材料指给我看，说："没材料？三个月用不了。"工会主席，全部完成任务，没有打人，也没有骂人。

陈阿福　我简直不敢相信我的耳朵，金保也懂得这个理儿，天下太平了！

（大家笑起来）

左金保　（生气起来）你们吃了五个“哈哈镜”了？有什么好笑？粗鲁是做不好工作的。

陆家培　对的，粗鲁做不好工作。金保，你做得、说得都不错。

工人乙　陈师傅，材料没有问题，我们得赶快到车间去。

陈阿福　我一会儿就去。

（两个工人下）

陆家培　老宋，老板们的“避风港”，很快就要被我们冲垮了。马士英的爱人跟我约好，一会儿要来。方云洲的儿子、姑娘也要来，这样我们的工作是更便利了。（笑）我看，你跟马士英的爱人谈话好不好？

宋大牛　别这样封建。我更不行，跟女同志谈话要和声和气，有礼有貌，要是进行得不顺当，我一开大油门就煞不住车了。你怕什么，我陪你。

陆家培　不是怕别的，是怕我帮助不了人家。好吧，晓梅，你就和美英跟方云洲儿子、姑娘谈话，你也参加，陈师傅把救生袋的问题告诉他们。

左金保　我自告奋勇要求参加。

陈阿福　别让金保去，他一句话就把人家吓住了。

左金保　我列席不吭声，行不行？（看见陈阿福摇头）那我就旁听，行了吧？

谢晓梅 旁听我也不答应。你应该去休息，这十来天把眼都熬红了。

（陈美英持信上）

陈美英 工会主席，马士英爱人来了。

陆家培 （看信）好，你去请她来！

（陈美英下）

左金保 我不休息，你先给我个任务吧！

陆家培 好。（从抽屉里取出刮胡刀和镜子给左金保）

左金保 （叫喊起来）给我刮胡刀干什么？

陆家培 看看：满脸胡子，都快像李逵了。

谢晓梅 对了，刮胡子就是你的新任务。

左金保 真是个怪任务！

宋大牛 刮了胡子去市里听报告。满意吧？

左金保 真的？（高兴了）宋大牛同志，刮胡子的任务，我十分满意！

（陈阿福、左金保、谢晓梅下。陈美英引尤雅上）

陈美英 尤雅同志，这是工会主席陆家培同志。这是区增产节约委员会来的宋大牛同志。

陆家培 请坐！哦，好像见过你？

（陈美英下）

尤　雅 我来过工厂几次。我常看见你和刚才那位女同志在一起走路。

陆家培 （笑）你一定是看错人了，我很少和刚才那位女同志一起走路。（给尤雅倒开水）

宋大牛　完全不真实。

尤　雅　他们是挺好的。

宋大牛　是呀。

陆家培　喝水！你跟马主任也是挺好的。

尤　雅　（忧郁起来）就是因为背上了这个包袱，所以今天不得不来一下。

陆家培　不是不得不来，是应该早来，可惜你没有来。

宋大牛　马主任说你很了解他。

尤　雅　那才冤枉哪，了解就不是这样了。“五反”一开始，我就写过几封信给他，说我很怀疑他的行为，说我苦恼得睡不好觉，要他把真心话告诉我，他什么都没有说。

宋大牛　他住在老板家里你知道吗？（点烟吸）

尤　雅　知道，我反对过，可是他不接受我的意见。（想起来）对了，他搬去的时候露过一句话，说在那里做账方便。他没有跟工会报告这事吗？

陆家培　他昨天跟我说过一些，可是还有顾虑，不敢全说出来。

尤　雅　我知道他会这样的。陆家培同志，他什么都叫我失望了。

陆家培　我不敢现在就同意你的看法。你们认识好多年了吗？

尤　雅　（惭愧地）他父亲和我父亲是朋友，我们从小认识，我念不起书的时候，他帮助过我。可是，唉！……（烟雾呛咳了两声）

陆家培　（从宋大牛嘴上取下纸烟，弄熄）我知道，你是很希望他好的。

尤　雅　所以，我恨他恨得厉害，大家都在进步，他呢，唉，太叫我伤心了！

陆家培 可是也不能对他太灰心呀。

尤　雅 不，陆家培同志，我跟他说的话是不少的。

陆家培 也不会太多。马主任说，你近来对他疏远了，不肯给他写信。

尤　雅 他不肯说真心话，我浪费邮票干什么?

陆家培 是呀，这样只有送信的邮递员省点心，可是写信的人，心就找不到个地方搁了。

尤　雅 陆家培同志，他现在到底是怎么样?

陆家培 经过大家的帮助，这两天有转变。原来张飞龙在快“五反”的时候，跟马士英许下愿，说应付过去，将来提升他当副厂长。

尤　雅 他没有跟我说过。

陆家培 我告诉他：张飞龙给了你一间房子住，你每天加夜班替他造假账，只是省下几个房租钱，老板却从国家手里拿到多少亿。国家帮助过老板，他们是恩将仇报。难道你一个人庇护了他们，副厂长的位置就一定靠得住吗?

尤　雅 怎么能靠得住。他父亲病死以前，借了老板几块钱，后来都记在马士英账上。唉！他太不觉悟了。

陆家培 他现在已经知道什么才是自己的出路，正苦恼着。他写过信给你?

尤　雅 是的。他说很苦恼，像掉在水里头，够不着天够不着地，也找不到个亲人。

（陈美英上）

陆家培 你今天向他伸出手，他马上就会爬上岸来。现在要由大家来帮助他，这个大家里头，应该有他最亲近的人。

尤　雅　他早就该相信大家了。

陆家培　对的，不过，当一个人掉在水里的时候，他自己最亲近的人能袖手旁观吗？

尤　雅　陆家培同志，我不是这样狠心肠的人，只要有一点可能，我是愿意尽到我的责任的。

陆家培　对不起，我的话太重了。美英，你去请马主任来！

（陈美英下）

宋大牛　我有个建议，可不是命令：最好你们到外头散散步，到公园玩一玩。

尤　雅　不，我要请你们帮助我们谈话。

陆家培　不，一对爱人谈心，用不着顾问和翻译的。你在这里等一下。希望你们以后很好！

尤　雅　谢谢你们！

（陆家培和宋大牛下。陈美英和马士英上）

马士英　到底谁找我？我写的材料有的还没有想起来。

陈美英　别心急，一会儿都会想起来的。现在是尤雅同志来看你。

马士英　（惊喜）尤雅？

陈美英　也许是我看错人。（进工会办公室）尤雅同志，你们认识吗？

尤　雅　（欢笑）你们什么时候都这样高兴。

陈美英　马主任不信是你来看他。好了，到哪里去，选好地方没有？要到公园去，请坐二路电车。

尤　雅　谢谢你！以后来看你。

陈美英　希望你很高兴地来。将来有更高兴的日子，别忘了我的功劳。

（谢晓梅带方珏、方薇上。马士英和尤雅出）

陈美英　我不送你们了。

（谢晓梅、方珏、方薇进办公室）

方　薇　陈美英同志，你收到了我的信吗？

陈美英　收到了，我们都很高兴。看见方副经理了吗？请坐！

方　薇　还没有去看我父亲。我们先到这里来，听听我父亲是怎样向同志们交代的。

谢晓梅　方副经理交代得很含糊，老是推说他只管工程技术，不当权。

方　珏　小薇，我们完全猜对了。

谢晓梅　他好像是来工厂不几天的陌生客人，可是我在这个工厂已经十三年了，每一台机器，我们都用眼泪洗刷过。方副经理的为人，我两三笔就能画出来。

方　珏　我父亲不是个不想做事的人，一个副经理，又是总工程师，连偷工减料都不知道，真是天大的谎话。

陈美英　是的，谁都不敢相信的。方薇同志，你是团员吗？

方　薇　是，我是团员。

陈美英　好极了，我们就照青年团员的脾气来说话。方珏同志，很不好意思，忘了先问你。

方　珏　（笑）我是在工程技术学校里教书的，别以为我是一个副经理的

“少爷”。大家对我的要求尽量严格！

方　薇　我也希望：不要把我看成是工程师的“小姐”，应该看作是一个青年团员、革命军人！

陈美英、谢晓梅　（和他们握手）我们完全能满足同志们的要求！

（宋大牛和陈阿福上）

宋大牛　我们在路上抛锚，来迟了。

谢晓梅　这是宋同志，他的汽车队，是头一个使用你父亲设计的轮胎的。这是陈阿福师傅。

方　珏　宋同志，你是第一个用我父亲工厂的轮胎的，希望多让我们了解一些情况。

宋大牛　请坐下！我们在搞这样的工作：给住老远老远地方的老百姓运食盐、布匹和棉花，又从那里给城市运回来粮食、茶叶、药材。白天黑夜都在高山野岭、悬崖绝壁开出来的公路上开车，——那里过去连山羊也不敢走的——恰好，轮胎在那里炸了。不用说是遇到刮风下雪，也不说是黑夜，朋友，你就算扔下汽车和货物不管了，也回不来的。我们又不是“土行孙”，也不是“孙行者”，谁会土遁、腾云驾雾？出这些轮胎的人，一方面是想尽办法来欺骗国家，一方面又在报纸上写“爱国”文章，在动员生产大会上大谈“爱国主义”，这到底是什么心肠呢？

方　薇　我父亲平日教育我们，也是不离“爱国”，可是今天，我们发现他说话和做事是两回事。

谢晓梅 如果你像我一样：是个当了母亲的女工。为了赶做国家的任务，撇下孩子在一边哭，不分白天黑夜地去保证到期交出活来，做梦也惦着要做得快，又做得好，可是都成了废品，你能不心疼吗？

方　薇 谢同志，我一定是很心疼的。

方　珏 我很惭愧，我天天都在教育同学要怎样对得起国家，可是我家里有人天天在做对不起人民的事情。

陈美英 方薇同志，要是你像我一样：是个军人的妹妹。当你知道你的哥哥，在冰天雪地里穿着破鞋子在行军打仗，你对那样"爱国"的人，能不发火吗？

方　薇 陈美英同志，应该发火！我今天也是个军人，我会想到一个军人的妹妹是怎样难受！

陈阿福 方副经理，说他没有做过亏心事。你们年轻人，看看吧！（把救生袋给方薇、方珏看）

方　薇 这是水上练兵的救生袋。

陈阿福 是救生袋，解放军水上练兵用的！我刚才对你父亲说，我说方副经理，你的女儿是海军学生，我的孩子也是个解放军，你想过了没有？每一个救生袋，就是一条人命！你们敢在这里头掺上石灰和陶土粉！你是个总工程师，难道不懂得泥土见水就会化这个理儿吗？

方珏、方薇 （惊）掺上石灰、陶土粉？

陈阿福 伤天害理啊！一根小草，我这个老头儿都不忍心踩它一脚！阿弥陀佛！幸亏做得不多，军队检查出来不收，没有弄成大事。要是不知道用上了，这是我们亲手做的，我怎么能对得起这些孩子们？他们都是年纪轻轻，身强力壮的宝贝啊！他们，都有父母，都有爱人和小孩儿的呀！

方　薇　（愤恨地）老伯伯，这是我父亲做的？（激动地拉着陈阿福）他多狠啊！

陈阿福　（抚摩方薇的头）是的，人怎能这样狠呢？我连想都不敢想呀！

方　珏　（痛恨地）我生活在资产阶级家庭二十多年，只是今天才看清楚他们的嘴脸。我才真正懂了这一句话：资产阶级是把自己的快乐，建筑在千万人的痛苦上头！

（大家沉静一会儿）

陈阿福　（慈爱地）现在不是难过的年月，年轻人，这是个高兴的年月，我们不是要你不要你的家，是要你们，认清楚你的家。年轻人，抬起头来说话！

方　薇　老伯伯，我抬起头了。

陈阿福　要用你们的手，把你们的家庭改造过来！做不到吗？

方　薇　我总觉得承认这样的家庭，太丢人了！

宋大牛　（拉着方薇）你将来填履历表，怎办？谁都不会是个来无踪，去无影的。年轻人，不要心急，你要做工作！

方　珏　小薇，一个人的历史是用刀子也刮不掉的。我们现在就回去，跟父亲说清楚，如果他真不听，那我们算是尽了心了！

谢晓梅　对了，要他跟着时代一起走！

方　珏　是的，这是历史安排好的，不这样也是不可以的。谢谢同志们的帮助！（和一些人握手）

方　薇　我懂得了。谢谢你们！我是个军人，保证对得起大家！

陈美英　我们等待着你们！

（方珏、方薇走出工会办公室）

幕落。

第八场

第二场当天夜里。在方云洲家中。

舞台正面左边有一通往阳台的玻璃门，右后壁是一排吊着白纱帘的玻璃窗。从里望出去，可看见阳台的栏杆。

舞台的右边有一门。舞台中央是一张圆形的桌子，三面围着几把椅子，室内还有沙发和几盆花卉。

方云洲戴着健脑器，颓唐沮丧地抽着雪茄烟。方妻拿着一瓶药和一只小勺立在他跟前。方珏、方薇站在窗前。

方　妻　云洲，既然不舒服就不要抽烟了，先把药吃了吧！

方云洲　我什么药都不吃！我没有病！

方　妻　唉！你从学习大会回来，饭也不吃，觉也不睡……

方云洲　我已经进了地雷阵了！唉！前途一片漆黑了！

方　薇　（按电钮，天花板顶灯突然明亮起来）爸爸，完全不是这样的。

方云洲　你们不是这样。你们是“赤色少爷”“红色小姐”，我的头上戴着五个大字：“不法资本家！”

方　薇　这个帽子完全可以不用戴的。

方云洲 老天爷给我安排好了！

方　珏 爸爸，您是错了，不是老天爷安排好，是您自己硬着头皮要戴的，不想戴，我跟小薇是求之不得。爸爸，您为什么从六点谈到现在，还不肯主动坦白呢？

方云洲 （吞吞吐吐地）我没有对不起人的地方。

方　珏 我不相信。请别生气！我去年到工厂参观，就提过意见：国家帮助了工厂，宁可少赚钱，要保证东西出得好；可是退货是那样多。我又提过意见：工友们为了完成订货任务，那样紧张生产，要想法子改善卫生设备，注意安全；可是不断出事故。

方云洲 可是，工厂也增加了饭费，办了广播，修了托儿所。缴税没有出过怨言，抗美援朝，捐了飞机！捐了飞机！

方　珏 很对，这就说明：一个副经理，又是总工程师，什么都不知道，连爸爸您自己也不相信。

方云洲 （几乎是哑口无言）那叫他们检举好了，你去教你的书，方薇去上她的学，我自己来顶罪！

方　妻 云洲，孩子们请假回来也是为你，有什么问题，向人家说出一些，躲过这一阵风，不比光苦恼好吗？

方云洲 我说了一些了，不顶事！这是一场大台风，人家要把我连根拔掉才肯罢手呢！

方　珏 爸爸，这就是您的错误，说一些，不说一些，等人家最后连盘端出来吗？

方云洲　我承认工厂有些错误，但是，我是爱国有心，违法无意！

方　薇　我很怀疑爸爸这句话。

方云洲　（愕然）对你的爸爸很怀疑？怀疑吧，你是我最疼的女儿。

方　薇　但是爸爸在做救生袋的时候，并没有想过：在水上练兵的人，每个都是父母最疼爱的孩子！

方云洲　（恐慌地）哦！（马上保持尊严）方薇，你是在对父亲说话吗？

方　薇　是，我是对我的父亲说话……

方　珏　（拉了方薇一下）小薇！

方云洲　（烦恼、暴躁）你们知道不知道：东方厂的问题，是不该我负责的呀！（跑进内室去）

方　妻　孩子，体贴体贴你们的爸爸吧。你看他着难的病了！他辛辛苦苦赚两个钱，也供你们上了大学，都是为了这个家呀！

方　薇　妈妈，我心里头比您难过，您不知道爸爸多……

方　珏　（阻止方薇说下去）妈妈，谁都爱面子，爸爸在人面前又是有名望的工程师，现在又是协商委员，如果要等别人来检举，落个不法资本家方某某，报纸上登，广播台广播，弄到身败名裂的时候，妈妈，您替爸爸想想吧！

方　薇　哥哥、姐姐、我，都参加了革命工作，门口挂着光荣牌，爸爸要落个声名扫地，人还会叫您是“干属”“军属”？您一出门，人家在后头叫您“不法奸商的老婆”，您能受得了吗？

方　妻　（颤抖起来）哦，会有这样的日子吗？

方　薇　（叫喊）要到了那个时候，我死也不踏进这家门槛了！（向方珏）哥哥，咱们走吧！

方　珏　（止住）小薇！

方　妻　（站起来，摇摇欲倒地靠着椅子，拦住她）我不许你们走！不许你们走！（手托住头，方薇、方珏扶住她）一个有体面的人家……

（方云洲复上）

方云洲　（团团地走）唉！……不说，不得了；说了，就了不得呀！

（方珏拉方薇一下，示意，两人下）

方　妻　（紧跟着他）孩子们说，说了换得人家的宽大，要是叫人家来跟你对证，你低着头，在工厂上千人面前坦白，叫那些新闻记者，在报纸上登出你的名字，还有拍电影的……（要哭地）云洲，那时候可怎么见人呀！

方云洲　（绝望地）哦，真的这样？在工人面前坦白，低头，还要登报纸、上电影……唉！我就完蛋了！（瘫软地坐在沙发上）

方　妻　还有，孩子们都参加了工作……唉！我真不敢想下去！别的都不要想了，先保住面子吧！

方云洲　小薇呢？（见方薇不在）小薇都知道了。我要是说了，现在就怕朱珊瑞、张飞龙会说我……

方　妻　别想别人，先管自己吧！孩子们说张飞龙会……

方云洲　（惊，急问）会什么？会先坦白吗？

方　妻　完全会，你不知道他是什么人吗？

方云洲　（闭着眼，挥挥手）唉！你不知道，事情大得很：两年半来，光漏税、偷税就要五六百亿，还有工厂隐瞒了日本人、国民党的军事定货资财。捐飞机那一桩，就多抓了好几十个亿。在那个偷工减料的计划书上头，我也签了字的呀！这个情报，是张飞龙从金云海那里得来的，这还了得！（大声）腐蚀干部呀！谁知道“坦白从宽”是真的还是假的！反正监牢的门,已经给我开着了……唉！光这一桩就了不得呀！

方　妻　不要说这样不吉利的话，别吓唬我！孩子们说人家不会再等你了。

方云洲　（犹疑不决）不说,不行了……要不,就说吧！……（绝望地）你明天，给我准备些衣服，我要回不来，就打听打听给我送去……

（方珏、方薇出来）

方　妻　你疯了，尽说这话来吓唬我！

方云洲　（求援似的）叫孩子们来！叫孩子们来！我要……

方　妻　方珏，方薇！

方　薇　妈妈，我和哥哥在这里。

方云洲　你们，不要离开我，我要坦白……

方　珏　爸爸,刚才工会送来一封信,您看看吧！（给他一封信）明天早上，人家就要下命令检查！

方云洲　（大惊）哦……（念信）“方副经理：马士英已经向工会交出全部账本和证据。金云海……”（眼花，把信给方珏）替我念念！

方　珏　（念）“金云海回机关坦白的材料,完全证实了东方橡胶厂的‘五毒’

罪行，是不能用好话来掩盖的。工会等待你自动交代，已经八九天了，时间我们再奉陪不起！我现在代表全厂职工，最后通知你：明天上午九点钟，如果你能把全部问题交代，仍作为你的主动坦白，从宽处理。如果仍是假眉三道地拖下去，上午九点半，我们宣布全面检查！工会主席陆家培。一九五二年三月三十日二十四时。”

方云洲 （全身发抖）最……最后通牒！（信封从手中跌落，瘫软地坐下）

方　珏 爸爸！赶快争取时间吧！

方　薇 爸爸！不谈是不行了！

方云洲 （伏在桌上，挥手）我马上坦白！

方　妻 云洲，事不宜迟了，不管怎样，先自己脱身吧！

方云洲 对，对！……让我静一会儿……

方　妻 （轻轻地对儿女们）让你爸爸静一下。

方云洲 （沉思一会儿，抬起头来）坦白……（又犹疑地）不行，坦白，保住面子，可是……（立起来团团走）了不得：补税、退款、罚款，坦白人家就宽大吗？

方　妻 （跟着他转）不是说，坦白人家就宽大吗？

方云洲 （伸手、瞪眼）宽大是一回事，可是要补、要退、要罚，这都是钱啊！

方　妻 云洲，别想得这样多吧！

方　珏 爸爸，要补的、要退的，这本来就是国家的，工厂用不正当的手段抓去的，难道不该退回给国家吗？工厂给国家做下罪恶，国家受了很大的损失，不应当赔偿吗？政府说得很清楚：您坦白了，还可求得宽大处理。

方　薇　爸爸，您坦白交代了问题，工人会原谅您的，我也会原谅您，我到底是您的女儿。

方云洲　（懊恼地）我过洋渡海学来的本事，是为了这个家，为了你们呀！

方　薇　爸爸，您养大了我们，现在能为国家工作。现在我们都长大了，不用再为我们了。我们要您爱国，不要您的钱！

方云洲　（出乎意料地惊奇起来）钱，你不喜欢？

方　薇　我和哥哥对您发誓：不要您的钱！

方云洲　（完全不能理会）响亮！方珏，你呢？

方　珏　我已经是国家干部，为什么要靠您来为我想钱呢？

方云洲　（惊，叫喊起来）嘿，都是社会主义者！

方　珏　爸爸，这是谁也拦不住的。

方云洲　（沉重地）是，我怎能拦住呢？你们坐的是特别快车！

方　薇　对了，爸爸，我们坐的是“新时代”号火车！

方　珏　爸爸，您也上了这趟火车了。

方云洲　（疑惑地）我也上了这趟车了？笑话！

方　珏　已经上了，您不希望中国有个坏政府，常说您是个中国人，——我们非常高兴。您不愿意搭蒋介石的破船到台湾去，你就坐了新时代的列车。已经坐到半路，又想不坐了，怎么办？

方云洲　（思虑半天）跳车？那只好摔死了！……

方　薇　您为什么要跳车呢？应该跟着走，爸爸。

方云洲　跟着走？

方　珏　对了，您完全可以跟着走。旧的中国，已经过去了！新的中国，您是亲眼看见的。解放以后，人民欢迎您，请您当了协商委员。在国民党反动派的时候，您能够这样吗？

方　薇　爸爸，您常说自己不愿去当“白华”，哥哥、姐姐、我，都多高兴。国家是这样看重有事业精神、有技术的人才，您还能做很多工作。在国民党反动派的时候，有过这样的机会使用过您的本事吗？

方云洲　（深长地思虑）是呀，这是大势所趋，人心所向！儿女们都这样做了。好吧，我何苦将来要让人用鞭子赶着呢？你们胜利了！我跟着你们！

方　薇　（跑上前去，先搂着方妻）妈妈！（再搂着方云洲）爸爸！我非常高兴，您有这样的眼光。下决心吧！

方　珏　爸爸，不这样做是不可以的。

方云洲　（抚摩着方薇，望着方珏，又转向正在激动着的方妻）拿我的公事袋来！

（方妻以手帕抹泪下）

方云洲　是的，不这样是不可以的，我跟你们走社会主义吧！

（方妻拿公事袋上）

方云洲　方珏，我的手还在发抖，你给我写封信给朱珊瑞。

方　珏　好，怎么写呢？（开开台灯，坐下取笔）

方云洲　这样：（念）我已经认识张飞龙是个小人，他很可能在此关头出卖我们，因此，我决定明天坦白交代。望吾兄勿落我后。

（远处传来早晨的广播音乐）

方云洲　（在信上签字）叫人马上送去！

方　薇　（拉开门帘，听到广播早操音乐声）哥哥，阳光多好啊！咱们做早操去！（拉开门和方珏跑上阳台）

方云洲　（痛楚地望着阳台外）是的，多好的阳光！

（方妻关熄了台上电灯，和方云洲望着浴在阳光中做早操的方珏、方薇）

幕在广播体操的音乐声中缓缓地落下。

尾声

“五反”胜利结束，经过半年之后，在东方橡胶厂原来的接待室中，室内的布置已显然不同：台右是一张会议桌，上罩白布和放着两瓶鲜花。会议桌周围放着几把椅子。左边是一套沙发。右壁悬挂着一幅大的毛主席油画像。左壁挂着生产指标图。室内有各种新出品的样品。门外远处建筑物的蓝色上空，飘着几片白云。

陈阿福、谢晓梅、陈美英正在研究大会讲话内容。

陈阿福 （精神焕发，但又带着不安）晓梅，实在为难呀！要在大会上讲“五反”胜利吧，又已经好几个月了。大家都看见：方副经理头一个坦白，接着朱总经理也交代了问题，张飞龙不肯一次倒痰桶，抱定老主意“挤牙膏”！坦白不彻底，落了个不痛快。那怪谁呢？金云海，到底是有过几年革命锻炼，回机关坦白了，现在也在做工作。这些……

陈美英 爸爸，你说的都是老一套。这些谁不知道，拉那么远。

陈阿福 老一套？

谢晓梅 陈师傅，我看，应该讲讲今天的事。（拿起桌上的军鞋、工用鞋）

也应该谈这些："五反"以前，我们流了汗，出了气力，可是老板们不听招呼，结果国家吃了大亏！今天呢，一样吗？

陈阿福　对了，我们工厂今天不一样了：工厂是在国家和咱们工人的领导下、监督下搞生产。先说配料室，过去的材料，全都用暗号，现在咱们叫它再不改名换姓了。我们的手上，抓住了生产公开！在咱们的眼睛底下，一件次品也不再叫它出厂门！

陈美英　对，讲得好极了。也应该讲两句从今天到明天的。

（左金保、小凤、方薇、方珏上）

小　凤　陈师傅，还没有准备好呀？客人都请来了！（指方薇、方珏）

陈美英　（迎接）欢迎你们来参加我们的大会！（与他们握手）

方　薇　陈美英同志，谢谢你们的邀请！

方　珏　谢同志，我第二次感谢你们，让我有机会来祝贺你们的胜利！

左金保　陈师傅，今天大会的讲话，找到窍门没有？

陈阿福　金保，你们把我折腾怕了！

左金保　怕什么？想说什么就说什么！

陈美英　我是来帮助讲演人做准备的，不先征求同意，谁要说话，我就要叫他站着不许动！

左金保　我声明：再不说话！

陈美英　左金保同志犯了自由主义。站好！

左金保　有！（立正）

（大家暗暗地笑了）

谢晓梅 陈师傅，请再讲讲从今天到明天的！

陈阿福 （无可奈何地瞟了左金保一下）半年来，我们把生产提高了三四倍，因为我们知道：今天生产不是为了老板，是为了全国人民。现在老板自愿提出公私合营，我们完成了增产节约的任务，来迎接今天批准合营的大喜。左金保同志，做梦也想当个国营厂的工人，今天已经……

左金保 （紧接说）今天已经向前走了一步！（上前一步）

陈美英 明天再向前走一步！

（左金保又上前一步）

陈美英 再上前！开步——走！

左金保 社会主义——共产主义！（立正）

（大家欢笑起来。尤雅、马士英上）

小　凤 尤雅同志来啦！（上前迎接）

陈美英、谢晓梅 尤雅同志！（与尤雅握手）

尤　雅 我很高兴，收到了同志们的请帖！

陈美英 欢迎你来！你们结婚了，怎么忘了我的一份功劳呀？

尤　雅 没有忘记，是在明天！

谢晓梅 （拉尤雅向马士英）明天的新夫妇，我向你们提前一天道喜！

尤　雅 谢谢你！陈美英同志，你结婚一个月了，我不知道，漏了一笔账。今天向你补道一次喜！

陈美英 我不是百货公司的账本，不要补了。

马士英 陈师傅，刚才工会通知我，我是你的组员。

陈阿福 很好，我们的队伍天天壮大起来，有党员，（指左金保、谢晓梅、陈美英）有团员，（指小凤）有工会会员，（指马士英、尤雅）还有人民海军、人民教师！我们到处是同志，是一家人！

方薇、方珏 陈老师傅，我们的时代是个大家庭！

（陆家培、方云洲上）

陈阿福 青年人，你们说得很对，在矿山、工厂、城市、农村、海洋、部队、机关、学校、五湖四海，到处都是我们自己的人！

方云洲 （欢笑上前）方云洲，不甘心落后，也跟上去！

陈阿福 （回头）哦，方副经理呀！好呀，地方宽得很，来吧！

方珏、方薇 爸爸，我们也来了！

方云洲 （对陆家培）工会主席，看！我的儿女们都在这一边。伟大的时代，伟大的潮流！

陆家培 它诚心欢迎每一个朋友跟着走。

方云洲 现在只有像张飞龙那样的人，才不肯老老实实跟着走上这条光明大道。

陆家培 （笑）不肯老老实实地跟着时代潮流走，将来只好慌慌张张地让时代潮流冲着跑了！不过，我们并不希望他那样。（对方云洲）你还可以向他做些工作。（对左金保）金保，来了这么多客人，先带他们参观展览室，参观工厂去！

左金保 同志们来吧，我积极带头！

陈阿福 年轻的朋友们！谁都不许不去！

（除方云洲外，全场人下）

方云洲 （看着人们的背影，感慨地）提前上车不犯挤，先走一步早安心！自动走吧！（眺望天色）

（朱珊瑞匆匆地上）

朱珊瑞 云洲！飞龙死也不肯来！

方云洲 我知道他不肯来的。那天我去告诉他半年来的情况，他对生产提高了三四倍（指生产指标图）的成绩，只评了八个大字“有利可图，无利可得”。他的亨利垮了台之后，跟中原橡胶厂的老高，来往密切。心老早不在这里了。

朱珊瑞 我看他的心，早转移方向了：现在是在抓房产、地皮、缝纫机、自行车，甚至对洋炉、煤球炉都发生了“爱情”。我问他抓这些玩意儿干什么，他说这是“生活资料”，社会主义来了也保险！

方云洲 （苦笑）真是了不起的创造发明呵！

朱珊瑞 我刚才去请他参加大会，他跟我大闹天宫起来，硬要在今天抽掉全部股金！

方云洲 （惊奇地）要在今天抽掉全部股金？他抽掉干什么？

朱珊瑞 他说要买棺材，做寿衣！

方云洲 真的要准备后事啦！

朱珊瑞 （悲哀、同情地）我还以为是闹着玩，原来是真的，已经抓了三副棺材了！唉！眼看他不进疯人院，也快进殡仪馆了！

方云洲　（惋惜地）人何苦要这样呢？将来捏着鼻子哭哭啼啼走才好吗？

朱珊瑞　唉！没办法呀！（坐下，沉吟一会儿）云洲，现在只剩下几分钟是自己的，等一会儿批准书一来到，咱就要跟以前的年月完全告别了！

方云洲　这是大势所趋。

朱珊瑞　（阴暗地）也是无可奈何！

方云洲　珊瑞，反正罚酒不如敬酒，晚合不如早合，争取起个带头作用，做个典型，以后什么都好办。

朱珊瑞　这些我完全了解，所以积极赞成合营。（叹了口气）不过……好多事情有点于心不甘：合了，谁知道财产估个多少钱？是不是将来还有点甜头呢？云洲，去年买的那部新机器，还没进厂安装，我看先不要装了，让人家多合些进来，总比咱多合些出去好。

方云洲　算了吧，合了以后，咱们努力工作，盼望能改变成分，当个国家干部不好吗？

朱珊瑞　跟那些包干制的一样干，可不简单啊！要负实际责任，要遵守时间，要按时上班，要按时下班。唉！千万别动不动来个什么思想检查呀，学习改造呀！这样的新生活锻炼，我这个胖子可受不了呀，云洲！

方云洲　（笑）你应该好好地锻炼锻炼了。也要跟你爱去公园钓鱼的生活，断绝关系了。

朱珊瑞　听说今天批准合营，我昨天就把钓鱼竿全送人了，从今天起，我完全跟它不发生任何关系了。"五反"，确实很宽大，咱是"基本守法户”，你还是协商委员，我还是市工商联委员，总算是吃了颗定心丸。

方云洲 是啊，人家还是热情的。今天合了，咱就算是吃了第二颗定心丸啦。

朱珊瑞 是呀，我们是走到半路，遇着风雨，人家给了咱把伞，总是好的。我这会儿是又喜又忧。

方云洲 我是喜多忧少。

朱珊瑞 我是喜少忧多。

方云洲 哦？

朱珊瑞 我跟你不一样，你有技术好办。我到社会主义，现在还缺盘缠：不懂技术。到那时候，我能干什么呢，去蹬三轮吧？

方云洲 那时候都用汽车了。

朱珊瑞 去当个拆字算卦先生吧？

方云洲 人都不迷信了。

朱珊瑞 我仍然是个“不劳而食”！所以现在只好合营跟着走，混碗饭。

方云洲 （乐起来）哈哈！那你现在就拜我做老师，学点技术吧，先磕个头！

朱珊瑞 （也乐起来）磕头？太封建了。你没有听说：资本主义还有反封建的革命性吗？献朵花吧！（取花献给方云洲）

（正在此时陆家培、谢晓梅上）

陆家培 （笑）总经理，副经理，准备大会表演节目吗？

朱珊瑞 （腼腆地笑）工会主席，不，是为了克服“不劳而食”！

方云洲 （笑）正在积极创造条件！

陆家培　（笑）好呀，我们一定给你们许多方便！

（大家哈哈大笑起来）

陆家培　朱总经理，我们来看看张董事长是不是愿意来参加今天的大会。

朱珊瑞　张董事长病啦，病得起不来啦！

方云洲　总经理刚才亲自出马去请他，结果是请来了一顿牢骚：今天他要抽掉股金。

陆家培　今天要抽掉股金？我们早料到他会来这一手的。应该告诉他：这样做，我们是不许可的！

方云洲　我们是不许可的！他过去想抓月亮没有抓到，现在倒想积极争取要掉在海里头！那怪谁呢？

谢晓梅　（笑）洗这个海水澡就再上不来了，可是月亮还是在天上。对吗，副经理？

方云洲　完全正确。他的病，是个思想病。

（左金保跑上）

左金保　工会主席，宋大牛同志来了！

（陈美英、小凤、宋大牛、陈阿福上）

陆家培、谢晓梅　（惊喜）宋同志！（热烈地与宋大牛握手）

宋大牛　又看见同志们了！

陆家培　老宋，我们真想你啊！半年没有见面了！

宋大牛　是呀，半年啦！真可惜，没有来得及喝上你们（指陆家培和陈美英）的喜酒！

陈阿福 老宋，不要紧，你今天喝上全厂的双喜临门酒！

宋大牛 是呀，我是准备好大肚子来的。（向朱珊瑞、方云洲）朱先生、方先生，你们好！（一一握手）今天是个好日子啊！

朱珊瑞 非常欢迎！非常欢迎！

方云洲 谢谢您！谢谢您！请坐！请坐！

左金保 宋同志，我还没有问你，你来干什么？又带着破轱辘来了吗？

宋大牛 （笑）要是我真带着破轱辘来，怎么办？

左金保 我们马上再来它个“五反”！

宋大牛 劲头真足啊！不过，我告诉你：我这次的确是来调查产品。

（大家都惊得嚷起来）

左金保 还有人敢放毒气？哪家厂子？

宋大牛 中原橡胶厂跟国家做的订货，有一部分成品，又发生问题。

左金保 真气死我了！你快点告诉我：问题多大？

宋大牛 大倒不很大，可是这是不应该的啊！我们批评他不按合同办事，他就不愿接受加工订货任务！

陈阿福 不能大的自由满天飞，又想小的自由满天飞了！

陈美英 我提议要写一封信给中原厂党的支部，要叫中原的老板好好地做检讨！

宋大牛 中原厂的支部跟工会，现在正叫经理做检讨哪。

谢晓梅 谁再跟国家捣鬼我们不允许。我们写信去支持他们！

左金保 以前说过：过去从宽，今后从严。我们争取到的胜利，不许别人破坏！

陆家培　宋同志，“五反”以后，的确很多工厂改正了错误，听从国家和工人领导。我听说也有少数人还想翻案，想分散资财，或者要抽掉股金。这样不老实，太可惜了。

方云洲　（感叹地）唉！现在还想来这一下。这种人，真是江山易改，本性难移了！

朱珊瑞　是呀。我们厂决心要更好地为人民服务，就必须经常进行思想检查，好好地学习改造。谢晓梅同志，希望合营以后，多多地加强对我们的教育帮助，别嫌麻烦！

谢晓梅　总经理这样想要求进步，我们不会嫌麻烦的，准能做到。

朱珊瑞　兄弟先感谢同志们！

（方珏、方薇、方妻上）

方云洲　是的，过去要这样，将来还是要这样：得要求工友同志们，不断教育帮助我们，使我们了解，怎么样才能更好地做个今天的中国人！

宋大牛　方先生，你的话很有味道。

方珏、方薇　宋同志，听说你来了！

宋大牛　哦，我又看见你们两位年轻人了！（握手，顾方云洲）他说过：“这是历史安排好的，不这样是不可以的。”你还记得吗，青年同志？

方云洲　（微笑点头）是的，是的。不这样是不可以的。

方　珏　宋同志，很感谢你那次对我的教育！

宋大牛　青年海军，我还记得你的话："我是个军人，一定能对得起大家。"你做得很好。

方　薇　宋同志，我也记得你的话："青年人，不要心急，你要工作。"

宋大牛　（拉住她亲切地笑）履历表，没有填错吧？

方　薇　（敬礼，笑）宋同志，填得很正确！

方云洲　（意味深长地，笑）他们要不工作，我可上不了岸。如果我不跟着时代走，我一家就剩下我孤家寡人一个了！

方　薇　宋同志，我爸爸再不跳车了！

方云洲　我不但不跳车，我还要跟着大家坐到底！

（小凤、区委书记上）

小　凤　申同志来了！

区委书记（与陆家培握手）陆家培同志，为了祝贺你们的胜利，我准时报到！（与宋大牛握手）叫你等等我，又不等。难怪，今天人家真是摆酒招待你。很馋吧！

宋大牛　（爽朗地笑）这样好的日子，我早就馋坏了！

区委书记（大笑）哈哈！（与朱珊瑞握手）你们已经又走前了一步！（与方云洲握手）人民今天欢迎你们，明天也不会忘记你们的。

方云洲　感谢大家！感谢大家！

朱珊瑞　兄弟永远忘不了大家对我们的照顾！

区委书记　我们都永远记住：为了我们的祖国。

（马士英急上。尤雅随上）

马士英　（喜悦地）工会主席，总经理，副经理，喜报快到了！市政府来电话，说申请公私合营的批准书，十二点准时到厂！

全场的人们　十二点到厂！

马士英　十二点准时到厂！

朱珊瑞、方云洲　（喜悦地相顾）十二点到厂啦！

（人们欢呼跳跃起来）

陆家培　小凤，告诉大家，听见拉笛就出厂迎接！（看见左金保想奔下）金保！你去叫广播台广播一下！

左金保　（高兴地）广播两下行不行？

陆家培　你要高兴的话，就广播一千下！

左金保　（立正）是！工会主席，我一定超额完成！

（左金保和小凤跑下）

方薇、方珏　爸爸，祝贺您！

（陆家培与区委书记耳语，区委书记很满意地应话）

方　妻　云洲，做一个妻子和母亲的，总不愿离开自己的丈夫和儿女。我安下这颗心了！（擦泪）

方云洲　（望着妻子儿女们，感触地）我也安心了！我一定要尽到我的责任。

方　妻　你该去换换衣服了。

方云洲　是的。珊瑞，咱们赶快去准备准备！

朱珊瑞 差点忘了。（向大家）兄弟失陪一会儿。

（方云洲、朱珊瑞下，方妻随下）

区委书记（听完陆家培的话，紧握他手）陆家培同志，你的话很对，我就怕你忘了注意这方面的问题。你们严重的任务还在后头，不要麻痹大意！

（老潘和一些男女工人上）

老　潘 申同志，我们熬出头了！

区委书记 是的！老朋友！（与老潘握手，又面向大家）今天你们是双喜临门，区委会委托我来祝贺你们！

（左金保和小凤拉着手和一些工人上。）

区委书记 同志们，你们的工作是好的！可是，毛主席经常告诉我们：不能自满！你们的工作，是要经过相当长的时间，才能做完的。

陆家培 是的。同志们！我们的工作还没做完！工厂的一些事情和宋同志刚才讲的材料，又再一次证明：我们工人阶级的工作，不是一下子能做完的。

区委书记 同志们，别以为有了今天，就可以蒙着脑袋睡大觉！我告诉大家：你们的眼睛要亮一些，鼻子要灵一些，耳朵要听得远一些！

陈阿福 老申，我们知道了！（向工人们）小伙子们，我们今天才是刚迈向前了一步，不是最后一步！我们永远不能耳聋鼻塞，我们永远不能打瞌睡！

左金保 我们永远像哨兵一样！

谢晓梅、陈美英、小凤　守住我们的岗位！

（方云洲、方妻、朱珊瑞穿得很整齐，上。很多工友们上）

朱珊瑞　（欢笑）工友们！我们向大家表明立场！

方云洲　（喜笑）朱珊瑞、方云洲从今天起，已经买了直达终点站的列车票！

区委书记　同志们！我们热烈欢迎！（大家拍手）全国人民都上了这趟火车了！

方珏、方薇　（欢笑）是的，上了新时代的列车了！

区委书记　说得很好。向前开！

陆家培　对了，我们要向前开上去！

（嘹亮的长长的汽笛声。全场人面向着明朗的天空，往室外移动）

幕在汽笛声中落下。

1954 年

绿野红珠——包钢①

〔新闻纪录电影文学本〕

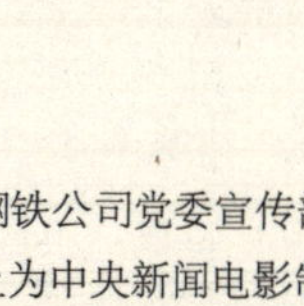

① 此纪录片文学本来自当年包头钢铁公司党委宣传部干部李汀于1991年提供的油印本，是作者在包钢党委宣传部长任上为中央新闻电影制片厂撰写的。油印本缺失结尾部分。新影拍成的影片定名为《草原钢城》，导演张庆鸿；编剧阮章竞；摄影阿尔杜沁、范后勤。

第一部　阴山的黎明

（一）

一只雄鹰，在晨雾中展翅飞翔。

蒙蒙的雾海里，出现一道弯曲的白色流云，似是一条飘带从天飞下。

雾散。在雄鹰的翅膀下，出现波涛澎湃的黄河，一泻千里，流过原野，奔进一道峡谷，激溅起高高的浪花，纷纷落在激流的漩涡中。

浪声摇天撼地。

雄鹰飞过汹涌的黄河，迎着阴山飞去。

逶迤的阴山，从雄鹰的翅膀下掠过。

阴山，像蓝海里的浪涛，汹汹涌涌，从内蒙古自治区西部朝东奔来。

山麓下，茫茫千里。

百灵鸟群飘浮在空中。

红柳荒蒿，在风中摇曳。

大风刮过，野草弯垂，现出无数的牛群、羊群。

敕勒歌

敕勒川，阴山下，

天似穹庐，笼罩四野。

天苍苍，野茫茫，

风吹草低见牛羊。

雄鹰穿出险峻的深谷了。

飞到一望无际的乌兰察布草原。

这是伟大祖国壮丽富饶河山的一部分——内蒙古自治区。

这是地阔天空的乌兰察布，它可以任雄鹰自由高飞，它可以任骏马自由奔驰。

无边的草原上，出现黄羊群。

一队牧民骑着蒙古马，在霭霭的晨光中，追打黄羊。

在我们英雄的兄弟——蒙古族人民骏马驰骋的地方，蕴藏着无穷无尽的地下资源。它在等待时代的黎明。

（二）

两匹矫健的白色野马，昂着头，顿着蹄，对着长风嘶鸣。

它们奔驰到沼泽边吃草。

它们奔驰到沙窝上打滚。

奔驰过野花丛，在广阔的野花丛的前面，一座紫蓝色的宝山，雄伟地耸立在天空浮云下。

山上有一个大鄂博，长满蓬草、树枝的石砌供台上，放着供祭用的石具。

那两匹白色野马在这里嬉戏。

这里就是蒙古族人民称为富丽的宝山——白云鄂博。

代代相传，古时有位蒙古英雄——白云巴特尔，守卫在这里，保护着人民的生命财产。

这两匹白色的海流马，不是普通的野马，它们是代代牧民供奉给白云巴特尔乘骑的骏马。

这座奇异的宝山，在这种童话意境中，度过了难以计算的年月。谁也不知道它是一座什么山。一九二七年，中国地质学家丁道衡路过乌兰察布，发现白云鄂博是一座很大的露天铁矿。

但是，在旧中国的反动统治下，白云鄂博仍旧是一座荒山。大好的地下资源，却招来帝国主义垂涎，日本帝国主义侵略我国的时候，曾经企图掠夺白云鄂博，但是在英勇的蒙古族人民的反抗下，侵略者什么也得不到，倒是在白云鄂博山下，留下了可耻的侵略者的尸首。

野风压低的草丛中，暴露出一堆堆的马骨、日本人的骷髅和一面已破烂的日本旗。

几个牧童牧女，唱着《嘎达梅林》走过：

南方飞来的小鸿雁啊，
不落长江不呀不起飞。
要说起义的嘎达梅林，
是为了蒙古人民的土地！

（三）

早晨，一队蒙古族骑兵，举着五星红旗，奔驰过草原。

五个牧民骑马走在草原上。苏河老人，俩青年人和俩牧女，他们并排地走着。晨风吹拂着姑娘的彩色头巾。

歌声：

蓝蓝的天上白云飘，

白云下面马儿跑。

挥动鞭儿响四方，

百鸟齐飞翔。

在《草原上升起不落的太阳》的牧歌中，牧民们向着朝阳走去。

一个人骑着马在奔驰。他带着中央人民政府的礼物，带着内蒙古自治区主席乌兰夫同志的信件，来到旗政府的所在地。

这是现在的中共白云矿区委员会书记巴音图龙同志。

他曾是个奴隶，现在是牧民自己的干部。

他向当地牧民解释，国家要勘探白云鄂博。

他向牧民讲解开采矿山，对内蒙古人民的政治、经济、文化发展的重大意义。

一九五〇年冬天，中国人民解放军骑兵某师政治委员乌力吉那仁，领着一队骑兵，带着乘着两辆卡车的中央地质部二四一队来到白云鄂博。

乌力吉那仁政委和二四一队在观看矿山。

蒙古人民，举行盛大的那达慕大会，迁移白云巴特尔的遗物。

巴音图龙同志和牧民一起，走上矿山去。

牧民捧着白云巴特尔的双斧、盔甲。

喇嘛在虔诚地诵经，迎送英雄遗物到新的白云鄂博。

草原上，牧民欢乐地舞蹈、赛马、比箭。

欢乐的那达慕大会，响起昂扬的歌声。

（四）

卡车在山野上奔跑。

帐篷在山下架起。

红白相间的两色标旗，布满在白云鄂博山顶和周围的丘陵上。

一个女勘探队员在进行测量工作。

钻探机的帐篷竖起在山顶和半山上。

他们度过了零下四五十度的严寒。度过了茫茫千里的暴风雪。

他们不仅和自然斗争，而且要和野兽斗争。勘探队员说：山上工作不仅有人班，而且有“狼班”。

每天晚上下班的时候，狼群出来了。

狼嚎声。

狼在山岗上窥视。

狼在帐篷外行走，围着帐篷转悠。

他们不仅和严寒、风雪、野兽斗争，而且为了水，进行了艰苦的工作。

这里是干旱地区，水源奇缺。

地下水少，不够工作的需要，地下水苦，不能做生活用水。

巴音图龙同志带着老牧民苏河来了。老牧民告诉巴音图龙：草长得特别壮，特别青的地方才有水。

他指给工人看一片草长得很茂盛的地方。

工人从老人指的地方挖井。果然挖出水来了。

工人高兴地感谢老人！

（五）

三年艰苦的生活过去了。二四一队发现白云鄂博是无比巨大的矿藏。

冬天的半夜，白云山背后，看见明亮的大熊星座。在草原的东边出现一盏灯标。测量队在观测矿山方位。观测员聚精会神地望着仪器，一会儿，他举手说："好。"记录员在记录着。观测员把镜头转向东方的灯标。

东方泛起青光。

百灵鸟成群飞过。

勘探队的喇叭，放出中央人民广播电台的"东方红"钟声。

男女工人们擦着手，向接班的同志交班，欢笑着。

草原的春天来了。野草绿了，野花开了。

昨天，这里是牧地，远远地有两个蒙古包。

现在，出现了帐篷，土建工人在建筑房屋。

明天，这里是人熙马攘的矿工之城——白云矿区。

白云鄂博零售公司开门了，牧民来了，和工人们一道去购买用品。

一个帐篷上插着一面红十字旗。

这是医疗所。许多远道骑马而来的男女牧民，来这里看病、治病都是免费的。

夜晚，天下着雪，牧民领着一个医生骑着马向远方奔去。

在蒙古包中，医生正在为一个迎接新草原而出世的婴儿包扎脐带。

婴儿呱呱叫，小手举着，小脚蹬着。

一对欢乐的老牧人夫妇，和刚当上父亲的青年，幸福地看着躺着微笑的产妇。

牧民老太太合掌说："毛主席派来的好汉医！"

蒙古包顶的大窗，射进阳光，照在婴儿和产妇的脸上。

第二部　鹿的地方

（一）

阴山，巍峨的连峰。一个挺拔的山峰上，站着一只鹿。

鹿自由自在地翘望着东方。

半山腰间，出现蒙古文“包克图”。

再现的是汉文“鹿的地方——包头”。

这是个富有诗意的美丽的地名，坐落在内蒙古自治区西部。

蒙汉各族人民的先人，和平相处在这里。附近有古老的召庙——五当召、昆都仑召。

转龙藏[①]，古树参天，清泉潺潺。

我们的人民，有善良的性格和创造天才。

看，三头大龙头，张开巨嘴吐着泉水。

但是，在帝国主义、封建主义、官僚资本主义的反动统治与长期压迫下，包头，从未有青春的时代。

驮着沉重货物的骆驼，漫不经心地迈着沉重的步子。

拉着古老破车的老黄牛，颠颠荡荡地走在风沙中。

坐在车辕上的赶牛人，把脸缩进老羊皮领中。

这就是“鹿的地方”，是多么不相称！

这就是资源无比丰富的地区，是多么不相称！

“鹿的地方”——包头，不能够这样，它要站起来，它应该有最美丽的青春时代！

中国人民解放军的炮兵，在轰击黄河冰凌。

指挥员用望远镜观测。下令！

一阵阵的炮弹飞上天空，落在河心爆炸。

中国人民解放军的空军，在河上天空盘旋。

炸弹在河心爆炸。

---

① 转龙藏：包头东南 20 公里的一处泉水名胜，有成吉思汗时代的传说。

我们的时代，向黄河下第一道令：

春天要提前到来！

黄河要提前解冻！

古塞外，它要像黄河解冻一样，把封锁着它的冰层冲破，把盖着河面的尘沙冲走！

黄河隆隆的解冻声，冰凌在河里破裂翻滚。

我们要使新的“鹿的地方”，发出铿铿锵锵的钢的声音！

毛泽东时代的人们，要在这个地方，写下最新最美的文字，画下最新最美的图画。

一九五三年五月，中国共产党中央和中央人民政府，决定在包头地区建设一个现代先进技术水平的钢铁联合企业。要在一九六五年，建成年产三百万吨钢，能轧制大型钢材、钢轨、钢梁和大型无缝钢管，这是包钢的第一个目标。

包钢，将像一颗红色的巨珠，升起在茫茫千里的绿野上。

中央冶金工业部派出大批干部和技术人员，在苏联专家的帮助下，来包头选择厂址。

这里资源丰富，但眼下什么资料都没有，选厂址的人们，只找到一张几十年前绘制的地形图。

壁上挂着一份五万分之一的地形图。

总经理杨维和工作人员郄晋诗、赵书润等在这张唯一的地形图上，研究选择的地点。

一间破旧的骡马客店，土炕上铺着光席子。

选择厂址的人就住在这个当时最好的“宾馆”里休息。

人们坐在车上，看着、笑着。

要去选一个现代化的钢铁厂址，是多动人的事情。现代化的钢铁基地，必须有现代化的交通工具。

他们坐的是卡车吗？为什么这样慢吞吞？

这辆当时的交通工具全景出场了：一头老牛拉着一辆古老牛车。

老牛车走过镫口，走过麻池，走到乱水泉。

乱水泉，水头涌涌，水草摇曳。

老牛车，走过南牌地沙窝，走过昆都仑河，水花溅在人们的身上。

乌拉山下的宋家壕，无边的荒野，几间低矮的土房，一丛丛红柳在风中摇曳。①

牛车颠颠荡荡，走到黄河渡口。

水鸟在河上空飞过，闪着银色的翅膀。

---

① 镫口、麻池、乱水泉、南牌地、宋家壕都是地名。

古老木船在激流中颤抖。

河水滚滚，打转流着。

四野茫茫，远方风沙旋卷。

最好的“宾馆”里，人们又在看地形图。

指头顺着密密麻麻的乌拉山麓，一直移到尽头西山嘴。

“这是乌梁素海！”

当时包头唯一的一辆小卧车出现了。这是旧中国留下的唯一的现代化交通工具。我们很快就要用自己造的最好的汽车来代替它。它应该退休了，但它在退休之前先为选厂服务。汽车送苏联专家安德列耶夫同志去乌梁素海。

一辆卡车随着小卧车沿着乌拉山麓往西奔去。

乌拉山下，野桃花万紫千红，开遍原野。

沿着野桃花开遍的山川，出现蓝色的乌梁素海。

雁群，在海子高空飞过。

鱼鹰掠过海面，拍着泛起的浪花。

白云倒影，沉在蓝色的海水里，天鹅在云影上浮游。

牛羊在海边吃草。

美丽的草原湖——乌梁素海，荡起白色的银波。

远处的蒙古包里，吹着呜呜的牧笛。

从河北来的渔民，在海子里捕鱼。

（二）

五万分之一的地形图上，看到昆都仑河和宋家壕的位置。人们用红铅笔在此画了个大圈。

从地图上，现出几台钻探机。

紧接着变为宋家壕厂址勘探地点。北面是高高的乌拉山。

一片无边的广野上，出现了四十多米高的木架气象观测台。当时看来，数它了不起，勇敢地立在孟家梁。

二四一队几个男女勘测员架起仪器，在进行测量工作。

他们欢笑着说："这里今天是荒野，明天就是包钢！"

红白相间的标旗，在荒野中飘扬。

标旗和菱形、圆形的标牌，竖起在黄河岸头。

帐篷，搭起在黄河边上。

（三）

包头处在进入新时代的起点。

艰苦的历程开始了，幸福的历程开始了。

“鹿的地方”变为钢的地方的历史转折点开始了。

迎接包钢的钢铁大街的工程开始了。

爆破声，震撼着大青山麓，硝烟卷着泥尘沙石，冲上高空。

推土机在推土，铲运机在奔跑。马车在拉土，牛车在拉土，手推车在拉土。

浇灌路面的水泥工，紧张地劳动着。

集中古今所有的车，
在钢铁大街走来回，
运来红砖和绿瓦，
一个令人眼红的时代来！

它像铁水从炉口冲出来一样，一条二十五公里长的洋灰大道出现了。各种古今车辆，运载着各种建设器材，往西奔驰。

大青山尽头的南牌地是古老的沙窝，几间破泥房，孤零零地站在旷野上。沙石飞扬。

一辆大卡车，坐满工人，装满帐篷、支架、工具。

有名的几次获得先进生产者的劳动模范李万喜和青年范兆瑞的建筑队来了。

他们跳下车来，看了看荒野，对伙伴们说：

“这里是我们的福利住宅区。”他摊开图纸指给大家看。

帐篷在风沙中竖起来了。

人们在草丛中支架帐篷时，突然蹦出一只野兔。人们叫着、笑着、追着。

脚手架在野地支起来了。

蒸汽起重机、坦克起重机，都转动起来了。

年纪大的工人走过，青年工人走过。

老的一代工人来了，年青的一代工人来了。

球场上青年们在打球，运动衣上写着“北京地质学院”“天津钢铁学院”，等等。

第三代也来了，画面上出现着儿童们的围裙，有的写着鞍山幼儿园，有的写着本溪幼儿园，有的写着北京、上海、天津幼儿园。

几个男孩子、小姑娘在院子里学砌砖，有的在栽树。

在儿童们游戏的后远方，新老工人都在砌砖、浇灌。

老年、青年、少年、儿童一起在这里栽种爱情。

一阵风沙吹得孩子们眯着眼睛，一个男孩和一个小姑娘站起来，鼓起嘴巴，对着风沙喷气：“呼”的一声，许多孩子都一起向大风喷起气来。

在孩子们的吐气中，南牌地的包钢职工住宅，出来了，一幢幢，一排排，鳞次栉比。

第一俱乐部出现在晚霞中，忽然灯火辉煌。人群涌涌，他们来这里看电影、阅读、下棋、跳舞。

（四）

古塞外的乌拉山，它曾经是一片绿树海洋。但是在旧中国反动阶级的统治和军阀混战下，滥伐光了，焚烧光了，留下的是光秃秃的群山，留下的是干旱荒凉。

近几年来，满山自然长起松苗。这似乎是神话，但是真实的。光秃秃的乌拉山，重新获得青春。

茁壮的松苗，矫健地往高长着。大自然，在为迎接包钢诞生准备着。包头市的建设为迎接包钢的诞生准备着。昆都仑河上在修筑钢筋混凝土桥梁。坐落在昆都仑河西岸西河楞的包钢建设基地，十几座厂房盖起来了：

这是动力站。

这是运输部。

这是钢筋加工厂。

这是木工厂。

这是混凝土预应力管厂。

这是汽车库和修理厂。

为了迎接包钢的诞生，把白云鄂博矿山和包钢连起来的铁路，开始修建了。铁道三局的筑路工人，在乌兰察布的风雪中，抢修包头——白云鄂博铁路。

在广阔无边的草原上，工人们带着家属住在地洞里。虽然如此，洞内却挂着毛主席像和许多彩印画。还有“叫大风让路，阴山低头”的标语。

远方，信号旗上升，隆隆响起爆破声，硝烟碎石冲天。

为包钢的建设、生产服务的，包括铸钢、铸铁、锻造、机修、木模和金属结构、修理、安装、冶金矿等八个车间的机械总厂已经建成并投入生产了。

第三部　东风推醒桃花汛

（一）

震撼人类历史的一九五八年来了。

包钢建设全面施工的一年来了。

　　春风吹绿了乌拉山，

　　古城头，阳光红红艳。

　　冻僵了的古黄河，

　　蹬动千里黄河被衾。

　　岸坍岩崩坚冰解，

　　泛起了桃花春汛！

包钢的建设者，提出把原计划在一九六〇年建成并投产的，我国较大之一的1513立方公尺的一号高炉，跃进在一九五九年底建成，提前参加在十五年内钢产量超过英国的光荣战斗行列。

“兵马未动，粮草先行。”焦化厂的第四号焦炉施工开始了，这是为迎接草原巨人提前诞生准备充分的食粮。

国务院副总理、中共内蒙古党委第一书记、内蒙古自治区主席乌兰夫同志和中共包头市委第一书记苏谦益同志、中共包钢党委第一书记陈守中同志、副总经理李超同志，亲临现场破土动工。

乌兰夫同志提起第一罐混凝土，往四号焦炉基础倒下去。在这第一罐混凝土的地方，紧接着出现的是第四号焦炉的地下基础结构。在地下基础结构上，紧接着出现的是砌异型砖场面。

草原巨人——包钢第一号高炉施工开始了。

红旗像海洋在工地飘扬。巨大的标语牌写着：鼓足干劲、力争上游、多快好省地建设社会主义！

巨大的铲运机拉着土方，从深坑里爬上地面。在铲机的履带轧痕上，出现的是李万喜队在绑扎钢筋和浇灌混凝土工作。

搅拌机转动着。混凝土车奔跑着。

发动机、搅拌机、汽车的声音，乌拉山下采石方的爆破响声，组成一部巨大的交响乐。硝烟弥漫、飞石乱滚、漫淹着乌拉山麓。

（二）

史无前例的大跃进，一次又一次鼓舞着包钢的建设者们。他们再一次提出把第一号高炉投入生产，提前在一九五九年十月一日建成。

以包钢为中心的包头重工业基地每天需要五十万立方公尺水。

水，是第一关！

要叫黄河改变方向！

要叫黄河交出清水！一九五八年五月间，包钢的建设者，开始和千古难驯的黄河战斗！

要在黄河洪水到来之前，打胜第一仗。包钢的建设者们，要和洪水赛跑，和时间赛跑！

黄河，我们祖先的发祥地。

浊浪滚滚，从西奔东来。

千里扬洪波，
万里起金涛，
劈山穿山迸东海，
南滚北翻任遨游。

广阔的原野，这是黄河的冲积层。千万年来，黄河在这里南翻北滚。

战黄河！

几千名征战黄河的包钢建设者，背着行李，扛着工具，开向黄河去。

挖掘机、铲运机、坦克吊车、卡车、吉普车，载着人和工具、机器，开向黄河水源地区去。

战黄河，战黄河，
包钢提前唱凯歌！
强迫浊水流清波，
千军万马战黄河！

风呜呜，雨哗哗。

从北京颐和园昆明湖上来的“北京号”吸泥船，浮在黄河上。

内蒙古自治区航运局的“草原号”，浮在黄河上。

钻探机架在浮箱和木船上。浊流滚滚从钻机下流过。

岸边一圈蓝色的栅栏中，有一排新的房屋，这是黄河水文观测站。观测员们，在这黄风漠漠的古渡口，征战了好几年了。他们像侦察兵一样，把难以捉摸的黄河，摸出了它的性格、脾气。今大，欢乐地迎接大军的来到和决战。

在风雨中征战黄河的钢铁战士，他们大部分没有做过这种工作，虽然有老工人——瓦工、木工、水泥工，盖住宅、修花坛、修电影院都是能手，但和黄河打仗，他们全都是新兵。

人丛里，有五十四岁的老水暖工高希亭，有老木工崔霖雨，有被老工人称为“小子”的姑娘胡桂芝。

战斗开始了。中共包头市委员会第一书记苏谦益同志、中共包钢公司委员会第一书记陈守中同志，及黄河水源工地的领导人，黄河工委书记林光、工程指挥孙冰水、副书记张焕臣，一号进水口的主力军——炼铁土建一队队长王景福，率领着大家，抡起镐、锹，和黄河开战。

共产党员、老水暖工高希亭，坚守着抽水机，四天未下火线。

这是中央交通部修筑长江大桥的胜利者，今天支援包钢来了。

走遍祖国江海的老海员陈世才，他现在是工程师，什么海港河流都遇到过，但是黄河确是与众不同，脾气古怪。他正在向附近的船夫了解黄河脾气。

从上海、天津新港来的潜水员，正在下水工作。

在汹涌的激流中，他们潜下去，根本没有能见度，他们只靠两只手，就能和河底岩石讲话。看，他一摸就知道这是什么岩石，它已经有多少万岁了。

他们在水底作业、焊割钢筋。看，他们把会闪光的火花，带到黄河水底。黄河鲤鱼多高兴，它们第一次见到光亮。

看，这两个潜水员，挨着钢盔交换情况。

（三）

一切准备好了。我们要叫千古黄河开花，叫黄河水跳上天去来个大翻身！

黄河水底爆破开始了。

这是大山，突然从河心拱出来，一座、两座、三座……

水柱、浪花、飞沫，像喷泉似的冲上河天。

河天上，鱼鹳惊起乱飞，嘎嘎叫喊着飞逃。

黄河翻身了，它为草原巨人——祖国的第三个大钢都的诞生欢呼，跳跃起来！

（四）

管道工程和沉淀池的工程，遇到流沙的抵抗。

黄河似乎早就料到：总有一天，它会遇到能呼风唤雨，能劈山造海的时代，它的无法无天的自由主义，会遇到不怕它的人们。因此，这条从星宿海、通天河，冲进大东海的凶猛醉龙，早在千万年前，南滚北翻之后在河槽两岸的地下，潜伏下来千里流沙，准备着第三条防线。谁敢来要它澄清时，来场地下决战！

果然如此，千古以来第一次要黄河澄清的包钢建设者们，在管道工程、沉淀池工程中，遇到了古怪的流沙。

铲运机、挖掘机，在干燥的地面黄土层作业。很快就出现三公尺以下的湿泥层。流沙出现了，稀泥浆从地下流出来。逐渐往上高起来。深沟两旁的土方，纷纷挫下去，坍下去。

工人们用木板挡，挡不住，流沙仍然从木板下边拱出来。

抽水机开动着，但抽不出水来。

在一道日晒风干了的坑沟工地上，土的外表是干的，工人们上去，土层颤颤动动，像踏在弹簧床上。

突然坑里，地皮一动一动地把干土顶高，出现一个个像蘑菇似的怪东西。

在另一工地上，流沙眼往上喷浆，喷得老高老高的。

许多流沙眼，大大小小在喷着黄色的稀泥浆，像溃烂的脓疮。

有一工人，拿了一根好几尺长的杆子，往喷浆的流沙眼里插进去，捅不到硬层。

人们试验用石头铺填，不顶事，流沙一下把石头吞没了。

（五）

包钢黄河水源工程地区，遇到了世界工程没有见过的大流沙。

硬干、苦干，不能镇服。

“必须巧干！”黄河水源地指挥部的指挥兼党委书记林光、张焕臣等同志在召集工程技术人员、老工人开会研究。

一个三米多高的洋灰结构，被流沙冲走了好几公尺，而且把它就那么吞了进去。

这是针状过滤器，是在流沙中排水的先进工具。可是工程这么大，线路这样长，需要多少过滤器和多少钢管？成本非常高，而且我们没有这样多施工设备。

还是土洋结合吧！

这是钢丝井。

这是洋灰井……

木工孙富政，根据风箱的原理，用钢管制成了水抽子（唧筒）。

这种排水工具，相貌并不怎样，但它不需要发动机，运带方便。使用它都是年纪大的人，用不着气力旺盛的青年小伙。这样小伙子可以去做更繁重的工作。

看，这大家伙，多像个炮弹！可是它不是铁铸的，是木板做的，这是为了在流沙中排水，镇服怪蘑菇用的炮弹井，它是二连工人崔霖雨创造的。它的夹缝中，填着碎石，这样就可以把水排出来了。

抽水机从炮弹井的夹缝管，抽出水来。

崔霖雨和工人们在观察炮弹井下沉，流沙一直往上拱。

流沙集中了力量，在抵抗炮弹井，不让它沉下去。

崔霖雨拿了一只水枪来，用猛烈的水，喷向炮弹井的周围。

泥水喷溅起来，炮弹井逐渐往下沉了。抽水机从炮弹井里排出水来了。

四号泵站的工程开始了，这座深入地下九公尺的高压泵站，直通下到黄河流沙的深层。

流沙眼喷几公尺高，“蘑菇”一个个拱出来了。

要排掉深层地下水，是个艰巨的战斗。

最现代化的针状过滤器，也解决不了流沙层排水问题。工程眼看停滞不前了。

用专家研究出的技术，水仍降不下去，流沙把垫层的混凝土，拱破了，往上喷出来。

高喜亭研究之后，第四次在辩论会上一再提出他的方案：把真空水泵往下降低。高喜亭坚持说：“如果水泵与水平一样高，力量就大。工期很紧，不能再拖，搞不好，我对党负责！”

大家同意高老师傅的方案，下午把水泵降下，干了一宵，流沙果然落了，

“蘑菇”缩回地里去了。

基础浇灌能进行了。

第四号高压泵站像一座钢铁堡垒，从流沙层往上高出地面。

巨大的立式机器安装起来了，开始运转了。

（六）

经过十个月的艰苦战斗，征战黄河的英雄们，把千古难驯的黄河，征服了；把千古流沙，镇服了。

在黄河水源地上，许多先进人物，在火线上举行了入党宣誓；他们要永远做一个共产主义的光荣战士！他们要以征服黄河的气概，担负起党和国家交给他们的新的战斗任务！

他们唱着“黄河会师战高炉”的凯歌，送一部分战友开赴第一号高炉工地，支援第一号高炉工地，支援高炉提前出铁。

插着红旗连、火箭连等民兵连红旗的卡车奔驰在公路上。

红旗连、跃进连、火箭连的旗帜，插在铸铁车间工地对面的帐篷前。

红旗的远方是焦化厂、乌拉山。

第四部　草原巨人在诞生中

（一）

一九五八年八月，党中央提出钢铁加一番的宏伟号召。包钢的建设者们写下跃进、跃进、再跃进的诗句：

擂响跃进鼓，

吹起跃进号，

蹬破困难跳上天，

提前摘下钢铁果！

中共包钢党委向金属结构公司第二队提出提前安装第一号高炉的任务。

中共包钢党委第一书记陈守中、副总经理李超，在同金结二队的领导干部谈话。指示他们发动群众，要以打破常规的速度，提前安装第一号高炉。

金结二队助理王文涛、队长崔国华、总支书记王炳宽，望着窗外远方的高炉工地。

远方的蓝天白云下，耸立着山峦起伏的乌拉山。

高炉工地上，除了李万喜队已经完成的基础工程之外，别的工程都没有完成。

铁路没有修通。

金结二队曾打破一切纪录，三十天安装起来的四十吨塔式起重机，孤零零地立在离高炉很远的南边。

在党委会的窗前一角，王炳宽等三人在商量。

能行吗？什么安装条件都没有？

王炳宽说："只有一个办法，回去找群众商量。"

中午到了，电铃响了。他们顾不得吃饭，下楼跳上自行车，向工地飞快地跑着。

王炳宽三人回到队部，立刻召开党总支委员扩大会议。一场热烈的争论开始了。

有人说，材料不足，没有现代化的安装设备，塔吊开不过来，很多工程配合不上。

有人说，从前在东北安装高炉，材料、安装条件，是要什么有什么，起码也得安装三个月。现在包钢第一号高炉，这样大，什么也不齐全，四十五天，根本不可能。

共产党员、老起重工詹德荣起来说："我看，我们还是靠安装塔吊的那根独杆抱子，不靠吊车过来也可以安装。"

但是有人说，这是办不到的。这样大的玩意儿，咱们过去没有干过。

詹德荣提议说："我建议，不要在屋子里辩论，到现场去讨论！"

总支委员会的扩大会议移到高炉现场来。詹德荣在现场一边比画一边发言，说明不用等塔吊过来，如何以独杆抱子来代替，如何在第一圈炉体留下一个口子，作为进料大门，把五圈炉体钢板运进去，安好六圈之后，再填堵大门的施工方案。

我国较大较先进的高炉之一——包钢第一号高炉的安装工程，就这样开始了。

样子并不动人的十二公尺独杆抱子，在炉体内起装大型钢板。

共产党员、六十三岁的老起重工彭云长和詹德荣在指挥小伙子们工作。

刘国贤老师傅，领导年轻的电焊工，围绕着炉体在焊接。电焊的蓝光紫火，像节日的礼花，飞撒在炉体周围。

九天之前还是空空旷旷的高炉工地，现在出现了安了九圈的半截大型炉体。

半个月不到的时间里，草原巨人已长大了，已经立起十九圈高的巨大身躯，它要和乌拉山比高低了。

（二）

中共包钢党委，向已经取得了快速施工胜利的金属结构公司二队，提出第二个号召，提前安装完三座热风炉。安装热风炉，电焊工是主力军。但他们只有二十四人，而且只有两名合格技工。

有人说：“四天安一台，没有五十名合格的电焊工，够呛！”

青年电焊工孙健，对大家说：“不是五十名合格的电焊工的问题，而是政治挂帅问题。政治挂帅了就能办得到！”

技术还不合格的青年焊工们，交头接耳地谈着敢不敢、能不能的问题。

老焊工刘国贤师傅起来支持孙健的意见，并鼓励青年们说：“这点技术没有问题，可以干出来！”

青年们有了刘师傅的支持，一致提出保证四天安一台，保证质量合乎要求。

当天晚上，由民兵组织的青年钢铁突击连成立了。

总公司共青团委员会，把一面写有“青年钢铁突击连”的队旗，授给副连长孙健。孙健接受队旗，立在台上。

党授给每个突击队员一枚金字红底、写着青年钢铁突击连的胸章。

为了祝贺青年钢铁民兵连的成立，党和团授给他们武器。

二十四名青年电焊工，佩着胸章，庄严地立着。

他们举手向党宣誓：保工期、保质量、攻下热风炉。

老师傅们热烈鼓掌，祝贺自己的接班人。

早晨，昆都仑河的东方天空，升起绮丽的朝霞。

苍鹰在天空飞翔。

“钢铁青年之家”院子的黑板报上，写着这样一首诗：

鹰群赞

鹰群飞天破云雾，

青年猛攻热风炉。

焊棒吐电管吐火，

热风吹暖阴山麓！

青年们背着武器整队跑出“钢铁青年之家”的大门。

鲜红的队旗，插在一片空地上。

刚从人民解放军转业来的薛振昌，喊着口令，在进行军事训练。

孙健高举着队旗领着战士，雄赳赳地跑入工地。

猛战热风炉的战斗开始了。

三台高大的热风炉体的脚手架上，纷纷飞舞着火花。

地面工场上，人们爬在巨大的炉帽上焊接。

吊车隆隆辚辚，吊起一个炉帽往炉顶方向移动。

起重工彭云长挥动红绿旗，吹响哨子在指挥。

十月草原的寒风，呜呜怒吼，一阵阵的风沙，往炉体卷来。

雄鹰们继续在焊接。

黄昏的天色，呈现出大风雨就要来临的景象。

夜晚，风雨来了。整个工地包围在蒙蒙的寒风雨中。

雄鹰们继续战斗着。

青年女技术员孙承荣，在风雨中和焊工们一起紧张地劳动着。

弧光、火花在风雨中闪烁，飞溅。高炉工地，呈现出一幅奇异的夜景。

（三）

三台热风炉高高地矗立在蒙蒙的朝霞中。

被包钢称为鹰群的青年钢铁突击连，连焊接和安装在内，以九天半的实际工时，胜利完成了战斗任务，打破了安装热风炉施工的最高纪录。

一面红旗，在朝阳中升起，在红旗下面是 90 多公尺高、1513 立方公尺的包钢第一号高炉的外体，雄伟地出现在乌拉山麓。

它像马上要出征的巨人，在阳光中向伟大的祖国报到，要求任务，等待命令。

（四）

但是，包钢是建设在草原上的。

这里工业基础非常薄弱。

第一号高炉的炉体安装起来了，遇到了材料供应不上的困难。

第一号高炉工地，在停工待料。

已经安装了二十一圈的高炉外体，工作停下来了。

流云在天空飘浮，两只小鸟飞落在高炉顶上，优哉游哉地叽叽喳喳地叫着。

塔式吊车的巨钩，空悬着。

往日的焊接工地上的坦克吊车，长臂垂下来。

热风炉和高炉内部，空着，没有耐火砖。

从高炉内部往上看，只看到圆口上的天空云朵。

高炉旁的进料系统工程，脚手架上，没有人在工作。

十六A和一D转运站，还长着青草。

因为没有钢材，没有洋灰，这一切和前面的情境，是多么不协调，多么使人着急。

彭云长在出铁口的平台上，清理东西，摊开两手，对人们说："没有材料，干着急呀！"

工人们，立在托盘上，望着远方。似乎在说：快来材料！

（五）

在武汉会议上，乌兰夫同志向毛主席汇报包钢的情况。

毛主席说："要想办法为包钢解决困难。"

周恩来总理召见了包钢总经理杨维同志，询问包钢的困难。

党中央、毛主席在关怀包钢！

一九五九年一月十九日，《人民日报》发表了《保证重点　支援包钢》的社论。

《人民日报》出了支援包钢的专页。

一月十九日清晨，北京车站、沈阳车站、上海车站广播出《人民日报》的社论。

包钢高炉工地上，人们听着中央人民广播电台的广播，欢呼跳跃。

一个青年焊工对老师傅们说：

"党中央、毛主席关怀着我们，《人民日报》帮我们说话了！"

老工人笑着说："这太好了！这太好了！"

（六）

春天来了，乌拉山麓，野花盛开。

百灵鸟群掠过原野。

从沈阳开出一台特制的、与众不同的火车皮。它的身子是弓形的，车牌上写着“沈阳—包头”。一个巨大无比的高炉顶钟放在车上。

巨大的高炉顶钟运到了高炉工地。

安徽合肥矿山机械厂，为赶制包钢的皮带运输机，开展了支援包钢运动月。

包钢焦化厂的工人们在安装皮带运输机。

从毛主席的故乡——湖南来的电机车，运到了白云鄂博。

白云矿山公司的党委书记李一夫、经理们和白云矿区区委书记巴音图龙在主持试车。

从南京、沈阳起飞的飞机，在为包钢运送各种设备。

天津飞机场上，人民公社的社员，热情地帮助飞机装载运往包头的器材。

社员对驾驶员说：“我们跟你们去，可以帮助卸货，也看看我们的包钢！”

飞行员高兴地和人民公社社员握手。

飞机在包钢大厂区盘旋，人们欢呼！

“飞机送原料来了！”

一月间，伟大盟邦苏联的代表团来到包钢，表示热烈支援包钢提前出铁，决定提前提供最先进技术的各种设备。

“北京—乌兰巴托—北京”的国际列车奔过广阔的内蒙古草原。

它载运着人类伟大的友谊，载运支援包钢的设备。

写着俄文中文的“列宁格勒—包头”的设备箱子，摆满了包钢的设备仓库。

斯捷潘斯基同志亲自在检看设备。

苏联来的大型鼓风机在安装，苏联专家在现场指导金结二队安装。

他蹲在透平体下向李少年讲解、指导。

三个女学徒和工人一起，聚精会神地听专家的讲解、操作。

巨大的称量车，装上火车，准备从仓库运往高炉工地安装。

（七）

在全国一盘棋的正确方针下，在全公司一盘棋的指导下，中共包钢党委会提出提前攻下出铁关的号召。第一号高炉工地在迅速变化。

中共包头市委第一书记苏谦益同志，领着工作组，直接在高炉工地现场指导工作。

为了解决耐火砖问题，苏书记和老工人赵金发等在开座谈会。筑炉公司二队的耐火砖加工厂，在紧张地磨砖。

赵金发在教徒弟砌砖。

钢筋加工厂，堆着许多钢筋。工人们把钢筋一弯，有的弯不到二十度就断了。有的离地二公尺扔下就折了。

早上，炼铁工区前线指挥部工委书记林光，收到炼铁厂土建二队料桥工程小队的一封信。信上说，钢筋材料不合规格，工程上不去，要求工委书记亲自解决材料问题。

中共包钢党委第一书记陈守中、副总经理李超，冶金设计院院长史星三、高炉指挥部工委书记林光等同志，在料桥现场和工人们、设计人员们研究钢材代用问题。

包钢冶金设计院的领导同志和技术人员，搬到现场办公，在现场和工人研究图纸，解决施工中的技术问题。

冷冷清清的料桥工程，一下子热闹起来了，工人为克服脚手架不足，把别处暂时不紧用的施工工具，拆运到这里来。

十六 A 转运站，一 D 转运站，筑起来了。

中共包钢一次代表大会，工人们举着捷报牌，捧着保证书向中共包头市委第一书记苏谦益、中共包钢党委第一书记陈守中报捷和递保证书。

3600 立方公尺的巨型水塔立起来了，塔顶上红旗招展。

送风巨管，在高架上安装。

电缆，在地下安装。

钢铁战线的新兵——女徒工小苗和她的同伴们，系着安全带在高空作业。在天车的横梁上勇敢地行走着，工作着。

塔式起重机的盘梯上，女工们勇敢地在 40 公尺的钢梯上奔上奔下。她们准确地在操纵室里工作着。

高架上，工人躺着仰身烧割钢材。

天空、地面、地下，立体纵横，都有人在劳动着。

工地上，机器响声，钢铁响声，卡车奔跑，推土机、铲运机在移山倒海，扬起阵阵尘烟。

一切都在为了提前攻破出铁关，提前加入完成 1800 万吨钢的光荣战斗行列。

第五部　绿野红珠——包钢

（一）

一切为了响应党的号召，攻下出铁关。

为草原巨人诞生准备充足食粮的包钢焦化厂要出焦了！

工人紧张地在推焦机上做最后试运转。

半夜，明月在天。

在推焦机操作台上，焦化厂副厂长张彤向包钢总经理杨维同志汇报出焦的准备工作情况。

像座城堡似的三号焦炉的第九十六号出焦口下站着陈守中、李超等同志。

穿戴着保护衣的工人，严肃地在检查最后的工作。

指挥台上奏起《东方红》。

接焦机开过来了。

九十六号孔口门开了。

金色的焦炭，放出光芒，像一朵就要开放的花苞。

出焦了！推焦机向孔道中前进。

出焦口，像一道峡谷，金光闪闪的黄金碎块倾泻出来。

火光烈焰冲上夜空。锣鼓声，鞭炮声响起来！

（二）

提前要黄河送交清水的战斗，在黄河到乌拉山麓二十公里的战线上，和时间展开争夺战。

挖泥机和铲运机，在水源线路上奔跑。

重型卡车载运着钢管往管线上奔跑。

大马车拉着洋灰、预应力管往管线上奔跑。

吊车在吊起几吨重的大管。

吊车转动长臂把大管卸下深沟。

工长吹着哨子，挥着红旗。

夜里，一路灯光的路线上，刚从部队转业来的军人们，跟着老师傅们在焊接管缝，蓝色和紫色的火花在蹦跳飞舞。

电线杆上的喇叭，在报告一天的节目完毕，并报晚安。

管线上，仍紧张地工作着。

繁星在天上。

繁星在地上。

第二号进水口施工开始了。围囹下沉开始了。

黄河水滚滚流着。

高大的钢架围囹浮在靠河岸的浮船上。

两艘汽船，拖拽。

围囹上，满插红旗。

河心西面，是定位船。

音乐声开始了，围囹顶上的指挥发出命令。

修筑长江大桥的工人们，穿着石棉浮衣，聚精会神地站在绞车前。

拖拽围囹的汽船，鸣起长笛。

巨大的围囹往急湍的河心移动。

（三）

白云鄂博，完全改变了容貌。

昨天的草原、牧地，现在出现的是奇景。

在晚霞中出现白云鄂博车站。

在晚霞中，出现白云矿区的未来公园——凤凰山。下班之后的男女青年，在这里散步。

新开的大街上，一座灯火辉煌的矿工俱乐部。人们在这里看书，下棋，看电影。

人们在这里看朱委员长的题字："提前建成白云鄂博矿山。"

这是一座巨大无比的钢铁城堡——白云矿山的破碎厂。

这座深入地下40公尺，高出地面20公尺的大型建筑物，是包钢的工人、技术人员的集体创作，他们采用了高压浇灌的快速施工方法建成的。

这又是一座巨大无比的钢铁城堡——白云矿山的储矿槽。

这是被矿山工人称为"长城"的电机车铁路。

一下灯光出现了。

乌兰察布草原，出现了人造的天河。

白云鄂博，繁灯千万，像戴着一顶明珠宝冠。

北斗星座出现在白云山后。

（四）

一切为着响应党的号召：提前攻破出铁关！

黄河一号泵站第一次通水了！千古浊流，在草原地区，第一次在人们的手下变为清水的时刻到来了！

一号进水口的闸门打开了！欢迎黄河进入新时代的大门！

看！黄水在进入闸门了，水面突然凹下去了，黄河第一次笑出了一个温柔的酒窝。

浊流向人类春天的道路上前进。

它进入第一道关口——零号泵站的水门，旋起欢乐的水花。

它进入第二道关口——闸门井，旋起欢乐的水花。

它进入最后一道关口的人造湖——沉淀池了。

苦战黄河的英雄们举着彩旗，敲锣打鼓，在欢迎黄河！

黄河，出头的日子来到了！向伟大的时代进军吧！

轰轰隆隆的水声，黄河水从巨管大口，喷珠吐玉般地奔泻出来，冲出来了！

黄河水，飞腾起来，欢唱起来。

黄河水，通过地面水槽，向南面飞溅。

千古看不见阳光的水族，第一次看到了太阳！

黄河鲤鱼在碧波荡漾的水底游泳。

黄河进沉淀池时，是多浊的水呀！要它在池里改换容颜。

出沉淀池时是多清的水呀！黄河变得年轻了。

四号泵站机器转动了，给黄河唱第一支澄清之歌，给改变了容貌的黄河水，鼓干劲，送力量，奔向乌拉山，往高处流去！

干旱的阴山在欢迎黄河！

干涸的昆都仑河，在欢迎黄河！

人造的瀑布，泻下昆都仑河去！

包钢的建设者，给这条古山洪河道，增添了新的力量！

黄河水通过暗管，往热电站前进！

黄河水通过暗管，往第一号高炉第六号水泵站，前进！

向绿野红珠——包钢，前进！

（五）

草原巨人快要诞生了！

包钢马上要参加 1800 万吨的光荣战斗！

炼铁工区二十四时尽是白天。

千万团灯光照耀着工地。

十六A转运站在安装设备；

一D转运站在安装设备；

巨大的料车桥上，称量车安装起来了。

金结二队，为草原巨人——第一号高炉在做最后的打扮，给它戴上巨大的钢盔！

这是新培养的蒙古族、回族炼铁工人。

他们和汉族兄弟在一起，在听列文等苏联专家给他们讲课；

列文同志在指导他们安装铸铁车间设备，讲解设备操作规程。

（六）

草原巨人就要诞生了！

宝冠似的白云鄂博，巨大的穿孔机在穿孔。

在黎明时，响起开山礼炮！

烟硝碎石，飞向天穹。

蒙古族青年电机工在电机旁操作。

原来的牧女在闸箱旁操作。

四立方米的大型电铲开动了，把矿石卸在电机车皮上。

电机车操作室内，蒙古族青年跟着汉族师傅把电机车从山上开下来。

电机车行走在“长城”脊梁上面，进到破碎厂顶上。

成千上万吨的矿石，倾倒进破碎厂。

破碎机发出震耳的巨响。

矿石顺着自动输送带，送上储矿槽。

一列矿车在储矿槽承接着矿石。

火车开动了，奔出了储矿槽。

火车开出白云矿区。

火车奔驰过乌兰察布草原。

火车奔出阴山河谷，驰过昆都仑河。

火车到达十六A转运站。

它鸣起汽笛，向草原巨人祝贺！

（七）

草原巨人马上要投入战斗！

包头第一热电站开始送电了！

鼓风站将送风了。

（八）

从白云矿山送来的矿石，堆积如山。

从焦化厂送来的焦煤，堆积如山。

从卡布其送来的石灰石，堆积如山。

第一号高炉上料开始了。

九月七日，一号高炉开始烘炉了。

白云鄂博变了，蒙古族司机第一次开着电气机车把这里的矿石运到炼铁区。

黄河的水将顺着这条几十里长的钢渠流到乌拉山下，去迎接金色的铁花。

乌兰察布大草原，在短短的几年里发生了多么大的变化啊，你再也不是一穷二白的地方，一颗红色的巨珠——包钢，已经升起在你这千里绿野上。

九月二十五日，这个世界第一流的大高炉开始炼第一炉铁了。

一个伟大的时刻就要到来了。

九月二十六日，五时五十五分，一号高炉流出了第一炉铁水。

包钢一号高炉提前一年建成，这是党的总路线的伟大胜利。

包钢建设者高举大跃进的红旗继续前进，一个比一个光辉灿烂的未来等待着我们。

1959 年 9 月

红松山①

〔六幕剧〕

① 此剧本整理自作者手稿（现存中国现代文学馆），未曾排演和发表。

此剧是 1963 年夏“四清”运动刚刚开展时，接受长治地委书记赵军的建议写的。中央歌剧舞剧院在华北局第一书记李雪峰的形势报告中得知后，要求作者修改后供他们演出，因而有了标题为“八场说唱剧《红松山》”的第二稿。此六幕歌剧是作者的初稿。

故事发生在北方一个山区

时间离现在不太久

人物

巩果实——二十岁

巩再生——二十三岁

巩　母——五十多岁

应消气——七十岁

乔保山——六十多岁

傅千丑——（一、二、三幕的应逢春）十九岁

乔天才——四十岁

傅华堂——六十多岁

傅雪痕——三十三四岁

汪　犇——四十多岁

乔金海——二十七八岁

李双文——青年女社员

老根柱——老年社员

傅德贵——老年社员

小　山

男女社员若干人

第一幕

左边是一家楼房院子,院门临街。院门外有座小桥。远方山峦重叠。

夏季的清晨，雄鸡啼声。

巩果实从家里出来。

巩果实　红红的早云衬青山，

一川炊烟道道蓝，

伏天早晨比金贵，

启明星催人种田。

（裹好头巾，拿起锄头，望望楼窗）

俺哥哥惯做夜游神，

不到饭时不起身，

毕业回家快一年，

不想劳动真气人。

（朝窗叫）哥哥，快起来！

（巩母上）

巩　母　（摇手，轻轻地）果实，

你哥哥晚上要记账，

多睡一会儿也应当。

巩果实　（噘嘴）娘，就是你惯着他！

农忙绣女也下床，

早起才是庄稼汉。

毕业不想回农村，

当了会计人更懒！

巩　母　（心情沉下来）唉！你哥越读书多，心越多，高中毕业就不愿来乡下闹养种，说没有奔头。想做个记者，当个作家。可是当个记者、作家，也不容易。你爹在的时候，当支部书记，咱村年年生产得红旗。来过一位记者同志，就住在咱家楼上。看他熬夜写文章，可苦哩，饭都吃不下去。我怕他生病，就卧了几个鸡子儿，他也吃不下去。当作家也得下乡、上地，才能写出好文章。

巩果实　娘，你看哥哥这样能写出好东西吗？

巩　母　行什么呀？唉！从前只有地主孩子才能读书，咱村有过这样歌儿：

地主羔，去读书，

读饱书，坑庄户，

算盘一拨，咱卖儿女，

大笔一画，咱全家哭！

这会儿，庄稼儿女，人人都能读书，可是人人读了书都不肯闹养种，粮食从哪里来？谁种棉花谁养蚕？不行，我头一个不答应！闺女，你就大声叫吧！把他从梦里叫醒！

巩果实 （同叫）哥哥！快快醒来！

巩　母 （同叫）再生！快快醒来！（连叫三声）

巩再生 （在楼上应）知道了！我醒不了！

巩果实 娘，你听听，知道了还醒不了！

巩　母 唉！真是读书读糊涂了！

（巩果实、巩母从屋旁下）

（傅华堂拿着粪筐、粪铲从桥那边上）

傅华堂 （神情阴暗，目光凶狠）

七月五，七月五，七月又初五，

十六年，穷鬼笑，我偷偷地哭！

天不亮，看祖田，看山又看树，

看仇人，住我房，损坏那根柱！

（在桥上窥视，到院门观看，似乎在检查有无损坏情况）

（巩再生从家里出来）

巩再生 （慵慵懒懒）

远山近岭千层迭，

我巩再生，心头挽了个结。

寒窗读书十二年，

毕业回家搞农业！

（穿衣，叹气）

当副会计该清闲，

却惹妹妹常干涉，

千金难买的黎明觉，

天天给我都毁灭！

（巩果实上）

巩果实　哥，你知道任务没有？

巩再生　（不满意地冲着她）你叫我上地，会计工作你来做？

巩果实　哥，你这是什么态度？你读书比我多，可是你要知道：

俺爹爹在世曾说过，

让你我读书不为别，

为了农民有文化，

不是培养官老爷！

巩再生　好大帽子！

飞天钻地都需要人，

为啥偏要我搞农业？

我需要阳光和甘雨，

农村哪里有这些？

巩果实 哥，你的思想，压根儿不对头！

如果人人都不种园，

果树谁栽枝谁接？

如果人人都不种地，

你夏天喝风冬吃雪？

巩再生 我就不相信中国人那么多，只差我一个人劳动就不得了！

巩果实 （气了）

不劳而食是什么人？

别装糊涂不了解！

好务虚名图清闲，

你呀，是在梦中过年月。

（白）我要上地，没有工夫跟你吵。可是你记住：你今天的任务是担大粪！

（开街门时，傅华堂躲下。巩果实下，傅华堂复上）

巩再生 （苦闷，朗诵诗）

十年寒窗不嫌长，

只盼万里远飞翔，

谁知恨事常八九，

回村做了担粪郎！

傅华堂 （惊叹）好诗呀，好诗！（走到门口）

巩再生 哦，傅大叔，去放牛啦！

傅华堂　嗯，顺便给大队拾点粪。再生，你的诗作得好极了。

巩再生　写着闹玩的。

傅华堂　不不，没有大志气的人，是作不出这样好、这样有气魄的诗的。你作的两首诗，我早就从千丑手里拜读过。第二首，我还能背得出来呢。你听听：

他年骏马谁识相，
未逢伯乐真心伤！
镬把扁担何须用，
明天大厦广堂梁！

巩再生　哦，你都背出来啦！

傅华堂　叮叮当当的好诗，看一回就忘不了。我在你的诗上批了几句话，你看到了么？

巩再生　看到了。

傅华堂　你是咱村，不，是咱全县，数了第二就再数不出第一的、最强、最能干的年轻人了。（笑）我不会相马，不敢强充伯乐。可是我能看出，你将来是全县了不得，也是不得了的人物！

巩再生　（受宠若惊）傅大叔，你太夸奖了！

傅华堂　你是出奇的苗头，正需要阳光雨露却叫粪桶扁担压住。这样好的时代，轮不上你，太可惜了！做镬把扁担的材料，到处都是，拿明天的大梁大柱来做，岂不是太糟蹋了嘛！

巩再生　（叹气）唉！怪我自己倒霉呀！

傅华堂 不，你很有才能。常言说：十岁神童，二十才子，三十天才，四十就是老而不死了！年轻时候得不到培养，很快就到了老而不死啦。

巩再生 （被触动痛处）唉！我一提这些，我妹妹就批评我是发牢骚。

傅华堂 自古以来，没有大志不成器，没有牢骚没有诗。

风越大，浪越高，志大才越高。

牢骚越多，诗越好，牢骚是诗骨头！

发得多，写得多，越写越发好。

说不定，你就是中国的大诗人！

巩再生 （忽然大声说）我发现你不是个牛工！

傅华堂 （惊愕）怎么？我可真是老老实实的牛工呀！

巩再生 不，你不是个牛工！你是个大诗评家！

傅华堂 （转惊为喜，擦擦头上汗）把我吓出一头大汗！我怎么是大诗评家呢？我是老老实实的牛工。哎，我得赶快去放牛。要不小牛工把牛摔了。你年轻大有可为，要这样多多地写呀！（半惊半笑下）

巩再生 （茫茫然）

雾里看山看不清，

人都说地主无人性。

听了刚才那番话，

多么体贴有人情。

（回到院里，扔下担钩发闷）

（傅千丑拿着一本书上）

傅千丑　两只燕子教儿飞，

啁啾飞上柳树枝。

可怜我千丑不如鸟，

有家有爹却冷凄凄！

（白）再生哥！

巩再生　（高兴地）千丑，你爹才走呢。

傅千丑　他放牛去了？

巩再生　嗯。哎，我今天才发现，你爹是个大诗评家，他刚才又夸奖我一番。哎，你怎么不高兴？

傅千丑　我没有不高兴呀。

巩再生　不对。你一定是挨骂了来的。

傅千丑　（掩饰忧郁）别疑神疑鬼的。你说再借本书给我看，书呢？（把书还给再生）

巩再生　我给你拿去。（进屋）

傅千丑　（愁闷地）

两只燕子教儿飞，

啁啾飞上过街楼。

爹理翅膀娘摆毛，

千丑从小天天愁！

巩再生　（见千丑情绪不好）千丑，怎么啦？

我一早起来就发愁，

你一来到就皱眉头。

今天到底是啥日子，

轮罢我愁又轮你愁？

傅千丑　（接书）我爹不知为啥，一夜蹦蹦跳跳，不睡觉。今天一早就说今天是七月初五。唉！

播谷耧斗错装了豆，

我的家庭出身丑。

俺爹老是发脾气，

我像小雀做窝在鼓楼！

巩再生　我看你爹挺和气的。

书上都说地主丑，

我看你爹挺忠厚，

大声不说小声不哼，

老老实实在放牛。

（白）我告你，人上了年纪，就爱唠叨，你别计较。再说，现在谁都是靠工分吃饭，成分再好，还不一样要担臭粪！

（乔天才、汪犇上）

乔天才　副会计！

巩再生　什么事呀，乔书记？

傅千丑　（向乔天才）姐夫！

乔天才　千丑，你爹放牛去了，你快回去吧！

傅千丑　是。（下）

乔天才　再生，你怎么还不到管委会？

巩再生　我妹妹派我去担大粪。她老嘟囔，说我当了大队副会计，就不上地。

乔天才　你妹妹，啥都管，连大队干部也由她分配任务了！我有要紧事要出去，汪犇大队长要去看病，你上地谁来守电话？说不定上面来个表呀，要个数字呀，连个把口子的人都没有了！

汪　犇　大队干部都上地，大队的工作谁来支撑？（挺腰，咳嗽）我都快累垮了！

乔天才　你别理你妹妹。你快去管委会！

巩再生　好，我这会就去。（下）

汪　犇　（取下手表）天才，这块表我不好意思戴。

乔天才　你这个人思想太保守了。领导干部有块表，是为了掌握时间，做好工作。这叫工作需要。

汪　犇　（有什么不便说似的）我没……

乔天才　我叫会计先把钱垫出去了。你先戴着。

汪　犇　（看）还不是巩果实。哎，好像跟你老丈人吵呢！

乔天才　两年前，有个应消气那个老不死，爱管闲事。他走了，又回来个巩果实。树不剪顶要捅破天了！老汪，这事我不便管，你来处理吧。（向桥一边叫）小山，把车子推来！

（小山推车上。巩果实和两个女社员上，把乔天才挡住。傅华堂、

傅雪痕上）

巩果实 支部书记你来处理。

乔天才 又是什么事呀？叫汪大队来处理。

巩果实 山上晴天没下雨，

山上今早没起云，

他清早放牛上北岩，

跌死两头在山坡。

汪　犇 华堂，这是怎么搞的？

傅华堂 （放下箩头）汪大队长：

我为给大队多积肥，

一边放牛边拾粪。

谁料小锁小牛工，

到北岩头上放牛群！

两头犍牛一打架，

一起栽到陡崖根！

这都怪我忙拾粪，

没招呼小锁多留神。

傅雪痕 爹！

谁要你为队拾牛粪，

结果惹祸上了身！

果实说俺爹搞破坏，

说仗着女婿是领导人！

就是俺爹犯错误，

干部不该负责任。

要说是破坏依我看，

不是俺爹是别人！

巩果实　（怒）站远些！

我亲到北岩找小锁，

详详细细问了问。

小锁说是他（指傅华堂）叫去，

说陡岩草长，长得嫩。

两女社员　我们都去了，小锁就这样哭着说的。

乔天才　（用调解口气）

陡岩放牛是危险，

你应当承认不小心！

傅华堂　书记，你批评得很对，我光顾拾粪了！

乔天才　给大队积肥应该表扬，

可是放牛也得要认真。

傅华堂　（唯唯诺诺）是……是，我太粗心了！

乔天才　上山放牛不跌死牛，

除非牛工是山神！

大队长，

这件事情你处理，

做到公私都不损。

（白）由汪大队长调查处理。（向傅华堂）你快回山上，不要再出事了！大家都上地去吧！

巩果实 支部书记，这就算了啦？

乔天才 依你说不能了，大家都在这里泡着，地不上，牛不放，再跌死牛，谁负责？（向傅华堂）你先去吧！

傅华堂 （假装为难）唉！不知道该听书记还是听生产队长？（下）

巩果实 什么听支部书记，听女婿的吧！

乔天才 （很为难地）巩果实同志，你是支部委员，又是生产队长，说话得有分寸。你说我是包庇亲戚了？

巩果实 是又怎样？

乔天才 我刚才批评他，又要大队长调查处理，你都没听到？

汪　犇 （不想负责）哎，天才，看来我处理不了。

乔天才 放牛上山，跌死了牛，问题不就清清楚楚？怕什么？大胆处理。（推着车子下，小山跟下）

两个女社员 （不满地）这是个什么处理法？

汪　犇 （无可奈何似的）我都累垮了。算了，乔支书已做了结论：上山放牛不会跌死牛，山神老爷也不敢保证。算了。

巩果实 这是官官相护！

汪　犇 连我也捎上了？好，那你等支部书记回来吧，我不管了！

傅雪痕　大队长，你不能留给俺天才回来，不然人家又会说：（得意地）

今天又出了个商纣王，

宠了个妲己害比干。

俺天才不是这样的人，

不能留他回来坐针毡！

巩果实　（鄙视她一眼）真是：

茅厕板子做主位，

反正不是正经料！

傅雪痕　（借机反攻）

干部都是茅厕板，

能说不是反领导？

汪　犇　（咳嗽，捶胸）我都快死了，少说几句吧，都是亲姐妹。

巩果实　谁跟她是亲姐妹？

汪　犇　（瞠目）不……不是亲姐妹，也是同志吗？

巩果实　你才跟她是同志！

汪　犇　（火了）生产队长，那……那该叫什么？

巩果实　叫什么？叫地主羔子！

傅雪痕　（大叫）你敢胡说，我爹早摘了帽子了！

巩果实　那是靠你，这个“骂断街”……

傅雪痕　你敢叫我外号？

巩果实　靠你这个“骂断街”，招了个大“驸马”，给你家抹了地主帽！

傅雪痕 （大叫大喊）哎哟！我受人压死了！（疯里疯气跑下）

汪 犇 生产队长，你太不讲团结了！

大家已经成社员，

跟支书结婚该改成分！

巩果实 分明是地主在搞破坏，

怎能装瞎看不真？

汪 犇 （冷笑）地主破坏？哈哈！

沤麻池水能起多大的浪？

秋后的蚂蚱能蹬倒楼？

地主富农早晒成干儿，

看他能成啥气候？

你回来不过两年多，

管事太多防短寿。

（白）唉！我一想起呀：

合作化前土改后，

谁有工夫去发愁！

（白）我管不了啦，你闹吧！（挺胸下）

巩果实 真是活死人！

死猪不怕开水烫，

僵马不怕乱鞭抽。

两个女社员（和唱）

多亏祖国土地大，

（白）要不然呀，

怎能容下这活骷髅！

幕落。

第二幕

第一场

晚上。在傅华堂家里。

傅华堂上。

傅华堂 （阴森，凶暴。把粪铲、箩头扔在地上）

七月五，七月五，七月又初五，

查房地，跌死牛，心头恨难除！

想当年，我脚一跺，南北山觳觫！

看如今，做牛奴，任风吹雨欺负？

（抱头伏在案上）

（傅千丑上）

傅千丑　（唱）日落西山羊下坡，

河边黄牛唤小犊，

黄昏又遇上闷热天，

我千丑，心思慌乱无摺处。

（划火点灯，发现傅华堂）爹，怎么啦？你生病了？

傅华堂　不，没生病。

傅千丑　爹，一天不吃饭怎么行呢？你饿病了！我还是给你做饭吃吧。

傅华堂　（暴怒）千丑，你是不是我的女儿？

傅千丑　（大惊）爹，我……我是你的女儿……

傅华堂　你一天不吃饭就受不了呀？可是我，已经忍受十几年了！（一拳击在桌上）

傅千丑　（吓得惊叫）哟！

傅华堂　（察觉过于暴露，马上掩饰）爹今天是不舒服……

傅千丑　（借机脱身）爹，你歇歇……我喂猪去……

傅华堂　（突然凶目圆睁）要吃肥猪先喂糠，要想发家杀庄户……（说到“户”字急收声）

傅千丑　（惊）“要想发家杀庄……”什么？

傅华堂　（急改口气）爹今天神志不清，老是说胡话……让我歇歇，你去喂猪吧……

傅千丑　是。（惊慌地下）

傅华堂 （看傅千丑下，自言自语）她能听我话吗？

（傅雪痕上）

傅雪痕 爹，你跟谁说话？

傅华堂 （看见是傅雪痕，镇定了）今天跌死牛的事，要没有天才捂得好，差点儿叫姓巩的丫头破了买卖！十六年前的今天，领着穷鬼来斗我家的，就是这死丫头的老子和老农会乔保山！还有那个老不死应消气，给他们当喽啰！

傅雪痕 多亏这些仇人死的死了，出去的出去了，不死不出去的被咱们逼跑了！

傅华堂 没想到穷鬼的第二代，会出来个巩果实！

傅雪痕 今年清明，要给爷爷办丧，汪犇已经答应给咱家当“老爷”，要是没有巩果实，汪犇就给爷爷披麻戴孝了！

傅华堂 所以，她是咱家的心头刺！

傅雪痕 是咱家的眼中钉！

傅华堂 说不定，是你女婿的挖墓人！

傅雪痕 （害怕）那可怎么办？

傅华堂 现在要像孙大圣一样，钻到铁扇公主的肚子里去，扯着她肠子挖她的肝！我把主意打在巩再生身上！

傅雪痕 巩再生才是个副会计，顶事吗？

傅华堂 这个穷鬼后代，光有享福的野心，没有创业的大志，也没有守业的思想！是只没有见过大风大雨的家鸽子，只要你喂他就是你的。

傅雪痕　嗯，这条吃米虫，一出学校只有两大任务：一是结婚和舒服；二是舒服和结婚！（大有希望地）千丑，棉花一样软，眉眼长得俏，不怕他不上钩！

傅华堂　（总结似的）抗战的时候，你大姐跟了个工作员出去，成了干部，我朝中有人，土改时，得到点照顾。你又嫁了乔天才，我万事顺心，我家中有臣。要是再抓到巩再生，在仇人的家里扎下我的根……（充满信心地）

盼那些，家鸽子，光想图舒服，
各顾各，家顾家，像铁桶断箍，
他公社化，他化公社，土崩又瓦解，
咱何必，拿刀枪，打县夺州府？

傅雪痕　（高兴了）

他出米，我出锅，合伙熬糨糊，
你降盐，我掺醋，和成稀糊涂。

傅华堂　（得意）到那时：

你女婿，他姑父，是我的干部。
你孩子，他外甥，成了亲骨肉。

傅雪痕　到那会儿：

由他们，筛破锣，大声喊斗争，

傅华堂　我伸长老脖子，
看他敢砍外祖父！

（傅千丑上）

傅千丑 二姐，你来了。

傅雪痕 今天是爷爷的忌日，怎能不来哪。爹，你看三妹越长越俊了。

貌如花，颜如玉，知书又识字，

黑眼睛，红嘴皮，白牙似糯米。

傅千丑 （忧郁地）二姐，今天不是爷爷的忌日吗？

傅雪痕 白透红，红透白，似半开玫瑰，

不知道，谁家孩，有福枕你这胳膊拐！

傅千丑 二姐，今天不是不吃饭的日子吗？

傅雪痕 不吃饭，还能不说话了？三妹，你看巩再生怎么样？

傅千丑 （惶惑地）二姐，我……我不知道……

傅华堂 他是个很有才能的人，诗作得很有气魄。

傅雪痕 三妹，你喜欢他吗？

傅千丑 （害臊）我不知道……

傅雪痕 爹，我给三妹做媒好不好？

傅华堂 做成了倒是门好人家。

傅千丑 （觉得很突然）爹，这是什么意思？

傅华堂 男大须婚，女大当嫁。

傅千丑 （吞吞吐吐地不敢明言）爹，我自己会……

傅华堂 （拿出长辈的架子）会什么？

傅雪痕 三妹，你又喜欢他，爹跟你做主，不更好吗？

傅千丑　我不……我不用……

傅雪痕　难道你讨厌他?

傅千丑　(不知如何是好)人家没得罪我，我为什么……

傅雪痕　(打断她的话)难道他讨厌你?

傅千丑　我……我怎么能知道?

傅雪痕　那不就妥了，你不讨厌他，他不讨厌你，只差个媒人了!

傅华堂　他家什么都是我家的，现在把姑娘也送给他。就这样，雪痕，你给她做媒!

傅千丑　(怔住)他家什么都是我家的?爹，你这是什么意思?

傅华堂　(凶恶地)什么意思，一会儿就明白!雪痕，把家图挂起来!

傅雪痕　是。(从柜里取出连环画卷挂墙上)

傅华堂　千丑，你听着今天是什么日子!

(傅千丑战战兢兢地望着傅华堂、傅雪痕)

傅华堂　今天是:

七月五,七月五,
为啥不吃饭，为啥不生炉，
你们要是我亲生女，
看了家图应大声哭!

(屋外风声簌簌，屋里灯光摇曳)

想从前，我傅家，
日子过得多体面:

家门口，一道川，

家门后，三座山。

十六年前七月五，

穷鬼造反分家园。

文书账本烧成灰，

你爷爷气死在三更半。

我哈腰低头装开明，

当了羊倌又当牛倌。

喝茶没有人来端，

吃饭不是金边碗。

（白）把账拿来！

（傅雪痕拿出账本）

傅华堂 谁家分了我家地，

谁家占了我家房，

公债、粮款一桩桩，

连仇带恨，记在这本上！

咱家有女偏无男，

报仇雪恨靠女身。

（白）雪痕！

你为啥取名傅雪痕？

为了要替傅家雪万恨。

有女无男我恨难休，

报仇雪恨靠女流。

（白）千丑！

你为啥名叫傅千丑？

望你为咱家复千仇！

傅千丑　（骇然）我叫复千仇？

傅华堂　（忽变为无力地哀求）

报仇有心无此日，

他们的江山把得紧。

只能招他的杨四郎，

化成咱家的护门人。

傅雪痕　（带着绝望地哀求）三妹！

咱家数你人最小，

爹爹疼你如掌上珠，

没叫你拿刀去杀人，

不要惹爹爹再发怒。

傅千丑　（痛苦，矛盾）不不不能这样，

老师知道我家成分，

教我改造做新人。

我怎能藏着这心肠，

硬和人家去攀亲。

傅华堂 （大怒）

萧银宗和杨家将，

两家仇恨天来大，

还有个女儿小桃花，

招了四郎归萧家！

傅千丑 使不得呀爹，使不得呀姐！

我可不能做小桃花，

明是结亲暗偷心，

这样的算盘我不能打！

傅华堂 （无情地）行也得行，不行也得行，你敢坏了我的买卖……

（傅千丑骇然望着他）

傅华堂 （穷凶极恶地）我打断你的腿！（一拳打到桌上）

傅千丑 啊！（惊叫一声，退到墙角，恐惧地望着傅华堂、傅雪痕）

（屋外阴风飒飒，屋里灯光摇晃）

第二场

当天晚上，在巩果实家里。正中壁上挂着毛主席像，像下边挂着巩果实父亲生前的生产会议照，家庭、朋友照片，还有一些奖状。左边竖着一杆旧的红缨枪，右边挂着一把旧大刀，红缨和柄的红绸，都已为岁月侵蚀，颜色变为黄赭色了。

左边壁有一窗，摆着一张旧桌子，一条旧板凳，桌子上有几本平装书和一沓账本之类的东西，还有一面镜子。

右边壁的窗下，用大柜子隔开的一角，是一张漆桌子和三把漆椅子。桌上用小书架插满了各种翻译小说，还有一瓶花、文具、巩再生的照片。窗户两边贴着从画报剪下的舞剧女演员画片，《梁山伯与祝英台》《西厢记》《红楼梦》的彩色剧照。

总之巩果实和巩再生在家里，分成两种不同的世界。

正面桌上点着洋油灯。巩母、巩再生、巩果实在场上。

巩　母　我真没想到呀：

　　我是屋檐老燕子，

　　一天飞回多少次，

叼回小虫叼回食，

挂着窝里小燕饥！

刮风惦着窝中子，

下雨惦着羽毛湿，

谁知毛长翅膀硬，

忘了老窝做子时！

巩果实 跟着狐狸学狼蹦，

忘了阶级忘了本，

我问哥哥你读书，

你毕业回来变成甚？

巩再生 （不服）

小小井水想淹河，

逞你浪大逞你多？

开口就是大道理，

再多的教条也唬不住我，

别来给我上政治课！

巩果实 （气了）

你红桃树上开白花，

不像生在贫农家，

地主破坏你为啥，

还替地主家说话？

巩再生　干部已经做结论，
你何必再得罪人！
放牛永不出差错，
除非人人都是神。

巩　母　天下乌鸦一般黑，
地主就没个好人，
是真是假谁知道，
地主安的是什么心。

巩再生　我看华堂挺和气，
又会看病又放牛，
大声不说小声不哼，
见老见少都先点头。

巩果实　姓傅的锅大米汤足，
把你灌得转了向，
你就不知道人对你，
安的是条啥心肠。

巩再生　一写地主戴瓜皮帽，
一画老财就穿皮袍，
一说起话三瞪眼，
一走起路八字脚。
我看地主同样是人，

头上没有长犄角，

这全是作家和画家，

没有生活老一套！

巩　母　再生，想不到你这样糊涂！

你读书越多越糊涂，

已经同他穿一条裤！

巩果实　何止共穿一条裤，

心叫地主做老岳父！

巩再生　（觉得受侮辱，怒）

这件事情你管不着，

谁敢干涉我的自由？

现在父母都不许管，

能轮到你臭丫头！

巩果实　红果要结在红果树，

劳动人家娶劳动媳妇，

因为你是我亲哥哥，

应该把话说清楚。

巩再生　我跟千丑搞恋爱，

不是跟华堂做买卖！

我问你，千丑哪一点差，

劳动不好思想坏？

巩果实　我没说千丑人品坏，

可是她爹心肠刁。

我问你，既然是恋爱，

为啥要人拉皮条？

巩　母　千丑这几天不来咱家，

巩果实　人家老是躲着你，

巩　母　常说强扭瓜不甜，

结亲是一辈子的事。

巩再生　（更气了）

新时代，仍有封建，

这个家，我不留恋！

卷起铺盖搬出去，

省得你们心不安！

（收拾他的书、画片）

巩　母　（生气了）再生，你敢！

巩再生　你们逼得我不得不这样！

巩　母　我问你，你是谁的儿子？

（巩再生不语）

巩　母　你为什么叫再生，你知道不知道？你这个忘本的儿子！

巩再生　（不听）

本来是她多管事，

惹下乱子该撤职!

回来干涉我的自由,

我要反封建,提抗议!

(出门,下)

巩　母　再生,你回来!

巩果实　(愤怒地)极端的个人主义!娘,你要越理他,他以为你对他是:

抱在怀里怕吓着,

含在嘴里怕化掉。

巩　母　他跟着狐狸替狼叫,

教娘怎能不心焦?

唉!两年前,把应消气大爷气跑了,现在又要撤你的职。闺女,你得上山找应大爷,问问乔天才到底是个什么人!

第三幕

两三天之后，在红松山大队管理委员会。右边是办公室，左边是院子，后面是山林。

巩再生从外面进院。

巩再生　（唱着民歌）

亲疙蛋下河洗衣裳，

双膝跪在石头上，

亲亲疙蛋。

（傅雪痕从窗外走过）

傅雪痕　（白）再生，你怎么不找我三妹？

巩再生　（不好意思地）她这两天老躲我。

傅雪痕　（放肆地笑）我跟你说过，大姑娘都是这样的：她喜欢的人，又想见他又想躲他。

巩再生 我看她跟前些日子不一样。

傅雪痕 （笑）你真是个书呆子啊！

青皮杨树没圪节，

不知道姑娘对你热，

男人真缺德！

巩再生 别跟我开玩笑了！

门前没种梧桐树，

凤凰不落我家院。

强扭瓜不甜。

傅雪痕 真不是跟你开玩笑，

你能写文章能作诗，

惹得千丑着了迷，

魂都跟着你！

巩再生 （*有点茫然*）那为什么这些天，老躲着我？

莲子有条苦心心，

人家不吃你空费神。

有谁肯相信。

傅雪痕 哟，你全看错了！她呀！

做活轻轻地唱你姓，

做梦喃喃地念你名。

看你多无情！

巩再生　一群蜜蜂一个窝，

你的心眼比它多。

别再捉弄我！

傅雪痕　你不知道作诗做下孽，

害得姑娘喊佛爷。

你心冷似冰雪！

巩再生　（飘飘然了）

如果她心上真有我，

我一辈子心上光为她，

刀山也敢爬！

傅雪痕　俺爹说：这是美满姻缘哩！

巩再生　哟，你爹不反对呀？

傅雪痕　俺爹可待见你了！

陪嫁你要甚就有甚，

吃热的别怕烫嘴唇。（用手指戳巩再生脸）

你真是傻死人！

巩再生　（摸摸被戳处憨笑）我看是骗我的。

傅雪痕　（装恼）你这人呀，心眼真多！你要有心，今天晚上到我家去，保你成功！

出墙的桃花临着街开，

光看不摘别人会采，

记住早些来！

（放肆地笑，下）

巩再生 （如痴如醉）难道是在做梦？（掐一下脸）疼！（再掐另一边）也疼！是真的，不是做梦！（如疯如狂地蹦跳）

道是真来又疑是假，

道是假来却是真。

电影小说看过不少，

一见钟情我从不信。

梁山伯与祝英台，

看了简直丢了魂：

“梁兄”“梁兄”缠在心，

走路差点撞倒人。

老骂作家真该打，

把人引入迷魂阵！

谁知运气也轮到我，

莺莺、红娘都在我村。

（越想越发狂）多么甜蜜，多么美丽，多么幸福，多么浪漫主义！

使人昏头昏脑的真爱情，

立刻编成个好剧本！

（手舞足蹈，下）

（乔天才上）

乔天才　生产队长，这大字报是谁贴的？

巩果实　上头有名有姓。

乔天才　傅华堂跌死牛，原因你很清楚，他做了检讨，大队长做了处理，你还要小题大做！

巩果实　你是大题小做，不追究！

乔天才　我问你：

放牛上山不跌死牛，
能说放牛却跌死了狗？
一清二楚多明白，
总不能把牛工砍下头？

（傅雪痕上）

新账你不肯罢休，
旧账也不肯罢手，
前年华堂当羊工，
你说有啥可追究？

（巩再生、乔金海、两个青年女社员、几个中年社员零零散散地逐渐从两边上）

巩果实　为啥母羊一百多，
一年才下三小羔？
为啥五百多只羊，

狼吃、丢掉二百九？

傅雪痕 这关俺爹什么事？

羊不下羔是羊工罪，

人不养孩又该问谁？

什么死狗你都要，

往俺爹爹身上塞！

巩果实 （怒）站远点！

今年又调他放牛，

病死跌死整五头，

不病不死的全都是，

瘦得能教风吹走！

群　众 （叹气）这都是能看到的。

老根柱 一年血汗收一个秋，几年辛苦养一头牛，不够人家一挑撤，唉！

乔天才 （见形势不利）巩果实，我正要找你，你倒先组织一帮人马，来进攻领导了！我问你，有意见为什么不在党内提？

巩果实 我要求开会，你不肯开！

乔天才 可是已经开过了，就是请你请不到！我现在向大家宣布一件事：巩果实搞小集团，故意在群众面前，破坏领导威信，刚才大队支部决定，撤销她的第一生产队长职务！

乔金海 这个说法不对。刚才开会，没通知本人，举手是一半对一半，不同意你的意见，你就不让散会，这算什么通过？

群　众　（哗然）怎么能随随便便撤人家的职务呢！

乔天才　我是支书，天大的事，我负责！

巩果实　（怒）你负责？我是大家选的，你没有撤销权力！

老根柱　（不满地）选就要我们选，撤就由别人撤？

巩果实　撤我职？你破坏社员的民主权利！

乔天才　（威胁）哎！大家注意，看看是香花还是毒草？

巩果实　香花还是毒草？你吓不倒我！

有人有手表、自行车，

工分多记粮多吃！

花的都是公家钱，

是谁给他这权力？

有人占着缝纫机，

公家买线钱归私！

傅雪痕　（急忙抢着说）你能做活又上地？那好吧，我把缝纫机给你！

巩果实　（狠狠地瞪她一眼）我还没说完！

月月不用再上地，

每月工分满满记。

群　众　（轻轻地议论）都是实在话！

乔天才　（看形势对自己不利）这个分明是破坏！（叫）小山。

（小山上）

乔天才　去叫民兵把住门，这里出了破坏分子！

乔金海 我是民兵队长，没有我的命令，谁都不准动！

乔天才 好呀，小集团的头儿都露出来了！乔金海同志，你当过解放军，人民武装服从不服从党的领导？

乔金海 我们的武装，是保护人民不是压人民的！

乔天才 （冷笑）

你才当了几天兵，
敢在我面前充将军？
请你瞧瞧我身上，（指脸，又露腿上的伤疤）
数数我上过多少阵？

傅雪痕 （不可一世地）瞧呀，数呀，看谁立过汗马功劳呀！

乔金海 别吓唬人！

革命的年头复杂得很，
有真革命有假革命，
临阵脱逃的胆小鬼，
也能被打中屁股腚！

乔天才 （气极）你敢侮辱我？好呀！大家听着：

咱村出了大问题，
我请大家注点意，
谁要跟他们在一起，
以同党论罪来办理！

（向群众）听着了没有？大家赶快回去！小山，去叫大队长来守着这里，我上公社报告！

（乔天才、傅雪痕、小山下）

（群众散下，只留下巩果实、巩再生、乔金海、李双文）

巩再生　果实，你老爱管闲事，把全大队的干部都得罪了，你看！

巩果实　（恼了）哥哥，这是我爱管闲事？

哥哥你站在哪一边，

哥哥你替谁发言？

你看不见地主羔子和驸马，

他们为谁在申辩？

巩再生　（不以为然的样子）

我看大家都是社员，

怎会故意来捣蛋？

谁能保证牛上山，

保险不会栽下岩？

乔金海、李双文　（同声）

再生你说的是什么话？

你会计的算盘为谁打？

你老跟他们泡一个盆，

小心人家把你化！

巩再生　你们的帽子天来大，

一下就想把人压垮！

一天到晚发牢骚，

除了孤立有啥办法？（悻悻地下）

巩果实 哥哥，你不要走！

李双文 （笑）果实呀！你真是个大官僚主义，连自己的哥哥也不认识！

巩果实 双文，你说什么？

李双文 （笑）你哥哥这两天，“骂断街”在给他拉皮条，快是人家的“二驸马”了！

巩果实 （气极）气死我了，我找他去！（追下）

幕落。

第四幕

在一座松林子里。一边是木栅圈成的出入口，一边怪石峥嵘。松声喧闹，鸟语啁啾。

应消气用猎枪挑着山鸡、野兔上。

应消气　（迈起武步）

松声哏哏，鸟声闹，

打野猪，杀山豹，

风吹雨打七十年，

可曾把我人吹老?

（放下猎物，耍起长拳）

上山采石修长桥，

祖辈甘为人修道，

回想二十五年前，

有支新歌飘上垴。

（松涛回旋，似响起《红军东征歌》）

我左手扶住山岩瞧，

右手扬槌连喊好！

八年抗日打东洋，

出生入死谁计较？

（旋律回荡）

闹土改，大翻身，

把蒋匪打得落海逃！

大搞合作朝前飞，

三面红旗满山飘！

（忽然情绪低沉）

谁料支书去了世，

俺村失掉个掌旗手！

太平忘了传战歌，

斗争思想长了锈。

说什么“地主富农好领导，

富裕中农有计谋，

贫农太耿难服管”，

牛鬼蛇神都是朋友！

我应消气，气难消，

却争来落后帽子头上扣！

我一气就卷起破毛毡，

上山看林打黄鼬！

（自白）我叫应消气，可是这两年也叫气不消。我不满意大队的工作，人家干部就说我是天生的绝户头，鲠喉骨头，好反领导！所以我一气就跑到这山上，看林打山。有人对我说：说的话多惹人多，烧的香多惹鬼多。劝我：

多说，不如少说，

少说，不如不说。

唉！可是我凡心太重，

苦修苦炼都不成佛！

（倚树凝思，慢慢睡着了）

（巩果实上）

巩果实　鹰在松山云上飞，

飞出山口又飞回，

盘上岭头盘下川，

守着青山护着水。

这座山林养的鹰，

曾飞到南海又登峨眉。

这座山林养的鸟，

从小听惯打闷雷。

山岩，夹不断红松根，

石头，压不死山泉水。

松山不长蒲公英，

笑它开花随风吹！

鹰在松山云上飞，

飞出山口又飞回，

我走遍山林到处问，

谁敢夺走我这山水！

应消气　（惊醒）

松香扑鼻鸟斗嘴，

吵得我老打瞌睡。

忽然听到雷震山：

谁敢夺走我这山水！

巩果实　应大爷！

应消气　哦，果实，好孩子！

你这句话有多么重，

震得千山颤巍巍！

为啥忧愁你快点说，

干干脆脆你莫回避！

巩果实　乔天才要撤我职。

应消气　为什么？

巩果实　我揭他的老丈人跌死牛！

应消气　就为这？

巩果实　嗯，就给我安上搞小集团名声。

应消气　（急了）跟我从前一样，提意见就是搞小集团？

巩果实　专给领导做对头！

应消气　（高声）也是说反领导？

巩果实　撤销职务做检讨。

应消气　（跳起来，搓手）还有什么？

巩果实　要俺低头认罪方罢休！

应消气　（气得搓手团团转）跟我是一模一样！

听罢了，听罢了，

应消气，气难消，

乔天才呀，乔天才，

你想把好人都打掉！

工作不做权不小，

群众嘴巴贴封条！

（白）我看这个家伙呀，

一定是鬼不是仙，

霸了咱们的祖先庙！

巩果实 一定是鬼不是仙，

可是都不知道他祖先。

我娘叫我来找你，

取老花名册查查看。

应消气 你爹生时曾留给我，

名册一本旗一面。

（白）可是乔天才呀，

他不是在咱们村长大，

只怕查看也枉然。

巩果实 他不是乔有年的侄儿，乔有年总会有吧？

应消气 可是乔有年他哥哥很早就带着全家出去了。年代这样久，你大爷又不识字，记不得了。孩子，这样吧，你跟我来看看有没有。（领巩果实进栅栏，下）

（《我们都是神枪手》旋律渐起。乔保山上）

乔保山 满山松树满山花，

家住在这枣树林坡下。

孩时在这山放羊，

年轻时在这河饮马。

壮年在这青纱帐，

摆下地雷阵，

抽着旱烟看爆炸！

满山松树满山花，

家住在这枣树林坡下。

夜里在这岭站岗，

白天在这坡栽瓜。

过河从这沟出发，

跨过长江水，

我到了海角天之涯！

满山松树满山花，

家住在这枣树林坡下。

在这我亲身经历旧时代，

在这我亲手参加打天下。

眨眨眼儿六十年，

（林间杜鹃啼声）

回来招杜鹃，

笑我满头尽白头发！

（叫）师父在家吗？

巩果实 （出）找谁呀？

乔保山 （笑）找一位这里出家的和尚。

巩果实 （奇怪地）老同志，这里不是名山，也没有古寺，哪里来的和尚？

乔保山 （笑）这里是不是住着姓应的？

巩果实 是姓应的，他可不是和尚。

乔保山 是姓应的，就是和尚。

巩果实 （争辩）不是和尚！

（应消气上）

应消气 （不和气地）我姓应，可不是和尚！

乔保山 （大笑）是姓应的，准是和尚！

应消气 （细看，怔住）是你，保山，我的老农会呀！（双手使劲抓住乔保山）

乔保山 你的力气还不小哩！哎，这个娃娃是谁的姑娘？

应消气 看你，老战友的女儿都不认识了！这是小旦的女儿——果实。

巩果实 （高兴）哦，是保山大叔呀！

乔保山 哦，果实，你这么大了，我走的时候，你还没换牙哩！怪不得我们都老了！

应消气 保山，回来不走了吧，身体怎样？

乔保山 已经成了病人，就回来赖住你，不赶我走吧？

应消气 阿弥陀佛！

乔保山 哦，庆贺我生病了？

应消气　你走了十几年，当了大干部，不生病，还能想起红松山？

乔保山　牢骚发到我头上了。我先问你，咱这大队搞得不算好呀？

应消气　（情绪低下来）唉！不能说了！

乔保山　悲观了？

应消气　（气了）我悲观？

乔保山　还能说你乐观？

我一路打听你应消气，

都说你悲观当了和尚。

所以特意来这“五台山”，

拜访你这杨五郎。

应消气　自从果实她爹去世，

来了一个新书记。

两三年里红松山，

黑风邪气时时起！

乔保山　你就不敢提意见，

你就不敢哼一句？

你凿山修路的大榔头，

手软再也拿不起？

应消气　大山我敢穿个洞，

大河我敢架道桥。

我一提意见就说我，

造谣生事反领导！

乔保山 你不会把当年的贫雇农，

串联成伙跟他斗？

难道有人睡热炕，

就忘了土改前时候？

应消气 你猜中了，还有歌为证哩！

三十亩地，一头牛，

老婆孩子，热炕头。

老疙瘩户暗嚷嚷：

合作化前土改后，

“革命早革到头，

再革就革到自己的头！”

不劳动，圪悠悠，

跟上狐狸学狼走，

发财哪有买卖快，

飞鸽车子跑府州。

乔保山 为什么不往上反映，请上级来看看呀？

应消气 山深林密盘坡道，

不是打仗那时候。

板床都像长了钉，

有的一来就转身走，

好烟一抽就蒙住眼，
看不见哪是贫农家门口！

乔保山　地主、富农怎样？

巩果实　傅家早就摘了帽，
收回孤寡三间楼。
他前年放羊丢一半，
今年放牛死五头。

乔保山　（吃惊地）支部书记是谁？

巩果实　下放干部叫乔天才，
说老家就在后山沟。
华堂把女儿嫁给他，
如今成了皇太后。

乔保山　乔天才，他是后沟谁的孩子？

应消气　他自已说是：早绝了户的乔有年他哥的孩子，从小跟他爹在外下煤窑。可是刚才查老农会的花名册，也查不出来。

巩果实　他说，早在外头参加工作，可是一点也不像个老革命。

乔保山　可惜呀，我没见过。（沉思）叫天才？天才，名字有点熟哩。

应消气　是有年他哥的孩子吗？

乔保山　有年他哥的孩子是叫天才。

巩果实、应消气　你见过他？

乔保山　（沉思）乔天才，张天才。

应消气 （急了）他不姓张。

乔保山 那个姓张的天才，我也没见过。

巩果实 （失望了）唉，谁都不知道他了！

乔保山 哦，你也泄气了？

应消气 乔天才昨天要撤她的职。

乔保山 为什么？

应消气 傅华堂跌死牛，她出了大字报。

乔保山 我路过县里，县委跟我说过这村的情况，要我注意。丫头，也谈到你哩！

巩果实 不，县上不知道我。

乔保山 官僚主义，是不是？很像你爹年轻时那股耿劲儿，敢冲敢撞！

巩果实 可是快把头撞破了！

乔保山 （很欣赏她的倔强）头还没撞破，可是撞晕了！你不靠群众，只凭热气，单枪独马，这样还会被人撞死呢！

巩果实 我单枪独马？

乔保山 顶多团结了几个年轻毛娃娃，就猛冲猛打，敌人抄了后方还不知道哩！

巩果实 （惊）抄后方？大叔，我哥的事你知道了？

乔保山 （愕然）出了什么事？

巩果实 我哥叫傅华堂用三女儿快拉跑了！

乔保山、应消气 真的？

巩果实　人都批评我是大官僚主义，哥哥跟人家站在一起，我还不知道！

乔保山　大哥，这是你的错误！

应消气　（急了）我的错误？

乔保山　对。你消极，自己跑上山来，撇下这些年轻孩子！果实，好孩子，怪不得你呀！你没有经过阶级斗争的考验。出家门，进校门，刚出学校就碰上比土改要复杂得多的阶级斗争。你不知道，跟敌人打仗，首先要组织自己的阶级队伍，教育自己，教育人。

巩果实　（感动地）大叔，你不说，我还不知道自己的毛病呢。

应消气　（痛苦地）撇下这些没上过战场的毛孩孩！保山，我错了！想抄后方，把贫农的儿子拉跑？他这回是狗咬猪尿脬空欢喜！果实，华堂的三姑娘，平常怎样？

巩果实　傅千丑，读书回来，倒很爱劳动，跟我说过，说她怕傅华堂，怕“骂断街”。

应消气　这就好，你好好地跟她做工作。

乔保山　你有办法？

应消气　保山，你忘了傅华堂的小老婆？

乔保山　（想）嗯……想起来了，对！

应消气　他想把咱的人拉出去，我要把他的根子刨出来！

乔保山　（兴奋地）是一出好戏！咱们今天下山，组织队伍，来个淮海大战！

应消气　你身体行吗？

乔保山　问我？

不谈斗争全身病，

一谈斗争浑身劲。

应消气 （高兴）对！

乔保山、应消气 （同唱）

阶级斗争一抓就灵，

能治百病能救人。

昏头昏脑的糊涂病，

一斗就能全清醒！

幕落。

第五幕

同第一幕场景。

傅千丑匆匆地上。

傅千丑　（神色忧愁）

前一天，巩果实，

拉我到河边谈做人，

为人要走正经道，

做啥事情要脚站稳。

人心不隔米丝丝，

句句都说中我的心，

人不同姓又不同门，

她比爹爹姐姐都亲近。

（巩果实从家里出来）

巩果实 （看见傅千丑）千丑，你去哪里？

傅千丑 我有事找你。（看无人）

这几天我爹和二姐，

像狗嘴挨了蝎子蜇：

一个回家老顿脚，

一个进门就骂街。

巩果实 （注意地）还有什么？

傅千丑 刚才我姐夫赶回来，

把我支开才说话。

我偷偷听到好像说，

要搞个什么花名册。

巩果实 （警惕地）干什么用？

傅千丑 我听到我爹说，

从前土改的贫农团，

整得我家真够惨，

姐夫叫我去找你哥。

巩果实 找他做什么？

傅千丑 我想是叫他去抄名单。

巩果实 （警觉起来，背着傅千丑）

墙根蚂蚁在搬家，

知道风起雨快到！

大树倒了根没烂，

地主的心肝未死掉！

（白）千丑，你快跟他们叫我哥去！

傅千丑　（怔住）不会是干好事的，怎能叫再生去呢？

巩果实　千丑，这回必须叫我哥去！

傅千丑　（急了）再叫你哥去，要是干坏事，我怎么对得起你呢？

巩果实　这回是叫他受教育。听我说，出什么事儿，都不怪你！我现在有事，我先走。（再嘱咐）你一定要去叫他！

傅千丑　（犹疑地）嗯。

（巩果实匆匆下）

傅千丑　（满腹犹疑）为什么要叫他去呢？（正想走）

（傅雪痕上）

傅雪痕　千丑，天才叫你去找巩再生，你却躲在这里？

傅千丑　我不是来叫了吗？

傅雪痕　（凶狠地）你这死丫头，要坏了事，小心你的骨头！

巩再生　　麻雀飞在电线杆，

打电话容易见面难。

傅雪痕　这不是他！

傅千丑　（鼓起勇气）再生，你等等我！（追下）

傅雪痕 （奸笑）

只要锣声催得紧，

还怕你猴子不上杆！（下）

（少停。应消气、巩果实上）

应消气 孩子，保山走的时候说中了：地主是不会乖乖地缴枪的。这对你们年轻人来说，是锻炼的好机会！

敌人越是敢捣乱，

你们就会越聪明。

学会怎样保江山，

学会怎样闹革命！

（乔金海、老根柱、李双文和几位群众上）

乔金海 应大爷，人马叫来了！

应消气 好，果实，去把老农会旗扛来！

巩果实 是。（进家）

应消气 是老虎，总吃腥，

革命只能靠斗争。

（巩果实扛旗上，巩母同上）

（乔天才、傅雪痕、傅德贵、小山上）

乔天才 （看见阵势，先震惊，后装镇定）好呀，阵势都摆出来了！应消气！

我离开村子才几天？

应消气 这里的空气多新鲜。

乔天才　（气）你秘密下山煽起风，

应消气　　敲锣打鼓闹革命！

乔天才　（咬牙）好呀！

　　敢在我嘴边刮胡子？

应消气　　剃刀不快莫怕疼。

乔天才　（气极）

　　羊群总是羊工管，

傅雪痕　　群众总是干部管！

巩果实　　如果是地主的勤务兵，

应消气　　贫下中农要专他政！

乔天才　（冷笑）反领导集团都出来了。好呀！真的贫下中农，早就成立了！（亮出名单）叫大队正会计巩再生念念给他们听！（大叫）正会计，巩再生！

（巩再生上）

巩再生　（慌张地）支部书记，我还不是正会计哩！

乔天才　不是告诉了吗，你被提拔了。好，我借此机会宣布：巩再生，提拔为咱大队的正会计！

巩果实　（怒问）哥，什么时候，谁选你当正会计？

乔天才　我委派个会计就不行，你管得太宽了吧？

巩果实　不行，这不符合民主办社条例！

乔天才　什么条例不条例！我负责。再生，公布贫下中农代表名单。

巩再生 （无可奈何地）乔金锁、傅银旺、傅德贵。

应消气 （笑）傅德贵，你自己说说，土改前你家五口人，三十亩地一头牛，农忙要雇短工；柜有余钱，放点小账；缸有余粮，收点小利。你算是啥农？

傅德贵 老天爷睁眼，我多吃顿稠的；老天爷不睁眼，我多喝点稀的，不是下中农是啥农？

应消气 我看你是老疙瘩户——上中农！

傅德贵 （气而不怒地）我算是上中农？唉！真是乌纱帽下无穷人！

乔天才 （大声）大家听着：谁有意见，等宣布完再发表！往下念！

巩再生 乔天才、汪犇、傅雪痕。

巩果实 大家听着：傅雪痕也成了贫下中农了！

（乔保山戴着草帽悄悄上）

傅雪痕 你胡说，我早就是贫农！

群　众 那傅华堂也该是贫农了？

老根柱 （笑）哎，过去，朝廷能封人姓，为啥这会儿不能封成分？

应消气 这就是咱队的惊天动地新发明！

群　众 （哄然大笑）好个新发明！

乔天才 （怒不可遏）好大胆子！我问你们，你们的贫下中农代表，是谁批准的，是谁领头，请站出来，我要掂掂他有几斤重！

乔保山 （站出来）我自己介绍：体重六十二公斤！

乔天才 （不认识）你是谁？

傅雪痕　（见乔保山，慌了）天才，这就是保山大爷！

乔天才　（惊，立刻换了副笑脸）哦，原来是保山同志，汪大队说你回家养病，我正要看你哩。请到管委会吧，我向你汇报汇报工作。（递烟）

乔保山　你不是反对秘密活动吗？在这里人多，就秘密不了啦。什么烟？（接过看）

乔天才　（很大方地打着打火机）一个搞商业的同志送给我的。（要点烟）

乔保山　（把纸烟给回乔天才）东西太高级，我个儿低，不合尺寸。

老根柱　（递上旱烟袋，笑）老农会，抽我这个是木匠打老婆——

乔保山　（笑）有尺有寸？（群众活跃。向乔天才）刚才那本戏没唱完，大家起哄了！快唱完吧！

乔天才　（很坦然的样子）保山同志，我很惭愧：

我栽了南瓜忘了点豆，
思想、工作都没管好。
咱队总是爱起哄，
工作、纪律全忘掉！

乔保山　哦，

可是咱们红松山，
从来组织纪律强，
说做就做说干就干，
一心一意跟着党！

（白）依我看，你的观点很有问题！

（群众笑）

乔天才　我可以考虑考虑。我再请示你一下：

党是革命的司令部，

离开了党就犯错误，

贫下中农委员会，

党没批准能开不？

乔保山　是呀，可是咱村的支部书记：

不知道接受谁命令，

跨州越府不务正，

群众不该站出来，

保卫集体护革命？

（白）依我看，你根本不像个共产党！

（群众哄然大笑）

乔天才　（很沉着）这回我有点事，出去几天，是有缺点，我应该检讨。可是：

领导不在有组织在，

怎能不让党知道？

只好怪我没能耐，

工作无法再领导！

乔保山　哎，这可说对了：我们的支部，你的确不能领导！

群　众　（拍手叫）对呀！

乔保山　我向大家报告：上级已经批准我们贫农、下中农组织了！

群　众　（欢呼）万岁！万万岁！

乔天才　（惊慌）那，但我这个贫……

巩果实　（把巩再生手里的名单拿过来）你们的假贫下中农组织呀，

乔保山　从造出来的那天，

应消气　（撕碎名单，扔散）就完蛋了！

乔天才　（顽固地）上级这样不留面子，我要辞职！

乔保山　不必劳驾。（拿出一封信）县委决定我代理红松山大队党支部书记，整理本村的工作！

群　众　好呀，老农会回来了，老八路回来了！

应消气　保山，这次把你下放回来了！

乔保山　不，是把我提升了！

巩　母　对，这是提升！咱们有个头了！

乔天才　（面如土色，慌张失措）我……我……好……好……（退下）

（傅雪痕和随他们上来的两三个人，慌慌地随下）

李双文　（向乔金海、巩果实）都走了！

乔金海　不，都跑了！

（巩再生灰溜溜地站着，想退不得，想留不能，正要挪步）

巩　母　再生，你站住！

巩再生　（呆若木鸡地）娘……我……我不知道是这样。

巩　母　不知道，你问问乔大叔！（伤心擦泪）

你忘记了根，忘记了本，

你忘记了生在什么门，

你为啥取名叫再生，（悲恸）

你向保山大叔问一问！

巩再生　（茫然）为啥叫再生？

乔保山　（沉重地）

现在看来很需要，

讲讲穷人的苦家谱！

讲讲咱们的这条河，

是多少血泪冲成的谷？

讲讲咱们的红松山，

多少双赤脚踏成的路？

（白）果实！

月上山口你去鸣钟，

诉诉农民的苦家谱！

巩果实　行！

幕落。

第六幕

地点同前一幕。

时间在前一场的当天晚上。

正圆的月亮，从红松山口升起来。场上有巩果实、巩再生、应消气、乔保山、巩母、根柱、李双文和几个青年、老年、壮年男女社员。

巩果实　月亮儿爬上红松山，
泉水簌簌落万丈岩。
呜呜咽咽声不断，
如哭如诉草打战！

青年们　大叔大爷请讲吧，
当年的泉水甜不甜？

乔保山　当年这道清河水，

咸、酸、苦、辣又腥膻。

两家地主三富农，

霸有三山一道川！

巩果实 月亮儿爬上红松山，

山风萧萧过松林。

呜呜呼呼吹不尽，

如号如喝月起晕！

青年们 大叔大爷请讲吧，

酸枣糠窝酸不酸？

应消气 当年有酸枣糠窝头，

就像今天吃糖面。

傅家脚下当佃户，

要扁要圆随他便！

青年们 月亮儿爬上红松山，

同 ·个月亮同一座山，

同一道山泉同一道河，

从前多苦今天多甜。

巩果实 娘呀，娘呀请讲吧，

哥叫再生是啥原因？

巩　母 财主有袍盼腊月，

穷人无衣怕过年！

我刚生下你哥坐月子，
你爹躲账逃天边！

傅家要账砸破了门，
傅家要租摔破了盆。（向巩再生）
我挤痛了奶头挤不出奶，
撕碎心肝把你给了人！

巩再生　（震动）娘，这是真的？

巩　母　看鸟儿喂子我肝肠断，
邻家孩哭我心打战，
半夜听到风儿起，
我叫儿撕碎烂汗衫！

破船又遇暴风雨，
养母也是苦命人：
她死在鬼子的刺刀下，
又丢下你这条苦命根！

巩再生　（悲恸）她……她被鬼子杀死了？

巩　母　真是老天爷有眼，
你遇到保山好大爷，
用羊奶把你命救活，

抱你交回你亲爹！

巩再生 大叔，你救过我！

巩　母 我看见了你像看见了明，

可是没吃没喝怎活命？

多亏来了八路军，

全家才爬出死人坑！

你死过三回了我的儿，

所以取名叫再生。

头次生你的是你娘，

最后生你的是革命！

再生、果实 我的阶级呀，我的娘，

你原来活得这样惨！

巩再生 我原来从地狱的铡刀下，

无数尸首的缝中生！

巩果实 你血痂一掉毛一满，

忘了在铡刀下时辰！

地主的米汤灌得你呀，

蒙头转向昏沉沉！

巩再生 我苦中诞生不知苦，

我福中长大不知福！

认贼作父多丢人，

认仇为亲多败兴！

丢人败兴的巩再生，

贫农的儿子，你丢尽人！

看成千上万的青年里，

哪个有你这窝囊劲？

（惭愧地退到一边。众人望着他的背影）

乔保山　（感慨地）孩子们，你们是受苦受压迫的人民的后代，要有志气，要有骨头！不要长大了，就不知道自己是什么人！

巩果实　月亮儿爬上红松树，

泉水簌簌落下谷。

扑扑簌簌滴答答，

野花草儿都在哭！

青年们　大叔大爷请讲吧，

谁是千丑亲父母？

应消气　（向傅千丑）

数着红松数着山，

松山老路雪斑斑。

你生身的父母不姓傅，

是逃荒过路的打忙汉！

傅千丑　（怔住）果真我不姓傅？

应消气　国民党兵占太南，

蝗虫遮天似乌云。
你亲爹生病不能活，
你娘卖身到傅家门！

傅千丑 （震动）应大爷，是真的？

应消气 千真万确呀！
姓傅的见女人骨就软，
你娘长相是好看。
傅家无子怕断根，
你娘有孕他更眼馋。

三斗小米五斗糠，
你爹娘哭到肝肠断；
卖妻的米酸糠更苦，
你爹死在河对岸！

傅千丑 （全身哆嗦）我可怜的爹呀！

应消气 谁知生下的不是男，
大婆凶似女阎王！
你娘哭夫又怜女，
半年就病死牛圈旁！

傅千丑 （挨着巩母哀哭）我可怜的娘呀！

应消气 姓傅的远房穷姐妹，

抱你养大在外村。

她一病死你才六岁，

给傅家大女儿看孩们。

你何曾领过傅家的爱，

你何曾受过傅家的恩？

你长大姓傅的又看中，

你能做他家的毒药引！

傅千丑　（扑向应消气脚下）嗬！应大爷！

应消气　（慈爱地抚摩着她）可怜的孩子！

你不知道亲爹的姓，

你不知道亲娘的名，

十九年来数不尽，

你日夜叫仇人作父亲！

傅千丑　（哀号）我可怜的爹娘呀！（松风呜呜响着）

星昏昏，月蒙蒙，

洞缝里看星颗颗昏！

知道有生身的亲爹不知道姓，

知道有生身的亲娘不知道名。

看水有缘，看树有根，

我姓甚，我叫甚？

可怜我，傅千丑，

（白）不，我不叫傅千丑！

十九年来无亲人！

天上月，岩下河，

洞缝里看山山哆嗦！

不知道出身不知道家，

不知道是谁的亲女儿。

叶子有枝花有萼，

松鼠有洞鸟有窝，

难道我是寄生草？

（白）不！又是什么？

十九年来的无花果！

巩果实 （上前扶住她）

水有源，树有根，

大家都是你的亲人。

妇女们 你也不是寄生草，

你也不是无花果，

全 体 是劳动人民的亲女儿！

傅千丑 可是我怎能回傅家，

再同地主吃一个锅？

巩 母 应大爷一生没儿女，

有家有灶也有锅。

大爷耿直心肠好，

傅千丑　（向应消气跪下）

请收我做亲女儿！

应消气　（开始惊，后而喜）这……这我可担待不起呀！

群　众　应大爷耿直心肠好，

傅千丑　请收我做亲女儿！

巩　母　他大爷，你就收下吧！

群　众　收下吧！

应消气　（向保山）保山，能行吗？

乔保山　能行。

应消气　好吗？

乔保山　好！

傅千丑　（亲切地）爹爹！

应消气　孩子！（抖开解数）

山松哏哏泉声闹，

红松山，月光皎皎。

亲骨肉又团圆，

我代表大家把儿叫：

（白）好孩子！

乔保山　（与应消气同时合唱）

山松哏哏泉声闹，

红松山，月光皎皎。

亲骨肉又团圆，

万座松山都欢笑！

傅千丑 （接应消气叫她）爹爹！

应消气 （大欢笑）

山松哏哏泉声闹，

水欢，月圆，花又好，

给你取名应逢春，

你遇到春天重活了！

群　众 好名字！

女青年们（上前亲切地叫）应逢春！

应逢春 （欢乐地答应）哎！

谢谢爹爹给我姓，

谢谢爹爹给我名！

群　众 应逢春！

应逢春 （欢跃应）哎！

应逢春，应逢春，

今晚跳出死人的坟！

（傅华堂、乔天才、傅雪痕慌乱地上）

傅华堂 （念）狗肉包子充素点心，

乔天才　　谁知你错卖给活观音！

傅华堂　　千丑被拉到菩萨院，

傅雪痕　　千万不敢叫挤出馅！

乔天才　能参观吗？

乔保山　热烈欢迎！

乔天才　排什么戏呀？

乔保山　阶级斗争在红松山！

傅华堂　（看情势不好）哎，我以为是文化工作队来了。没有我们的事，还是走吧！

乔保山　正缺三个重要角色，你们不要走了！

应逢春　（愤怒地）你们不能走！

华堂、雪痕　（惊）千丑，

应逢春　谁是你们千丑？

我真姓真名叫应逢春，

不叫千丑不姓傅。

现在我来唱出戏，

戏名就叫七月五！

华堂、雪痕　千丑，你敢！（吓软瘫了）

应逢春　　七月初五傅家屋，

阴风惨惨如地府。

早晨看地又害死牛，

夜里挂起窥宗图！

老年社员 七月初五？正是土改斗争他爹那天哩！

应逢春 谁家分了他房地，

谁家分了他树木，

那年他买回了公债，

写政府欠他两块五！

群　众 看！十多年都没死心！

应逢春 对人民的仇恨烙在心，

“骂断街”叫傅雪痕，

要她记着为傅家，

雪百年的恨！

群　众 （*震动*）真是刻在骨头上了！

应逢春 对人民的仇恨刻在骨，

为我取名傅千丑，

要我记着为傅家，

报千年的仇！

群　众 看！真是阴魂不散！

应逢春 地主人死魂未散，

要我做糖衣毒药丸：

强逼我去引再生，

化成稀泥和成团。

巩再生　（情绪紧张）要化掉我？

应逢春　说成了女婿是一家人，

养下孩子是亲外孙，

任阶级斗争势再大，

看外孙敢挖外祖坟！

巩再生　（吃惊地）

怪不得地主说我能，

多可怕，多可怕，

刚上阵，一枪还没打，

就被抓去当俘虏，

融成稀稠化一家！

乔保山　地富真要改造好，

我们不会不要他，

地富的儿女思想好，

我们不会外看他。

群　众　只要愿意做新人，

不会另喝两样茶！

乔天才　（装得很惊讶）

我糟糕透，真糟糕，

蒙在鼓里睡大觉。

平日只觉得傅华堂，

已经劳动改造好。

革命革了多少年，

还上了敌人的死圈套！

乔金海 （怒）

你到底是从哪里来？

是狼是虎还是狗？

群　众 是蛇是鬼快坦白！

乔天才 （奸诈地向乔金海）

我参加革命还没有你，

轮不上你来审查我！（露出伤疤）

你看这些伤和疤，

难道是狗咬猫抓的？

乔保山 乔天才，十七年前，在黄土坡，我们武工队抓过一个阎匪排长，你认识不认识？

乔天才 （大惊，立刻镇定下来）我不知道你是什么意思。

乔保山 这家伙叫张大才。叫我们打伤过，最后捉住了，我们宽大了他，给他治好了伤，结果，他杀了我们的小队长，跑了。

乔天才 （装作不在乎）我没在那里打过仗，不明白。

乔保山 你明白！这个家伙，跑到南边一个矿区，我们军队大反攻到那里，他隐瞒了历史，混进了我们的工人团体，化名乔天才！

乔天才　（外表镇定，但腿已颤抖）天下同名同姓可多了。

乔保山　像这样的，只有一个，就是你！

乔天才　（战栗）你……你陷害人，有什么证据？

乔保山　证据都在你身上！你夺我们小队长枪的时候，左臂被小队长咬下一块皮！金海，把他的布衫剥下来！

乔金海　是！

乔天才　（急扣扣子，并退）你……你诬蔑我！

青年们　（挡住）跑不了啦！

乔金海　脱下！（上前把他的布衫扯下，果然有疤）大家看！

群　众　（看，怒叫）一点不假！

乔保山　刚才你们来，我们来不及欢迎，只好补个热烈欢送！金海，叫人送他们下场！

乔金海　小锁，送他们回去！

民　兵　是！走！（押下）

乔保山　年轻的，年老的，都看到了吧，

老虎吃人改不了，
被打倒的敌人不会甘休！
别伤口一好就忘了疼，
别吃饱忘了穷朋友！
嘻嘻哈哈谈天气，
咱们就要失荆州！

应消气　　拉出去，请吃肉，

打进来，劝喝酒，

干杯干杯哈哈笑，

和和平平丢荆州！

汪　犇　（挤出人群）保山哥：

我是瞎眼老公鸡，

和黄鼠狼一同混，

我真对不起乡亲，

你看汪犇有多笨！

乔保山　还是让年青一代回答你吧！

巩果实　　野梨接在家梨身，

开花结果都忘了本！

拨开梨核细细看，

群　众　（同唱）

已经不像家梨仁！

（汪犇惭愧低头）

乔保山　（向应消气、巩母、根柱等老年人）我们的孩子啊，道理讲得多好呀！

巩果实，你多大？

巩果实　二十岁。

乔保山　你记住，刘胡兰烈士牺牲的时候才十七岁。应逢春，你多大？

应逢春　十九岁。

乔保山　你记住，太行山从前有个女射击手，是十八岁！巩再生，你多大？

巩再生　二十三岁。

乔保山　关二如烈士当杀敌英雄才十九岁！孩子们，你们成千上万的伯伯、叔叔、哥哥，在为人民打江山的时候，跟你们的年纪差不多。他们没有读过书，但是他们受过苦！他们在党的教育下，为你们打出这个伟大国家——中华人民共和国！如今，你们应该怎样呀？

巩果实　请党，请毛主席——

青年们　放心！

巩果实　请人民，请先烈，请老一代的大爷、大叔们——

青年们　放心！

巩果实　我们在革命里生，在革命里长，我们出生在这个世界的任务，就是革资产阶级的命，革帝国主义、革反动派的命。

应消气　（打起老农会旗）说得好！孩子们，我们把老农会的红旗，交给你们！

巩果实　（接旗，领唱）

　　红松山，红松山，
　　贫农的子女来接班。

老人们　别忘了从前父母饥，
　　别忘了过去父母寒，
　　别忘了你们小时候，
　　是在血泪中长芽瓣！

再生、逢春 红松山，红松山，

贫农的子女来接班。

青年们 别忘了先烈的血，

别忘了前辈的汗，

别忘了今天吃的蜜，

是采自苦菜花中间！

巩果实 红松山，红松山，

贫农的子女来接班。

全　体 接紧锄头接紧枪，

爱劳动，不忘本，

爱党爱国爱人民，

爱社爱队爱农村！

保山、消气 红松山，红松山，

老子英雄儿好汉！

巩果实 革资产阶级的命，

青年们 翻帝国主义的天，

全　体 我们在革命中诞生，

天生的使命是闹共产！

幕落。

1963年7月在长治

11月初稿成于北京

阮章竞著作出版年表

建国前

《转变》 （话剧） 1941 太行韬奋书店

《未熟的庄稼》 （话剧） 1943 太行新华书店

《比赛》 （歌剧） 1943 太行新华书店

《糠菜夫妻》 （短剧） 1943 太行新华书店

《圈套》 （叙事诗） 1947 太行新华书店

《赤叶河》 （歌剧） 1948年2月 太行群众书店

《赤叶河（修订版）》 （歌剧） 1949年5月 新华书店

十七年

《赤叶河（修订三版）》 （歌剧） 1950年9月 新华书店

《漳河水》 （叙事诗） 1950 新华书店

《漳河水》 （叙事诗） 1954 大众美术社

《漳河水》（叙事诗）1953 1958 1965 人民文学出版社

《在时代的列车上》 （话剧） 1955 作家出版社

《金色的海螺》 （童话诗） 1956 少年儿童出版社

《漳河水》　（吴静波绘本）　1957　人民美术出版社

《牛仔王》　（童话诗）　1958　少年儿童出版社

《虹霓集》　（诗集）　1958　作家出版社

《漳河水》　（绘画注音本）　1958　文字改革出版社

《漳河水》　（叙事诗）　1958　通俗文艺出版社

《漳河水》　（英译绘本）　1958　中国建设杂志社

《迎春桔颂》　（诗集）　1959　人民文学出版社

《草原钢城》　（纪录片）　1959　中央新闻纪录电影制片厂

《赤叶河》　（歌剧）　1959年11月　1960年2月　人民文学出版社

《马猴祖先的故事》　（童话诗绘本）　1962　少年儿童出版社

《金色的海螺》　（改编剪纸片）　1963　美术电影制片厂

《勘探者之歌》　（诗集）　1963　作家出版社

《四月的哈瓦那》　（诗集）　1964　作家出版社

《白云鄂博交响诗》　（叙事诗）　1964　作家出版社

新时期

《漳河水》　（叙事诗）　1977　人民文学出版社

《阮章竞诗选》　（诗集）　1982　人民文学出版社

《金色的海螺》　（英法德俄西葡阿等语译绘本）　1986　外文出版社（侵权出版）

《密令截击》　（改编电影故事片）　1986　长春电影制片厂

《漫漫幽林路》 （叙事诗） 1991 花城出版社

《夏雨秋风录》 （诗集） 1993 重庆出版社

《新疆忆旅》 （散文集） 1993 北京环境科学出版社

《白丹红》 （中篇小说） 1997 北京出版社

《山魂·霜天》 （长篇小说） 1997 大众文艺出版社

《金色的海螺》（童话诗集） 1998 花山文艺出版社

身后

《晚号集》 （诗集） 2001 人民文学出版社

《王贵与李香香 漳河水》 （新文学碑林本）2001 人民文学出版社

《漳河水》 （吴静波绘本） 2004、2011、2012 人民美术出版社

《阮章竞绘画篆刻选》 2009 人民美术出版社

《金色的海螺 （中国儿童文学经典100部）》 （童话诗集） 2010 湖北教育出版社

《故乡岁月》 （回忆录） 2012 人民文学出版社

《异乡岁月》 （回忆录） 2013 文化艺术出版社

《四月的哈瓦那》 （中西文对照本） 2015 五洲传播出版社

《熊熊炉火照天赤》 （包钢作品集） 2017年 人民文学出版社

《阮章竞太行山笔记手稿四种（影印本）》2017年 中华书局

《漳河水（红色红典初版本影印文库）》2021年 作家出版社

《阮章竞文存》编后记

整理父亲阮章竞先生的遗稿，本是我力所不能及的事情。因为在此之前，除了父亲的童话诗，我几乎没有通读过父亲的其他作品，更不知道他的画箧、画筒、画夹里藏着那么多精彩的国画、油画棒画和硬笔写生。父亲生前，我从来没有深入过他的精神世界，在我的心里，他只是个偏爱独生女儿的慈爱爸爸。

但在2000年2月父亲远行的那一天，当我从病房里收拾起那只人造革小皮箱时，我感到自己只能迎难而上了：那只皮箱里装的是父亲最后20年的诗作结集——《晚号集》，有亲笔手稿，有订正了的剪报粘贴稿、抄稿，也有字体不一、显然不是出自同一台电脑的打印稿。父亲最后的坚持就表现在这一包诗稿上，如影随形，不离不弃，就像他1993年在陕南勉县孔明墓前写下的诗句：“生时未及中原地，死骨坚守定军山。”

在整理出版《晚号集》时，从手稿堆里，我又发现了父亲逝世50天前发表的最后一首诗："我终于来得及坐在轮椅上，/用我底气未尽衰竭的喉咙，/为你歌唱——澳门，/扑向母亲怀抱的澳门……"我内疚、自责，我太不了解父亲了。他一生为人民歌唱，哪怕已经衰坐在轮椅上。那么推轮椅的人，不正该是我吗？整理出版他的全部著作，将是我此生必达之目的，我才刚刚50岁，一切都来得及。

我先生丁丙辰和我从父亲留下的资料归档整理开始跋涉，哪怕只是有父亲手迹的半张残缺纸片，都以"敬惜字纸"的态度，放入档案夹中，登记摘要，等待找到它在拼图恰当位置那一刻的到来。近四千个档案夹，以及分别以时间、体裁、专题来录入、制作和检索的电子表格，都在枯燥单调中慢慢完成了。就像玩扑克牌那样，这四千个卷宗本身和里面的文本，被多次重新排列，以期达到更为合乎逻辑的组合。若在时间轴线上发现了空白之处，也要采访相关前辈，寻找草蛇灰线，查阅资料档案，尽力予以补充。就连父亲在重要书籍刊物中的随笔批注，也会发现一处，记录一处，不肯放过。多年的坚持，父亲的人生和创作轨迹在我的头脑中慢慢清晰起来，自认有了编辑《阮章竞文存》的基础条件。

父亲的文学创作是从戏剧开始的。仔细研读便会发现，他的戏剧作品都带着鲜明的"群众工作"色彩，可以视为他的职务创作。有太行山剧团团长的、太行区党委文委委员的、包钢宣传部长的、也有中共中央华北局宣传部文艺处长和副秘书长的职务创作。作品的时间跨度从1938—1965年，而抗日战争时期的戏剧作品数量最丰，却多在残酷的战争中湮灭，只收得3部，其余仅留存目。因此，戏剧卷理所当然的列在了第一卷的位置上。

父亲与生俱来的对绘画和艺术的强烈爱好，使他在战争硝烟慢慢消散的时候，把精力逐步转向了更能抒发个体情感的诗歌，努力进行中国风格、中国气派的新诗探索。除了他在自传中提到的诗歌处女作《故乡》（1935年）没能找到之外，搜集到的诗歌共有535首（1938—1999年），贯穿作者的整个创作生涯，大多收入诗歌卷上下集。其中有叙事体长诗7首（后期2首），童话诗4首（后期1首）。以1966—1976年的沉默期为界，作者前期诗歌有197首。沉默过后的恢复期有十来首诗，读者可以明显感到作者在十年拳离手，曲离口，思想遭禁锢之后的笔涩声喑。正是线条、构图、色彩那些无声的绘画表达，使作者从极度的创作焦虑中得以康复，并开始了他的创作第二春。

作者同题诗画的创作，发轫于1961年3月对古巴的访问，一首《自由古巴诞生地》配着一幅水墨中国画《卡斯特罗等82人登陆处》出现在诗集《四月的哈瓦那》（1964年作家出版社）中。而在诗集《勘探者之歌》（1963年作家出版社）中收入组诗“沿着历史的长河行”的13首诗中的10首，都有同题绘画，但只有《金星槲树》这一标题下的一诗一画收入了诗集中。在作者全部8组[①]同题诗画中，有6组创作于后期，无论质量数量都大大超过前期的2组。从疗伤治愈到酣畅表达，“诗画共生”所承载的灵性才情，使他后期的诗歌创作绽放出了别样的光彩。

---

① 这8组诗画是：四月的哈瓦那（1961年4月—5月）、沿着历史的长河行（1962年1月—2月）、溯河千里行（1979年9月—10月）、夏日山村（1980年8月—10月）、大军之路（1981—1982年）、天山昆仑行（1983年9月—10月）、故乡行（1985年5月）、汉中行（1993年10月）。见《阮章竞绘画篆刻选》人民美术出版社2009年版。

作者后期的诗歌中，有一组专为长篇小说《山魂》三部曲写的旧体诗词，计45首，使用的诗词曲牌有37种之多。除了长篇弃用的3首收入了诗歌卷，其余均用于小说的章前词和内文之中。作者从民歌和古典两个方向汲取营养，在新诗创作中的探索，或许就蕴含在其中。

散文卷上下两集的收录原则曾让编者颇费了一番心思。因为纳入这一卷的，有相当一部分不属于文学意义上的散文。除了通讯、报告文学、游记、杂文随笔、序跋、创作谈、文评时评之外，我们还将作者在各种场合发表的讲话、题词、履历自传，统统收在此卷之中。未能收入的几篇，感兴趣的读者还是可以在当年报刊上查到。因为全书的编辑体例是以时间先后为主轴的，编者特为此卷做了一个分类检索的补充目录，以期能给读者提供一个更为方便快捷的查询工具。

小说这种文学体裁，在作者的创作中有着特殊的内容指向，那就是专为描写他和战友、乡亲们所经历的抗日战争而用。小说卷上下两集收有短篇小说4篇，中篇小说1部，长篇小说2部，无一例外都是献给逢七逢五的抗战纪念日的。

这一份小说祭礼，是在1945年对日大反攻进入焦作后，作者在众多战友面前许下的宏愿。之后55年的风雨坎坷，其志不堕弥坚。从1947年3月—7月的初稿，到1954年11月—1955年4月的第二稿，这部小说题为《太行山不会倒》。1964年改名为《烽火太行山》，到1966年初完成了57万字。抽出一些素材加以整理作为抗战周年小祭的仪程，就开始于此时。从抗战胜利20周年的1965年，发表《清晨的凯歌》开始，跨过无言的七十年代，1985年7月写

《民兵王小旦》，接着发表了《侦察英雄赵亨德》（1987年）和《五阴山虎郝福堂》（1995年）。中篇小说《白丹红》和长篇小说《山魂第一部 霜天》都在“七七事变”六十周年的1997年出版。这是作者生命中充满仪式感的献祭。

在作者的十年沉默期中，悄悄书写的，还是这部再次更名为《群山》的小说。从朱颜青鬓写到白发苍苍，辛苦煎熬，焦灼无眠，只为当初的千金一诺，只为埋骨太行的青葱战友和淳朴山民。为此，编者将遭遇退稿的《民兵王小旦》和尚未定稿的《山魂·晴岚》、《尾声 青春祭》收进小说卷中，以圆作者大愿。

两部回忆录的单行本，都是在作者身后出版的。其中《异乡岁月》是整部文存中仅有的口述记录文本。在编辑过程中，发现有多份相关的作者手稿可以给口述内容以印证，都选入了札记卷的回忆录组中。有感于文中与作者有过生命交集的众多战友已被淡忘，编者尽力为他们做了简要的注释，虽然挂一漏万，但编者谨借此来表达后辈的怀念与敬仰之情。

书信是本书最难征集的文本，以作者的老朋友和他们的后代陆续惠赠的为主。另外编者从他本人保存的信件草稿中得到了一些，还有些是从书刊中收集到的。作者保留了从1978年以来的各方来信千余封，从这些来信中发现了一些线索，对编辑本卷亦有所帮助。该卷共收书信187通。

札记卷收录的是作者未成手稿、手稿上的随手批注，还有创作计划等等难以归类，且未曾发表或不为发表而写的文字。虽然不能归类于某种文学体裁，但对于了解作者的思想和创作状态有一定的意义。编者试着将这部分文稿归纳成创作与诗草、回忆录、群山手记、日记随想、文艺批评等5组，希望能为研读者提供一些便利。

作者留有从1941—1998年记录的89种笔记计92册，家属已于2013年捐赠给国家图书馆善本部收藏。在作者家乡广东省中山市、国图善本部和华东师范大学历史系的共同努力下，这些笔记得以全部录成了电子文本，约270万字。本书编者在勉力承担了最终的校对工作后，从中选出了50万字，按照时间先后顺序编成了本书的笔记卷。编者把材料与文化工作的关联度，作为选取的原则，而将作者参加各种实际工作和会议的原始记录舍弃了。当然，这些实际工作和会议记录保留着最真实的现场感，具有较高的史料价值，但本书毕竟是一位文学家的著作结集，不得不作此等选择。编者还就个人梳理体会作者思想脉络的心得，把内容最丰富的四十年代笔记分成了三段，即：参加整风（1943年1月）前、不做文化工作（1945年5月—1946年12月）和民歌体创作期，以此就教于各位研究者。对于未能选入本卷的笔记，编者都做了摘要，存目备查。

笔记卷所用编号，均为国图扫描件的编号。由于当时对内容尚未及详读，在顺序上有所失误。此卷的编排严格以时间为序，故数字上的倒置，均由此产生，特此说明。

在整理编辑遗稿的21年时间里，我与父亲在他的文字中进行着持续的精神对话，感到与他更亲近了。编辑这部书对我来说是一次充满了生命细节和情感体验的探究历程，虽然辛苦却乐趣无穷。这部书的完成，使父亲的生命价值更加完整，也使我们兄弟姐妹对自己生命来源和性格特点多了一分带有哲学意味的了解，因为父亲是我们人生的镜子。

在这21年中，除了文字整理，帮助我加深理解和增强信心的，还有关于父亲的各种活动的举办，如诗集、画册的首发式，父亲百年诞辰的座谈研讨，“阮章竞诗歌奖”的设立颁奖，以及回忆录、评传、纪念文集、年谱、研究资料的出版等等。这些活动分别得到了父亲生前相关工作单位、机构和家乡父老的大力支持，谨向中国作家协会、北京作家协会、中山市委市政府市政协、沙溪镇党委、中国现代文学馆、包头钢铁公司、欧美同学会拉美分会致谢。还要特别感谢北京市委宣传部给予本书的资助。

华东师范大学韩钢教授，国家图书馆张志清副馆长，陈红彦主任，孙俊、程天舒两位女士，在整理作者笔记的工作中所做的努力，对完成本书的编辑至关重要，在此表达由衷谢忱。

感谢北京十月文艺出版社章德宁女士及各位责编为本书的编辑出版所做的艰苦细致工作。

我的爱人丁丙辰对我无条件的支持和各种扶助，兄长幼弟给予我的鼓励，是我完成这部书的基础保障。亲情与爱的力量，常在常新。

阮援朝

2021年8月于昌平望都寓所

图书在版编目 (CIP) 数据

阮章竞文存 . 戏剧卷 / 阮章竞著 . -- 北京 :
北京十月文艺出版社，2022.1
ISBN 978-7-5302-2208-9

Ⅰ . ①阮… Ⅱ . ①阮… Ⅲ . ①剧本—作品综合集—中
国—当代 Ⅳ . ① I217.2

中国版本图书馆 CIP 数据核字 (2021) 第 246950 号

阮章竞文存 戏剧卷
RUANZHANGJING WENCUN XIJU JUAN
阮章竞 著

出 版 北 京 出 版 集 团
北京十月文艺出版社
地 址 北京北三环中路 6 号
邮 编 100120
网 址 www.bph.com.cn
发 行 新经典发行有限公司
电话（010）68423599
经 销 新华书店
印 刷 北京盛通印刷股份有限公司
版 次 2022 年 1 月第 1 版
2022 年 1 月第 1 次印刷
开 本 880 毫米 × 1230 毫米 1/32
印 张 18.25
字 数 300 千字
书 号 ISBN 978-7-5302-2208-9
定 价 80.00 元
质量监督电话 010-58572393
如有印装质量问题，由本社负责调换。